JOHN STEPHENS

Das Buch Onyx

GOLDMANN

Lesen erleben

Buch

Kate, Michael und Emma haben es geschafft, zwei der drei Bücher vom Anbeginn zu retten: Kate gehört das Buch Emerald, Michael ist der Wächter des Buches Rubyn. Kein noch so atemberaubendes Abenteuer und nicht die hinterlistigsten Gegner haben die drei gescheut, um dem finsteren Magier Magnus die Bücher zu entreißen – und ihre Eltern endlich zu befreien. Doch der Preis dafür ist hoch: Denn Magnus ist es gelungen, die kleine Emma zu entführen. Werden Kate und Michael ihre kleine Schwester finden? Werden sie das Buch Onyx in ihren Besitz bringen? Und werden sie endlich ihre Eltern wiedersehen, die sie so lange vermisst haben? Nur eines ist sicher: Es wird ein Kampf auf Leben und Tod.

Weitere Informationen zu John Stephens
sowie zu lieferbaren Titeln des Autors
finden Sie am Ende des Buches.

John Stephens

Das Buch Onyx

Die Chroniken vom Anbeginn 3

Roman

Aus dem amerikanischen Englisch von Friedrich Pflüger

GOLDMANN

Die Originalausgabe erschien 2012 unter dem Titel
»The Black Reckoning – The Books of Beginning, Book Three«
bei Alfred A. Knopf, einem Imprint
von Random House Children's Books, Teil der Random House LLC,
einer Penguin Random House Company, New York.

Dieses Buch ist auch als E-Book erhältlich.

MIX
Papier aus verantwortungsvollen Quellen
FSC® C083411
FSC
www.fsc.org

Verlagsgruppe Random House FSC® N001967

2. Auflage
Taschenbuchausgabe November 2015
Wilhelm Goldmann Verlag, München,
in der Verlagsgruppe Random House GmbH

Dieses Werk wurde vermittelt durch die
Literarische Agentur Thomas Schlück GmbH, Garbsen
Umschlaggestaltung: UNO Werbeagentur, München
Umschlagmotiv: Getty Images/Anais MAI;
Getty Images/Rekha Garton; FinePic®, München
NG · Herstellung: Str.
Druck und Bindung: CPI books GmbH, Leck
Printed in Germany
ISBN: 978-3-442-47749-4
www.goldmann-verlag.de

Inhalt

Prolog

Emma trommelte dem riesigen Mann auf den Rücken. Sie wand sich hin und her und versuchte, ihm das Gesicht und die Augen zu zerkratzen. Sie trat ihn und schlug um sich. Es half nichts. Rourke hatte sie über seine Schulter geworfen und hielt sie fest gepackt, während er mit langen, sicheren Schritten auf das flammende Portal in der Mitte der Lichtung zuging.

»Emma!«

»Emma!«

Zwei Stimmen riefen sie aus dem Dunkel. Emma reckte den Hals und spähte in die Bäume, die wie eine Mauer um die Lichtung aufragten. Die erste Stimme war die von Michael, ihrem Bruder. Die zweite Stimme aber, die sie erst vor wenigen Augenblicken gehört hatte – kurz bevor Rourke den Blendzauber abgelegt hatte, der ihn als Gabriel erscheinen ließ –, die zweite Stimme war die ihrer Schwester Kate, die sie für immer verloren geglaubt hatte.

»Kate! Ich bin hier! Kate!«

Emma drehte sich um und versuchte, über Rourkes Schulter zu spähen und zu erkennen, wie nahe sie schon am Portal waren, wie viel Zeit ihr noch blieb …

Das Portal war ein hoher, von Flammen umkränzter Holzbogen, und sie waren schon so nah, dass Emma die Hitze des Feuers spüren konnte. Noch drei Schritte, dann war es zu spät. Doch im selben Moment erschien eine Gestalt und trat aus den Flammen. Ein Junge, ungefähr so alt wie Kate, vielleicht ein bisschen älter. Er trug einen dunklen Umhang, die Kapuze war zurückgeschlagen, aber sein Gesicht lag vor der lodernden Glut im Schatten. Das Einzige, was sie erkennen konnte, war ein Paar funkelnder grüner Augen.

Und dann sah Emma, wie er eine Handbewegung machte …

KAPITEL 1

Gefangen

»Lasst mich raus! Lasst mich raus!«

Emmas Hals war schon ganz wund vom Schreien. Ihre Hände schmerzten, weil sie die Metalltür lange mit Fäusten traktiert hatte.

»Lasst mich raus!«

Vor einigen Stunden war sie aus dem Schlaf hochgeschreckt – schweißgebadet, mit Kates Namen auf den Lippen und allein in einem Raum, den sie nicht kannte. Es war ihr egal, dass es nicht mehr Nacht war und dass sie sich nicht mehr auf der Lichtung befand. Es war ihr sogar egal, wo sie jetzt war. Das spielte alles keine Rolle. Sie war entführt worden, sie war eine Gefangene und sie musste entkommen. Nur das zählte.

»Lasst mich raus!«

Nachdem sie sich vergewissert hatte, dass die Tür tatsächlich versperrt war, hatte sie die Zelle nach Fluchtmöglichkeiten abgesucht. Es gab keine. Wände, Boden und Decke waren aus großen schwarzen Steinquadern gemauert. Durch die drei kleinen Fenster, die so hoch lagen, dass Emma sie nicht erreichen konnte, war nichts als blauer Himmel zu sehen. Sonst gab es nur das Bett, in dem sie erwacht war – eigentlich nur eine Matratze mit ein paar Decken. Und daneben stand etwas zu essen: ein Teller mit Fladenbrot, Schalen mit Joghurt und gelb-braunem Hummus, etwas undefinierbares, verbranntes Fleisch und eine Steingutkanne mit Wasser. Das Essen und das Wasser hatte Emma in einem Anfall von Stolz und Wut aus dem Fenster geschleudert, was sie nun bereute, weil sie inzwischen hungrig und sehr, sehr durstig war.

»Lasst! Mich! Raus!«

Entkräftet lehnte sie sich an die Tür. Sie war nahe daran, sich auf den Boden sinken zu lassen, das Gesicht in den Händen zu verbergen und zu schluchzen. Aber dann dachte sie an Kate, ihre ältere Schwester, deren Stimme sie gehört hatte, als Rourke sie über die Lichtung trug. Ihre Schwester war aus der Vergangenheit zurückgekommen, um vor ihren Augen zu sterben. Und Michael hatte sie, obwohl er der Hüter der Chronik des Lebens war, nicht wieder zum Leben erwecken können (was Emma zu der Frage brachte, wozu ein Buch des Lebens dann überhaupt gut war). Aber sie hatte Kates Stimme gehört! Und das bedeutete, dass es Michael doch gelungen war! Kate war am Leben! Und wenn Kate irgendwo dort draußen war, dann kam es überhaupt nicht infrage, dass Emma sich jetzt hinsetzte und weinte. Die Wahrscheinlichkeit dafür, dass sie das tat, lag bei null Komma null null null null Prozent.

»Lasst! Mich! Raus!«

Noch immer presste Emma ihre Stirn gegen die kalte Metalltür. Sie brüllte direkt dagegen und spürte, wie die Tür erzitterte, wenn sie mit den Fäusten dagegenschlug.

»Lasst! Mi…«

Sie brach ab und hielt den Atem an. Jedes Mal, wenn sie ihr Schreien und Trommeln gegen die Tür unterbrochen und gelauscht hatte, war nichts als Todesstille zu hören gewesen. Aber jetzt war da etwas. Schritte. Nur leise und irgendwo weit unter ihr, aber sie wurden lauter. Emma trat von der Tür zurück und blickte sich nach einer Waffe um. Sie fluchte, weil sie die Steingutkanne zum Fenster hinausgeschleudert hatte.

Die Schritte wurden immer lauter – ein schweres, rhythmisches Rums – Rums – Rums. Sie beschloss, an der Person, die hereinkam, vorbeizuhuschen, ganz egal, wer es war. Faselte nicht Michael auch immer etwas vom Überraschungsmoment? Wenn ihr nur der große Zeh nicht so wehtäte. Sie war sich ziemlich sicher, dass sie ihn sich beim Treten gegen die blöde Tür gebrochen hatte.

Die Schritte verstummten direkt vor ihrer Zelle. Dann hörte man den Schließbolzen mit einem metallischen Schaben zurückschnappen. Emma spannte die Muskeln und war bereit, loszuspringen.

Die Tür schwang auf, Rourke trat gebückt herein und machte alle Fluchtpläne zunichte. Der riesige Mann füllte den gesamten Türrahmen aus; nicht einmal eine Fliege hätte sich vorbeiquetschen können.

»Aber, aber! Du machst vielleicht ein Tamtam!«

Er trug einen langen schwarzen Mantel mit Pelzfutter und einem hohen Pelzkragen. An den Füßen hatte er schwarze Stiefel, die ihm fast bis an die Knie reichten. Er lächelte und zeigte dabei eine endlose Reihe großer weißer Zähne. Seine

Haut war glatt und ohne Narben. Die Verbrennungen, die Emma auf seinem Gesicht gesehen hatte, als er sie auf der Lichtung packte, waren wieder völlig verheilt.

Emma spürte die Mauerquader in ihrem Rücken. Sie zwang sich, aufzuschauen und Rourke ins Gesicht zu sehen. Dann sagte sie:

»Gabriel wird dich umbringen.«

Der Riese lachte. Er lachte von Herzen und warf dabei den Kopf nach hinten, wie man es in Filmen manchmal sieht, und sein Gelächter schallte von der Zellendecke zurück.

»Und dir ebenfalls einen schönen guten Morgen, junge Dame.«

»Wo bin ich? Und wie lange bin ich schon hier?«

Da Rourke vor ihr stand und alle Hoffnung auf eine Flucht zunichtemachte, wollte Emma wenigstens Antwort auf die Fragen, die ihr zuvor egal gewesen waren.

»Erst seit dieser Nacht, Mädchen. Und was den Ort betrifft: Du bist am anderen Ende der Welt und alles um dich herum ist durch Verschleierungszauber verborgen. Deine Freunde könnten direkt hier vorbeikommen und würden nichts bemerken. Niemand wird dich retten.«

»Ha! Deine blöden Zaubertricks werden Dr. Pym nicht aufhalten. Er braucht bloß so zu machen« – sie schnippte mit den Fingern – »und schon fällt hier alles in sich zusammen.«

Rourke lächelte sie in der Art an, wie Erwachsene Kinder anlächeln, wenn sie diese nicht ernst nehmen.

Hätte Emma irgendeine Chance gehabt, an Rourkes Gesicht heranzukommen, so hätte sie ihm einen Hieb verpasst.

»Mädchen, ich glaube, du überschätzt deinen Zauberer und unterschätzt meinen Meister.«

»Was redest du da. Der blöde grässliche Magnus ist tot. Dr. Pym hat es uns erzählt.«

Wieder dieses unverschämte Lächeln. Er suchte wirklich Streit.

»War tot, Mädchen. Ist er aber nicht mehr. Mein Meister ist zurückgekehrt. Du solltest das wissen. Hast ihn schließlich selbst gesehen.«

»Hab ich nicht!«

Emma verstummte. Ihr war ein Bild vom vorigen Abend wieder in den Sinn gekommen – der Junge mit den grünen Augen, der aus den Flammen trat. Und mit dieser Erinnerung war es, als würde ein Schatten über sie fallen. Sie versuchte, das Gefühl abzuschütteln, und redete sich ein, dass das nicht möglich war – dass der Junge nicht der grässliche Magnus sein konnte.

Rourke sagte: »Aha. Du erinnerst dich.«

Die Stimm des Iren klang siegesgewiss. Aber wenn er erwartete, dass das kleine, dünne und erschöpfte Mädchen sofort und vor seiner Nase in Tränen ausbrechen und aufgeben würde, dann hatte er sich getäuscht, denn Emma war eine echte Kämpfernatur. Schon als kleines Kind hatte sie gekämpft, Jahr um Jahr, ganz gleich, in welchem Waisenhaus, gekämpft um kleine und große Dinge, um ein Handtuch ohne Loch oder eine Matratze ohne Flöhe, hatte gegen Jungen und Mädchen gekämpft, die Michael nicht in Ruhe ließen, denn für Fieslinge hatte sie ein ganz besonderes Gespür.

Sie reckte das Kinn vor und ballte die Fäuste, als würde sie gleich auf ihn losgehen.

»Du lügst. Er ist tot.«

»Nein, Kindchen. Der grässliche Magnus lebt. Und das hat er deinem Bruder zu verdanken.«

Trotz ihrer Wut spürte Emma, dass er die Wahrheit sagte. Aber es ergab keinen Sinn. Warum hätte Michael so etwas tun sollen? Dann wurde ihr blitzartig klar, wie es zugegangen sein musste: Auf diese Weise hatte Michael ihre Schwester wieder zurückgebracht. Das war der Preis gewesen. Um Kate wieder zum Leben zu erwecken, hatte er es auf sich genommen, den grässlichen Magnus wieder auf die Welt loszulassen. Alle würden ihm die Schuld dafür geben, und Emma liebte ihren Bruder darum umso mehr. Sie fühlte sich gestärkt und reckte sich gleich noch ein bisschen höher.

»Und warum ist dein blöder Meister dann nicht hier? Hat er Angst?«

Rourke starrte sie an und sagte, als hätte er eine Entscheidung getroffen: »Komm mit.«

Er drehte sich um, schritt durch die Tür und ließ sie hinter sich offen. Emma blieb trotzig stehen, weil sie nichts tun wollte, was Rourke von ihr verlangte. Dann begriff sie aber, dass sie überhaupt nichts erreichen würde, wenn sie in der Zelle blieb, und hastete ihm hinterher.

Direkt vor der Zellentür führte eine Wendeltreppe nach unten, und sie hörte, wie sich Rourkes Schritte unten entfernten. Sie war also in einem Turm. Das hatte sie schon vermutet. Auf dem Weg nach unten kam sie in jedem Stockwerk an einer Zellentür wie ihrer eigenen vorbei. Die Treppe schraubte sich im Turm abwärts, und immer wieder kam Emma an Fenstern vorbei, die den Blick auf ein Meer von schroffen, schneebedeckten Bergkämmen freigaben, das sich nach allen Seiten erstreckte.

Wo war sie nur?

Die Treppe endete in einem Gang, der aus den gleichen

rauen, schwarzen Steinquadern gemauert war wie der Turm. Rourke bog nach rechts ab, ohne auf sie zu warten. Emma, die eine Fluchtmöglichkeit witterte, wandte sich nach links, aber zwei gelbäugige Morum Cadi in schwarzen Lumpen versperrten den Weg.

Ob Rourke sie dort postiert hatte? Jedenfalls schienen sie Emma zu erwarten und starrten sie an. Ihr Verwesungsgeruch erfüllte die Luft und ließ in Emmas Brust eine entsetzliche und beschämende Furcht aufsteigen.

»Kommst du?«, hallte Rourkes Stimme spöttisch herüber. »Oder soll ich dich an der Hand nehmen?«

Emma verfluchte ihre Schwäche, rannte Rourke nach und biss sich auf die Lippe, um nicht zu weinen. Sie nahm sich fest vor, laut zu jubeln und Blumen zu werfen, wenn Gabriel dem Riesen endlich den blöden kahlen Kopf abschlug.

Er wartete an einem Durchgang ins Freie auf sie.

»Ich weiß, was du willst«, sagte sie, als sie bei ihm ankam. »Du willst, dass ich dir dabei helfe, das letzte Buch zu finden. Kate hat das Buch der Zeit, Michael die Chronik des Lebens oder so ähnlich. Ich weiß, das letzte ist für mich.«

Sie wusste nicht, warum sie das gesagt hatte, aber sie war außer sich, dass sie vor einem einzigen Paar von Kreischern solche Angst gehabt hatte – sie hatte schon Hunderte gesehen; diese hier hatten sie einfach auf dem falschen Fuß erwischt – und außerdem wollte sie Rourke beweisen, dass sie nicht irgendein beliebiges kleines Mädchen war; sie wusste Bescheid.

Rourke starrte auf sie herunter. Ein perfekter blauer Himmel umrahmte seine Glatze.

»Und weißt du, was das letzte Buch ist?«

»Ja.«

Rourke stand nur da und schwieg. Ein eisiger Wind blies in den Gang, aber Emma blieb, wo sie war, und ließ die Arme hängen. Sie wäre eher gestorben, als dass sie zugab, dass sie fror.

»Es ist das Buch Onyx, das Buch des Todes. Aber ich werde dir nicht helfen, es zu finden. Das kannst du dir abschminken.«

»Dann bleibt mir angesichts meiner grenzenlosen Enttäuschung wohl nur, die Fassung zu wahren. Aber nenne das Buch wenigstens bei seinem richtigen Namen. Es heißt das Buch Reckoning. Außerdem irrst du dich, denn du wirst es für uns finden. Nur jetzt noch nicht. Der grässliche Magnus hat zunächst andere Pläne. Du fragtest, wo er ist. Komm.«

Er ging nach draußen. Emma folgte ihm, auch wenn sie insgeheim wütend auf sich selbst war, weil sie gehorchte.

Sie gingen über eine steinerne Befestigungsmauer, die einen großen, rechteckigen Hof einschloss, der offenbar der Festung vorgelagert war. Wenn Emma über die Schulter blickte, sah sie die Festung schwarz und mächtig hinter sich aufragen. Der Turm, in dem sie gefangen gewesen war, stach wie ein krummer Finger in den Himmel. Im Innenhof unter ihr drängten sich etwa dreißig oder vierzig Gnome und Morum Cadi – kein Problem für Dr. Pym und Gabriel.

Trotzdem schwand ihre Zuversicht.

Die Festung war auf einer Felszacke errichtet, die ein auf allen Seiten von Bergen umgebenes Tal überragte. Von den Mauerzinnen konnte man meilenweit sehen. Gabriel und die anderen würden erst einmal herausfinden müssen, wo sie war, und dann all diese Berge überqueren. Und selbst wenn ihnen das gelang, wie sollten sie sich dann unbemerkt der Burg nähern?

Rourke blieb an einer Ecke des Wehrgangs stehen und winkte Emma heran. Sie nahm sich vor, sich keine Angst anmerken zu lassen.

»Vor vierzig Jahren«, erzählte der gewaltige Mann, »griffen Pym und andere aus der magischen Welt meinen Meister an. Sie dachten, sie hätten ihn besiegt. Vernichtet. Aber er verfügt über eine Macht, die seine Feinde nicht begreifen. Und schon bald werden sie das erfahren.«

Er zeigte ins Tal hinaus. Emma legte die Hände auf die raue Steinbrüstung und beugte sich vor.

Einen Moment lang verstand sie nicht, was sie dort sah. Doch dann stockte ihr trotz aller guten Vorsätze, keine Furcht zu zeigen, hörbar der Atem. Alles, was sie dort im Tal für einen dunklen Wald gehalten hatte, war in Bewegung! Als sich ihre Wahrnehmung änderte, hörte sie mit einem Mal Stampfen, Klirren und Rufen aus der Ferne – wie einen tiefen, rhythmischen Trommelschlag. Überall im Tal brannten Feuer, von denen schwarze Rauchfahnen in den Himmel zogen. Was Emma für Bäume gehalten hatte, das waren in Wahrheit Kobolde und Kreischer und wer weiß, was noch – Tausende und Abertausende.

Hier stand eine ganze Armee bereit.

»Der grässliche Magnus«, sagte Rourke, und seine Stimme bebte dabei unwillkürlich vor Erregung, »zieht in den Krieg.«

KAPITEL 2

Der Archipel

»Schnell, Kinder! Wir haben wenig Zeit.«

Kate und Michael eilten mit dem Zauberer durch die engen, gewundenen Gassen. Bis eben war es ein warmer, sonniger Tag gewesen, aber plötzlich waren schwarze Wolken aufgezogen. Durch die Straßen heulte ein kalter Wind, der den Staub in kleinen Wirbeln in die Höhe riss.

»Wohin gehen wir?«, fragte Michael. Er trappelte keuchend übers Kopfsteinpflaster. Dabei schlug ihm immer wieder die Tasche in die Seite, die ihm die Elfenprinzessin Wilamena als Ersatz für die alte geschenkt hatte, die er im Vulkan verloren hatte, und in der er jetzt die in rotes Leder eingebundene Chronik des Lebens trug.

»Zur Fußgängerbrücke, über die wir gestern Abend gekommen sind«, antwortete Dr. Pym. »Mein Freund errichtet dort ein Portal.«

»Ein Portal wohin?«, fragte Kate.

»Zu einem sicheren Ort«, erwiderte der Zauberer und fügte leise an: »Hoffentlich.«

»Aber Emma …«

»Ich habe es überall verbreitet. Mehr können wir im Augenblick nicht tun. Schnell jetzt!«

Sie rannten durch eine Kleinstadt, die wenige Meilen westlich von Wien direkt an der Donau lag. Das Stadtbild war geprägt von einer bunten Mischung von Häusern mit Giebeldächern und Geschäften. Das Städtchen war Teil der magischen Welt und deshalb in Karten und Atlanten nicht verzeichnet – ein verborgener Ort, den nur wenige Auserwählte zu Gesicht bekamen. Kate schätzte, dass sie und Michael und der Zauberer in den drei Tagen seit Emmas Entführung und ihrer eigenen Flucht aus dem Elfenwald am Ende der Welt durch vierzehn oder fünfzehn derartige Siedlungen gekommen waren. In einem Dorf außerhalb von Mexico City hatten sie mit drei blinden Hexern gesprochen, die jedes Wort schon kannten, bevor es die Kinder ausgesprochen hatten. Dann war da die verrauchte Gaststube in Moskau gewesen, mit Zwergen in hohen schwarzen Stiefeln und langen Gewändern, die wie Priesterröcke aussahen. Die Zwerge hatten Silbertabletts mit dampfenden Kaffeekannen herumgetragen. In einem schwimmenden Dorf im Südchinesischen Meer hatten sie leuchtende, geisterhafte Gestalten gesehen, die hauchzart über die nächtliche Wasseroberfläche geschwebt waren – Wassergeister, hatte der Zauberer gesagt. In einem tief verschneiten Dorf in den Anden hatte die dünne Luft ihren Lungen zugesetzt. In einem kleinen Fischerort in Neuschottland an der kanadischen Atlantikküste hatte es nur geregnet und nach Fisch gestunken. Und in der Zauberschule im von der Sonne versengten afrikanischen Busch hatten sie Jungen und Mädchen gesehen, die jünger als Michael waren. Ihre Köpfe waren kahl rasiert und sie trugen leuchtend gelbe Gewänder, in denen sie lachend herumrannten und ein Spiel spielten, bei dem man blaugrüne Feuerbälle hin und her warf.

Überall verbreiteten sie dieselbe Botschaft: Der grässliche Magnus ist zurückgekehrt; ihr müsst euch vorsehen.

Überall hatten sie dieselben Fragen gestellt: Habt ihr unsere Schwester gesehen? Habt ihr unsere Eltern gesehen?

Auch die Antworten waren überall dieselben: Nein. Nein.

Und gestern waren sie in einem Städtchen an der australischen Küste gewesen, wo sich die Wellen wie lange blauweiße Halbmonde an einem goldenen Strand brachen und die Bewohner sich die Zeit sowohl mit Magie als auch mit Wellenreiten vertrieben. Oder war das schon heute gewesen? Es war so schwer, den Überblick zu behalten, wenn man auf dem ganzen Globus herumhüpfte und aus der Mittagssonne in einem Augenblick tiefste Nacht wurde. Jedenfalls hatten sie in dem australischen Städtchen einen Freund von Dr. Pym besucht, einen hageren Zauberer mit sonnengegerbter Haut, der immerzu barfuß lief und Michael »Kumpel« nannte. Ihm hatten sie dieselben Fragen gestellt wie allen anderen, und plötzlich war mitten auf dem Marktplatz mit markerschütterndem Geschrei und gezückten Schwertern eine Horde Morum Cadi aufgetaucht. Dr. Pym hatte im Wohnzimmer des Mannes augenblicklich ein Portal geöffnet, einen schimmernden Vorhang aus Luft, durch den er die Kinder gezerrt hatte, obwohl sie laut riefen, dass sie helfen könnten …

»Nein. Wenn ihr hier seid, dann macht es das für die anderen nur gefährlicher.«

Einen Moment später hatten sie am Ufer der dunkelblauen Donau gestanden. Erschöpft und erschüttert waren sie zum Haus einer weiteren Freundin des Zauberers gegangen, einer Hexe mit mürrischem Gesicht und kurzem, glatt zurückgekämmtem Haar, und nach mehreren Tassen starkem Tee hatte man Kate und Michael mit der Warnung, dass »manche Pflanzen beißen«, zum Spazieren in den Garten der Frau hinausgeschickt. Währenddessen wollten sich Pym und die Frau besprechen. Sie waren kaum eine Stunde dort gewesen, als Pym aus dem Haus gerannt kam und ihre Namen rief.

»Warum müssen wir rennen?«, fragte Michael. »Können Sie nicht irgendwo ein Portal öffnen?«

»Nein«, antwortete der Zauberer. »Auch wenn ich euch das im Augenblick nicht erklären kann.«

»Aber warum benutze ich nicht einfach die Chronik der Zeit?«, fragte Kate. Es war inzwischen keine Frage mehr, dass die Magie des Buchs auf sie übergegangen war und sie diese heraufbeschwören konnte, um nach Belieben durch Raum und Zeit zu reisen. »Ich kann …«

»Nein! Nur wenn es keine andere Möglichkeit gibt. Es ist zu gefährlich!«

Kate wollte gerade entgegnen, dass sich ihre augenblickliche Lage ziemlich gefährlich anfühlte, als der Schrei eines Kreischers die Luft zerriss und sie und Michael wie angewurzelt stehen blieben. Sie konnten einfach nicht anders. Beide wussten sie, wie sie die Angst kontrollieren konnten, die sie ergriff, wenn sie den Schrei eines Morum Cadi hörten, aber sie brauchten Zeit, um sich darauf einzustellen.

Der Schrei hatte sie völlig unerwartet getroffen und kam ganz aus der Nähe.

Zwei Kreischer kamen um eine Ecke gejagt. Kate sah, wie sich der Zauberer umdrehte und die Hände in der Luft bewegte. Die Morum Cadi waren nur wenige Meter entfernt, so nah, dass Kate ihre glühenden gelben Augen sehen konnte. Genau in dem Augenblick, als sich die Kreaturen auf Kate und Michael stürzen wollten, schien sich die Straße plötzlich wie eine Welle aufzubäumen. Die Pflastersteine stapelten sich nun zu einer Mauer auf, die bis an die Dächer der Häuser reichte. Durch die Mauer des Zauberers geschützt hörten Kate, Michael und Dr. Pym, wie die Schwerter der Ungeheuer klirrend und scheppernd gegen die Steine schlugen.

»Kommt weiter«, sagte Dr. Pym und zog sie fort.

Einen Straßenzug weiter schossen Kate, Michael und der Zauberer aus dem Gewirr der Straßen und befanden sich direkt am Fluss mit der Fußgängerbrücke. Davor stand die dunkelhaarige Hexe und blickte noch düsterer und humorloser drein als zuvor.

»Ist es bereit?«, fragte Dr. Pym.

»Das Portal ist offen«, antwortete die Hexe. Sie hatte einen Akzent und spie jedes einzelne Wort wie einen Kanonenschlag aus, als wollte sie es so weit wie möglich fortschießen. »Es bringt euch nach San Marco. Dort könnt ihr ein Boot nehmen.«

»Das ist gut. Und ich werde dich morgen sehen.«

»Ja.«

»Und vergiss nicht …«

»… das Portal zu schließen, wenn ihr durch seid. Ich weiß. Schnell. Sie sind gleich hier.«

Die Augen der Frau wanderten für einen Moment zu Kate und ihrem Bruder, und ihre Gesichtszüge wurden ein winziges bisschen milder. »Wir werden eure Schwester und eure Eltern finden. Eure Familie ist nicht verloren. Geht jetzt.«

Dr. Pym zog sie den Anstieg zur Brücke hinauf, und Kate sah, wie sich die Luft ganz ähnlich kräuselte wie das Wasser unter ihnen. Sie ergriff ihren Bruder an der Hand. In den letzten Tagen hatten sie so viele Portale durchquert, durch Feuer, das sie nicht verbrannte, durch Wasserfälle und durch einen Lichtstrahl, aber immer hatte sie sich vergewissert, dass sie Michaels Hand hielt. Sie hatte schon so viel verloren – ihn durfte sie nicht auch noch verlieren.

Die Schreie der Kreischer waren jetzt lauter und näher, aber Kate sah sich nicht um. Sie hielt den Blick auf den flirrenden Vorhang in der Luft vor ihnen gerichtet. Dann schob Dr. Pym sie hindurch. Kate hielt Michaels Hand noch fester, schloss die Augen und spürte das vertraute Gefühl in der Magengegend, hörte das laute Brausen und das Knacken in ihren Ohren – wie in einem Tunnel. Dann war alles still.

Oder doch nicht völlig still, denn leise plätscherten Wellen ans Ufer und über ihnen krähte eine Möwe. Kate spürte die Sonne auf ihrem Gesicht und schlug die Augen auf. Vor ihnen lag blaues Wasser und für einen Moment dachte sie, sie wären zurück in Australien. Dann sah sie, dass sie an einem Strand mit glatten grauen und schwarzen Kieseln standen.

Sie drehte sich zu Michael um. »Alles in Ordnung?«

Er nickte und löste seine Hand aus ihrem Griff. »Ja.«

»Hast du eine Idee, wo wir sein könnten?«

Er zuckte die Achseln. »Das wird uns Dr. Pym wohl sagen.«

Aber der Zauberer lief schon am Strand entlang in Richtung eines Landungsstegs, an dem etwa ein Dutzend Boote vertäut waren – ziemlich ramponierte kleine Dinger, über die man schwarze Netze zum Trocknen gehängt hatte. Kate musterte ihren Bruder. Er hatte seine Brille abgenommen und putzte sie mit seinem Hemd. Die letzten Tage war er ungewöhnlich schweigsam gewesen. Sie verstand das natürlich. Michael gab sich die Schuld für die Rückkehr des grässlichen Magnus und damit auch für die Entführung von Emma. Kate hatte auf ihn eingeredet, er hätte nur getan, was getan werden musste, und außerdem hätte sie daran ebenso viel Schuld wie er.

»Ach ja?«, hatte er da geantwortet. »Und warum?«

»Na, ich war's doch, die gestorben ist.«

Sie war gestorben und Michael hatte das Buch Rubyn, die Chronik des Lebens, benutzt, um sie zurückzuholen. Dazu hatte er aber zuerst den grässlichen Magnus wiederauferstehen lassen müssen, und der hatte sogleich mithilfe seines Dieners Rourke Emma entführt. Michael hatte das alles also nur getan, weil sie nicht aufgepasst hatte und gestorben war. So hatte sie es gemeint.

An Schuldigen herrscht kein Mangel, hatte Kate sagen wollen.

Aber sie wurde das Gefühl nicht los, dass da noch etwas anderes war. Etwas, das er ihr nicht erzählte. Woraus nur bestand diese Mauer, die er zwischen ihnen errichtet hatte?

Wenige Minuten später waren sie schon auf einem Boot. Die kleinen Wellenkämme schlugen – schwapp – schwapp – schwapp – gegen den Rumpf, und zwei geblähte Segel trieben sie voran. Das Meer war mit kleinen Inseln übersät. Kate peitschte immer wieder das Haar ins Gesicht, sodass sie es mit beiden Händen festhalten musste. Sie und Michael saßen mittschiffs auf einer Bank, die Füße auf den zu dicken Ballen zusammengerollten Netzen. Der Zauberer saß ihnen gegenüber, der Hauptmann stand achtern am Ruder, das er lässig mit einer Hand hielt. Das Boot roch nach totem Fisch und Meersalz. Dr. Pym hatte gesagt, die Reise würde nicht mehr als eine Stunde dauern, und angesichts der relativ ruhigen See und der Art, wie das Boot über die Wellen hüpfte, vermutete Kate, dass der Zauberer für den Wind sorgte, der ihnen die Segel füllte.

»Ich möchte euch beiden für eure Geduld danken«, sagte Dr. Pym so laut, dass er über dem Rauschen des Windes zu hören war. »Ich weiß, dass ich in letzter Zeit nicht besonders mitteilsam war, aber es war wichtig, dass wir schnell vorankommen und möglichst große Strecken zurücklegen. Aus diesem Grund habe ich die anderen ausgeschickt.«

Mit den »anderen« meinte er Gabriel und die Elfen. An dem Abend, als Kate, Michael und Dr. Pym die Antarktis verlassen hatten, hatten sich auch Gabriel und zwei Gruppen von Elfen aufgemacht, um Emma zu suchen und die Nachricht zu verbreiten, dass der grässliche Magnus zurückgekehrt war. Kate frage sich, ob jemand von ihnen wohl schon etwas von Emma gehört hatte.

»Aber jetzt«, sagte der Zauberer, »ist es Zeit, in die nächste Phase einzutreten.«

»Was meinen Sie damit?«, fragte Kate. »Die nächste Phase ist die Rettung von Emma!«

»Natürlich. Das ist unser erstes und wichtigstes Ziel. Aber auch wenn wir vor allem eure Schwester retten wollen, müssen wir uns um den grässlichen Magnus kümmern. Das ist Teil der Botschaft, die ich verbreitet habe. Noch etwa ein Tag, dann werden alle Angehörigen der magischen Welt, die unsere Sache unterstützen – seien es Elfen, Menschen oder Zwerge –, ihre Vertreter hierherschicken, damit wir unser weiteres Vorgehen planen können.«

»Sie meinen, wir werden einen Krieg anfangen?«, fragte Michael.

Der Zauberer sah mit einem Mal sehr alt und müde aus. »Mein Junge, wenn wir aus den vergangenen Ereignissen etwas lernen können, dann ist es, dass der Krieg bereits begonnen hat.«

»Und wo sind wir hier?«, wollte Kate wissen. »Wohin fahren wir?«

»Das«, der Zauberer umfasste mit einer weiten Bewegung des ausgestreckten Arms das Meer und alle Inseln, die sie umgaben, »ist der Archipel, eine Ansammlung von gut drei Dutzend Inseln, die unsichtbar für die äußere Welt im Zentrum des Mittelmeers liegen. Die Inseln sind alle verschieden, es gibt welche für Zwerge und welche für Elfen, aber auch Inseln die nur von Feen oder Trollen oder Drachen bewohnt werden. Wir jedenfalls sind auf dem Weg …«, er deutete auf einen grünen Haufen in der Ferne, »… dorthin. Wir reisen nach Altre Terros, auch Loris genannt und auch bekannt unter dem Namen Xi 'alatn. Es ist unsere größte Stadt, Heimat der größten magischen Gemeinschaft und in vielerlei Weise das wahre Herz unserer Welt. Hoffentlich finden wir hier die Antworten und die Hilfe, die wir brauchen.«

Sie verfielen in Schweigen. Kate gab die Bemühungen auf, ihr Haar zu bändigen, und konzentrierte sich stattdessen darauf, im heftig tanzenden Boot das Gleichgewicht zu behalten. Wie immer in den ruhigeren Momenten während der vergangenen beiden Tage fiel es ihr schwer, nicht an Emma zu denken, sich nicht zu fragen, ob sie verletzt oder verängstigt war und ob sie sie wiedersehen würde. Denn immer wenn sie sich solchen Gedanken hingab, geriet sie unweigerlich in einen Irrgarten aus Sorgen und Gewissensbissen, der nur zu weiteren Sorgen und Gewissensbissen führte.

Sie dachte lieber an ihre Eltern und an die Botschaft, die Michael erhalten hatte – dass sie entkommen waren und nun nach dem letzen Buch vom Anbeginn, dem Buch Onyx, suchten. Zehn Jahre lang waren sie Gefangene des grässlichen Magnus gewesen. Wie waren sie entkommen? Hatte ihnen jemand geholfen? Wenn ja, wer? Und warum waren sie nun hinter dem letzten Buch her, anstatt sie, ihren Bruder und ihre Schwester zu suchen? Hatte es etwas mit der Warnung ihres Vaters zu tun, der zufolge die Kinder nicht zulassen sollten, dass Dr. Pym die drei Bücher wieder zusammenbrachte?

Allerdings wusste Kate nicht, wie verlässlich die Warnung war, denn sie war nicht direkt von ihrem Vater, sondern von einer geisterhaften Projektion in seiner Gestalt gekommen. Diese war einer Glaskugel entstiegen, die Michael zerbrochen hatte. Der Geist hatte sich dann in Luft aufgelöst, ohne den Grund für seine Warnung zu nennen. Von diesem Teil der Botschaft hatten die Kinder Dr. Pym nichts gesagt, aber untereinander hatten sie immer wieder diskutiert, was er im Sinn haben könnte. Zu einem Ergebnis waren sie allerdings nicht gekommen. Kate hatte den Zauberer einfach selbst fragen wollen, aber Michael hatte sich dagegen ausgesprochen und gemeint, sie bräuchten noch mehr Zeit. Weil er die Botschaft erhalten hatte, hatte Kate sich gefügt und schob das Ganze auf.

Kate sah den alten Zauberer an. Er trug noch immer denselben ausgefransten Tweed-Anzug, die Hornbrille war noch immer verbogen und geflickt (und die Gläser im Augenblick mit Gischt gesprenkelt), und sein weißes, immer etwas zerzaustes Haar wehte heftig im Wind. Sie brauchte ihn nur anzusehen, um sich sicher zu fühlen. Er war Dr. Pym; er war ihr Freund.

Aber warum gab sie sich nicht mehr Mühe und überzeugte Michael davon, dem Zauberer zu erzählen, was ihr Vater gesagt hatte? Hatte sie denn selbst irgendwelche Zweifel an ihm?

Sie näherten sich nun der Insel. Kate riss sich zusammen und hörte auf zu grübeln. Die Insel war von einem imposanten weißen Kliff gesäumt und schien hoch über sie aufzuragen. Jenseits der Klippen war das Land grün bewachsen. In der Mitte ragte ein einzelner Berg steil in den Himmel, von dem nach allen Seiten scharfe Grate herabliefen. Von einer Stadt konnte Kate nichts sehen.

»Wir kommen von Luv«, sagte der Zauberer. »Die Stadt Loris liegt auf der windabgewandten Leeseite, wo sich das Kliff bis zum Wasser senkt.«

Während er sprach, drehte das Boot scharf in den Wind, und Kate und Michael hielten sich am Dollbord fest. Nun konnten sie auch andere Boote erkennen, alte Fischerboote wie das, in dem sie saßen, kleine, von nüchternen Zwergenoffizieren gesteuerte Boote und ein sehr schnelles, mit einem kunstvollen Blumenmuster bemaltes Boot, das von einem Elf gesteuert wurde, der offenbar einer Schule von Delfinen etwas vorsang, gleichzeitig sein Haar kämmte, ihnen sorglos zuwinkte und sie etwas seltsam mit »La-la-lo!« begrüßte.

Kate erwartete, dass Michael eine Bemerkung über die Lächerlichkeit der Elfen machte, aber ihr Bruder schwieg.

Sie umrundeten die Insel und die Kinder sahen, dass sich

die Klippen tatsächlich zum Wasser senkten und einen Hafen freigaben. Es war, als strecke ihnen die Insel zwei lange, felsige Arme entgegen, und als sie sich in die Umarmung begaben, kamen sie in ruhiges, blaues Fahrwasser. Vom Kai ragten steinerne und hölzerne Landungsbrücken wie Reißzähne in den Hafen hinaus. Dutzende von Booten lagen angedockt oder fuhren umher. Das Ganze wirkte sehr geschäftig – Fischerboote fuhren mit ihrem Fang in den Hafen ein, andere waren mit Kisten und anderer Fracht schwer beladen. Die Luft war erfüllt von den Rufen der hier arbeitenden Menschen.

Jenseits des Hafens erstreckte sich ein schmaler Strand; dahinter erhoben sich hohe weiße Mauern, die die ganze Stadt umfassten und zweifellos vor langer Zeit zum Schutz errichtet worden waren. Jetzt standen die Tore weit offen und auf den Mauerkronen blühte ein Feuerwerk bunter Blumen. Die Stadt selbst zog sich mit dicht gestaffelten weißen Steinhäusern den Hang hinauf. Kate fiel besonders ein einzelnes Gebäude auf, das am obersten Ende der Stadt direkt am entfernten Kliff stand. Während die übrigen Häuser alle aus demselben weißen Stein gebaut waren, schimmerte dieses rosa und wirkte sehr massiv; es thronte hoch über der Stadt und sah aus, als würden Riesen dort wohnen.

Kate hatte keinen Zweifel, dass die rosafarbene Festung ihr Ziel war.

Inzwischen war der herbeigezauberte Wind abgeflaut. Die Segel erschlafften und das Boot glitt auf eine Steinmole mit einem einzelnen freien Liegeplatz zu. Als sie näher kamen, bemerkten die Kinder dort eine kleine, stämmige Gestalt, die einen Fischer anbrüllte, der dort sein Boot hinsteuern wollte.

»Was glaubst du, wer ich bin? Ich werde die verrottete Nussschale, die du ein Boot nennst, versenken, wenn du nicht sofort Leine ziehst! Hier ist reserviert!«

Um seiner Forderung Nachdruck zu verleihen, zog die Gestalt eine schimmernde Axt aus dem Gürtel und drohte dem Fischer damit, worauf dieser hastig zurückruderte.

Kate hatte das Gesicht und die Stimme längst erkannt und freute sich zum ersten Mal seit Tagen wieder von Herzen.

Im selben Augenblick sprang Michael auf und brachte damit fast das Boot zum Kentern. »König Robbie!«, rief er. »Das ist König Robbie! König Robbie!«

Auch der Zwergenkönig hatte sie gesehen, winkte mit seinen kurzen Armen und grinste.

»Ach, was seid ihr beiden doch für ein Anblick für meine geschundenen Augen! Lasst euch mal richtig ansehen.«

Die Kinder standen auf der Landungsbrücke und Robbie McLaur, König der Zwerge von Cambridge Falls, hatte sie schon heftig umarmt und ihnen borstige Küsse auf beide Wangen gedrückt.

»Du bist ja noch schöner geworden«, sagte er zu Kate, »obwohl das eigentlich überhaupt nicht möglich ist. Und du …«, er wandte sich an Michael, »bist auch nicht mehr so feucht hinter den Ohren wie letzte Weihnachten! Ich will meinen Bart darauf wetten, dass irgendwas passiert ist! Los – raus mit der Sprache!«

»Nun, Euer Hoheit«, sagte Michael sichtlich erfreut, den alten Freund wiederzusehen. »Wir haben ein ziemliches Abenteuer erlebt. Ich hatte einen Zank mit einem Drachen, aber das ist kaum der Rede wert, und dann war da eine

Belagerung, bei der ich eine unbedeutende Rolle gespielt habe …«

»Du hast dich verliebt, stimmt's? Lüg mich nicht an, Kumpel!« König Robbie drohte ihm schelmisch mit dem Zeigefinger. »Versuche nicht, etwas vor Robbie McLaur zu verheimlichen! Wie heißt denn das glückliche Zwergenmädel?«

Kate sah, wie Michael ganz rot wurde und stammelte: »Oh … nun … ich …«

Der Zwerg lachte und schlug ihm auf die Schulter. »Ich mache doch nur Spaß. Ist doch keine Schande, sich in ein Menschenmädchen zu verlieben. Bei einer Elfe wäre das schon etwas anderes, was?«

Kate wusste ein bisschen über Prinzessin Wilamena Bescheid und sie wusste auch, dass eine blonde Locke in einer Seidenschleife in Michaels Tasche verstaut war. Michael wurde noch röter.

»Eine Elfe?«, meinte er. »Pah.«

Der Zwergenkönig legte jedem der Kinder eine kleine, kräftige Hand auf die Schulter und hielt sie so fest, dass es beinahe wehtat. »Ihr wisst das natürlich, aber ich sage es trotzdem noch einmal laut, denn dann gilt es ganz bestimmt: Wir werden eure Schwester finden. Ich, Robbie McLaur, werde nicht ruhen, bis sie wieder frei ist. Das gilt auch für alle meine Zwerge.« Er besann sich kurz und fügte dann hinzu: »Außer für Hamish. Der nutzlose Lump liegt nur auf der faulen Haut und hat nichts als Fressen und Saufen im Sinn. Alles, nur nicht arbeiten oder duschen … Auf jeden Fall«, und damit packte er ihre Schultern noch fester, »werden wir sie befreien. Dafür habt ihr mein Wort.«

Kate stiegen Tränen in die Augen und sie umarmte den Zwergenkönig heftig.

»Schon gut«, murmelte er und tätschelte ihr den Rücken.

Dr. Pym hatte während des Wiedersehens geschwiegen und sagte nun: »Euer Majestät, wir waren einige Zeit ohne Rast unterwegs, und ich bin mir sicher, dass die Kinder erschöpft sind. Wir sollten sehen, dass sie in ihre Zimmer kommen.

»Da hast du recht«, antwortete der Zwerg. »Folgt mir.«

Die vier gingen die Landungsbrücke hinunter, und über den Strand, vorbei an den Menschen, die sich durch die Tore drängten und weiter in die Stadt hinein. Die schmalen Straßen wanden sich bergauf. Alles war aus demselben weißen Stein erbaut – Häuser, Straßen und Gartenmauern. Aber aus der Nähe war der Stein nicht rein weiß, sondern durchzogen von grauen und schwarzen Adern und Flecken. Sie begegneten Menschen, Zwergen und Elfen, die einkauften, ihre Häuser putzten und in Cafés saßen – und Kate bemerkte, dass sie viele Blicke auf sich zogen.

Wissen die etwa alle, wer wir sind?, fragte sie sich. Oder fallen Michael und ich so auf?

»Ich bin gestern Abend angekommen«, sagte König Robbie. »Alles ist so, wie du es gewünscht hast.«

»Ich danke dir«, sagte Dr. Pym. »Sag mir, hat man von neuen Angriffen gehört?«

Er und König Robbie liefen direkt vor Kate und Michael.

»Aye. Zwei Meldungen heute. Eine aus Südamerika. Die andere vom Horn von Afrika. Aber wie kommst du darauf?«

»Wir hatten selbst Schwierigkeiten.«

»Dann geht's also los. Das sind die ersten Böen vor dem Sturm. Aber warum zum Teufel ist er so stark? Früher war er nicht halb so verwegen, aber jetzt zieht er gegen die ganze Welt in den Krieg!«

»Er muss tatsächlich eine neue Machtquelle gefunden haben. Mich schaudert bei dem Gedanken, was das sein könnte. Hast du von Gabriel oder den anderen etwas gehört?«

»Nein.«

König Robbie und der Zauberer unterhielten sich weiter, aber Kate hörte nicht mehr zu. Sie hatte gehört, was sie wissen musste. Emma war noch immer fort.

Sie bogen um eine Ecke, und Kate entdeckte am Ende der Straße das riesige rosafarbene Gebäude, das sie schon vom Boot aus bemerkt hatte. Außer seiner ungeheuren Größe und der besonderen Farbe des Steins fiel vor allem auf, wie hastig zusammengeschustert das Bauwerk aussah. Die Fassade war von ungleichmäßiger Höhe und über dem Dach erhoben sich Kuppeln, Pergolen und Türme der verschiedensten Größen und Formen, dazu ein Mischmasch aus Balkonen, Säulenreihen und Bögen. Und dennoch besaß das Ganze eine seltsame, beinahe vollkommene Schönheit, so ähnlich wie die natürliche Wuchsform einer Blume.

Und da war noch etwas. Das Gebäude barg eine große Macht. Schon als sie es vom Boot aus das erste Mal gesehen hatte, hatte Kate ein Beben in der Brust gespürt. Und jetzt, aus der Nähe, war sie sich völlig sicher. Das rosafarbene Gebäude war erbaut worden, um etwas zu schützen. Nur was?

Sie gingen durch einen Torbogen, wo ihnen zwei bewaffnete Wächter – ein Mensch und ein Zwerg – salutierten.

Der Zauberer blieb stehen. »Dies ist die rosafarbene Zitadelle. Wir aus der magischen Welt halten hier unsere Treffen ab. Das Gebäude beherbergt die größte magische Bibliothek, die es gibt, dazu zahllose Schätze und Wunder. Die Zitadelle ist gleichzeitig Museum, Universität und Parlamentsgebäude. In den oberen Etagen gibt es sehr komfortable Gästezimmer. Ich habe für euch welche reservieren lassen.«

»Und was ist dort?«, fragte Kate und deutete auf einen Durchgang, an dessen Ende es grün leuchtete.

»Der Garten«, antwortete der Zauberer. »Die Zitadelle ist um ihn herum gebaut. Ich werde ihn euch später zeigen.«

Dort ist es, dachte Kate. Das, was ich spüre, ist dort.

Sie verabschiedeten sich von König Robbie, der versprach, sie zum Abendessen zu treffen, und Dr. Pym führte sie durch ein Wirrwarr von Durchgängen, Treppen und Korridoren bis in einen großen, kühlen und nur schwach erleuchteten Raum. Kate konnte ein Bett, einen Schrank und einen Tisch erkennen; dann stieß der Zauberer ein Paar schwere Holzläden auf, das Licht flutete herein und tief unter ihnen war das blaue Meer zu sehen. Er zeigte auf eine Tür.

»Hier geht's zum zweiten Schlafzimmer. Ruht euch erst einmal gut aus. Ich werde euch das Abendessen bringen lassen. Und seid versichert, dass dies der sicherste Ort der Welt ist.«

Er drehte sich um und ging.

Kate fühlte eine schwere Last auf ihren Schultern. Es war, als hätte die Erschöpfung nur auf sie gewartet. Sie setzte sich aufs Bett. Einen Moment später, und sie wäre vielleicht zusammengebrochen.

»Äh«, sagte Michael. »Ich nehme dann wohl das andere Zimmer.«

»Michael …«

Er drehte sich an der Tür um.

»Ich wollte fragen …«

»Ja, ich weiß, dass ich König Robbie nichts von Wilamena erzählt habe. Aber …«

»Das meine ich doch gar nicht.« Eigentlich hatte sie fragen wollen, ob er auch die Gegenwart einer großen Macht im Gebäude gespürt hatte, aber als sie ihm ins Gesicht sah und sich mehr denn je der neuen und schrecklichen Distanz zwischen ihnen bewusst war, überlegte sie es sich anders. Stattdessen fragte sie: »Stimmt irgendetwas nicht?«

»Wie meinst du das?«

»Bist du böse auf mich?«

»Was? Nein! Bestimmt nicht.«

Kate sagte nichts. Die Stille zog sich in die Länge. Michael starrte auf den Boden, und als er wieder sprach, klang seine Stimme anders. Diesmal war es seine eigene, wirkliche Stimme.

»Wenn ich das Buch des Lebens benutze, durchlebe ich das ganze Leben der anderen Person. All ihre Erinnerungen und Gefühle sind für ein paar Sekunden meine eigenen. Ich hätte dir das schon früher sagen müssen. Ich möchte nicht, dass das geschieht, aber es passiert einfach. An das meiste kann ich mich hinterher nicht mehr erinnern. Es ist, wie wenn man versucht, sich einen Traum zu merken.«

»Aber an manches erinnerst du dich.«

»Ja.«

»Und als du mich zurückgeholt hast …«

Michael blickte auf, und als sich ihre Augen trafen, wusste Kate, was er sagen würde.

»Der Junge im Glockenturm, der zum grässlichen Magnus wurde …«

Kates Kehle war so trocken wie Papier. »Rafe.«

»Du liebst ihn.«

Kate wusste nicht, was sie mehr traf – die Tatsache, dass Michael das gesagt hatte, oder die einfache, direkte Art, wie er es getan hatte. Der alte Michael, wie sie ihn noch vor einer Woche in Baltimore gekannt hatte, hätte herumgedruckst und alles getan, um bloß nicht über Gefühle reden zu müssen – ganz egal, ob es um seine eigenen ging oder um die von anderen.

»Du liebst ihn«, fuhr er fort. »Und dabei weißt du, dass er der grässliche Magnus ist. Du weißt, dass er der Feind ist. Und trotzdem liebst du ihn.«

»Nein, das tue ich nicht.« Kate hielt sich mit beiden Händen an der Bettkante fest. »Ich … liebe den grässlichen Magnus nicht.«

»Ich meine Rafe. Ihn liebst du. Aber er ist der grässliche Magnus. Sie sind ein und derselbe.«

»Warum sagst du das? Wieso …?«

»Du kannst ihn nicht retten. Das musst du wissen.«

Nun war es Kate, die auf den Boden starrte. Es schockierte sie, dass Michael erklärt hatte, dass sie Rafe liebe – den Jungen, den sie in der Vergangenheit vor hundert Jahren getroffen hatte, der ihr das Leben gerettet hatte und dabei zum grässlichen Magnus geworden war. Und doch war ihr die Wahrheit die ganze Zeit voll bewusst gewesen. Obwohl Kreischer sie von Ort zu Ort rund um die Welt gejagt hatten und obwohl Emma immer noch fort war, hatte sie in den vergangenen Tagen nur allzu oft die Augen geschlossen und sich Rafes Gesicht vorgestellt, sich daran erinnert, wie sie mit ihm auf dem Dach der Hochbahn gefahren war und der eisige Wind in ihre Wangen gebissen hatte. Oder daran, wie er ihr in einem warmen, verrauchten chinesischen Restaurant das Essen von Nudeln beigebracht hatte. Wie sie mit ihm im Schnee getanzt und dabei seinen Herzschlag gespürt hatte …

Immer wieder hatte Kate sich ermahnt, nicht mehr an ihn zu denken, ihn zu vergessen. Und dann war sie von der schlichten Erinnerung an ihre Hände, geborgen in seinen, überwältigt worden.

Sie sagte: »Hast du es auch Dr. Pym erzählt?«

»Nein. Und das werde ich auch nicht. Aber du musst dich entscheiden. Emma oder er. Beide kannst du nicht retten. Du musst dich entscheiden.«

Damit drehte Michael sich um, ging aus dem Zimmer und ließ sie allein.

KAPITEL 3
Das zerdrückte Blatt

»So, du kannst dir also vorstellen, hier zu leben?«

Gabriel stand in einem Dorf am Rijkinka-Fjord, einem langen, schmalen Meeresarm, der sich tief in die Wälder von Westnorwegen schlängelte. Das kleine Dorf bestand aus kaum dreißig Häusern, die sich zwischen den Bäumen und der spiegelglatten Wasserfläche ans Ufer schmiegten. Neben ihm stand eine dünne, alte Frau mit weißem Haar und großen, blauen Augen. In einer Hand hielt sie einen Stock, der andere lag auf Gabriels Arm. Sie wartete auf seine Antwort, und so sah Gabriel noch einmal auf den Fjord hinaus und lauschte auf die Stille der Bäume.

»Es ist schön. Friedlich.«

»Ja«, sagte die Frau. Sie seufzte. »Das war es.«

Um sie herum liefen die Dorfbewohner zwischen den verbrannten und rauchgeschwärzten Ruinen ihrer Häuser herum und stöberten nach Habseligkeiten, die sich noch verwenden ließen. Dunkler Rauch hing am Himmel. Gabriel und die Frau wandten sich die schmutzige Straße hinunter und sie tastete mit dem Stock den Weg durch Asche und Schutt.

»Natürlich haben Miriam und ich die üblichen Schutzmaßnahmen ergriffen, gegen Vampire und Werwölfe und dergleichen. Aber das ist Jahrzehnte her. Vielleicht sind wir nachlässig geworden. Aber geholfen hätte es ohnehin nichts. Es waren Hunderte. Morum Cadi. Gnome. Und sogar ein Troll.

»War er auch selbst hier?«

»Nein. Rourke führte sie an.«

»Sagte er etwas?«

Die alte Hexe schnaubte kurz. »Oh ja. Er ist extra zu uns gekommen und hat gesagt: ›Ihr habt euch schon einmal gegen meinen Meister erhoben. Deswegen geschieht das hier. Wenn ihr noch einmal Widerstand leistet, werden wir nicht mehr so gnädig sein.‹ Er sagte, diesmal könnte uns Pym nicht schützen.«

Gabriel sagte nichts.

Die alte Hexe blieb stehen. Ihre knochige Hand packte Gabriels Arm. »Er ist mächtiger denn je. Ich konnte es spüren.«

»Wir glauben nicht, dass er das Buch Reckoning schon besitzt. Das Buch Onyx ist noch verborgen.«

»Aber er hat die Hüterin, nicht wahr? Er hat die Hüterin des Buchs des Todes?«

»Ja.«

Der Griff ihrer Hand erschlaffte, als hätte sie etwas von ihrer Kraft verloren. »Dann ist es nur eine Frage der Zeit, bis er es findet. Und danach wird ihn niemand mehr aufhalten können.«

»Das wird nicht geschehen.«

Die alte Frau tätschelte seinen Arm.

»Sag Pym, dass wir zu ihm stehen. Wir sind vielleicht nicht mehr, was wir einmal waren, aber wir halten zu ihm bis zum Ende.« Sie hielt inne. »Ich meine … ich halte zu ihm.«

»Das mit deiner Schwester tut mir leid.«

Sie nickte zum Dank und deutete mit dem Stock zum Waldrand. »Von dort kamen sie.« Sie stakste weiter die Straße hinunter und ihr Stock machte dabei leise patsch-patsch im Schlamm. Gabriel sah ihr hinterher.

Er brauchte nicht lange zu suchen, bis er den Ort fand, wo Rourke und seine Armee erschienen waren. Dort waren die Bäume in einem großen Kreis gefällt und der Boden verbrannt. Aber woher waren sie gekommen? Gabriel wusste, dass man ein Portal nicht mehr zu seinem Ursprung verfolgen konnte, wenn es wieder geschlossen war. Jedenfalls nicht auf magischem Weg. Aber sein Vorteil war, dass er kein Zauberer war. Er war nur ein gewöhnlicher Mensch. Ein Mann, der sich mit Bäumen, mit Pflanzen und mit der Landschaft auskannte. Er bückte sich und hob ein kleines, zerdrücktes Blatt vom Boden auf. Es war von vielen Stiefeln zertreten worden und er glättete es vorsichtig auf seiner Handfläche.

Gabriel erkannte nicht, was für ein Blatt es war, aber er wusste, dass solche Blätter nicht in diesem Wald wuchsen. Es musste mit dem Stiefel eines Angreifers hierhergekommen sein. Aber woher? Gabriel spürte, wenn er die Pflanze fand, dann fand er auch den grässlichen Magnus. Und wenn er den grässlichen Magnus fand, dann fand er auch Emma.

Aber dazu brauchte er Hilfe.

Zwei Stunden später und fünftausend Meilen südwestlich lief Gabriel einen steilen, felsigen Pfad entlang, während die Sonne hinter den Bergen unterging und die Bäume lange Schatten auf den Weg warfen. Die anbrechende Dunkelheit bereitete ihm keine Sorgen; er hätte den Weg auch mit verbundenen Augen gefunden. Und so erreichte er wenig später den Berggrat und blickte auf das kleine Dorf im Tal hinunter.

In den fünfzehn Jahren, seitdem Dr. Pym ihn für den Kampf gegen den grässlichen Magnus und für die Rettung der Kinder gewonnen hatte, war Gabriel nur selten hier gewesen. Und jedes Mal war es ihm weniger wie sein Zuhause vorgekommen.

Er wusste, dass es völlig dunkel sein würde, wenn er das Dorf erreichte. Er hätte früher da sein können, aber der goldene Schlüssel, den der Zauberer ihm gegeben hatte und mit dem er rasch auf der ganzen Welt von Ort zu Ort springen konnte, brauchte ein passendes Schlüsselloch – und in seinem Dorf gab es keines. Er hatte durch das große Haus in Cambridge Falls gehen müssen und dabei den alten Hausmeister Abraham beinahe zu Tode erschreckt. Als sich der alte Mann erholt hatte, wollte er natürlich alle Neuigkeiten über die Kinder erfahren, und Gabriel hatte berichtet, während die übellaunige Haushälterin Miss Sallow von der Küche aus gelauscht hatte. Als Gabriel von Emmas Entführung erzählt hatte, war sie aus der Küche gekommen und hatte Abrahams Hand ergriffen.

»Du musst sie retten«, hatte die alte Frau völlig aufgewühlt gesagt. »Unbedingt!«

Bald danach hatte er sich auf den Weg gemacht.

Im Dorf war es dunkel und still. Gabriel kam sich vor wie ein Geist, der im Schatten wandelt.

Er kam an eine baufällige Hütte am unteren Ende des Dorfes

und hob die Hand, um anzuklopfen, aber da rief von innen schon eine Stimme: »Komm rein, komm rein!«

Gabriel schob die Türe auf und spähte in den verräucherten Raum. An der Kochstelle in der Mitte brannte ein Feuer; davor zeichnete sich groß und unförmig der Umriss einer Frau ab, die über einen Kochtopf gebeugt stand. Für einen Augenblick rührte er sich nicht. Der Anblick der alten Frau am Feuer und der Geruch nach dem Rauch von Kiefernholz, nach wilden Zwiebeln und Möhren und Thymian – das alles löste einen Knoten in seiner Brust. Mit einem Mal war er wieder ein kleiner Junge: Er war zu Hause.

»Ich habe Eintopf aufgesetzt, als ich wusste, dass du kommst«, sagte Granny Peet. »Allerdings ohne Kartoffeln. Die sind ganz schlecht gewachsen dieses Jahr.«

Dies holte Gabriel wieder in die Gegenwart zurück. Er trat in die Hütte und zog die Tür hinter sich zu. »Ich will gar nicht wissen, woher du wusstest, dass ich komme.«

»Gut. Du würdest es sowieso nicht verstehen. Setz dich.«

Gabriel rückte sich einen niedrigen Hocker an die Feuerstelle und Granny Peet rührte weiter in ihrem Topf, während die Ampullen und Anhänger, die sie an unzähligen Halsketten trug, mit leisem Klingen aneinanderstießen. Gabriel verspürte noch immer das Gefühl, zu Hause zu sein, aber allmählich legte sich wieder die Spannung über seine Brust. Und so würde es bleiben, bis Emma in Sicherheit war, das wusste er.

»Du warst zu lange fort«, murmelte die alte Frau und das Feuer vervielfachte die Runzeln in ihrem Gesicht. »Dies ist dein Zuhause. Es nährt dich.«

»Vieles ist vorgefallen.«

»Ich weiß. Ich höre es flüstern. Was hast du mir mitgebracht?«

Gabriel griff in seine Tasche und zog ein sauber zusammengefaltetes Tuch hervor. Er schlug es auf und zeigte ihr das schlaffe schwarze Blatt. Es schien ihm ein furchtbar unbedeutendes kleines Ding zu sein, um all seine Hoffnung daran zu hängen, aber es war alles, was er hatte. »Ein Dorf in Norwegen ist angegriffen worden. Dort habe ich es gefunden.«

Granny Peet hatte schmutzige, angeschwollene Finger mit dicken gelben Nägeln, aber sie hob das Blatt ganz behutsam auf, drehte es im Feuerschein hin und her und hielt es sich schließlich ganz dicht an die Nase, um daran zu riechen.

»Hmpf.«

Sie nahm das Blatt mit zu einem Tisch, der hinter Gabriel stand. Dort befand sich zwischen Wurzeln und Ästen ein Topf mit Erde. Granny Peet drückte ein Loch in die Erde, legte das Blatt hinein und bedeckte es wieder. Dann schöpfte sie mit der Kelle eine Flüssigkeit darüber, die für Gabriel wie gewöhnliches Wasser aussah. Dann schlurfte sie zurück zur Feuerstelle.

»Mal sehen, ob es uns etwas zu sagen hat. Und du, iss erst einmal, und dann erzähle mir, was du sonst noch auf dem Herzen hast.« Sie drückte ihm eine randvolle, dampfende Schale Eintopf in die Hände.

Gabriel wollte schon sagen, dass er nur wegen des Blatts gekommen sei, aber dann wurde ihm klar, dass sie recht hatte. Da war noch etwas anderes. Etwas, das schon seit Tagen an ihm genagt hatte.

Er wusste nur zu gut, dass Granny Peet erst zuhören würde, wenn er seine Schale geleert hatte. Also griff er nach dem Löffel und aß. Der Eintopf war zu heiß, und er verbrühte sich den

Mund, aber mit jedem Bissen wurde die Erinnerung an die langen Stunden lebendiger, die er hier am Feuer der weisen Frau gesessen hatte, während sie Geschichten über die Welt jenseits des kleinen Dorfes erzählte. Er dachte daran, wie sie gesagt hatte, er würde zum Kampf in einer wichtigen Angelegenheit gerufen werden. »Man wird viel von dir verlangen«, hatte sie gesagt. »Ein schreckliches Opfer.«

Und er hatte genickt. Damals war er ein kleiner Junge gewesen, kleiner als seine Altersgenossen. Seine Eltern waren bei einem Bergrutsch umgekommen, als er jünger als Emma gewesen war. Vielleicht war das der Grund, warum ihm die Kinder so nahestanden. Nach dem Tod seiner Eltern war er vom ganzen Dorf und insbesondere von Granny Peet aufgezogen worden. Sie hatte ihm zu essen gegeben und ihn unterrichtet. Er war rasch gewachsen. Schon als Junge hatte er alle Männer im Dorf überragt. Er hatte sich oft gefragt, ob ihm Granny Peet etwas ins Essen gemischt hatte. Wenn er sie danach fragte, sagte sie: »Grübel nicht über deine Stärke nach. Sei dankbar dafür. Wenn die Zeit kommt, wirst du jedes bisschen Kraft brauchen.«

Als Gabriel den Eintopf aufgegessen hatte, ging es ihm so gut wie seit Tagen nicht mehr. Er saß entspannt mit der leeren Schüssel in den Händen da. Die alte Frau hatte sich neben ihm auf einem Hocker niedergelassen und rauchte eine kurze, knorrige Pfeife. Ihre Augen waren nichts als zwei dunkle Höhlungen zwischen den Falten ihres Gesichts.

Er begann zu sprechen. »Seit fünfzehn Jahren helfe ich nun Dr. Pym bei der Suche nach den verlorenen Büchern. Er sagte, nur wenn wir die Bücher finden, können wir die Kinder retten.« Gabriel erzählte nicht, wie oft sein eigenes Leben in

Gefahr gewesen war, wie viele neue Narben er davongetragen und auf wie viel er um dieses Kampfes willen verzichtet hatte; das alles wusste die alte Frau.

Gabriel fuhr fort: »Aber zuletzt habe ich gegen einen Mann gekämpft, einen Diener des grässlichen Magnus.« Gabriel bemerkte nicht, wie er bei der Erinnerung an den Kampf mit Rourke im Vulkan unwillkürlich die Hände um die Schale krallte. »Er sagte mir, wenn es den Kindern gelingt, alle drei Bücher vom Anbeginn zu finden und wieder zu vereinen, dann werden sie sterben. Und er sagte, dass Pym das weiß.«

Granny Peet sagte eine Weile nichts, sondern saß nur da, zog an ihrer Pfeife und ließ den Rauch aus dem Mund strömen. Gabriel konnte draußen die Bäume ächzen hören und vernahm das Geflüster, wenn die Äste aneinander rieben.

Schließlich sagte sie: »Das ist möglich.«

Gabriel war, als bewege sich die Erde unter ihm. Er griff nach der hölzernen Schale wie nach einem Anker, der ihm Halt geben konnte. »Dann stimmt es also, dass sie sterben werden, wenn sie die Bücher zusammenbringen?«

»Ja. Höchstwahrscheinlich.«

»Und Pym weiß das auch?«

»Ohne Zweifel.«

»Und du hast das gewusst und mir nichts erzählt? Da suche ich all die Zeit nach den Büchern und schicke damit die Kinder ins Verderben.«

Gabriel bemerkte die Wut in seiner Stimme, aber das war ihm egal. Die alte Frau sah ihn an, regungslos, der Ausdruck ihrer Augen undurchdringlich. Offenbar wartete sie, bis seine Wut verebbte wie eine Welle, die sich brach und dann wieder ins Meer zurücklief.

»Die Bücher müssen gefunden werden«, sagte sie schließlich. »Sie müssen gefunden werden, und nur die Kinder können das schaffen.«

»Aber warum müssen sie gefunden werden? Weil auch der grässliche Magnus nach ihnen sucht? Sie können nicht der einzige Weg sein, ihn zu besiegen. Wenn nötig, dann werde eben ich ihn töten, ihn und jeden seiner Anhänger. Ich werde nicht …«

»Nein«, sagte die alte Frau. Und plötzlich war nichts Gebrechliches oder Ungepflegtes mehr an ihr. Sie war hart und präzise. »Der grässliche Magnus hat viel an Macht gewonnen. Und all deine Kraft und dein Mut, alles Wissen Pyms und alle Macht und Entschlossenheit der guten Menschen werden nicht genügen. Nur die Bücher können ihn noch besiegen. Und nur die Kinder können sie finden.«

Gabriel verstummte und starrte ins Feuer. Er bemerkte, dass er noch immer die Schale umklammert hielt, und stellte sie weg.

»Aber es gibt noch einen anderen Grund«, sagte die alte Frau. »Im Gerüst der Welt ist etwas aus den Fugen geraten. Es hat vor langer Zeit begonnen, aber in letzter Zeit schreitet der Zerfall immer rascher voran. Wenn das nicht behoben wird, dann kommt es zu einer Katastrophe, die niemand aufhalten kann. Nur die Bücher können das verhindern. Alle Gedanken Pyms richten sich nur auf diesen einen Punkt.«

Gabriel sah sie an. Die Narbe, die an der Seite seines Gesichts herablief, pochte. »Also müssen die Kinder geopfert werden.«

»Vielleicht«, sagte die alte Frau. »Aber vielleicht auch nicht. Prophezeiungen sind eine verzwickte Sache.«

»Du meinst, es gibt einen Weg, sie zu retten?«

»Ich weiß es nicht. Aber ich möchte glauben, dass es so ist.« Sie legte ihm ihre warme Hand auf den Arm. »Diese Kinder bedeuten dir etwas, aber die Jüngste, sie ist für dich wie eine Tochter. Du würdest alles für sie tun.«

Bei den Worten der alten Frau musste Gabriel an Emma denken – und an den Morgen, einige Jahre war das nun her, als er die drei vor den Wölfen der Gräfin gerettet hatte. Damals war Emma ihm in den Wald gefolgt und hatte beobachtet, wie er sich an einen Hirsch angepirscht und ihn erlegt hatte. Gabriel erinnerte sich, wie Emma ihre Angst überwunden hatte. Es hatte ihn überwältigt, und in sein Herz war das Verlangen eingezogen, sie zu beschützen. Eine Liebe, die nie mehr nachgelassen hatte.

Er nickte, schwieg aber.

»Du must mit Pym sprechen«, sagte die alte Frau. »Weise ihn nicht zurück deswegen. Auch ihm sind die Kinder teuer. So, und jetzt wollen wir uns mal das Blatt ansehen.«

Sie stand auf und watschelte an ihm vorbei zum Tisch. Sie kam mit dem Topf zurück, nur dass aus der Erde nun eine handhohe Pflanze wuchs. Sie hatte einen dünnen, dornigen Stamm und lange, gezackte Blätter. Granny Peet stellte sie neben das Feuer, nahm einen Zweig in die Hände, tauchte das Gesicht in die Blätter und sog tief die Luft ein.

»Klare Höhenluft. Berge. Eisen und Schwefel. Mars am Frühlingshimmel. Der Urin blauer Schafe. Die Knochen eines Tyrannosaurus. Wut. Hass. Tod.« Sie pflückte ein Blatt ab und zerrieb es zwischen den Fingern. »Du musst nach Osten gehen. Suche nach einem Ort, an dem sich drei Flüsse treffen und es Felder mit Minze gibt. Weißt du noch, wie man einen Verschleierungszauber erspürt?«

Gabriel nickte und wollte sich erheben, aber die alte Frau schnalzte mit der Zunge.

»Morgen, Junge. Auch du musst einmal schlafen.«

»Nicht, so lange sie gefangen gehalten wird.«

Er war schon an der Türe, als sie seinen Namen rief. Er drehte sich um und sah, dass sie in der Ecke der Hütte in den Sachen kramte. Sie zog etwas heraus und kam auf ihn zu. Der Gegenstand war etwa einen Meter lang und in ein dunkles, fleckiges Tuch gewickelt. Sie hielt ihn Gabriel mit beiden Händen hin.

»Nimm wenigstens das. Du wirst eine Waffe brauchen, das weiß ich. Und diese wirst du nicht verlieren.«

Wieder fragte Gabriel nicht, woher die alte Frau das alles wusste, aber es stimmte: das rasiermesserscharfe Schwert, das ihm in zahllosen Schlachten treue Dienste geleistet hatte, das wie eine Verlängerung seines Arms gewesen war, lag nun in einem Vulkan in der Antarktis. Er nahm den Gegenstand aus ihren Händen und schlug an einem Ende das Tuch auseinander. Ein Griff aus Knochen und abgewetztem Leder kam zum Vorschein, dann eine Klinge von vier Fuß Länge. Der Stahl schien den flackernden Schein des Feuers einzufangen und zehnfach wieder auszustrahlen. Er steckte das Schwert in die Scheide zurück und nickte zum Dank.

Die alte Frau legte ihm beide Hände auf die Arme.

»Sie ist die Tochter, die du niemals hattest, und du bist das Kind meines Herzens. Alles Gute.«

Sie wandte sich ab, bevor er antworten konnte. Für einen langen Augenblick sah er sie an. Sie stand wieder genau so an der Feuerstelle wie bei seiner Ankunft. Dann ging er hinaus und weiter durchs Dorf, so leise, wie er gekommen war.

KAPITEL 4
Schokoladenkuchen

Emma hörte Schritte auf den Stufen. Sie erkannte, wer kam, und setzte sich auf. Der Himmel draußen vor den Fenstern war dunkel und das Trommeln und Geschrei der Armee im Tal hatte seine typische nächtliche Fieberstufe erreicht.

Sie stand auf, als Rourke mit einer Fackel in der Hand die Tür öffnete.

»Komm mit.«

»Warum?«

»Er will dich sehen.«

Rourke machte sich nicht die Mühe, zu erklären, wer »er« war. Emma dachte daran, sich zu widersetzen, aber dann würde Rourke sie einfach hochheben und sich über die Schulter werfen.

Seit vier Tagen war sie nun gefangen. Wirklich Schlimmes war nicht vorgefallen; ihre Tage und Nächte waren auf nervtötende Weise gleichförmig gewesen. Jeden Morgen brachten zwei Kobolde mit verkniffenen Gesichtern ihr das Frühstück, das sie gehorsam aufaß, denn sie sagte sich, dass sie all ihre Kraft brauchen würde, wenn sie jemals freikommen wollte. Einige Male hatte sie versucht, an den Kobolden vorbeizuhuschen, aber die hatten sie immer sofort zu Boden gedrückt und ihr schmerzhaft Arme und Finger verdreht. Die kleinen Biester waren viel stärker, als sie aussahen. Und bösartig waren sie außerdem.

Irgendwann am Tag, manchmal eine, manchmal zwei oder drei Stunden nach dem Frühstück, kam dann Rourke vorbei und nahm sie mit auf einen Spaziergang über die Befestigungswälle, quatschte ihr die Ohren voll, wie großartig sein Meister war und dass Emma ihnen schon bald dabei helfen würde, das Buch Reckoning zu finden. Abends brachten ihr zwei andere Kobolde zu essen, an denen sie ebenso wenig vorbeikam. Dann wurde es dunkel und das Getrommel und Geschrei der Armee wurde so laut, dass Emma in der Zelle saß, sich die Ohren zuhielt und sich einredete, dass Kate und Michael in Sicherheit waren, dass Dr. Pym sie beschützte, dass Gabriel sie retten würde und alles wieder gut sein würde. Und erst wenn der Morgen dämmerte und der Lärm nachließ, schlief Emma ein.

Schweigend führte Rourke sie die Wendeltreppe hinunter. Es war kalt und überall an den Wänden steckten brennende Fackeln in Eisenhalterungen. Beim Hauptkorridor bogen sie nicht nach rechts ab, sondern gingen eine weitere Treppe nach unten. Dann führte Rourke sie über den Hof und zu einem Tor aus der Festung hinaus.

»Siehst du die Feuer?«

Emma und Rourke gingen einen breiten, steilen Weg, der sich ins Tal hinunterwand. Unter ihnen erleuchteten Hunderte von Lagerfeuern die Dunkelheit, aber es war klar, was Rourke meinte, denn einige Feuer leuchteten sehr viel heller als die anderen.

»Das sind Portale. Sie bringen unsere Armee an jeden Ort der Welt. Wir tauchen ohne Warnung auf und säen Tod und Schrecken. Dann verschwinden wir wieder.«

»Wie eine Horde Feiglinge.«

Rourke lächelte und schwieg.

Das Trommeln war während ihres Abstiegs immer lauter geworden. Emma konnte die Vibrationen jetzt in der Brust spüren. Ihr ganzer Körper bebte vor Angst. Sie zwang sich trotzdem, mit Rourke Schritt zu halten.

Dann erreichten sie den Talboden und wurden von der Armee aufgesogen.

Den stärksten Eindruck auf Emma machte zunächst einmal der Gestank. Daran waren nicht nur die Morum Cadi schuld; während der vergangenen vier Tage hatte sie sich schon fast an den ständigen Verwesungsgeruch gewöhnt. Aber hier waren Tausende halb toter Wesen auf engstem Raum versammelt, und zusammen mit dem Geruch von heißem Metall, Schweiß, Blut und verbranntem Fleisch hatte sich ein beinahe mit Händen zu greifender, fauliger Mief zusammengebraut, der sich bei den wenigen Atemzügen, die sie sich gestattete, in ihren Lungen absetzte.

Dann war da dieses ungeheure Lärmen und Dröhnen. Denn zu den Trommeln und den Schreien der Kreischer kamen nun noch andere Laute: Fauchen, Knurren und Fluchen und dazu pausenloses Brüllen und Streiten. Emma musste sich zusammenreißen, um sich nicht die Ohren zuzuhalten.

Eine Ordnung konnte sie in alldem nicht erkennen. Überall um sie herum brannten kleine Feuer, und um jedes saßen Morum Cadi oder Gnome, manchmal auch Trolle. Sie aßen, tranken, schärften ihre Waffen und zankten – manchmal alles gleichzeitig. Emma sah einen Troll, der eine ganze Kuh am Spieß röstete und sich mit einer gigantischen dunkelroten Zunge die Lippen leckte. Sie kamen an Schmieden vorbei, die mit dem stetigen Kling-Klong ihrer Hämmer dem Rhythmus der Trommeln nicht nachstanden.

Auch Menschen gab es, was Emma erschreckte. Es waren grobschlächtige Männer und Frauen in schwarzer Kleidung, die um Lagerfeuer saßen und sich in schroff klingenden Sprachen unterhielten, die Emma noch nie gehört hatte.

Und dann gab es noch Wesen in roten Umhängen. Irgendwie waren sie diejenigen, die Emma am meisten Angst einjagten. Sie kam mit Rourke an einem Trio vorbei, das wie Hexen in einem Märchen um einen dampfenden, blubbernden Kessel herumstand. Ihre Gesichter waren unter Kapuzen verborgen, aber sie kamen Emma wie Menschen vor und ihr fiel auf, dass sogar Kreischer und Gnome einen weiten Bogen um sie machten. Eine Gestalt drehte sich nach Emma um, als sie vorbeiging – es war ein sehr alter Mann mit einer langen, krummen Nase und strähnigem grauem Haar. Er stützte sich auf einen Stock und ein Auge war völlig weiß.

»Was sind das für Leute?«, fragte sie leise.

»Die Necromati. Magier und Hexer, die dem Meister dienen. Die meisten kommen zu ihm, weil sie nach Macht gieren, und er gewährt sie ihnen im Austausch für ihre Treue. Andere sind besiegte Feinde, deren Willen er gebrochen hat. Sie dienen als Mahnung für alle, die sich ihm noch widersetzen.«

Unwillkürlich blickte Emma über ihre Schulter dem alten

Mann mit dem gruseligen weißen Auge nach, stieß an etwas Hartes und stürzte zu Boden.

»Oh!«

Sie sah auf, direkt ins Gesicht – wenn man das so nennen konnte – eines Gnoms, der ebenso verblüfft war wie sie selbst. Mit einer halb abgenagten Hähnchenkeule in der Hand starrte er auf sie herunter.

»Was ...«, setzte der Gnom an, aber Rourke stieß ihm ein Messer in den Hals und schob die Leiche lässig beiseite.

Dann riss er Emma hoch. »Pass auf, wo du hingehst.«

Er zog sie weiter durchs Lager und dann unvermittelt in den Eingang eines großen Zelts. Innen war es mit einem Mal still und beinahe wohlriechend, als könnten der Lärm und Gestank nicht durch die Segeltuchplanen ins Innere dringen. An Ketten hängende Laternen warfen Licht auf einen großen Holztisch, auf dem Bücher, Karten und halb entrollte Pergamente verstreut lagen. An einer Seite stand ein kleines Feldbett. Ansonsten war das Zelt leer, bis auf eine verhüllte Gestalt, die in der Mitte am Boden kniete.

Und die Gestalt stand in Flammen.

Oder vielleicht doch nicht in Flammen, denn sie schien nicht zu verbrennen. Trotzdem konnte Emma die Hitze auf ihrer eigenen Haut spüren: Die Flammen waren echt.

»Warte«, sagte Rourke und legte ihr schwer die Hand auf die Schulter.

Die verhüllte Gestalt verharrte regungslos, der gesenkte Kopf blieb unter der Kapuze verborgen, während die Flammen über den Körper wanderten. Emma war, als bewegte sich etwas in den Flammen, aber sie konnte keine der Formen erkennen.

Dann erloschen mit einem Mal die Flammen, die Gestalt seufzte und erhob sich. Sie ging ans andere Ende des Zeltes und winkte mit der Hand.

»Geh.« Rourke schob sie nach vorn.

Emma ging weiter ins Zelt hinein. Als sie an die Stelle kam, wo das Feuer um die Gestalt gelodert hatte, bemerkte sie, dass am Boden, der mit mehreren Lagen Teppichen bedeckt war, keine Spur der Flammen zu sehen war.

Emma spürte im ganzen Körper ihr Herz pochen – bis in die Fingerspitzen. Die verhüllte Gestalt stand vor einem eisernen Dreibein, das eine flache Silberschale trug.

Als Emma näher kam, drehte sich die Gestalt um.

»Hallo.«

Emma war auf alles gefasst gewesen. Sie hatte sich ermahnt, mit allem zu rechnen. Trotzdem war sie nun überrascht. Sie stand einem Jungen gegenüber. Junge war vielleicht nicht ganz der passende Ausdruck. Er war in dem Alter, in dem man nicht mehr Kind ist, aber auch noch kein Mann. Der Junge mochte ein Jahr älter sein als Kate, ungefähr sechzehn. Er hatte ungekämmtes dunkles Haar, markante Wangenknochen, eine leicht gebogene Nase und grinste, als wäre das alles irgendwie sehr vergnüglich. Dabei war etwas Wildes an ihm und sein Grinsen erinnerte Emma an den Wolf aus den Märchen.

Seine Augen leuchteten so intensiv smaragdgrün, wie man es sich nur vorstellen konnte.

»Ich bin Rafe«, sagte er und streckte die Hand aus.«

Emma ergriff die ausgestreckte Hand jedoch nicht, sondern starrte sie nur an. »Du bist der grässliche Magnus, oder?«

Achselzuckend zog er die Hand zurück, schien aber nicht gekränkt. »Wenn du willst. Ist aber 'ne ziemliche Ladung Wörter.

Rafe ist einfacher. Ich wollte dich schon lange einmal kennenlernen.«

Emma musste ihn noch immer anstarren und versuchte zu verstehen, was geschah. Dies war der grässliche Magnus, da war sie sich völlig sicher. Er war derselbe Junge – sie kam nicht weg von diesem Wort, obwohl es nicht ganz die Wahrheit traf –, der in der Antarktis aus dem brennenden Portal getreten war. Aber er war ja kaum älter als sie selbst! Wie konnte er da der grässliche Magnus sein? Und warum benahm er sich so, so … normal?

»Komm mal her. Ich will dir etwas zeigen.«

Emma fühlte, dass ihre Beine sich vorwärts bewegten. Sie blieb auf einer Seite des eisernen Dreibeins stehen, sodass die breite Silberschale zwischen ihnen war. Mit Mühe widerstand sie der Versuchung, die Arme vor der Brust zu verschränken. Aber sie wollte nicht ängstlich oder abwehrend wirken.

Emma bemerkte, dass der Junge sie ebenfalls anstarrte und dabei ungeniert grinste.

»Was denn?«, fragte sie.

»Nichts, es ist nur lustig.«

Sie wartete, bis er fortfuhr.

»Zuerst dachte ich, dass du ihr überhaupt nicht ähnlich siehst. Ich konnte mir gar nicht vorstellen, dass ihr Schwestern seid. Aber jetzt, aus der Nähe, ist das schon anders.«

Er streckte die Hand aus, als wollte er ihr Gesicht berühren, aber Emma wich steif vor Schreck zurück.

»Wovon redest du?«

»Was glaubst du, wovon ich rede?« Er sagte das mit einem leicht sarkastischen Ton, wie es jeder Junge seines Alters getan hätte. »Ich rede davon, wie sehr du Kate ähnlich siehst. Oder auch nicht. Je nachdem …«

»Woher … woher kennst du meine Schwester?«

Emma war auf Drohungen gefasst gewesen. Darauf, dass er versuchte, ihr Angst einzujagen. Sie hatte sich sogar vorzustellen versucht, dass man sie foltern würde. Auf alles war sie gefasst gewesen, nur nicht auf diesen scheinbar völlig normalen, beinahe freundlichen Jungen. Sie war ziemlich ratlos.

Er schlug die Kapuze zurück und lächelte auf eine wissende Art, die Emma rasend machte. »Das ist eine längere Geschichte. Die heben wir uns besser für ein anderes Mal auf.«

»Du lügst.«

»Wenn du das glauben willst …«

»Ich bin doch nicht blöd.«

»Habe ich nie behauptet.«

»Du willst mich irgendwie reinlegen. Damit ich dir helfe, das Buch zu finden.«

Er schien über das nachzudenken, was Emma gesagt hatte, und nickte dann mit einem Achselzucken.

»Schon möglich. Deine Hilfe möchte ich auf jeden Fall. Aber ich belüge dich nicht. Kate und ich …« Einen Moment lang schien er in Gedanken woanders zu sein. Dann sah er Emma wieder an. »Wie gesagt, es ist eine lange Geschichte, die sie und ich selbst klären müssen. Ich habe dich aus einem anderen Grund hergebracht. Schau.«

Er führte die Hand über die Schale – Emma begriff nun, dass es eine Spähschale war. In der Antarktis hatten sie und Michael so eine Schale benutzt. Man konnte mit so einer Schale weit entfernte Dinge sehen, das wusste sie. Als sie jetzt in die Schale hineinblickte, erschien am Boden des Gefäßes, wo etwa ein Fingerbreit Wasser stand, ein Bild. Emma beugte sich tiefer und reckte den Hals, um es richtig herum zu sehen.

Ihr stockte der Atem, und sie griff den Rand der Schale mit beiden Händen, sodass sich das Wasser kräuselte.

»Miss Crumley! Das ist Miss Crumley!«

Da war tatsächlich Miss Crumley zu sehen, die als Leiterin des Edgar-Allan-Poe-Waisenhauses für schwer erziehbare Kinder alles dafür getan hatte, Emma und ihren Geschwistern das Leben zur Hölle zu machen. Sie war egoistisch, geizig, unbeherrscht und engstirnig und schien Kinder im Allgemeinen, Emma, ihre Schwester und ihren Bruder aber ganz besonders zu verabscheuen. Schon bei ihrem bloßen Anblick kochten in Emma Wut und Abneigung hoch, und sie hielt die Schale so fest, dass ihre Knöchel weiß wurden.

Miss Crumley saß an ihrem Schreibtisch und machte sich offenbar gerade über einen ganzen Schokoladenkuchen her. Emma beugte sich tiefer und konnte auf dem Kuchen die Worte *Alles Gute zum Geburtstag, Neil* lesen. Sie wusste nicht, wer dieser Neil war, aber es wunderte Emma überhaupt nicht, dass Miss Crumley seinen Geburtstagkuchen gestohlen hatte. Hoffentlich erstickte sie daran.

»Das möchtest du?«

Emma blickte jäh auf. »Was?«

»Dass sie erstickt? Entschuldige, ich habe nicht absichtlich deine Gedanken gelesen, aber manche Gedanken sind so laut, dass man sie ebenso gut herausschreien könnte. Also, sollen wir?«

»Wovon redest du?«

Zum ersten Mal blickte der Junge etwas ärgerlich drein. »Du sagtest, du bist nicht dumm, also tu nicht so, als wärst du's. Du weißt genau, was ich meine: Wir können ihr heimzahlen, was sie dir, deinem Bruder, deiner Schwester und allen anderen Kindern, die ihr je über den Weg gelaufen sind, angetan hat. Sie hat es verdient.«

Er meinte das ernst, begriff Emma. Sie blickte wieder auf Miss Crumley herunter, die den Schokoladenkuchen so gierig in sich hineinschaufelte, dass sie höchstwahrscheinlich auch ohne ihr Zutun daran ersticken würde. Es stimmte, Emma hatte oft an Rache gedacht. Wenn Miss Crumley sie mitten im Winter nur kalt duschen ließ, während es in ihrem Büro heiß wie in einer Sauna war. Wenn die Kinder Tag für Tag matschige Bohnen und graues Fleisch essen mussten, während sich die Leiterin in ihrem separaten Speisezimmer aufwendige Menüs servieren ließ – und zwar von Kindern, die schon hart bestraft wurden, wenn sie sich auch nur ein Stück trockenes Brot nahmen. Wenn es jemand verdiente, dann sie.

Emma merkte, dass der Junge abwartete und sie beobachtete. Ihre Hände zitterten, als sie die Schale losließ.

»Nein.«

Der Junge sagte nichts. Emma zwang sich, ihm in die Augen zu sehen.

»Ich sagte Nein.«

Er seufzte. »Rourke sagte mir schon, dass du eine Kämpferin bist. Aber es gibt einen Kampf, den auch du nicht gewinnen kannst.«

Emma dachte schon, er wolle ihr sagen, sie und Gabriel und Kate und Michael und Dr. Pym könnten ihn niemals besiegen. Aber wieder überraschte er sie.

»Du kannst nicht gegen deine eigene Natur ankämpfen. Glaub mir, ich habe es selbst versucht. Dieser Weg ist eine Sackgasse. Du hast Wut in dir. Lass sie heraus. Wenn du sie verleugnest, dann verleugnest du dich selbst.«

Er senkte den Blick und schaute in die Schale.

»Außerdem ist es doch keine Frage, dass manche ihre Strafe verdient haben.«

Er bewegte die Hand über der Schale und Miss Crumley ließ die Gabel fallen und griff sich an den Hals.

»Was tust du? Ich sagte Nein!«

Miss Crumley versuchte aufzustehen, zuckte panisch hin und her. Ihr Gesicht lief purpurrot an.

»Hör auf! Du hast gesagt …«

»Ich habe nichts versprochen.« Seine Augen funkelten hellgrün. »Ich gab dir Gelegenheit, etwas Gutes zu tun. Du hast sie nicht ergriffen. Ich schon.«

Verzweifelt starrte Emma auf das schreckliche, stumme Schauspiel vor ihren Augen. Sie wusste, dass sie etwas tun musste, nur was? Sie blieb einfach stehen und sah zu, wie Miss Crumley nach vorn auf den Schreibtisch plumpste und mit dem Gesicht in den Resten des Schokoladenkuchens liegen blieb.

»Ich wollte …«, begann Emma leise. Sie stockte und setzte neu an: »… ich wollte das nicht.«

»Doch, du wolltest das. Je schneller du das akzeptierst, desto besser.« Der Junge winkte Rourke und sagte: »Und beim nächsten Mal nennst du mich Rafe. Ich will, dass wir Freunde werden.«

Nachdem er Emma zurück in ihre Zelle gebracht hatte, kehrte Rourke zum Zelt zurück. Er blieb schweigend stehen und wartete, bis der Junge sprach.

»Du glaubst, dass ich mit ihr meine Zeit verschwende?«

»Mein Herr, ich stelle Ihr Tun nicht infrage …«

»Doch, das tust du.«

Rourke holte tief Luft, als bewege er sich auf gefährlichem Boden. Er musste vorsichtig sein. »Es ist nur so, je früher wir die Verbindung einrichten, desto schneller kommen wir an das Buch. Und vergeben Sie mir, mein Herr, aber ich hatte mehr Gelegenheit, sie zu beobachten. Ihre Treue zu ihren Freunden und ihrer Familie ist unerschütterlich. Sie wird sie nicht verraten.«

»Genau darauf zähle ich.« Der Junge rückte beiseite, sodass auch Rourke in die Schale sehen konnte. Dort war Emma, wie sie in ihrer Zelle saß, den Rücken an die Mauer gelehnt. Ihr Kopf war gesenkt und ihre Schultern zuckten, als würde sie weinen. »Wut ist eine gefährliche Sache. Sie kann einen Menschen aufzehren und verbrennen. Und ihre Wut lodert sehr heiß. Wenn sie erfährt, dass Pym ihren Tod und den ihrer Geschwister geplant hat, dann wird sie die Tiefen des Verrats auskosten und noch heißer brennen.«

Verdutzt meinte Rourke: »Und Sie glauben, dass sie uns dann hilft?«

»Ja. Ob sie das weiß oder nicht.« Der Junge starrte noch immer in die Schale. »Gibt es noch etwas?«

»Dann verschonen Sie sie nicht wegen des anderen Mädchens, ihrer Schwester?«

Der Junge drehte sich um. Trotz des offensichtlichen Alters- und Größenunterschieds zwischen den beiden ließ der Blick des Jungen den riesenhaften Mann einen Schritt zurücktreten, als habe ihn ein Schlag getroffen. Der Kahle beugte den Kopf.

»Vergeben Sie mir.«

»Geh«, sagte der Junge und wandte sich wieder der Schale zu.

KAPITEL 5

Der Rat

Kate wusste nicht, wie lange sie das noch ertragen konnte. Warum fragte Dr. Pym nicht einfach in die Runde, ob jemand etwas von Emma gehört hatte, und fertig?

»Wir sind im Krieg«, sagte Dr. Pym. »Seit gestern Abend sind Hunderte von Flüchtlingen im Hafen angekommen, und mit jeder Stunde erhalten wir neue Kunde von Städten und Dörfern, die angegriffen und zerstört worden sind. Bis jetzt sind Loris und die anderen Inseln des Archipels verschont worden. Aber wie lange noch? Der Feind wird kommen. Und doch haben wir noch immer keine Ahnung, wo seine Armee stationiert ist und wie groß die Streitmacht ist, die er befehligt. Wenn wir jetzt nicht zusammenstehen, werden wir untergehen.

Er schaute in die Runde. »Also bitte«, sagte er. »Lasst das Gezanke und benehmt euch.«

Sie saßen um einen runden Tisch auf einer Terrasse in einem

der oberen Stockwerke der rosafarbenen Zitadelle. Insgesamt waren sie zwölf: Kate, Michael, Dr. Pym und König Robbie, ein rotbärtiger Zwerg namens Har-irgendwas, Wilamena, ihr Vater, eine wunderschöne Elfendame mit silbernem Haar, ein kahlköpfiger Mann mit weißem Bart, der Hauptmann Stefano genannt wurde und offenbar die Stadtwache befehligte, die strenge Hexe aus Wien, die Magda von Klappen hieß, ein dicker Zauberer mit grünem Mantel aus China und schließlich ein untersetzter Mann mit wildem Haar, der, wie Michael geflüstert hatte, Hugo Algernon hieß, ein Freund ihrer Eltern und außerdem »ein bisschen verrückt« war.

Kate konnte von ihrem Platz die weißen Dächer der Stadt überblicken, die sich in Stufen bis zum Hafen hinunterzogen, der völlig überfüllt war mit den Booten der Flüchtlinge. Dahinter lag der weite blaue Ozean. Die Sonne stand hoch am Himmel, die Luft war heiß und schmeckte salzig.

Die Besprechung hatte schon schlecht angefangen, weil eine halbe Stunde nach dem vereinbarten Beginn noch keine Spur von den Elfen zu sehen war. Als dann Wilamena, ihr Vater König Bernard und Lady Gwendolyn, die Elfe mit dem silbernen Haar, endlich auf die Terrasse traten, war die Stimmung schon gereizt gewesen.

»Schön, dass ihr's auch einrichten könnt«, hatte Robbie McLaur geknurrt.

»Nicht wahr? Das finden wir auch«, hatte König Bernard völlig ungerührt geantwortet. Er war groß und schlank, hatte das gleiche goldene Haar wie seine Tochter, und seine Augen waren dunkelblau wie die Morgendämmerung – das hatte Kate gesehen, als der Elfenkönig mit einer Verbeugung ihre Hand ergriffen hatte. »Unser Boot ist eben erst angekommen.«

»Und ihr musstet natürlich kurz noch das Haar in Ordnung bringen lassen, vermute ich«, hatte Haraald, der rotbärtige Zwerg, gekichert.

»Ja natürlich«, hatte Wilamena geantwortet und den Kopf herumgeworfen, dass ihr Haar wie ein golden schimmernder Bogen herumschwang. »Gefällt es euch?«

»Nun, hm, es ist, äh, sehr schön«, hatte der Zwerg gestammelt und war so rot wie sein Bart angelaufen. Dann hatte er sich gefangen und ärgerlich geschnaubt: »So ein Elfenquatsch.«

Dr. Pym hatte alle begrüßt, und Kate war aufgefallen, dass alle Farbe aus Michaels Gesicht gewichen war. Es überraschte ihn offenbar, dass Wilamena da war. Sie ihrerseits hatte sich kaum hingesetzt, als sie ihn auch schon mit Augenzwinkern, Winken und leisem Zungenschnalzen bedachte, wie man es sonst zum Anlocken von Pferden benutzt. Schließlich hatte sie ihm sogar ganz ungeniert Kusshände zugeworfen.

Michael hielt den Blick eisern auf den Zauberer gerichtet.

Dr. Pym hatte zunächst die neuesten Berichte aus der ganzen Welt dargelegt, und Kate hatte wieder an Emma denken müssen und sich gefragt, ob sie wohl Angst hatte, ob sie fror oder Hunger litt. Wieder hatte sie den stumpfen, leeren Schmerz in der Brust gefühlt. Wie hatte sie ihre Schwester nur so im Stich lassen können? Und wie war es möglich, dass selbst sie, die doch die Macht über das Buch Emerald hatte und nach Belieben die Zeit anhalten oder tausend Jahre in die Vergangenheit springen konnte, ihre Schwester nicht finden konnte? Das konnte doch nicht sein.

Der beginnende Streit rief sie aus ihren Gedanken zurück.

»Lady Gwendolyn«, hatte Dr. Pym gesagt. »Seid doch vernünftig …«

»Ein Zwerg? Oh nein, Doktor. Keinesfalls.«

»Bitte, verstehen Sie«, hatte König Bernard eingewandt und mit einer großen Pfauenfeder herumgewedelt. »Manches können Zwerge sicherlich ganz vortrefflich – Dinge aus Metall gegen andere Dinge aus Metall schlagen beispielsweise. Oder sich unglaublich betrinken. Aber strategisches Denken im großen Maßstab zählt nicht zu den Stärken des Zwergs. Im kleinen Maßstab übrigens auch nicht. Genau genommen das Denken insgesamt ...«

Kate beugte sich näher zu Michael. »Was ist denn los?«

»Dr. Pym sagte, er beauftragt König Robbie mit der Verteidigung von Loris und dem Archipel, und die Elfen sind dagegen. Typisch.« Und dann bemerkte er: »Ist dir auch aufgefallen, dass durch Wilamenas Haar offenbar ein ganz persönlicher Windhauch streicht?«

Kate ignorierte diese Bemerkung und sah, dass nicht nur die Elfen dagegen waren, König Robbie das Kommando zu geben, sondern dass auch Hauptmann Stefanos Gesicht vor Wut ganz rot war und die Wiener Hexe Magda von Klappen sich vorbeugte und mit den Knöcheln auf den Tisch trommelte.

»Pym, Hauptmann Stefano befehligt die Stadtwache seit vierzig Jahren! Er sollte die Verteidigung anführen. Außerdem können Sie von einer Hexe oder einem Zauberer nicht verlangen, von einem Zwerg Befehle entgegenzunehmen!«

»Genau«, hatte König Bernard gesagt. »Wenn es dagegen um Ratschläge fürs Rülpsen ginge ...«

»Hör mal, Blondschopf!« Die Augen des Zwergenkönigs waren ganz dunkel vor Wut. »Ich habe mir das ja bis jetzt ganz geduldig angehört ...«

»GENUG!«

Und da hatte Dr. Pym sie wegen der Streitereien getadelt und davor gewarnt, was geschehen würde, wenn sie nicht zusammenhielten.

Kate fragte sich, wie lange sie noch zanken würden, bevor sie das besprachen, weswegen sie alle hier waren: um Emma zu retten.

»Hauptmann Stefano hat all die Jahre hervorragende Dienste geleistet«, fuhr der Zauberer fort, »und wir sind auf seine Hilfe und seine Erfahrung angewiesen. Aber er hat nie in einem Krieg gekämpft – König Robbie schon. Außerdem werde ich bei den Einzelheiten der Verteidigung sehr eng mit König Robbie zusammenarbeiten. Sind alle damit einverstanden?«

Es wurde allgemein genickt, wenn auch widerstrebend.

»Ich halte dieses ganze Gerede vom Krieg überdies nur für Ouvertüre. Diese Angriffe, ja vielleicht sogar der ganze Krieg des grässlichen Magnus, sind meiner Ansicht nach ein Versuch, uns abzulenken, während er sein eigentliches Ziel verfolgt, nämlich das Buch des Todes in seine Gewalt zu bekommen.«

Die Versammlung verfiel in tiefes Schweigen. Kate konnte ferne Stimmen aus der Stadt heraufdringen hören.

Endlich, dachte sie.

»Allerdings«, sagte Dr. Pym, »möchte ich zunächst zwei aus unserer Runde hervorheben, in deren Schuld wir stehen. Ohne ihren Mut, ihren aufopferungsvollen Einsatz und ihre Beharrlichkeit wären die Chroniken der Zeit und des Lebens längst in Feindeshand und unsere Sache wäre verloren. Wir sind ihnen zu großem Dank verpflichtet.«

Der ganze Rat aus Zwergen, Elfen, Hexen und Zauberern machte kleine Verbeugungen in Richtung von Kate und ihrem

Bruder. Michael ließ durch Gesten erkennen, das sei nichts Besonderes.

»Aber die größte Herausforderung liegt vor uns«, sagte Dr. Pym. »Vor fünf Tagen wurde Katherines und Michaels jüngere Schwester Emma, die zur künftigen Hüterin des Buchs Reckoning bestimmt ist, vom grässlichen Magnus entführt. Reckoning ist, wie ihr alle wisst, das Buch des Todes und wird auch das Buch Onyx genannt. Sollte es in die Hände des Feindes fallen, ist unser Leben und das eines jeden Wesens der magischen und nichtmagischen Welt verloren. Das darf unter keinen Umständen passieren.«

»Und wie nahe ist Mr. Dunkel-und-Böse daran, das Buch des Todes zu finden?«, fragte Hugo Algernon. »Ziemlich nahe, sonst hättest du mich wohl nicht hergezerrt, damit ich mir deinen Sermon anhöre, wenn du für diese Schwachköpfe hier den Schiedsrichter gibst.« Mit einer Handbewegung schloss er fast alle Anwesenden mit ein.

»Ich fürchte, der Feind steht dicht davor. Eigentlich …«

»Vielleicht verfallen Sie aber doch etwas zu sehr in Panik, Doktor«, unterbrach ihn der dicke chinesische Zauberer und strich sich den langen, weißen Bart. »Das Buch Onyx ist über Tausende von Jahren niemals aufgetaucht, nicht wahr? Wie groß ist also die Wahrscheinlichkeit?«

»Meister Chu hat recht«, sagte Magda von Klappen. »Das Buch ist seit dem Fall von Rhakotis verschollen. Ich halte es für sehr unwahrscheinlich, dass der grässliche Magnus es allzu bald findet. Selbst wenn er das Mädchen in seiner Gewalt hat.«

Dr. Pym schüttelte den Kopf. »Magda, gerade Sie sollten wissen, dass sich die Dinge geändert haben. Die Chroniken der Zeit und des Lebens sind beide wieder aufgefunden worden. Das Buch Onyx wird das spüren. Es wird die Verbindung zu seiner Hüterin suchen. Mit jedem Augenblick, den sie in der Gewalt des grässlichen Magnus ist, steigen seine Chancen, das Buch zu bekommen. Und wie ihr alle bemerkt haben dürftet, ist er nicht derselbe wie zuvor. Er scheint über die zehnfache Macht zu verfügen. Er könnte Mittel zum Auffinden des Buchs haben, die wir uns nicht einmal vorstellen können.«

»Ha!«, bellte Hugo Algernon. »Da hat er dir aber das Maul gestopft, von Klapper. Glückwunsch, Pym, das ist noch das Vernünftigste, was du in diesem ganzen Jahrhundert von dir gegeben hast.«

Die dunkelhaarige Hexe und Dr. Pym beachteten ihn nicht. Stattdessen fuhr Dr. Pym fort: »Ich weiß, ihr habt euch alle mit euren Clans und Unterabteilungen beraten. Nun hoffe ich, dass ihr mit Hinweisen gekommen seid, wo das Kind festgehalten wird. Vielleicht finden wir dann einen Ansatzpunkt, wie sich diese Katastrophe noch verhüten lässt.«

Jetzt war es also so weit. Kate hielt die Luft an und blickte in die Runde.

Keiner sagte etwas.

Dann explodierte Haraald: »Die würden uns doch nichts sagen, selbst wenn sie etwas wüssten!«

Dabei starrte er wütend die Delegation der Elfen an.

»Und was genau soll das heißen?«, fragte König Bernard.

»Ach, du behauptest wohl, wenn ihr Elfen wüsstet, wo das kleine Mädel gefangen ist, dann würdet ihr nicht versuchen, sie und das Buch euch selbst unter den Nagel zu reißen? Vielleicht sitzt ihr ja nur hier, um uns hinters Licht zu führen, und dabei sind eure Elfenkommandos längst unterwegs und schnappen sich das Kind! Vielleicht seid ihr ja deswegen so spät gekommen! Weil ihr noch mit euren Geheimplänen beschäftigt wart!«

»Nun mal halblang«, sagte König Robbie. »Dafür gibt's keine Beweise.« Trotzdem beäugte er die Elfen argwöhnisch.

»Das ist ja absurd«, schnaubte König Bernard. »Es ist doch allgemein bekannt, dass wir uns nicht für derlei Dinge interessieren – genau wie Zwerge, wenn es um Körperpflege und Reinlichkeit geht.«

»Wenn hier irgendjemand das Buch Reckoning für sich selbst haben will«, sagte Hugo Algernon, »dann die da.« Er stieß seinen kurzen Zeigefinger in Richtung Magda von Klappen. »Aber sie wird enttäuscht sein, weil im Buch Onyx, im Buch des Todes, keine Rezepte für Apfelstrudel zu finden sind, wie ich gehört habe.«

»Ach, schweig doch, du haariger Narr«, blaffte die Hexe zurück. »Du machst dich nur selbst lächerlich.«

»Von Klapper, seit Jahrzehnten bist du vom Buch Reckoning geradezu besessen – das weiß doch jedes Kind.«

»Ich bestreite das nicht. Und wir müssen es finden, bevor es in falsche Hände fällt.«

»Aber deine, das wären schon die richtigen, oder? Ha!«

»Sag doch ...« König Bernard neigte sich zu König Robbie. »Habt ihr schon mal von dieser Erfindung namens Shampoo gehört?«

»Jetzt langt's!« Robbie McLaur sprang auf und riss seine Axt aus dem Gürtel. »Ich werde dir gleich hiermit einen Scheitel ziehen!«

»AUFHÖREN! WAS IST NUR MIT EUCH LOS?!«

In der Stille, die auf diesen Ausbruch folgte, begriff Kate, dass sie stand, dass alle auf sie starrten und dass sie selbst gesprochen hatte. Aber dann sprudelte es nur so aus ihr heraus.

»Habt ihr nicht gehört, was Dr. Pym gesagt hat? Wenn ihr nicht zusammenarbeitet, werdet ihr sterben! Und wisst ihr was? Nur zu! Lasst euch vom grässlichen Magnus umbringen, mir soll's recht sein! Mir geht es hier nur um meine Schwester! Sie ist erst zwölf, und der grässliche Magnus hat sie in seiner Gewalt! Und ich will wissen, ob jemand von euch vielleicht weiß, wo sie ist! Und? Weiß jemand etwas?«

Wilamena antwortete als Erste. Sie sprach leise und überraschend nüchtern.

»Wir haben gerade erst von unseren Kundschaftern gehört, die sich an dem Abend, als deine Schwester entführt wurde, auf den Weg machten. Sie haben nichts gefunden.«

»In keiner unserer Kolonien auf der ganzen Welt hat es irgendeinen Hinweis auf sie gegeben«, sagte König Bernard. »Es tut mir leid.«

»Aber irgendjemand«, Kate versagte die Stimme und in ihren Augenwinkeln brannten die Tränen, »irgendjemand muss doch etwas gehört haben!«

Sie sah Robbie McLaur an, aber der Zwergenkönig schüttelte den Kopf. »Haraald und ich kommen gerade vom Zwergenrat zurück. Nicht das leiseste Flüstern.«

Kate wandte sich an Magda von Klappen und Meister Chu. Die Hexe schüttelte den Kopf und Meister Chu murmelte: »Bedauerlich. Sehr bedauerlich«, und für einen Moment hörte er sogar auf, sich durch den Bart zu streichen.

»Katherine …«, sagte Dr. Pym.

Aber Kate hatte genug gehört. Sie drehte sich um und rannte von der Terrasse.

Als sie wieder zu sich kam, war sie im Garten. Das war nicht ihre Absicht gewesen. Sie war blind vor Tränen aus dem Rat gerannt, hatte nur weggewollt von dort, war durch Gänge und Treppenhäuser gesaust, als könnte sie so der Verzweiflung davonlaufen, die sie zu erdrücken drohte.

Sie jagte durch eine Tür und blieb unvermittelt stehen.

Am Vortag hatte sie nur einen winzigen grünen Fleck am Ende des Tunnels gesehen. Jetzt, aus der Nähe, kam ihr der Garten riesig vor; es schien eher ein Wald als ein Garten zu sein, aber er war von den rosafarbenen Mauern der Zitadelle eingeschlossen. Vor ihr lag ein Pfad, und weil sie noch immer keinen bestimmten Plan hatte, lief sie einfach los.

Die Vegetation der übrigen Insel war eher trocken und mediterran – der Garten dagegen war üppig. Die Bäume, Sträucher und Kräuter schienen vor Leben nur so zu summen. Es schien Kate so, als werde sie immer ruhiger, je weiter sie ging und je mehr sich der Garten um sie schloss.

Kates Hand war zu dem goldenen Medaillon gewandert, das sie um den Hals trug. Ihre Mutter hatte es ihr in jener Nacht vor mehr als zehn Jahren gegeben, als ihre Familie auseinandergerissen wurde. Seither hatte es Kate immer getröstet, das Medaillon in Gedanken an ihre Eltern zwischen Daumen und Zeigefinger zu spüren und sich zu sagen, sie bräuchte nur durchzuhalten, sie bräuchte Emma und Michael nur noch etwas länger zu beschützen, dann würde ihre Familie wieder vereinigt sein.

Als sie weiter in den Garten vordrang, dachte sie nicht mehr an ihre Eltern, sondern an Rafe – und zwar an ihren Traum aus der vorigen Nacht. Im Traum hatte sie mit Rafe in New York im Schnee getanzt. Aber das war ja mehr als ein Traum. Sie hatte wirklich mit Rafe im Schnee getanzt, in der Silvesternacht vor mehr als einhundert Jahren. Selbst jetzt erinnerte sie sich noch an die kalte Luft, sie spürte Rafes Arme um sich, seine Wärme, und sie konnte hören, wie sein Herz gepocht hatte, als sie den Kopf an seine Brust gelegt hatte. All das war in ihrem Traum geschehen.

Aber da war noch mehr gewesen. Im Traum hatte sich Rafe heruntergebeugt und ihr ins Ohr geflüstert: »Ich werde dich niemals verlassen.«

Das war im wirklichen Leben nicht geschehen. Aber warum hatte es ihr Geist dann hinzugefügt?

Das fragte sie sich noch, als sie auf eine Lichtung kam.

Vor ihr stand ein gewaltiger Baum mit dickem, tief gefurchtem Stamm, einer graubraunen Landschaft von Rinnen und Spalten. Nach oben teilte sich der Stamm wieder und wieder und schickte dicke, knotige Äste in alle Richtungen. Kate hatte schon größere Bäume gesehen, aber dieser hier war anders. Die anderen waren Bäume gewesen, nichts sonst. Dieser hier kam ihr fast wie eine Person vor. Er hatte eine besondere Ausstrahlung. Er schien seine Arme nicht nur über die Lichtung auszubreiten, sondern über den ganzen Garten und noch weiter.

Auch das war noch nicht alles. Vor dem Baum lag ein kleiner, stiller und sehr dunkler Teich. Kate versuchte hineinzusehen, aber sie konnte nichts erkennen – das Wasser selbst schien schwarz zu sein.

Dann bemerkte Kate, dass sie die ganze Zeit, die sie durch den Garten gegangen war, von etwas weitergezogen worden war. Es war die Kraft gewesen, die sie am vorigen Tag schon gespürt hatte. Jetzt wusste sie, dass die geheimnisvolle Kraft von hier ausging. Aber wie war das möglich?

Sie legte die Hand an die raue Rinde, schloss die Augen und spürte, wie die Kraft durch sie floss. Dann kam ihr plötzlich der Gedanke, dass Rafe neben ihr stehen würde, wenn sie jetzt die Augen öffnete. Sie konnte nicht sagen, ob sie mehr fürchtete, dass er da war oder dass er nicht da war.

»Katherine.«

Kate öffnete die Augen und wandte sich um. Dr. Pym trat auf die Lichtung. Von Rafe war nichts zu sehen.

»Ich dachte mir schon, dass ich dich hier finden würde.«

Der alte Zauberer kam und ließ sich auf einem großen, flachen Stein am Fuß des Baumes nieder. Er zog die Pfeife heraus und stopfte sie mit Tabak. »Ich möchte mich entschuldigen. Das muss eine große Enttäuschung gewesen sein. Aber vergiss nicht, es liegen Jahrhunderte voller Verdächtigungen, Misstrauen und Vorurteilen zwischen den magischen Rassen hinter uns. Manchmal fürchte ich, dass mit der Trennung alles nur noch schlimmer geworden ist, weil sie die Gruppen noch mehr voneinander isoliert hat.«

»Ist schon gut. Es tut mir leid, dass ich so laut geworden bin.«

»Ganz im Gegenteil. Ich bin sehr froh darüber. Sie waren alle so schockiert, dass sie sich wieder wie Erwachsene benommen haben.«

Dr. Pyms Pfeife brannte nun und er blies eine blaue Rauchwolke aus. »Ich bin dir aber gefolgt, weil wir immer noch nicht darüber gesprochen haben, was in New York geschehen ist.«

Er deutete auf einen großen Stein neben sich. Etwa ein Dutzend solcher Steine lag am Fuß des Stammes im Kreis. Kate zögerte kurz und setzte sich dann.

»Einen großen Teil der Geschichte kenne ich natürlich

schon. Immerhin hatte ich hundert Jahre zum Nachforschen. Ich weiß von den Kindern, denen du das Leben gerettet hast. Aus vielen von ihnen sind ausgezeichnete Hexen und Zauberer geworden, die ich kenne. Ich weiß, dass du Henrietta Burke getroffen hast – so eine starke, stolze Frau. Ich bin sehr froh, dass du sie kennengelernt hast. Ich weiß auch, dass du den Jungen getroffen hast, der zum grässlichen Magnus wurde. Manche Einzelheiten habe ich allerdings nie erfahren können. Ich würde sehr gerne hören, wie du die Geschichte erlebt hast. Abgesehen davon glaube ich, dass es dir guttut, darüber zu reden.«

Er schwieg. Kate konnte die Insekten zwischen den Bäumen summen und brummen hören. Sie wusste, dass sie erzählen musste. Es hatte sie beinahe umgebracht, ihre Geschichte – und ihre Schuld – für sich zu behalten. Trotzdem zögerte sie.

»Dr. Pym, ich kann nicht …«

»Fang einfach ganz von vorne an. Bitte.«

Und so geschah es dann. Sie begann mit dem Angriff auf das Waisenhaus in Baltimore, als sie die Chronik benutzt hatte, um den Kreischer in die Vergangenheit mitzunehmen. Sie berichtete, wie sie nach New York ins Jahr 1899 gekommen war, einen Tag vor der Trennung, und wie eine Gruppe magischer Straßenkinder sie aufgenommen hatte, die von der einarmigen Hexe Henrietta Burke und dem Jungen namens Rafe angeführt wurde. Kate war so auf das Erzählen der Geschichte konzentriert, dass ihr gar nicht auffiel, wie angespannt ihre Stimme klang. Ihre Wangen färbten sich rot, wenn sie von Rafe berichtete, ohne dass ihr das bewusst wurde. Aber der Zauberer bemerkte es wohl. Sie erzählte, wie Rourke sie aufgegriffen und zum uralten, sterbenden grässlichen Magnus gebracht hatte.

Sie erzählte, dass Rafes Mutter von Menschen getötet worden war und dass sie seinen Zorn gespürt hatte. Sie schilderte, wie die Kirche, in der die Kinder gelebt hatten, von der wütenden Menge angezündet worden war, wie sie und Rafe die Kinder herausgebracht hatten. Sie erzählte, dass Henrietta Burke bei dem Brand ums Leben gekommen war, Kate aber zuvor noch beschworen hatte, »ihn zu lieben«. Dann kam sie zu dem Teil, der ihr das Gefühl gab, ihren Bruder und ihre Schwester verraten zu haben. Aber sie erzählte trotzdem weiter, denn sie wusste, dass es herausmusste. So schilderte sie dem Zauberer, wie sie die Zeit angehalten hatte, als die Glocke Rafe zu zerschmettern drohte, wie einer aus der Menge auf sie geschossen hatte und wie Rafe zum alten grässlichen Magnus gegangen war und sein Leben eingetauscht und Kate gerettet hatte, indem er einwilligte, der neue grässliche Magnus zu werden.

»Michael glaubt immer noch, dass alles seine Schuld ist und dass Emma nicht geraubt worden wäre, wenn er den grässlichen Magnus nicht wieder zum Leben erweckt hätte«, sagte Kate. »Aber in Wirklichkeit ist es meine Schuld. Rafe wurde zum grässlichen Magnus, um mich zu retten.«

»Mein Liebes, jetzt hör mir einmal zu…«, der Zauberer klopfte seine Pfeife gegen den Stein und stampfte die Glut mit dem Absatz aus. »Es ist völlig nutzlos, so etwas zu denken.«

»Aber verstehen Sie denn nicht? Von all den möglichen Zeitpunkten schickte mich die Chronik ausgerechnet dorthin! Sie tat das aus einem bestimmten Grund! Sie wollte, dass ich verhindere, dass Rafe zum grässlichen Magnus wird. Aber ich habe das nicht geschafft. Ich habe alles eher noch schlimmer gemacht!«

»Das kannst du doch gar nicht wissen.«

»Doch, dass kann ich! Ich …«

»Nein. Du glaubst, die Chronik hätte von dir erwartet, dass du Rafes Verwandlung zum grässlichen Magnus verhinderst. Aber du kannst dir damit einfach nicht sicher sein. Niemand kann das. Vielleicht hast du ja deine Aufgabe sogar genau so erfüllt, wie es von der Chronik vorgesehen war.«

»Aber ich habe doch gar nichts verändert!«

Der Zauberer kicherte. »Oh, Katherine, entschuldige, aber du hast eine ganze Menge verändert. Denk doch nur: In einer Welt, in der du nicht in die Vergangenheit gegangen bist, wird Rafe zum grässlichen Magnus …«

»Genau das sage ich doch …«

»Lass mich ausreden. Er wird also zu einem grässlichen Magnus, der dich nie kennengelernt hat. Der dich nicht geliebt hat und nicht von dir geliebt worden ist.«

Kate spürte die Hitze in ihren Wangen. »Sie wissen doch gar nicht, ob er … ob er mich geliebt hat.«

»Er hat sich für dich aufgegeben«, sagte Dr. Pym leise. »Seine Taten sprechen für sich. Und ich weiß, dass du ihn auch liebst – das sagen mir meine eigenen Augen und Ohren, und ich lebe schon sehr, sehr lange. Du sagst, du hättest nichts verändert, aber deinetwegen weiß der Rafe, der zum grässlichen Magnus geworden ist, was Liebe ist. Und das könnte am Ende das Entscheidende sein.«

»Wie?«

»Wie?« Er zuckte mit den Schultern. »Wenn ich ehrlich bin, muss ich sagen: Ich weiß es nicht.«

Kate schwieg lange. Sprich es aus, machte sie sich Mut.

»Manchmal denke ich … ich hätte ihn sterben lassen sollen.«

Sie wagte nicht, den Zauberer anzusehen, wartete nur ab und starrte zu Boden.

Er seufzte. »Ich weiß, warum du das denkst. Aber Barmherzigkeit ist eine Eigenschaft, die man nie bedauern sollte. Und wer weiß, welche Rolle der grässliche Magnus bei alldem noch spielen wird. Ich weiß, das ist schwer zu begreifen, aber was jetzt geschieht, das geht auch über die Macht des grässlichen Magnus hinaus. Aber, sag mir, mein Liebes, hast du noch etwas auf dem Herzen?«

Kate musste wieder an die Botschaft von ihrem Vater denken. Sie sollten nicht zulassen, dass Dr. Pym alle drei Bücher vereint, hatte er gesagt. Und wieder war sie versucht, Dr. Pym alles zu erzählen. Aber sie wollte ihr Versprechen gegenüber Michael nicht brechen. Sie schüttelte den Kopf.

»Nein.«

»Nun gut. Dann muss ich Folgendes sagen: Wenn wir Emma finden – und das werden wir –, dann kann ich nicht zulassen, dass du mit uns kommst, um sie zu retten.«

»Aber …«

»Um Emma zu retten, wo auch immer sie sich befindet, müssen wir schnell und leise vorgehen. Wenn der Feind weiß, dass wir kommen, wird er sie entweder woanders hinbringen oder bedrohen. Es ist nun aber so, dass du und der grässliche Magnus in irgendeiner Weise miteinander verbunden seid. Wenn du bei uns bist, wird er es sofort wissen. Es tut mir leid. Du wirst hierbleiben müssen.«

Kate wollte etwas einwenden, aber sie wusste, dass der Zauberer recht hatte.

»Ich will sie nur wiederhaben.«

Dr. Pym drückte ihre Hand. »Katherine, ich lebe nun schon

seit Tausenden von Jahren, aber in dieser ganzen Zeit gab es wenig, das mich so mit Stolz und Zuversicht erfüllt, wie du es tust. Du bist genau die Person geworden, die ich erwartet hatte. Was auch immer geschieht, die Welt ist in guten Händen.«

Kate sah ihn an. Sie hatte das seltsame Gefühl, dass der Zauberer von ihr Abschied nahm.

Er stand auf. »Komm. Wir wollen deinen Bruder suchen. Ich vermute, er versteckt sich vor der Prinzessin.«

Die beiden gingen zusammen aus dem Garten. Kates Gedanken waren so in Aufruhr, dass sie vergaß, nach der Kraft zu fragen, die sie hier spürte.

Sie fanden Michael in seinem Zimmer. Zu dritt aßen sie auf dem Balkon zu Mittag. Dabei konnten sie beobachten, wie immer mehr Schiffe mit Flüchtlingen in den Hafen strömten.

Wenig später erreichte sie die Nachricht, dass Gabriel zurückgekehrt war. Er wartete in den Gemächern des Zauberers, erschöpft und aschfahl. Er sagte ihnen, dass man Emma im Altai-Gebirge in der Mongolei gefangen hielt, in einer Festung, die von einer Armee von zehntausend Gnomen und Kreischern und dem grässlichen Magnus selbst bewacht wurde.

KAPITEL 6

Die Verbindung

»Bedauerlicherweise konnten wir nicht näher am Tal erscheinen«, sagte Dr. Pym. »Die Schutzzauber erlauben es nicht, dass ich dort ein Portal öffne.«

Michael, Wilamena, Dr. Pym und Wallace, der Zwerg mit dem schwarzen Bart und den stämmigen Beinen, den die Kinder aus ihrem Abenteuer in Cambridge Falls kannten, kauerten an der Bergflanke im Schatten einer Felsnadel. Sie warteten auf die Rückkehr von Gabriel und Hauptmann Anton, dem Elfenkrieger, die vorausgegangen waren, um zu erkunden, ob der Übergang ins Tal sicher und unbewacht war. Michael und die anderen waren etwa eine Meile entfernt aus dem Portal getreten und von dort durch steiles Felsgelände hergewandert. Michael keuchte schwer in der dünnen Luft.

»Mir geht's gut«, sagte er, obwohl sich sein Brustkorb noch immer heftig hob und senkte. »Wirklich.«

Es war eine dunkle, mondlose Nacht, aber der funkelnde

Sternenhimmel spendete genügend Licht. Beim Wandern hatte sich Michael allmählich an die Höhe gewöhnt und den Anblick der verschneiten Bergspitzen genießen können, die über ihnen aufragten und im Schein der Sterne zu glühen schienen. Er hatte mit den Händen über die Büsche mit den gezackten Blättern gestrichen, die am Berghang wuchsen und wahrscheinlich zu der Art gehörten, die Gabriel entdeckt und zu Granny Peet gebracht hatte. Er konnte sogar die Reinheit und Kälte der Luft genießen, obwohl sie erschreckend dünn war. So kahl und abweisend die Landschaft auch war, fand er sie, wenn er es recht überlegte, doch auch großartig.

Wenn nur die Yaks nicht gewesen wären. Als sie aus dem Portal gekommen waren, hatte er ganz in der Nähe etwas brüllen gehört, das ganz bestimmt kein Mensch war. Er hatte sich erschrocken umgeblickt und über ihnen am Hang eine Herde der Tiere entdeckt.

»Passt auf!«, hatte er gerufen. »Da sind …«

»Yaks«, hatte Gabriel gesagt. »Völlig harmlos.«

»Keine Angst, Häschen«, hatte Wilamena gesagt und seine Hände genommen. »Ich werde nicht zulassen, dass diese garstigen Biester dich auffressen.«

Die Elfenprinzessin hatte sich an ihn gepresst. Ein Teil seines Gehirns hatte registriert, dass sie nach Honig duftete, nach Tautropfen und irgendwie auch nach jugendlicher Hoffnung. Vor allem aber hatte er über ihre Schulter gesehen, dass Wallace ihn mit offenem Mund anstarrte.

Oh ja, auf die Yaks hätte er gut verzichten können.

Zum Glück war die kleine Gruppe dann gleich aufgebrochen. Der Pfad war so schmal, dass sie hintereinandergehen mussten und Wilamena nicht neben ihm herlaufen und ihm seine »süße kleine Hasenpfote« halten konnte. Schließlich waren sie zu einer zwischen zwei Gipfeln aufragenden Felswand gelangt, an der sie nicht weiterkamen. Dr. Pym hatte Michael, Wilamena und Wallace in den Schatten der Felsnadel geführt, während der Elfenhauptmann und Gabriel den Weg erkundeten.

»Dr. Pym«, fragte Michael. »Wie geht's weiter?«

»Mein Junge, ich fürchte, wir müssen erst einmal unser Ziel erreichen und die Lage prüfen.«

»Okay, aber wenn wir Emma gerettet haben, dann müssen wir auch wieder entkommen, nicht? Werden wir uns den Weg einfach freikämpfen?«

»Wenn wir müssen. Aber die um das Tal gelegten Schutzzauber scheinen nur in eine Richtung zu funktionieren. Sie verhindern nur das Eindringen von außen. Ich vermute, dass ich ein Portal schaffen kann, durch das wir verschwinden werden, sobald wir deine Schwester gefunden haben. Das hoffe ich jedenfalls.«

Sie bemühten sich, nur leise zu sprechen, denn die Felswände warfen jedes Geräusch mehrfach zurück.

Michael rutschte immer weiter nach links und Wilamena, die neben ihm kauerte, versuchte, sich bei ihm einzuhaken. Jedes Mal, wenn er sich rührte, bewegte sie sich mit ihm. Zum Glück war Wallace ein paar Schritte nach vorn getreten, um Wache zu halten.

Während sie warteten, kam Michael wieder die Unterhaltung in den Sinn, die er vor ihrem Aufbruch mit Kate geführt hatte. Alle hatten sich auf der Terrasse versammelt, wenige Stunden nach Gabriels Rückkehr.

»Ich komme nicht mit«, katte sie gesagt. »Dr. Pym hält das

nicht für gut, und ich glaube, er hat recht. Pass auf dich auf, ja? Mach keine Dummheiten.«

»Du meinst so was, wie in die Festung des Feindes einzudringen?«

»Ja, so in der Art.«

Dann hatte sie seine Hand genommen und ihm in die Augen geschaut. »Michael, du weißt, dass mir niemand je wichtiger sein wird als du und Emma. Du weißt das doch, oder?«

Michael hatte genickt, und jetzt, da er im Schatten des Felsens saß, schämte er sich, dass er Zweifel daran auch nur angedeutet hatte.

Kate hatte ihn in die Arme genommen und er hatte sie ganz fest gehalten und versprochen: »Ich werde sie zurückbringen.«

Dann hatte die Situation eine etwas seltsame Wendung genommen, denn Kate und Michael hatten bemerkt, dass sie von noch jemandem umarmt wurden. Die Elfenprinzessin hatte ihre Arme um sie geschlungen und geflötet: »Unsere wundervolle Familie.«

»Häschen.« Wilamena war es schließlich gelungen, ihre Hand durch Michaels Ellenbeuge zu schieben. Nun hielt sie ihn fest wie eine Würgeschlange. »Hast du im Rat heute Morgen meine Zeichen nicht bemerkt? Mir kam es fast vor, als würdest du mich ignorieren.«

Michael warf einen Blick auf den gedrungenen Umriss von Wallace, der ein paar Schritte vor ihnen den Berghang überwachte, und hoffte, dass er sie nicht hören konnte.

»Oh? Das hast du gedacht? Entschuldige. Ich war so auf Dr. Pym konzentriert.«

»Aber natürlich, und die Sorge um deine Schwester. Das verstehe ich natürlich. Jedenfalls dachte ich, wenn wir nach

Loris zurückkehren, dann sollten wir unsere Verlobung öffentlich verkünden.«

»Unsere was?«

»Unsere Verlobung, Dummerchen. Fühlst du dich nicht wohl? Du siehst überhaupt nicht gut aus.«

Ein lauter Donnerschlag ersparte Michael die Antwort. Er trat auf den Hang hinaus. Der Zauberer blickte zum nach wie vor sternklaren Himmel hinauf.

»Was ist das?«, fragte Michael. »Kommt ein Gewitter?«

»Psst.«

Dr. Pym hatte die Augen geschlossen, als lausche er dem Wind. Und dann kam es Michael vor, als würde die Luft erzittern. Seine Hand tastete nach der Tasche und er vergewisserte sich, dass die Chronik des Lebens noch da war. Etwas stimmte nicht.

»Nein«, flüsterte der Zauberer. »Das kann doch nicht sein …«

»Was?«, fragte Michael. »Was geschieht da?«

»Der grässliche Magnus. Er versucht, eine Verbindung einzurichten.«

Emma hörte den Donnerschlag, spähte hinauf zu ihren Zellenfenstern und fragte sich, wann das Gewitter wohl über ihr sein würde.

Die letzten zwei Tage hatte sie kaum geschlafen. Jedes Mal, wenn sie die Augen schloss, sah sie Miss Crumley mit dem Gesicht in der zerdrückten Schokoladentorte liegen. Sie redete sich ein, dass es nicht ihre Schuld war, aber das half nichts. Sie kam sich wie eine Mörderin vor.

Vorige Nacht war Rourke wieder gekommen und hatte sie abermals von der Festung mitten ins Lager der Armee geführt, wo der grässliche Magnus – sie konnte und wollte ihn sich nicht als Rafe vorstellen – schon neben der silbernen Spähschale auf sie gewartet hatte.

»Gut«, hatte er gesagt. »Die Waisenhausleiter von zehn Jahren – da haben wir einiges zu tun.«

Emma hatte sich geweigert, auch nur in die Schale zu sehen.

»Ich könnte dafür sorgen, dass du hineinsiehst.« Seine Stimme hatte beiläufig, ja beinahe freundlich geklungen.

Sie hatte nicht nachgegeben, und am Ende hatte er nur mit ihr geredet, was beinahe so schlimm gewesen war. Wenn sie weiter gegen ihre Natur ankämpfe und die Wut verleugne, die in ihr stecke, dann würde sie sich nur selbst zerstören, erklärte er ihr.

Aber das stimmte nicht! So war sie nicht. Sie war keine Mörderin!

Wirklich nicht? Würde sie ihn nicht töten, wenn sie könnte? Und Rourke? Hatte sie sich in der Zelle nicht stundenlang alle möglichen Wege ausgemalt, wie sie die beiden massakrieren konnte? Aber sie hatten es verdient! Wenn man jemanden tötete, der es verdiente, dann machte das einen nicht zum Mörder! Dann tat man der Welt einen Gefallen.

Sie wusste schon, dass es ihr nicht guttat, in Gedanken den grässlichen Magnus und Rourke umzubringen, aber es passierte immer wieder: Zuerst dachte sie an Kate und Michael und Gabriel, fragte sich, wo sie wohl gerade waren und warum sie sie nicht holten. Dann wurde sie immer nervöser und ängstlicher. Aus der Angst wurde schließlich Wut, die sich natürlich auf den grässlichen Magnus und auf Rourke richtete. Mit der Zeit wurde diese Wut immer größer. Ihre Panik und Verzweiflung wuchs, und wenn sie dann kaum noch in der Lage war, damit fertigzuwerden, dann erschien Miss Crumleys puterrotes und nach Luft ringendes Gesicht und klagte sie als Mörderin an.

Emma setzte sich auf. Sie hörte Schritte auf der Treppe. Die Tür ging auf und Rourke stand da, mit einer Fackel in der Hand, flankiert von zwei Morum Cadi.

»Ich gehe nicht in dieses blöde Zelt«, sagte sie. »Da musst du mich schon tragen.«

Rourke lächelte hämisch und triumphierend. »Oh, heute Abend wird gar nicht in Schüsseln geguckt, Kindchen.«

Emma hörte nun ein neues Geräusch – oder sie nahm es zum ersten Mal wahr: ein gleichmäßiges Tock-tock-tock auf den Stufen, das immer lauter wurde. Rourke trat zur Seite, um eine Gestalt in einem roten Gewand hereinzulassen.

Der Besucher war der alte Mann, den Emma zwei Abende zuvor im Lager der Armee gesehen hatte. Er blieb stehen, stützte sich auf seinen Stock und starrte sie mit seinem dunkelgrauen Auge und dem gruseligen weißen an.

»Du erinnerst dich sicher, dass ich dir erzählt habe, dass manche Necromati ehemalige Feinde des grässlichen Magnus sind. Dieser Kerl hier hat Pym damals vor vierzig Jahren geholfen, meinen Meister zu töten. Er und Pym waren Busenfreunde. Jetzt ist er ein treuer Diener meines Meisters. Stimmt's?«

Der alte Mann sagte nichts, sondern starrte Emma weiter an.

»Natürlich erinnert er sich an nichts«, fuhr Rourke fort. »Er könnte dir nicht einmal seinen eigenen Namen sagen. Er weiß nur, dass er unseren Meister liebt und dass er nur dafür lebt, ihm zu dienen. Und das bedeutet heute Abend etwas ganz Besonderes für dich.«

Dann trat der alte Mann vor. Sein Stock schlug gegen den Steinboden, als er die Hand hob und Emma entgegenstreckte. Emma musste unwillkürlich schreien.

»Eine Verbindung«, sagte Dr. Pym. »Ich wusste immer von dieser Möglichkeit, aber ich glaubte nicht, dass er das riskieren würde. Wie dumm von mir, ihn zu unterschätzen.«

»Und was bedeutet das?« Michael gab sich keine Mühe, seine Stimme zu senken. Das schien bei dem brausenden Wind und Gedonner nicht nötig. Wilamena und Wallace standen neben ihm. Sie warteten immer noch darauf, dass Gabriel und der Elfenhauptmann zurückkehrten.

Der Zauberer blickte Michael an.

»Du und Katherine, ihr beide seid als Hüter mit euren Büchern verbunden. Diese Verbindungen haben sich auf natürliche Weise entwickelt, so wie es sein soll. Aber da gibt es dieses Ritual, das eine Verbindung zwischen Emma und dem Buch Reckoning erzwingt. Allerdings wurde dieses Ritual bisher noch nie vorgenommen,«

»Ist dieses Ritual-Dings gefährlich?«

»Ja. Sehr gefährlich.« Dr. Pym legte Michael eine Hand auf die Schulter. »Da gibt es einen Teil von dir, der ist weder Körper noch Verstand. Du kannst ihn Geist nennen oder Seele, oder *anima*. Das ist der Ort, an dem das Magische in dir wohnt.«

»Meinen Sie die Chronik des Lebens?«

»Nein, ich meine die Magie, mit der du geboren wurdest.«

»Aber …«

»Lass mich ausreden. Der grässliche Magnus spricht von

der Kluft zwischen dem Magischen und dem Nichtmagischen, aber er weiß, dass dies ein Trugschluss ist. Jedes lebendige Wesen trägt Magie in sich, selbst wenn diese sein ganzes Leben lang schlummert. Es könnte sogar sein, dass die Seele von Natur aus magisch ist. Das ist ein Rätsel, dem ich nie wirklich auf den Grund gekommen bin. Du musst dir darüber klar sein, dass sich die Chronik des Lebens mit deiner Seele verbunden hat, als du ihr Hüter wurdest. Genauso hat es die Chronik der Zeit bei Katherine getan. Und jetzt will der grässliche Magnus Emmas Seele von ihrem Körper abspalten und aussenden, um das Buch Reckoning zu finden.«

»Und dann könnte sie ihn dort hinführen, wo es versteckt ist?«, fragte Michael.

»Ja, das ist eine Möglichkeit.«

Eine Möglichkeit. Und was sind die anderen?, fragte sich Michael.

Der alte Zauberer packte ihn an der Schulter. »Wir müssen dort sein, bevor das Ritual vollendet ist. Und du musst das Buch des Lebens benutzen, um ihre Seele zurückzuholen.«

Michael nickte nervös. Er sagte sich, dass er so vielleicht wiedergutmachen konnte, dass er den grässlichen Magnus wieder zum Leben erweckt hatte. Das war seine Chance.

In diesem Augenblick kehrte Gabriel zurück. »Der Weg ist frei. Hauptmann Anton hält dort Wache. Kommt.«

Sie brachen auf und erreichten in kürzester Zeit den Fuß der Felswand. Massiv ragte sie vor ihnen auf. Gabriel warf nur einen kurzen Blick zurück, um sich zu vergewissern, dass alle da waren. Dann ging er direkt auf den Berg zu und verschwand.

Michael stockte der Atem.

»Ein Trugbild«, sagte Dr. Pym. »Beeilen wir uns. Prinzessin?«

Wilamena küsste Michael auf die Wange und ging durch die Felswand. Dr. Pym folgte ihr und verschwand ebenfalls. Nur Michael und Wallace waren noch übrig.

Michael schielte verlegen zum Zwerg hinüber, während die Stelle auf der Wange, wo die Elfenprinzessin ihn geküsst hatte, noch immer brannte.

»Elfen«, murmelte er, weil ihm nichts Besseres einfiel.

Wallace hakte die Daumen hinter seinen Gürtel und schüttelte den Kopf. »Keine Angst, Kumpel. Wallace der Zwerg weiß, wie man etwas für sich behält. Ich sage immer, Privatleben ist Privatleben.« Er schwieg ein paar Sekunden. Dann fügte er hinzu: »Auch wenn es sehr, sehr seltsam ist.«

Es war nicht so leicht, ohne zu zucken, in die Felswand hineinzulaufen, aber Michael schloss einfach die Augen. Als er sie einen Moment später wieder aufschlug, wanderte er durch eine schmale Scharte zwischen den beiden Gipfeln. Aus der Ferne konnte er Trommeln und Kreischen hören, und es war Licht zu sehen, das nicht von den Sternen herrührte.

Die anderen warteten an einem Abhang hoch über einem weiten Tal. Als Michael zu ihnen aufschloss, sah er unten im Talkessel eine riesige, dunkle Masse, die sich weit in beide Richtungen erstreckte, erleuchtet von zahllosen orangeroten Feuersäulen. Michael wusste, dass dies eine Armee war. Ihre bloße Größe ließ seine Knie zittern. Er hörte Wallace von hinten herankommen und murmeln: »Verflixt noch mal. Wenn das nicht eine verdammt große Armee ist.«

»Dort«, sagte Gabriel und streckte den Arm aus.

Die Festung thronte auf einer Felszacke in der Mitte des Tals. Sie wurde von Fackeln erhellt, und Michael konnte den Turm erkennen, der etwas krumm in den Himmel ragte. War

Emma dort oder hatte man sie für das Ritual woandershin gebracht? Und wenn ja – wie sollten sie sie dann finden?

Das waren seine Gedanken, als er aus dem Augenwinkel einen Blitz über den Himmel zucken sah. Im selben Moment gab es einen weiteren Donnerschlag und er sah in der entgegengesetzten Richtung am Horizont vor dunkel aufgetürmten Wolken weitere Blitze. Ein solches Gewitter hatte Michael noch nie erlebt; es schien aus allen Richtungen gleichzeitig zu kommen und näherte sich dem Tal mit unvorstellbarer Geschwindigkeit.

»Prinzessin«, sagte der Zauberer. »Seid Ihr bereit?«

Wilamena nickte und zog etwas aus einer Tasche an ihrer Taille. Michael erkannte sofort das goldene Armband, das sie einst in einen Drachen verwandelt hatte.

»Aber das war doch aufgeschnitten worden! Nachdem sie uns gerettet und zu den Elfen gebracht hatte!«

»Das ist wahr«, sagte Dr. Pym. »Aber ich hatte das Gefühl, dass es nicht schaden könnte, einen Drachen bei uns zu haben. Ich veränderte den Verwandlungszauber ein wenig und ließ von einem Zwergenschmied eine Schließe einarbeiten, damit die Prinzessin es nach Belieben an- und ablegen kann. Vielleicht solltest du einen Schritt zurücktreten.«

Wilamena hatte das Armband bereits um ihr Handgelenk schnappen lassen und verwandelte sich in den riesigen Drachen mit dem goldenen Schuppenkleid, den Michael in der Antarktis kennengelernt hatte. Ihr Rücken streckte sich immer länger und breiter, ihre Finger wurden zu Krallen und aus den Seiten breiteten sich große Fledermausflügel. Sie ließ sich auf alle viere nieder und peitschte mit einem kräftigen Schwanz durch die Luft. Als der Drache ihm den Kopf zuwandte, sah Michael, dass sich die wasserblauen Augen der Prinzessin blutrot verfärbt hatten.

»Hallo, Häschen«, sagte der Drache mit tiefem, donnerndem Schnurren.

Die Blitze zuckten nun schon über den Rändern des Tals und der Wind wehte Michael beinahe um.

»Meine Freunde!«, rief der Zauberer. »Der grässliche Magnus musste zum Errichten der Verbindung einen großen Teil seiner Macht aufwenden. In dieser Zeit ist er verwundbar. Aber wir müssen uns beeilen! Wir müssen schneller sein als der Wind!«

Michael wurde von Gabriel hochgehoben, und einen Augenblick später saßen sie alle auf dem Rücken des Drachen; Wilamena machte einen großen Sprung und erhob sich in die Lüfte.

Der alte, weißäugige Zauberer berührte Emmas Stirn mit einem knochigen Finger und murmelte leise vor sich hin. Emma spürte ein Zittern, das durch ihren Körper lief, als ob alles in ihr losgerüttelt würde. Dann drehte der Zauberer sich um und nickte Rourke zu. Einer der Kreischer kam heran und hob sie in die Luft. Emma wehrte sich verbissen, aber bei der Berührung durch die kalten, halbverfaulten Hände der Kreatur wurde ihr übel und ihre Kräfte schwanden.

Was konnte sie schon ausrichten? Fliehen?

Rourke führte sie die Treppe des Turms hinunter, dann über weitere Treppen hinaus in den Hof, und die ganze Zeit war das Tock-tock vom Stock des alten Mannes hinter ihnen zu hören.

Mitten auf dem Hof brannte ein großes Feuer, dessen Flammen vom Wind gepeitscht wurden. Zwei weitere Gestalten in roten Roben gingen singend im Kreis um das Feuer und warfen immer wieder eine Handvoll Sand oder Staub hinein, woraufhin die Flammen jedes Mal noch höher schlugen.

Der weißäugige Zauberer trat näher zum Feuer. An den Mauern des Hofs standen Gnome und Kreischer dicht aufgereiht. Man brachte einen Holzstuhl heran, auf dem Emma mit dem Gesicht zum Feuer Platz nehmen musste. Sie war den Flammen jetzt so nah, dass sie die Hitze auf der Haut spürte. Ihre Arme und Beine wurden mit Ledergurten an dem Stuhl festgebunden.

Aus allen Himmelsrichtungen stürmte das Gewitter auf die Festung zu.

Vom grässlichen Magnus war nichts zu sehen.

»Keine Angst, Kindchen«, sagte Rourke, als könne er ihre Gedanken lesen. »Wir sind von der Macht meines Meisters umgeben.«

Emma schwieg. Bis zu dem Moment, als man sie auf den Stuhl setzte, war sie sich sicher gewesen, dass sie gerettet werden würde. Kate, Michael, Gabriel und Dr. Pym – sie alle oder einer von ihnen würden kommen, um sie zu befreien. Dessen war sie sich so sicher gewesen, dass sie ihr Leben darauf verwettet hätte. Als sie aber die Flammen über sich lodern sah, da begriff sie plötzlich, dass niemand kommen würde. Sie war allein.

Die Gestalten sangen nun wieder, diesmal lauter, aber der Wind verwehte ihre Stimmen. Sie blickte zu Rourke, und es lagen Worte auf ihrer Zunge, ein Flehen, dies alles möge aufhören, Worte, die auszusprechen sie noch wenige Tage vorher umgebracht hätte. Aber sie war zu entsetzt, um zu sprechen. Sie konnte sich nur auf die Lippe beißen und wimmern.

Sie wollte ihre Schwester bei sich haben. Es ging ihr nicht mehr darum, gerettet zu werden. Sie wollte, dass Kate sie festhielt; sie wollte ihre Arme um sich spüren, wollte ihre Stimme sagen hören, dass alles gut werden würde. Aber Kate war nicht gekommen. Niemand war gekommen.

Sie würde nicht weinen; dies eine würde er nicht von ihr bekommen.

Hab keine Angst.

Emma riss den Kopf herum. Es war seine Stimme. Aber wo war er?

Ich helfe dir, dein Schicksal zu erfüllen. Und auch meines.

Was willst du mir antun?, fragte sie – und begriff voller Entsetzen, dass sie ihre Antwort dachte, aber nicht aussprach.

Ich sende dich aus, das Buch Reckoning zu finden. Das heißt, ich sende einen Teil von dir.

Und bevor sie fragen konnte, was das bedeutete, ging es los.

Es war, als würde die Luft um sie immer dichter werden. Sie drückte ihr auf die Ohren und Trommelfelle, auf die Handflächen, ja sogar die Fußballen. Und dann war es auch in ihr, quetschte ihre Knochen, ihre Organe, ihr Herz. Sie spürte, wie etwas aus ihr herausgepresst wurde, aus jeder einzelnen Faser und Zelle ihres Körpers, als wäre sie eine Frucht. Und das, was ihr genommen wurde, hatte zwar keinerlei körperliche Substanz, war aber gleichzeitig irgendwie lebenswichtig. Sie versuchte, es festzuhalten, was immer es war, aber sie schaffte es nicht. Sie spürte, wie es ihren Körper verließ, sah es für einen seltsamen, schrecklichen Augenblick vor sich in der Luft schimmern. Dann wurde es mit einem entsetzlichen Ruck ins Feuer gerissen und Emma fiel leer in den Stuhl zurück.

KAPITEL 7
Der Zauberer begleicht seine Schulden

Der Wind schüttelte sie heftig durch. Ein Blitz zuckte neben ihnen vorbei, so nah, dass Michael spüren konnte, wie die Luft von der Elektrizität zerrissen wurde. Er saß gleich hinter dem Kopf des Drachen und konnte sich nirgends festhalten, deshalb presste er die Schenkel, so fest er konnte, gegen den schuppigen, gestreckten Körper. Er wäre bestimmt heruntergestürzt, hätte Gabriel, der hinter ihm saß, nicht einen Arm um ihn geschlungen.

Als sie über der Festung ankamen, zog Wilamena einen engen Kreis, sodass sie in den Hof hinuntersehen konnten – ein einzelnes helles Quadrat in der Dunkelheit unter ihnen.

»Ich sehe sie«, sagte der Drache. »Sie ist an einen Stuhl gefesselt. Ich zähle vierzig Morum Cadi und Gnome. Rourke ist auch da.«

»Um Rourke werde ich mich kümmern«, sagte Gabriel.

»Da sind auch drei Necromati«, meldete der Drache. »Aber den Finsteren sehe ich nicht.«

»Dort ist er.« Dr. Pyms Stimme war hinter Gabriel zu hören, und er rief laut, um das Brausen des Windes zu übertönen. »Wir müssen uns beeilen. Gabriel wird Rourke aufhalten. Wallace, Hauptmann Anton und Prinzessin Wilamena werden sich um die Gnome und Morum Cadi kümmern. Die Necromati überlasst ihr mir. Michael, du musst deine Schwester befreien.

»Okay!« Michael tastete nach seiner Seite. Das Zwergenschwert war noch immer da.

»Ich könnte sie einfach wegtragen«, sagte der Drache. »Wir wären in einem Augenblick wieder fort.«

»Nein«, rief der Zauberer. »Das Ritual hat schon begonnen! Ihre Seele muss zurückgeholt werden. Sturzflug … jetzt!«

Michael bemerkte, dass Gabriel seinen Griff verstärkte, als sich der Drache noch stärker in die Kurve legte und dann mit wenigen starken Flügelschlägen in einer Steilspirale niederstürzte. Die eiskalte Luft sauste ihm in den Ohren, und er riss eine Hand an die Brille, damit sie nicht fortflog. Die Tasche mit der Chronik des Lebens flatterte hinter ihm her, während der Hof der Festung heranraste. Obwohl seine Augen tränten, konnte Michael immer noch die Reihen der Morum Cadi und Gnome ausmachen. Er sah die Gestalten mit den roten Roben am Feuer und auch Rourke, in dessen Glatzkopf sich die Flammen spiegelten …

Und dann entdeckte er Emma, die mit gesenktem Kopf dasaß und ganz klein und verletzlich wirkte.

Ich bin hier, dachte er. Ich komme.

Sie waren noch etwa dreißig Meter über dem Boden, als Rourke nach oben sah.

Michael hörte den Ruf des riesigen Mannes nicht – der Wind rauschte ohrenbetäubend – aber die versammelten Gnome und Morum Cadi reagierten sofort. Überall im Hof blitzten Klingen auf, und Michael sah, dass Rourke einen Schritt näher an Emma herantrat und ein Paar langer, gebogener Messer unter seinem Mantel hervorzog.

Wilamena war keine sieben Meter mehr über dem Boden, als Michael spürte, wie Gabriels Arm ihn losließ. Über die Schulter sah er Gabriel vom Rücken des Drachen springen; er flog durch die Luft und rammte Rourke mit den Füßen voran mit der vollen Gewalt des Sturzfluges in die Brust, dass dieser zu Boden geschleudert wurde. Wilamena stieß eine gewaltige Stichflamme aus, die ein volles Drittel des Hofs samt einem Dutzend Kreischern und Gnomen in Feuer hüllte. Sie schlug mit den Flügeln und setzte zur Landung an. Ihre Klauen hatten die Steine noch nicht berührt, als Wallace und Hauptmann Anton mit gezogener Axt und gezücktem Schwert schon von ihrem Rücken sprangen.

»Los!«, schrie Dr. Pym, zog Michael vom Drachen und schob ihn in Richtung Emma, die nun unbewacht neben dem Feuer saß. »Los!«

Michael rannte auf seine Schwester zu und hörte, wie Wilamena aufs Neue Feuer spie. Er sah, wie Rourke versuchte, sich aufzurappeln, während Gabriel nach allen Seiten Hiebe gegen Gnome und Morum Cadi austeilte. Hauptmann Anton und Wallace rannten neben Michael her und flankierten ihn. Kurz bevor er Emma erreichte, sah er noch, dass Dr. Pym auf die drei Gestalten in roten Umhängen zuging. Zwei waren vorgetreten, während der dritte – ein alter Mann, der sich auf einen Stock stützte und mit dessen Augen etwas nicht stimmte – etwas zurückblieb. In Dr. Pyms Händen brannte ein blaues Feuer.

Und dann kniete sich Michael vor Emma hin und vergaß alles um sich herum.

Ihre Arme und Beine waren mit Ledergurten an den Stuhl gefesselt. Ihr Kopf war nach vorn gefallen, sodass ihr Kinn auf der Brust lag. Verletzt schien sie nicht zu sein.

Michael sah weder Schnittwunden noch Prellungen, aber ihre Hände und ihr Gesicht waren schmutzig und sie trug noch dieselben Kleider wie bei ihrer Entführung vor wenigen Tagen.

»Emma!«

Er schnitt ihre Fesseln durch; ihre Hände fielen in ihren Schoß, aber ihr Kopf hing weiter vornüber und ihre Augen blieben geschlossen.

»Rasch!« Dr. Pyms Ruf schnitt durch das Kampfgetöse. »Die Chronik des Lebens!«

Michael wandte sich zur Seite und sah, dass die beiden Gestalten in roten Roben unbeweglich dastanden. Sie waren zu Feuersäulen geworden. Dr. Pym stand dem alten Mann gegenüber, der nun mit dem Stock auf den Steinboden schlug. Krachend öffnete sich ein Spalt, der auf Dr. Pym zulief, sodass der Zauberer von dem Abgrund, der sich auftat, zurückspringen musste. Michael hörte, wie Dr. Pym »Tut mir leid, alter Freund!« sagte, und sah dann, wie er eine Handbewegung machte, worauf auch um den alten Mann blaues Feuer aufloderte. Michael wandte sich wieder ab und holte das Buch Rubyn aus der Tasche. Das schwere, in rotes Leder gebundene Buch schien vor Erwartung zu summen, und auch Michael spürte in sich eine Unruhe, weil er wusste, dass er gleich wieder in Verbindung mit dieser Macht treten würde. Er wollte das Buch gerade aufschlagen, als er etwas hinter sich spürte. Er drehte sich um …

Kate hatte keinerlei Hinweis erhalten, wann man mit der Rückkehr der Retter rechnen konnte, aber sie war davon ausgegangen, dass es mindestens einige Stunden dauern würde, wenn nicht sehr viel länger. Sie sagte sich das, um nicht von Sorge aufgefressen zu werden, je länger sich die Nacht hinzog. Sie wusste aber nur zu gut, dass sie sich trotzdem Sorgen machen würde, jede einzelne Sekunde, bis Michael und die anderen mit Emma zurückkehrten.

Bei Sonnenuntergang waren sie von der Terrasse aufgebrochen, auf der sie zuvor ihren Rat abgehalten hatten, und in einem von Dr. Pym erschaffenen Portal verschwunden. Danach hatte Kate allein dort gestanden, hatte die Sonne ins Meer sinken sehen und die Arme gegen die aufkommende Kühle um sich gelegt.

Inzwischen herrschte völlige Dunkelheit und die Lichter der ankommenden Boote lagen ausgebreitet wie Juwelen auf dem schwarzen Tisch des Meeres. Sie wandte sich ab und wollte in den Hafen hinuntergehen, wo König Robbie die Arbeiten zur Befestigung des Hafens überwachte. Ohne besondere Absicht fand sie sich zehn Minuten später im Garten wieder, unter den Armen des großen Baumes, und saß neben dem schwarzen Teich.

In der Nacht schien der Baum noch gewaltiger und urtümlicher, der Teich dunkler und stiller, und sie schloss die Augen und spürte, wie die Kraft nach außen strahlte, durch die Wurzeln unter ihren Füßen, durch die Äste über ihr, durch die

Luft. Und wie zuvor wurde sie ruhiger. Sie setzte sich auf einen der flachen, weißen Steine auf der Lichtung. Die Zeit schien langsamer zu vergehen. Ihre Angst um Emma und Michael verebbte.

Sie musste an eine Unterredung zwischen Gabriel und Dr. Pym denken, kurz vor dem Aufbruch der Gruppe. Sie hatte nur einen Teil davon gehört, aber der Ton des Gesprächs hatte tiefen Eindruck auf sie gemacht. In der Vergangenheit hatte sich Gabriel dem Zauberer gegenüber immer sehr respektvoll gezeigt. Bei der Unterredung auf der Terrasse hatte er dagegen herausfordernd geklungen, und misstrauisch. Dann war da der Gesprächsfetzen gewesen, als Kate den Zauberer sagen hörte: »Ich verstehe deine Gefühle. Ich bitte dich nur, mir noch etwas länger zu vertrauen. Die Prophezeiung ist der Schlüssel ...«

Worüber hatten sie geredet? Warum bat Dr. Pym Gabriel, ihm zu vertrauen? Hatte es etwas mit der Warnung ihres Vaters zu tun, Michael sollte nicht zulassen, dass der Zauberer die drei Bücher vereinte? Und was meinte er mit der Prophezeiung? Wenn Michael zurück war, dann mussten sie beide unbedingt mit Dr. Pym darüber sprechen. Schluss mit den Geheimnissen und der Ungewissheit.

Sie war sich nicht sicher, wann sie spürte, dass jemand hinter ihr war. Sie hörte niemanden kommen. Kein Zweig knackte. Niemand räusperte sich oder nannte ihren Namen. Mit einem Mal wusste sie einfach, dass sie nicht allein war.

Sie drehte sich um und die Welt blieb stehen.

Er stand zwei Meter vor ihr im Schatten, der nur hier und da von Streifen von feinem Sternenlicht unterbrochen wurde. Er trug dieselbe Kleidung, in der sie ihn zuletzt gesehen hatte, vor mehr als hundert Jahren. Sein dunkles Haar war zerzaust, seine Augen in der Dunkelheit fast schwarz.

Er war es nicht wirklich; das war nicht möglich. Und sie mahnte sich, die Augen zu schließen und bis zehn zu zählen, dann wäre er fort.

Sie kam bis drei, als er ihren Namen sagte.

Als sie die Augen öffnete, hatte sich Rafe nicht von der Stelle gerührt.

Er sagte: »Es ist eine Falle; er weiß, dass sie kommen.«

Michael sah, wie der Junge unversehrt aus dem Feuer trat. Dass er so jung aussah, überraschte ihn nicht so sehr, wie es Emma überrascht hatte. Immerhin war Michael ihm schon einmal begegnet, in der geisterhaften Kirche in der Felsspalte, am Schnittpunkt der Welt der Lebenden und der Toten. So war es nicht das Alter, das Michael für einen Moment erstarren ließ, sondern seine völlige Ruhe und Selbstgewissheit mitten im Chaos. Die letzte rot gewandete Gestalt, der alte Weißäugige, wurde von den Flammen verschlungen und zerfiel rasch zu Asche, doch der Junge sah nicht einmal hin. Er lächelte sogar.

»Pym«, begann er mit einem Schuss Verachtung. »Wie habe ich mich auf diesen Augenblick gefreut.« Michael spürte, wie der Blick des Jungen von Dr. Pym zu ihm wechselte. »Und du hast mir sogar Michael mitgebracht.«

Pym murmelte zur Antwort ein paar Silben, die Michael nicht verstand, und machte mit der rechten Hand eine rasche Bewegung. Die Wand hinter dem Jungen war von dicken Ranken überwachsen, die nun nach vorn peitschten, um den Jungen zusammenschlugen, seine Arme, Beine und seinen Körper umschlangen und ihn zu Boden drückten.

»Prinzessin!«, rief der Zauberer, und Michael sah, wie der Drache über den Hof setzte, über dem ringenden Körper in der Schwebe blieb und einen weißglühenden Flammenstrahl auf ihn richtete. Michael drehte den Kopf weg, aber die Hitze kribbelte im Haar an seinem Hinterkopf. Als das Brüllen und die Flammen endeten, hörte er ein anderes Geräusch, ein Mahlen und Krachen, und er sah, wie Dr. Pym die Arme nach vorn schwang und der Turm der Festung über ihnen ins Wanken geriet. Michael warf sich über Emma. Im nächsten Augenblick schleuderte der Aufprall sie zur Seite und Gesteinssplitter regneten auf Michaels Rücken und Arme herab. Dann war es still – eine unheimliche Stille, nur das sich über ihnen zusammenballende Gewitter war zu hören. Er drehte sich um. Der Staub biss in den Augen. Er blinzelte und sah einen Berg geborstener schwarzer Steine an der Stelle, an der der Junge, der grässliche Magnus, gestanden hatte. Darüber schwebte der goldene Drache.

Dr. Pym wirbelte herum und rief: »Um Himmels willen! Das wird ihn nicht lange aufhalten! Bring sie zurück! Sofort!«

Und Michael drehte sich zu seiner Schwester um, schlug die Chronik des Lebens auf – und hielt inne.

Emma blickte ihm direkt ins Gesicht. In ihren Augen war eine solche Leere und Trostlosigkeit, dass es Michael einen Stich versetzte.

»Du kommst zu spät«, sagte sie.

Gabriel hörte den Zauberer rufen, aber er sah nicht hin. Rourke setzte ihm zu. Er war mit Messern bewaffnet, die so groß waren, dass normal große Männer sie als Schwerter hätten benutzen können. Mit diesen Messern war Rourke so schnell, dass Gabriel die Hiebe nur nach Gefühl und Intuition parieren konnte.

Es war erstaunlich, dass Rourke überhaupt wieder kämpfen konnte angesichts der Wucht, mit der ihn Gabriel bei seinem Sprung vom Rücken des Drachens getroffen hatte. Aber nichts an Rourke war normal, und Gabriel hatte bereits Wunden an beiden Armen und am Bein davongetragen, dazu einen Hieb quer über den Brustkorb. Rourke blutete aus einer tiefen Schulterwunde und Gabriel hatte außerdem mit dem Schwertknauf einen Schlag auf seiner Stirn gelandet.

Gabriel hatte den Turm einstürzen sehen und auch Rourke war das nicht entgangen; falls es den Riesen aber entmutigte, seinen Meister so bedrängt zu sehen, dann ließ er es sich nicht anmerken.

»Du überraschst mich, Freundchen…« Die Spitze eines seiner Messer sauste einen Zentimeter vor Gabriels Auge vorbei. »Hilfst du immer noch dem alten Zauberer? Hast du denn nicht zugehört, als ich dir sagte, dass er die Kinder in ihr Verderben führt?«

Gabriel traf mit einem Tritt in seinen Bauch, aber es fühlte sich an, als hätte er gegen Stein getreten.

»Aber deine kleine Emma ist schon eine Marke«, fuhr der Riese unbeeindruckt fort. »Mein Meister sieht in ihr eine Wut, die die ganze Welt entzweireißen könnte.«

Gabriel wehrte ein Messer ab, spürte aber, wie ihm das andere eine blutig heiße Spur über den Unterarm zog.

»Wäre das nicht ein wunderbares Ende der Geschichte?

Wenn das Kind, das du unter allen Umständen retten willst, sich selbst und uns alle zerstört? Könnte es nicht sein, dass dein Zauberer dieselbe Idee hat? Vielleicht sollten wir uns ja alle miteinander verbünden.«

Mit einem Schrei ließ Gabriel sein Schwert mit aller Macht niedersausen. Rourke parierte den Schlag, indem er seine Klingen in einem V emporreckte.

»Ich glaube, Jungchen, dass du ein ganz besonderer Narr sein musst.«

Er wand Gabriel das Schwert aus den Händen und schleuderte es weit über den Hof. Als er vorrückte, sprach Gabriel zum ersten Mal.

»Es gibt viele verschiedene Sorten von Narren«, sagte er und duckte sich weg.

Rourke drehte sich gerade noch rechtzeitig um, um den gewaltigen, gepanzerten Schwanz des Drachen heranfegen zu sehen, dann wurde er durch die Festungsmauer geschleudert. Gabriel hatte den Drachen über Rourkes Schulter gesehen und seine Absicht geahnt. Jetzt blickte er Rourke hinterher, der den Steilhang hinunterstürzte, bis er nicht mehr zu sehen war.

»Danke.«

Der Drachen nahm das donnernd zur Kenntnis, drehte sich aber sogleich um und röstete einen Trupp von Kreischern. Gabriel hielt nach seinem Schwert Ausschau und entdeckte es zu seiner Überraschung direkt vor seinen Füßen. Er hob es auf und verschaffte sich rasch einen Überblick über die Lage im Hof. Nur eine Handvoll Feinde war übrig, aber es konnte nicht lange dauern, bis Verstärkung aus dem Tal heraufkam. Möglicherweise befreite sich der grässliche Magnus auch schon aus seinem Behelfsgefängnis. Sie mussten schnell von hier verschwinden.

Unwillkürlich blickte er auf Emmas kleine Gestalt, die zusammengesunken auf dem Stuhl saß, und er dachte an das, was Rourke gesagt hatte:

... eine Wut, die die ganze Welt entzweireißen könnte.

Was hatten sie ihr angetan?

Es war fort. Was immer es war, das man ihr genommen hatte und das dann ins Feuer gerissen worden war. Und wohin dann? Es war fort, irgendwo unendlich weit fort. Und vielleicht war »fort« auch das falsche Wort, denn sie konnte es noch immer spüren. Als ließe sie einen Drachen steigen, an einer sehr, sehr langen Schnur.

Aber je weiter das Ding fortgetrieben war, desto schwächer war die Verbindung zu ihr geworden, sodass nun schon die leiseste Bewegung oder Erschütterung das Band ganz zu zerreißen drohte.

Was war das, was man ihr genommen hatte? Sie wusste es immer noch nicht. Sie fühlte sich so kalt und leer, als wäre sie ein Glasgefäß, das schon bei der geringsten Berührung zerspringen könnte.

Michael kniete neben ihr, das rote Buch aufgeschlagen auf seinem Bein. Über dem Buch loderten nun Flammen, und dann gab es einen heftigen Ruck an dem Band, das sie mit dem ihr geraubten Teil in der Ferne verband, und sie spürte, dass Michael versuchte, das Ding einzuholen. Aber es wollte nicht kommen.

Sie hörte ihn Dr. Pym zurufen, dass es nicht funktionierte, dass er Hilfe brauchte.

Dann war Gabriel bei ihr, sein Gesicht voller Aufregung

und blutüberströmt, und bei seinem Anblick ging Emma das Herz in der Brust auf. Nun wusste sie immerhin, dass man sie nicht ausgehöhlt hatte. Wenn sie nicht so schwach gewesen wäre, wäre sie ihm in die Arme gesprungen.

»Wir müssen sofort weg von hier!«, sagte Gabriel zu dem Zauberer. »Solange wir noch können.«

Michael wandte ein, er habe ihre Seele noch immer nicht zurückholen können. Ihre Seele? War es das, was man ihr weggenommen hatte?

Dr. Pym öffnete den Mund und wollte etwas sagen, aber die Explosion schnitt ihm das Wort ab.

Emma nahm sie kaum wahr, denn ihr war plötzlich klar geworden, dass der fehlende Teil von ihr nicht einfach weggedriftet war, sondern das da etwas war, das ihn von ihr wegzog.

Und sie wusste, was dieses Etwas war.

Sie fühlte die ganze Welt von sich abfallen, und dann schloss sie instinktiv ihre Augen …

Einige Augenblicke lang hörte Michael nichts als das Klingeln in seinen Ohren.

Als sich Rauch und Staub gelichtet hatten, sah er auf.

Er sah den goldenen Drachen auf den Umriss des grässlichen Magnus zufliegen, der sich offenbar unversehrt aus dem Schutt und den Flammen erhoben hatte …

Er sah, wie der jugendliche Zauberer einen Wink mit der Hand machte, worauf sich der Drache gegen Wallace wandte …

Und er sah den weißen Feuerstrahl, der den Zwerg einhüllte …

Er sah, wie sich Hauptmann Anton mit einem Sprung zur Seite vor der auf ihn gerichteten Flamme in Sicherheit brachte.

Er schloss die Augen, weil der Staub ihn fast erstickte, und als er wieder hinsah, saß der Elf rittlings auf dem Drachen, der eine Schlinge um den Hals hatte und in der Luft bockte und zappelte, um den Reiter wieder abzuwerfen …

Er sah Wallaces verkohlte Axt rauchend am Boden liegen …

Er sah, wie Dr. Pym Gabriel zunickte und dann dem grässlichen Magnus entgegentrat …

Da kehrte langsam Michaels Gehörsinn zurück. Als Erstes hörte er seine eigene Stimme. Er rief den Zauberer beim Namen, aber Dr. Pym kehrte nicht um.

Im Festungshof war ein Wind aufgebraust, der nichts mit dem aufkommenden Gewitter zu tun hatte. Er wirbelte herum, vertrieb den senffarbenen Rauch von den zerfallenden Leichen der Morum Cadi, schleuderte kleine Zweige und Steine gegen Michaels Wange und erzeugte eine Windhose um Dr. Pym und den dunkelhaarigen Jungen.

»Was tut er?«, schrie Michael.

Aber Gabriel stand still wie eine Statue und antwortete nicht. Michael sah, wie sich der alte Zauberer und der dunkelhaarige Junge direkt gegenüberstanden. Der Tornado zog sich immer enger um die beiden zusammen, und Michael verlor sie im herumwirbelnden Schutt und Staub aus den Augen, obwohl es ihm schien, als würden sie in die Luft gehoben. Er sah, wie der Zyklon auch den goldenen Drachen samt Reiter einsaugte, die beiden herumschleuderte und dann wieder ausspuckte, sodass sie weit in die Nacht hinausgewirbelt wurden. Aus dem Augenwinkel sah Michael, wie die Hoftore aufsprangen und Rourke an der Spitze einer Horde Morum Cadi herangestürmt kam, dann aber vor dem Tornado abrupt stoppte. Plötzlich wurde alles, was nicht aus Stein war, in die Luft gehoben. Michael kniff die Augen zu, als sich auch schon Gabriel über ihn und Emma warf und am Boden festhielt.

Dann hörte er eine Stimme seinen Namen rufen, und er wusste, dass etwas mit seinen Ohren nicht stimmen konnte, weil er die Stimme bei dem Getöse eigentlich nicht hätte hören können.

»Michael!«

Er öffnete die Augen gegen den Wirbelwind und sah Kate, die vor ihm stand und seine Hand packte. Gabriel hielt Emma in den Armen und Kate wollte auch ihn ergreifen.

»Wir müssen fort! Schnell!«

»Nein!«

»Doch! Wir …«

»Nein! Warte!«

Er musste einfach noch einmal versuchen, Emmas Seele zurückzuholen. Michael schlug noch einmal das Buch des Lebens auf, legte die Hand auf die Seite …

In diesem Augenblick legte sich der Wind. Alles war plötzlich still, und Michael konnte nicht anders, er musste sich umdrehen. Der grässliche Magnus stand in der Mitte des Hofes. Seine Hand lag auf Dr. Pyms Schulter, der mit gesenktem Kopf vor ihm kniete.

»Wenn ihr geht«, sagte der grässliche Magnus, »dann wird der Zauberer sterben.«

Es war wie in einem Traum.

Emma wusste, dass sich ihr Körper wieder im Hof der Festung befand und dass Michael und Gabriel bei ihr waren. Aber ihre Seele war hier, wo immer dieses Hier sein mochte, und sie sah, was ihre Seele sah. Sie fragte nicht danach, welche Magie es möglich machte, dass dies geschah. Sie flog über ein Land aus Rauch und Feuer und wurde von derselben unwiderstehlichen Kraft vorangezogen wie zuvor …

Sie schauderte. War dies, was geschah, wenn man gestorben war? War sie gestorben? Was war, wenn sie nicht mehr zurückkehren konnte?

Dann jagte sie vor einem ungeheuren Kliff in die Höhe, immer schneller, und sie vergaß die Frage.

Sie sah eine Gestalt, die an der Felswand hing und sich nach ihr umwandte – ein Wesen mit dem Körper eines Menschen und dem Kopf eines großen, schwarzen Vogels. Und dann war sie daran vorbei, flog weiter durch die Dunkelheit und wurde noch schneller. Hier war es, das Ding, das sie rief, das sie an sich zog, das Buch …

Mit geisterhaften Fingern griff sie danach. Sie war so nahe …

Und das Band, das sie mit ihrem Körper verband, der nun eine Welt entfernt lag, wurde mit einem Ruck straff gespannt …

Im Festungshof herrschte völlige Stille.

Rafe stand noch immer da mit der Hand auf Dr. Pyms Schulter und lächelte.

»Kate, du bist es wirklich …«

»Nicht!« Kate brannten Tränen in den Augen. »Tu das nicht!«

Tu nicht, als wärst du du selbst, wollte sie sagen. Aber sie konnte es nicht, weil er Rafe war, ebendieser Rafe, genau wie er in ihrer Erinnerung war, genau wie sie ihn nur Augenblicke zuvor gesehen hatte. Und als sie ihn so sah, seine Stimme hörte, spürte sie einen großen Schmerz in der Brust.

Kate sagte sich, dass sie nur etwas mehr Zeit gebraucht hätte, um sich auf dies alles vorzubereiten. Aber sie hatte noch eine Sekunde zuvor im Garten gestanden und die Magie der Chronik der Zeit heraufbeschworen. Und nun stand sie hier mitten im Chaos, Emma zusammengesunken neben ihr, Michael völlig außer sich, Wallace, Wilamena und Hauptmann Anton nirgends zu sehen, Dr. Pym auf Knien und dann Rafe, der einfach dastand und sie ansah …

Alle Zeit der Welt hätte nicht gereicht, um sich für dies zu wappnen; das wusste sie.

»Kate!« Michaels Gesicht war schweißüberströmt, seine Stimme und sein Körper bebten. Er schlug das Buch zu; sein Feuer erlosch. »Ich habe es geschafft! Ich habe ihre Seele zurückgeholt!«

Was meinte er damit? Ihren Seele zurückgeholt von wo?

»Wir können verschwinden«, zischte Michael. »Sofort!«

»Kate.« Rafes Stimme zerrte an ihr. »Der Zauberer ist dein Feind. Nicht ich. Was hat er dir versprochen? Dass ihr mich besiegen und wieder mit euren Eltern vereint werdet, wenn ihr die Bücher findet? Das stimmt nicht. Die Prophezeiung besagt, dass die Hüter die Bücher finden und wieder vereinen werden, aber sie besagt auch, dass die Hüter sterben werden. Pym weiß das; er hat es immer gewusst. Um mich zu vernichten, will er dich und deine Geschwister opfern.«

Kates Blick schoss wieder zu ihrem Bruder. War dies, was ihr Vater meinte, als er Michael erschien und ihn davor warnte,

Dr. Pym die Bücher vereinigen zu lassen? War das die Wahrheit? Ihr wurde ganz flau im Magen. Das konnte doch nicht sein! Dr. Pym würde sie doch nicht belügen! Niemals!

»Ich kann dir versprechen, was der Zauberer nie versprechen konnte. Euer Leben. Kate, hilf mir …«

»Lügen!«

Dr. Pym hob den Kopf. Sein Gesicht war schmerzverzerrt, seine Augen blutunterlaufen und seine Stimme schwach und gehetzt.

»Ja, die Prophezeiung sagt den Tod der Hüter voraus, aber es gibt eine Möglichkeit, wie du, dein Bruder und deine Schwester überleben können. Du darfst …«

Er stöhnte und sackte wieder nach vorn.

Rafe schüttelte den Kopf. »Siehst du? Er gibt sogar zu, dass er gelogen hat. Vertrau mir, Kate! Bitte!«

Kate atmete nur flach und stoßweise. Sie fühlte sich wackelig, als würde der Boden unter ihren Füßen beben. Sie wusste, dass sie sich ihre Schwester, ihren Bruder und Gabriel schnappen und verschwinden sollte.

»Kate …« Emma kam langsam wieder zu Bewusstsein. »Ich kann es finden, Kate. Ich kann das Buch Onyx finden. Ich spüre es.«

Kate packte die Hand ihrer Schwester und versuchte, sich zu beruhigen, nachzudenken. Wenn sie flohen, war Dr. Pym so gut wie tot, das wusste sie. Sosehr der Junge auch wie Rafe aussah, er war der grässliche Magnus und er würde den Zauberer umbringen.

Aber wenn sie blieben, waren sie alle verloren. Es gab keinen Grund zu bleiben! Dr. Pym hatte sie angelogen, das hatte er selbst gesagt! Sie war ihm nichts mehr schuldig!

Sie blickte zu ihm hinüber, sah seine schmalen Schultern, sein weißes Haar, den zerschlissenen Tweedanzug. Sie sah seine Brille auf den Steinen vor ihm liegen; ein Glas war zersprungen. Und mit einem Mal wusste sie vielleicht nicht, was zu tun war, aber etwas, das sie auf keinen Fall tun konnte. Denn was auch immer er vor ihnen verheimlicht hatte, Kate wusste, wie sich Liebe anfühlte. Und sie wusste, dass der Zauberer sie und ihre Geschwister liebte. Sie konnte ihn nicht hier seinem Tod überlassen.

Sie packte Emmas Hand und holte tief Luft.

»Lass Dr. Pym frei.«

Der dunkelhaarige Junge schüttelte den Kopf. »Du musst wählen, wem du glauben willst.« Im Hof wurde es noch stiller; es schien, als wären alle anderen ausgeblendet und nur sie und Rafe wären übrig. »Ich habe so lange Zeit auf dich gewartet.«

Er war Rafe, das sah sie jetzt. Er war nicht der grässliche Magnus, nicht ihr Feind. Er war der Junge, mit dem sie in New York getanzt hatte, der ihre Hand gehalten, der ihr das Leben gerettet hatte …

Sie trat einen Schritt vor.

»Nein.«

Die Stimme des Zauberers brach den Bann. Kate sah, dass Dr. Pyms Hände, seine Arme, sein ganzer Körper zu schimmern anfingen. »Geht«, sagte er und blickte sie an. »Sucht das letzte Buch. Das ist die einzige Hoffnung, ihn zu besiegen. Ich schwöre euch, es gibt einen Weg, dass ihr überleben könnt. Die Prophezeiung ist unvollständig. Sie enthält mehr, als ihr wisst. Mehr, als ich selbst weiß.« Er packte Rafes Arm und das Licht, das von ihm ausstrahlte, wurde immer heller. Es war, als würde sich jedes Atom im Körper des Zauberers in ein Lichtteilchen verwandeln und verströmen, und Rafe war in diesen Strom geraten.

»Leider kann ich euch nicht führen. Aber ihr wisst, dass ich immer bei euch sein werde.«

Kate wurde von einer grauenvollen Ahnung gepackt; gleich würde etwas Schreckliches geschehen, und sie wusste weder, was es war, noch, wie sie es verhindern konnte.

»Ich werde Sie nicht verlassen!«

»Ich weiß«, sagte der Zauberer. »Darauf spekuliert er.«

Kate sah eine schwarze Wolke um Rafe pulsieren; das Dunkel schien das Licht, das vom Zauberer ausströmte, zu bekämpfen und zurückzudrängen.

»Närrischer alter Mann.« Rafes Stimme klang gepresst vor Anstrengung. »Du wirst nichts damit erreichen, wenn du dich selbst zerstörst.«

Dr. Pym achtete nicht auf ihn, sondern hielt den Blick auf Kate gerichtet.

»Seit wie vielen Jahren schulde ich dem Universum nun schon meinen Tod? Es ist höchste Zeit, dass ich meine Schuld begleiche. Jetzt geht.«

Kates Schrei wurde abgeschnitten, als die Zeit vorwärtssprang und das Licht, das vom Zauberer ausströmte, sich sammelte, nach hinten explodierte und den Jungen in die Nacht hinauskatapultierte. Die Hälfte des Hofs und der Festung wurde mit gewaltigem Getöse hinweggefegt und polterte ins Tal hinunter.

Kate starrte ungläubig hin. Im Augenblick vor der Explosion hatte sich der Körper des Zauberers völlig in Licht und Energie umgewandelt. Er war verschwunden.

Dann stürmte Rourke vor, gefolgt von seiner Horde. Kate

packte die Hände ihrer Geschwister, schloss die Augen und spürte, wie sie den Boden unter den Füßen verlor. Eine Sekunde später fiel sie auf weicher, feuchter Erde auf die Knie. Um sie war Nacht. Alles war still, und aus ihrer Kehle drang ein schmerzliches Schluchzen.

KAPITEL 8

Die Neue Welt

Kate schlug die Augen auf und fühlte sich, als hätte sie überhaupt nicht geschlafen. Aber sie musste geschlafen haben, denn nun war es hell, wenn auch erst ein wenig, das erste Morgengrauen. Der Boden unter ihr war feucht, ebenso ihre Kleidung, weil sich der Nebel verdichtet hatte.

Sie sah, dass sie alleine war, und trat aus der Nische an der Flanke des Hügels, in der sie, Michael und Emma geschlafen hatten. Vor ihr fiel eine raue, baumlose Landschaft zu schmalen, silberblauen Seen ab. Häuser, Dörfer oder Städte waren ebenso wenig zu sehen wie Straßen oder Eisenbahnstrecken – auch keine Rauchsäulen, die auf versteckte Kamine hätten schließen lassen. Das Land war verlassen.

Wie sie so dastand, gestattete sie sich Gedanken an die vergangene Nacht – nicht an das, was in der Festung geschehen war, sondern an das, was danach passiert war, als sie hier angekommen waren, wo immer das war.

Tränen hatte es gegeben und Umarmungen. Emma hatte sich an Kate geklammert, und Kate an Emma. Emma hatte Michaels Hals umschlungen, ihn in eine Umarmung zu dritt gezerrt und dann erzählt, sie habe Kate kurz vor ihrer Entführung rufen hören und deshalb gewusst, dass ihre Schwester nicht tot war und sie früher oder später retten würde. Emma sagte, sie sei nicht verletzt, es ginge ihr wirklich gut …

Kate stoppte die Gedanken. Sie merkte, dass die dunkle Wolke der vorigen Nacht sie wieder zu verschlucken drohte. Sie musste sich auf das Hier und Jetzt konzentrieren.

Michael saß nur ein paar Meter entfernt. Er hatte sein Tagebuch an die Knie gelehnt und schrieb rasch, das Gesicht nahe an den Seiten. Als Kate zu ihm ging, steckte er die Kappe auf den Füller und schob diesen zusammen mit dem Tagebuch in seine Tasche. Er schien nicht überrascht, als sie ihn umarmte.

»Hallo«, sagte er.

»Hallo.«

Sie redeten leise, um die morgendliche Stille nicht zu stören. Michael deutete auf einen flachen Stein neben sich.

»Ich fürchte, das ist alles, was ich dabeihabe.«

Auf dem Stein lagen vier kleine, ordentliche Häufchen mit Nüssen und Dörrobst. Kate erkannte die »Notration«, die er immer in seiner Tasche hatte, und musste lächeln. Sosehr er sich verändert hatte, war Michael doch noch immer der, der er stets gewesen war: vorbereitet, ordentlich, sorgfältig. Er genierte sich nicht deswegen, weil er sich sicher war, dass sich diese Eigenschaften am Ende auszahlen würden.

Sie nahm sich ein paar Mandeln und aß sie. Sie waren hart und knusprig und schwer zu schlucken. Etwas Wasser wäre nicht schlecht gewesen.

»Wo sind Emma und Gabriel?«

»Sie sind losgezogen und wollen herausfinden, wo wir sind. Und nach etwas zu essen suchen.«

»Du hättest mich ruhig aufwecken können.«

»Gabriel sagte, ich solle das nicht. Du bräuchtest deine Ruhe.«

Am vorigen Abend, gleich nach ihrer Wiedervereinigung, hatten sie erwogen, sofort nach Loris zur Zitadelle zurückzukehren. Bei der Flucht aus der Festung des grässlichen Magnus hatte Kate dem Buch der Zeit auch tatsächlich aufgetragen, sie nach Loris zu bringen, aber irgendwie waren sie stattdessen in diese seltsame Einöde geraten. Die Tage von Emmas Entführung und die Auseinandersetzung in der Festung hatten sie aber alle bis an die Grenzen beansprucht, und außerdem war Kates Zuversicht, dass sie die Macht des Buches wirklich beherrschte, erschüttert. So waren sie sich einig geworden, die Nacht hier in den kahlen Hügeln zu verbringen.

»Außerdem«, sagte Michael, »ist es hier gar nicht so verlassen, wie wir dachten. Dort drüben habe ich ein Schaf gesehen. Und vor einer Weile war da ein komisches Beben oder Poltern. Zuerst dachte ich, es sei ein Zug, aber es hat sich dann doch anders angefühlt. Gabriel und Emma werden sicher herausfinden, was das war.«

»Wie hat Emma auf dich gewirkt?«

Michael zuckte mit den Schultern. »Okay. Eigentlich fast wie immer.«

»Aber …«

»Es ist nur … der grässliche Magnus hat die Seele aus ihrem Körper gezwungen. Ich konnte sie da draußen spüren. Und als ich versuchte, sie zurückzuziehen, hat etwas dagegengezogen.

Ich glaube, das war das Buch. Ihr Buch. Und irgendwie muss das alles sie berührt haben.«

»Wir müssen sie fragen, wenn sie zurück ist.«

»Aber wenn sie dabei bleibt, dass es ihr gut geht?«

Nun zuckte Kate mit den Achseln.

»Wenn Dr. Pym hier wäre«, sagte Michael, »dann könnten wir ihn fragen.«

Sie hatten sich letzte Nacht ein wenig über den Zauberer unterhalten. Weil Emma während der letzten Augenblicke in der Festung immer wieder ohne Bewusstsein gewesen war, mussten Kate und Michael ihr erzählen, wie sich Dr. Pym geopfert hatte, damit sie fliehen konnten. Sie sagten ihr aber nichts über die schreckliche Wahrheit, die der Zauberer vor ihnen verborgen hatte – dass sie nach der Prophezeiung sterben mussten, sobald sie die Bücher gefunden und zusammengebracht hatten. Kate und Michael hatten gemeinsam beschlossen, Emma das erst dann zu sagen, wenn sie sich alle von ihren Erlebnissen erholt hatten.

Die Nachricht, dass Dr. Pym fort war und dass nicht einmal Michael mithilfe der Chronik des Lebens ihn wieder zurückholen konnte, hatte Emma zutiefst erschüttert.

»Nein«, hatte sie immer wieder gesagt. »Nein! Ihr habt bestimmt nicht richtig hingesehen! Ihr müsst euch irren! Er kann nicht tot sein! Das darf nicht sein!« Über Emmas Schmerz und Verzweiflung vergaßen Michael und Kate vorübergehend sogar ihre eigenen widersprüchlichen Gefühle gegenüber dem Zauberer und konnten so aufrichtig den Verlust ihres guten und treuen Freundes betrauern.

Jetzt meinte Michael: »Ich kann immer noch nicht glauben, dass er uns angelogen hat.«

»Ich weiß.«

Diese Sache machte ihnen am meisten zu schaffen. Wenn sie in all den Jahren, in denen sie von einem Waisenhaus zum nächsten weitergeschoben worden waren, eines gelernt hatten, dann, dass sie niemandem außer ihren Geschwistern trauen konnten. Von allen anderen, besonders von den Erwachsenen, wurden sie nur angelogen. Bei Dr. Pym war das anders gewesen. Er hatte ihr Vertrauen gewonnen. Und nun stellte sich heraus, dass auch er sie getäuscht hatte.

Kate war immer noch davon überzeugt, dass sie, Emma und Michael ihm am Herzen gelegen hatten. Die Gewissheit, die sie in der vorigen Nacht im Festungshof beim Blick zu ihm gespürt hatte, war noch immer unverändert. Aber das bedeutete nicht, dass sie ihm vertraute. Und sie bemerkte, wie sie wieder einmal eine Schutzmauer um ihr Herz errichtete.

»Du hast ihn nicht im Stich gelassen«, sagte Michael. »Sogar als der grässliche Magnus dir erzählte, dass Dr. Pym gelogen hatte, hast du ihn dort nicht im Stich gelassen.«

»Ich konnte es einfach nicht.«

Michael nickte und meinte dann leise: »Ich hoffe, dass es Wilamena gut geht.«

Du sagtest, sie und Hauptmann Anton seien vom Tornado weggeschleudert worden. Ich glaube nicht, dass sie zu diesem Zeitpunkt immer noch vom grässlichen Magnus besessen war. Bestimmt ist sie entkommen.«

»So meine ich das nicht.«

Kate verstand, was er sagen wollte. Dass Wilamena unter dem Einfluss des grässlichen Magnus gezwungen worden war, Wallace zu töten. Wie würde sie mit dieser Schuld fertig werden?

»Glaubst du, dass es stimmt, was Dr. Pym über die Prophezeiung gesagt hat?«, fragte Michael und wechselte das Thema. »Dass sie mehr enthält?«

»Du meinst, eine Möglichkeit, wie wir nicht getötet werden? Ich weiß nicht.«

»Und wie wollen wir mit dem Buch Reckoning weiter vorgehen? Sollen wir versuchen, es zu finden? Oder …«

Er beendete den Satz nicht, aber Kate wusste, was er meinte. Es war dieselbe Frage, die auch ihr im Kopf kreiste. Sollten sie Dr. Pym, der doch selbst zugegeben hatte, dass er sie angelogen hatte, glauben, dass der grässliche Magnus nur getötet werden konnte, wenn sie das Buch Reckoning fanden. Sollten sie wirklich darauf vertrauen, dass sie durch eine geheimnisvolle Wendung in der Prophezeiung trotzdem überleben konnten? Oder sollten sie dem grässlichen Magnus glauben, gegen den sie schon so lange kämpften und der behauptete, die Vereinigung der Bücher würde den Tod der Geschwister bedeuten?

All das war so verwirrend, und es war niemand da, der ihnen sagen konnte, was sie tun sollten.

»Ich weiß nicht.«

Bevor Michael etwas anderes fragen konnte, stand Kate auf und blickte auf die Nebelbänke, die unten im Tal hingen und die Seen teilweise verbargen.

»Ich habe Durst; dort unten muss Wasser sein. Sobald Emma und Gabriel zurück sind, werde ich uns nach Loris bringen. König Robbie wird wissen, was zu tun ist. Und hoffentlich werden wir dann auch etwas über Wilamena und Hauptmann Anton erfahren.

»Kate.« Michael sah zu ihr auf. »Warum bist du zur Festung

gekommen? Woher wusstest du, dass wir in Schwierigkeiten sind? Und wo du uns finden kannst?«

Sie antwortete nicht gleich. Sie kannte ihren Bruder. Sie wusste, dass er schon eigene Vermutungen angestellt hatte. Ob er wohl die Wahrheit erraten hatte? Möglich. Aber eben nur eine Vermutung. Sicher konnte er sich nicht sein.

Sie zuckte mit den Schultern. »Ich hatte nur so ein Gefühl. Und dann sagte ich dem Buch der Zeit, es solle mich hinbringen.«

Er nickte. »Kate …«

»Hm?«

»Wie war es, ihn zu sehen?«

Sie wusste, was er meinte. Wie es war, mit Rafe zusammenzutreffen, dem Jungen, den sie liebte, ihrem Feind.

Sie antwortete: »Das war nicht er.«

Michael nickte noch einmal und sortierte dann wieder seine Nüsse und Trockenfrüchte. »Sei vorsichtig. Geh nicht zu weit.«

Kate machte sich auf den Weg ins Tal. Der Boden war weich und beim Abstieg grub sie ihre Fersen tief ins Heidekraut. Bald hatte der Nebel sie umfangen. Als sie zurückblickte, konnte sie ihren Bruder weiter oben am Hügel nicht mehr erkennen. Am Fuß des Hangs gluckerte ein kleiner Bach und sie blieb stehen. Sie trank nicht sofort, sondern setzte sich zuerst auf einen Felsblock und begann, leise zu schluchzen. Sie biss sich auf die Hand, um nicht zu laut zu werden.

Warum hatte sie Michael angelogen? Warum hatte sie ihm nicht einfach die Wahrheit gesagt? Wie sollten sie das alles nur durchstehen, wenn sei einander nicht völlig vertrauten? Eine Stimme in ihrem Kopf fragt, ob Dr. Pym nicht in einem ähnlichen Zwiespalt gesteckt hatte, als er sich fragte, wie viel er ihr und ihren Geschwistern erzählen sollte. Es war nicht fair, wenn man immer nur das Beste für die einem nahestehenden Menschen wollte, aber gleichzeitig wusste, dass sie manches einfach nicht verstehen konnten. Denn was sollte sie Michael auch sagen? Dass ihr Rafe – oder der Geist von Rafe – erschienen war und sie davor gewarnt hatte, mit ihren Geschwistern in eine Falle zu tappen? Wenn sie die Augen schloss, konnte sie ihn immer noch sehen, wie er im Schatten des Baumes stand.

»Ich weiß, es ist kaum zu begreifen«, hatte er gesagt. »Wie kann ich überhaupt hier sein? Und: Bin ich nicht dein Feind? Aber ich kann dir nur sagen, dass du mir vertrauen musst.«

Er war so nah gewesen, dass sie trotz der Dunkelheit das tiefe Smaragdgrün seiner Augen erkannt hatte. Sie hatte gespürt, dass dies Rafe war, ihr Rafe. Sie hatte sich sogar vorgestellt, dass er genau so roch wie damals, als die Kirche abgebrannt war – nach Rauch und Schweiß. Am liebsten hätte sie ihn gefragt, wie es sein konnte, dass er bei ihr war. Aber sie war sprachlos gewesen. Seine Gegenwart hatte sie mit einer schrecklichen, schuldbeladenen Freude erfüllt.

»Ich bin kein Geist und ich bin auch nicht dein Feind.«

Er hatte die Hand ausgestreckt und seine Fingerspitzen schienen ihre Stirn zu berühren, aber sie spürte keine Berührung, sondern nur eine Art von Kribbeln. Und dann hatte ihr der Atem gestockt, denn sie sah im Geiste ein Bild: eine mächtige Festung in einem weiten, von Bergen umgebenen Tal.

»Nur du kannst sie retten.«

Er hatte sich vorgebeugt und sie dachte schon, er würde sie küssen. Stattdessen legte er seine Lippen an ihr Ohr und flüsterte: »Vertrau mir.«

Dann war sie wieder allein gewesen.

Und es war richtig gewesen, ihm zu vertrauen. Sie hatte Michael und Emma gerettet.

Aber was sollten sie als Nächstes tun? Sie spürte, wie sich die Last der Verantwortung auf ihre Schultern senkte, und zum hundertsten, zum tausendsten, zum millionsten Mal wünschte sie, ihre Eltern wären da und könnten die Entscheidungen treffen, damit sie es nicht selbst tun musste.

Sie kniete nieder, hielt ihr Haar mit einer Hand zurück und schöpfte mit der anderen Wasser aus dem Bach. Es war klar und sehr kalt. Sie trank, bis ihre Zähne schmerzten. Dann setzte sie sich wieder auf die Fersen und wischte sich den Mund ab.

Wieder spürte sie, dass jemand da war, aber diesmal wusste sie, wer es war.

»Das bist du, nicht wahr?«

Sie drehte sich um und sah Rafe auf einem großen Stein am Bachufer.

»Nichts«, sagte Emma. »Nur Schafe. Schafe, Schafe, Schafe, Schafe.«

Sie stand neben Gabriel und spähte wie er durch den Morgennebel auf eine ferne Gruppe weißer Flecken.

»Aber die Gegend kann doch nicht völlig verlassen sein. Wir müssten doch wenigstens einen Schäfer sehen.«

Gabriel nickte nur und machte ein Zeichen zum Weitergehen. Sie liefen in einem weiten Kreis um das Lager. Bis jetzt hatten sie keinen einzigen Hinweis gefunden, warum das Buch Emerald sie hierhergebracht hatte.

Wenige Stunden zuvor war Emma zitternd und nach Luft

ringend im Dunkeln aufgewacht. Erst als sie Kate am Boden neben sich sah, erinnerte sie sich, wo sie war und was sich alles zugetragen hatte. Einige Augenblicke lang hatte sie nur dagesessen und darauf gewartet, dass sich ihr Atem beruhigte und der Traum und die Stimmen wieder verblassten.

Dann hatte sie weiter vorn am Hang Gabriel gesehen, der dort Wache hielt. Sie war hingelaufen und hatte ihn umarmt.

»Was ist passiert?«

Aber sie hatte nur den Kopf geschüttelt und die Tränen weggewischt, die noch immer in ihren Augen hingen.

Gabriel hatte verstanden und nicht weiter nachgehakt.

»Hast du herausbekommen, wo wir sind?«, hatte sie gefragt.

»Ich warte erst einmal ab, bis dein Bruder oder deine Schwester aufwachen. Dann werde ich mir die Gegend etwas genauer ansehen.«

Daraufhin hatte Emma Michael wach gerüttelt.

»Emma?« Michael hatte sich benommen die Augen gerieben. »Was ist los?«

»Nichts. Wirst du auf Kate aufpassen, solange Gabriel und ich uns umsehen?«

»Hä?«

»Super. Oh, danke noch mal, dass du mich gerettet hast.«

Sie hatte ihn dann noch auf die Wange geküsst und war mit Gabriel ins Grau der Morgendämmerung getrottet. Still sitzen und ein Problem durchdenken war noch nie Emmas Sache gewesen. Michael machte das so, und in ihren Augen war das ziemlich langweilig. Wenn sie etwas plagte, dann dachte sie gewöhnlich nicht groß darüber nach, sondern blieb in Bewegung und beschäftigte sich mit etwas anderem. Früher oder später fand sich die Lösung meist von alleine.

Oder sie vergaß das Ganze, und das war fast genauso gut.

In diesem Fall war das allerdings schwierig, denn wenn sie ihren Gedanken freien Lauf ließ, dann hatte sie schnell das Gefühl, dass ein Teil von ihr davontrieb, weil diese äußere Kraft sie weiterzog. Dann sah sie wieder das brennende Land, die Felswand, das Wesen mit dem Vogelkopf und spürte, wie sich das Buch anfühlte …

»Ist dir warm genug?«

Emma blickte auf. Gabriel sah auf sie herunter.

»Wie? Oh. Alles bestens. Warum haben wir angehalten?«

»Wir haben nicht angehalten. Du hast angehalten. Und du zitterst.«

»Oh. Ich dachte, dass ich etwas sehe. Da drüben.« Sie zeigte auf irgendeinen Hügel und Gabriel drehte sich gehorsam um und sah in die Richtung.

»Ich sehe nichts.«

»Ach. Dann muss es weitergezogen sein … vielleicht war es der Schäfer. Irgendwo muss doch ein Schäfer sein, stimmt's?«

»Möglich.«

»Aber … wo ist er bloß? Er sollte seine Schafe nicht einfach überall rumrennen lassen! Wir könnten ihm ja ein paar mopsen, das wäre ihm sicher eine gute Lehre.«

Gabriel kniete sich hin, sodass sie auf Augenhöhe waren, und nahm ihre kleinen, kalten Hände in seine großen, schwieligen Pranken. Sie sah, dass er sich die Arme und die Seite verbunden hatte. Die Verbände waren hart und braun von getrocknetem Blut.

»Da ist etwas, das du wissen musst.«

Und dann erzählte er ihr, was der Zauberer vor ihnen verheimlicht hatte.

Mehrere Augenblicke lang war Emma nicht fähig zu sprechen.

»Er… hat uns angelogen?«, platzte es schließlich aus ihr heraus. »Dr. Pym hat uns angelogen?! Und wir… wir werden einfach so sterben? Nach alldem werden wir einfach sterben?«

»Es kann sein«, sagte Gabriel langsam, »dass die Prophezeiung euren Tod voraussagt. Aber ich habe darüber nachgedacht, und ich glaube, dass der Zauberer wirklich daran glaubte, dass es eine Möglichkeit für euch gibt, das alles zu überleben. Erst gestern habe ich mit ihm darüber gesprochen, und er sagte, an der Prophezeiung sei mehr, als wir wüssten. Er war überzeugt dass die vollständige Prophezeiung erklären würde, wie die drei Hüter die Bücher vereinen und trotzdem überleben könnten. Kurz bevor er starb, sprach er noch einmal darüber.«

»Aber er hätte uns das sagen müssen. Er hätte uns nicht anlügen dürfen!«

»Du hast recht. Aber wir müssen mit dem umgehen, was ist, nicht mit dem, was wir uns wünschen.«

»Wenn er uns angelogen hat, bin ich bin froh, dass er tot ist!«

Gabriel sagte nichts.

»Ich finde das wirklich! Er hat es verdient! Er…«

Sie hatte geweint und geschrien, bis sie merkte, dass sie in ihrer Wut auf Gabriels verletzten Arm geschlagen hatte, der nun wieder blutete, während Gabriel einfach zuließ, dass sie sich abreagierte. Sie schlang die Arme um seinen Hals und schluchzte.

»Er hätte das nicht tun dürfen«, sagte Gabriel leise. »Aber du darfst nicht daran zweifeln, dass er euch geliebt hat. Das war keine Lüge.«

Emma machte sich los. Sie merkte, wie ihr die Tränen über die Wangen liefen, ließ es aber geschehen. Sie ballte die Fäuste.

»Das liegt am grässlichen Magnus! Wir müssen ihn einfach töten! Wir müssen das Buch finden und ihn töten! Ich werde es tun! Ich werde …«

Gabriel fragte: »Was ist letzte Nacht geschehen?«

»Nichts. Er hat versucht, mich zu zwingen, das Buch für ihn zu finden. Und es hätte beinahe geklappt! Aber dann hat Michael meine Seele oder was auch immer zurückgeholt. Mir geht's gut!« Aber noch während sie das sagte, wusste Emma, dass das nicht stimmte.

Der Himmel war nun ganz hell. In der Ferne blökten Schafe.

Gabriel beobachtete sie immer noch und wartete ab. Sie trat mit dem Fuß gegen die Erde.

»Ich glaube, ich habe es gespürt, das Buch, irgendwo dort draußen. Oder meine Seele hat es gespürt.«

»Und heute Morgen hattest du einen Traum?«

»Woher weißt du das?«

»Du warst ganz verzweifelt, als du aufgewacht bist.«

Emma nickte. »Aber … ich weiß nicht, ob es ein Traum war oder ob ich mich nur an gestern Nacht erinnerte. Ich war dort, wo er meine Seele hingeschickt hat. Ich flog über diese Gegend. Alles stand in Flammen, das ganze Land. Und dann waren da dieses Kliff und so eine Art Ungeheuer. Es sah wie ein Mann aus, aber mit einem Vogelkopf. Ziemlich gruselig, sage ich dir. Dann war es ganz dunkel, wie in einer Höhle oder unter der Erde oder so. Ich wusste, dass das Buch ganz in der Nähe ist, aber ich konnte nicht zu ihm kommen, weil überall diese Schatten waren; die haben gebettelt und geschrien. Ich konnte gar nicht mehr richtig denken.« Sie sah ihn flehentlich an. »Was hat das nur alles zu bedeuten?«

Gabriel schüttelte den Kopf. »Ich bin mir auch nicht sicher. Wir müssen nach Loris zurück. Vielleicht ist dort jemand, der es uns erklären kann.«

Emma nickte und bohrte den Zeh noch tiefer in die Erde.

»Noch was?«, fragte er.

»Nur … ich weiß, dass wir das Buch Reckoning finden müssen, um den grässlichen Magnus zu besiegen und so. Ich fürchte bloß, dass es nicht so ist wie Michaels und Kates Bücher. Ich glaube, es könnte böse sein. Irgendwie.« Und dann fügte sie an: »Nicht dass ich deswegen Angst hätte …«

Gabriel fasste sie an den Händen. »Was immer es ist, ich werde bei dir sein. Komm. Deine Schwester ist jetzt sicher wach.«

Aber als sie losgingen, zitterte die Erde, und Emma verlor das Gleichgewicht. Sie wankte, rutschte den Hang hinunter und blieb in einer flachen Mulde liegen. Gabriel war sofort bei ihr und wollte ihr aufhelfen.

»Was war das?«, fragte sie.

»Ich weiß nicht.«

Er verstummte. Emma sah, dass er das Loch anstarrte, in das sie gefallen war.

»Wir müssen deinen Bruder und deine Schwester finden«, zischte er. »Schnell!«

»Also traust du mir jetzt?«

Kate saß neben Rafe auf dem großen Stein am Bachufer. Im Morgenlicht sah er irgendwie noch echter und solider aus als vorige Nacht im Garten.

»Denn wenn ich dein Vertrauen nicht dadurch gewinne, dass ich deine Geschwister rette, dann bin ich wirklich in Schwierigkeiten.«

Er sagte das leichthin, sah sie dabei aber eindringlich an, als lese er jeden Gedanken, jede und jede Regung, die über ihr Gesicht huschte. Kate hielt seinem Blick stand, solange sie konnte. Schließlich sah sie nach unten, denn ihr Herz fühlte sich an wie ein Blatt Papier, das nur allzu leicht weggeweht werden konnte.

»Ich glaube, dass du versucht hast, zu helfen«, sagte sie.

Rafe nickte. »Damit kann ich leben.« Dann sagte er: »Du hast ihn also gesehen.«

Das war eine Feststellung und gleichzeitig eine Frage.

»Ja.«

»Und?«

Wie sollte sie diese Frage beantworten? Michael hatte sie erklärt, der grässliche Magnus sei nicht Rafe. Aber das war gelogen. Er hatte wie Rafe ausgesehen und wie er geredet, und obwohl sie gewappnet gewesen war, obwohl sie sich eingeredet hatte, dass sie wüsste, wem sie in Liebe und Treue verpflichtet war – nämlich Michael und Emma, und das bedingungslos und auf immer und ewig –, hatte sie sich zu ihm hingezogen gefühlt.

»Er ist du.«

»Aber?«

Genau das war es. Da war ein Aber. Denn irgendwie war der grässliche Magnus nicht Rafe. Aber worin bestand dieses Aber?

»Ich weiß nicht. Vielleicht ist er so etwas wie die dunkle Version von dir.«

»Der dunkle Rafe. Gefällt mir irgendwie.«

»Das ist nicht lustig.«

Denn wenn das der einzige Unterschied war, dann gab es keinen Unterschied. Die ganze Dunkelheit und Wut, die sie in der vorigen Nacht beim grässlichen Magnus gespürt hatte, war nämlich auch vor hundert Jahren bereits in dem Jungen gewesen.

Dr. Pym hatte gesagt, der grässliche Magnus sei anders, weil Rafe die Liebe erfahren hatte. Wo war also der Rafe, den sie liebte? Der sie geliebt hatte? War irgendetwas von ihm in dem grässlichen Magnus? Oder saß hier nur eine Erscheinung neben ihr?

Kate holte tief Luft und sagte: »Das erklärt immer noch nicht, wer du bist. Oder warum du überall erscheinen kannst, wo ich bin.«

»Ich bin nicht sicher, ob ich das erklären kann. Es ist nur so, dass wir miteinander verbunden sind. Schon seit dem Moment in New York, als ich dich zurückgeschickt habe.« Er überlegte kurz. »Als er dich zurückgeschickt hat.«

»Wie kannst du ihn nur als ›er‹ bezeichnen?« Kate sprach leise. Sie wollte nicht, dass Michael sie hörte. Aber würde er Rafe überhaupt hören? Und wenn er käme, würde er ihn sehen? Oder konnte nur sie ihn sehen? »Wie kannst du vom grässlichen Magnus als ›er‹ sprechen? Der Rafe, den ich kannte, wurde zum grässlichen Magnus! Er tat es – du tatest es –, um mich zu retten! Also wer bist du? Oder bist du nur eine Ausgeburt meiner Fantasie?«

Sie war jetzt wütend. Und was sie noch wütender machte, war, dass Rafe offenbar ganz ruhig blieb.

»Es tut mir leid, dass ich es nicht besser erklärt habe. Du hast recht: Ich bin er. Du musst begreifen, wenn man der grässliche Magnus wird, erhält man nicht nur die Macht, man übernimmt auch alle Erinnerungen und Erfahrungen aller Vorgänger über Tausende von Jahren. All diese Leben sind eingegangen in den Rafe, den du kanntest. Ich bin in ihm, aber er ist nicht ich. Ich habe nicht diese ganzen Erinnerungen. Ich bin nur ich.«

»Aber wer bist du dann? Warum hilfst du uns? Sag es mir, damit ich es verstehe!«

Er sah sie an. Es war kaum zu ertragen, denn dieselben Augen hatten sie in der vergangenen Nacht über den Hof hinweg angestarrt.

»Ich bin der Teil, den du geliebt hast. Der Teil, den du verändert hast. In der Nacht, in der ich zum grässlichen Magnus wurde, errichtete ich eine Mauer um diesen Teil von mir, um ihn vom anderen getrennt zu halten. Und dann versteckte ich mich.«

»Du verstecktest dich? Wo?«

Er zuckte die Achseln. »Wo schon? In ihm natürlich. Alle diese Zeit habe ich mich versteckt und auf dich gewartet.«

»Aber …«

»Ich konnte das nur geheim halten, weil ich nie Kontakt zu dir aufgenommen habe. Jetzt weiß er es natürlich.«

»Was weiß er? Was meinst du damit?«

Rafe schmunzelte süffisant. »Er weiß, dass ich noch lebe. Dass ich etwas zurückgehalten habe.«

»Und was wird nun geschehen?«

»Er wird nach mir suchen. Er tut es bereits.«

»Wird er dich finden?«

»Ja.«

»Was wird dann passieren?«

»Ich werde sterben. Der letzte Teil von mir, der noch ich ist, der Teil, den du mit am Leben erhalten hast, den wird er töten. Er wird dann ebenfalls in ihm aufgehen.« Rafe sah sie an. »Aber du wirst das zuerst gar nicht bemerken. Solange er die Bücher noch nicht hat, wird er dir in meiner Gestalt erscheinen und dafür sorgen, dass du tust, was er will.«

Er lachte freudlos. »Vielleicht hat er das bereits. Vielleicht tut er es gerade jetzt.«

»Nein!«, sagte Kate entschlossen. »Das würde ich bemerken.«

»Wirklich? Vergiss nicht, er ist ich. Kannst du uns wirklich unterscheiden?«

»Ja. Dich würde ich immer erkennen.«

Sie streckte ihre Hand nach ihm aus, aber sie ging durch ihn hindurch, als wäre er nichts als Rauch. Sie hatte das schon seit der vorigen Nacht ausprobieren wollen.

»Entschuldige«, sagte Rafe.

Sie blickte weg und kam sich albern vor. »Ist egal.«

»Kate …«

Sie wischte sich mit dem Handrücken über die Augen. »Was ist?«

»Schau mich an.«

Sie wandte sich mit glänzenden Augen zu ihm um.

»Du fragtest, warum ich euch helfe, aber du weißt es, nicht wahr? Du musst es wissen.«

Er schien verzweifelt – es war ihm außerordentlich wichtig. Kate nickte, und diesmal wischte sie ihre Tränen nicht weg.

»Ja. Ja, ich weiß es.«

Sie sah Erleichterung in seinem Gesicht und wollte etwas sagen, wollte ihm sagen, wie sehr sie ihn liebte. Stattdessen riss sie jäh den Kopf hoch und starrte den Hügel hinauf.

»Du musst gehen. Dein Bruder und deine Schwester sind in Gefahr.«

Sie drehte sich um und rannte los, ohne sich zu verabschieden. Sie sprintete bergauf und hörte von oben Michael und Emma schreien. Dann waren sie plötzlich verstummt. Wenige Augenblicke später tauchte sie aus dem Nebel und kam zu der Stelle, wo sie die Nacht verbracht hatten. Sie war verlassen und Michaels Notration lag noch immer ordentlich aufgehäuft auf dem Stein.

»Michael! Emma!«

»Kate!«

Das war Emmas Stimme. Sie kam aus der Nähe. Kate rannte los in die Richtung, aus der sie Emmas Rufen gehört hatte. Sie lief parallel zum Hang. Der Weg machte eine Biegung und lief nach etwa fünfzig Metern in ein zehn Meter hohes Kliff aus. Kate starrte weit über die raue, hügelige Landschaft. Ihr Bruder und ihre Schwester waren nirgends zu sehen.

»Michael! Emma!«

»HAB DICH!«

Die Stimme war ein tiefes, gewaltiges Grollen, und bevor sie reagieren konnte, wurde Kate gepackt. Sie brauchte einen Moment, bis sie begriff, dass eine Hand sie festhielt, die so groß wie ihr ganzer Körper war. Sie wurde in die Höhe gehoben und sah einen Augenblick später in … in ein Gesicht? Zwei Augen, eine gigantische Nase, eine flache, bucklige Stirn und ein Mund voller schief stehender Zähne. Der Kopf war groß wie ein Felsblock und saß auf einem gewaltigen Hals, der aus gewaltigen Schultern auf einem gewaltigen Körper ragte.

»Kate!«

Kate entdeckte ihren Bruder in der anderen Hand des Riesen. Dann sprach der Riese und blies ihr eine Welle von warmem, nassem, säuerlichem Atem ins Gesicht.

»NOCH MEHR WINZLINGE!«

KAPITEL 9

Willy

Emma war wenige Meter hinter Gabriel den Hügel hinaufgerannt und hatte mit angesehen, wie der Riese hinter dem Kliff hervorgesprungen war und sich fröhlich lachend Gabriel geschnappt hatte. Ein Teil ihres Hirns hatte gerufen: »Ein Riese! Das ist ein Riese! Ich brauche einen Fotoapparat!« Doch zugleich war ein anderer Teil darüber erstaunt gewesen, dass etwas so Gewaltiges sich so gut hatte verstecken können. Aber der Riese sah auch wirklich aus wie die Erde selbst: rau, zerklüftet, krustig und schmuddelig, und so war es nicht weiter verwunderlich, dass er vor der Felswand kaum zu sehen gewesen war. Gabriel hatte sein Schwert ziehen können, und als ihn der Riese in die Höhe hob, stach er ihn in die Hand, worauf das Ungeheuer einen seltsam schrillen Schrei ausstieß. Der Riese hatte Gabriel das Schwert entrissen und es weit fortgeschleudert. Dann hatte er Gabriel mit Daumen und Zeigefinger gegen die Schläfe geschnippt und seinen schlaffen

Körper in einer ledernen Umhängetasche an seiner Seite verstaut.

Das Ganze hatte nur ein paar Sekunden gedauert, und als Emma den Schock verdaut hatte, hatte der Riese auch sie schon geschnappt. Michael hatte Emmas Schrei gehört, war eine Minute später zur Stelle gewesen und ebenfalls ergriffen worden. Der Riese hatte die Kinder, jedes in einer Hand, dicht vor sein zotteliges, grinsendes Gesicht mit den moosigen Zähnen gehalten. Und dann war er vor Freude auf und ab gehüpft, dass der ganze Hügel erzitterte.

»WINZIGE LEUTE! WINZIGE LEUTE!«

»Lass uns los!«, hatte Emma gerufen. »Lass uns wieder runter!«

Aber der Riese hatte in die Luft geschnuppert, sich an die Felswand gedrückt und war so wieder Teil der Landschaft geworden. Michael hatte er zu Emma in die Hand gegeben, wo sie nun eng aneinandergedrückt in der feuchten, schmutzigen und nach faulen Eiern riechenden Faust feststeckten. Emma hatte sich gefragt, was der Riese wohl vorhatte, aber dann hörte sie Kate rufen und versuchte, sich aus der Riesenfaust herauszuwinden, um ihre Schwester zu warnen. Aber es war schon zu spät.

Nun waren sie alle gefangen.

Der Riese war mit dem, was er an diesem Morgen geschafft hatte, offenbar sehr zufrieden, denn er trottete fröhlich summend los, Emma und Michael in der einen, Kate in der anderen Hand. Emma hatte zumindest den Kopf freikämpfen können und bekam wieder frische Luft. Michael steckte tief unten in der Handfläche fest. Sie sah, dass er vom Atmen der widerlichen, muffigen Luft langsam grün anlief.

Der Riese schwang sie im Gehen immer in weiten Bögen vor und zurück, vor und zurück, und Kate und Emma versuchten sich immer dann etwas zuzurufen, wenn sie sich vor dem gewaltig vorgewölbten Bauch des Riesen kurz sehen konnten.

»Alles okay bei euch?«, fragte Kate.

»Bei uns schon!« Emma blickte zu Michael hinunter. »Geht's dir gut?«

Michael nickte, obwohl er eher aussah, als müsste er sich gleich übergeben.

»Alles okay!«, rief Emma zurück, als sie wieder nach vorne schwang, denn beim ersten Mal hatte sie den richtigen Moment verpasst und gerufen, als Kate schon hinter dem Rücken des Riesen verschwunden war. Dann fragte Kate nach Gabriel. Emma antwortete – wieder nach mehreren Anläufen –, dass der Riese ihn bewusstlos geschlagen und in seine Tasche gesteckt hatte.

Kate und Emma schrien beide den Riesen an, er solle sie herunterlassen, und trommelten mit den Fäusten gegen seine Hände, ohne dass er Notiz davon nahm. Emma biss sogar in die Haut seines Daumens, um seine Aufmerksamkeit zu erregen, und das war bei Weitem das Unappetitlichste, was sie je getan hatte. Wirkungslos war es außerdem, denn der Riese kümmerte sich gar nicht darum, sondern tappte einfach weiter und schien dabei etwas zu singen, das ihm gerade einfiel. Die paar Worte, die Emma zu verstehen glaubte, klangen wie »Auflauf« und »Lecker!«.

Emma wusste, dass das Buch Emerald ihnen am ehesten die Flucht ermöglichen würde, aber dazu mussten sie sich gegenseitig festhalten und durften dabei den Riesen nicht berühren. Fürs Erste konnten sie nur abwarten.

Und hoffen, dass Michael nicht erstickte.

Sie kamen schnell voran – wie das eben so geht, wenn man von jemandem getragen wird, der fünf Meter lange Beine hat. Die donnernden Schritte des Riesen hinterließen tiefe Krater im Boden, und Emma erkannte, dass sie in einem dieser Fußabdrücke liegen geblieben war. Gabriel war das als Erstem aufgefallen.

Der Riese hielt sich meist in den Tälern und watete ohne Bedenken mitten durch den See, sodass Emma und Michael (und Kate in der anderen Hand) immer wieder ins eisige Wasser getaucht wurden, während die gewaltigen Arme vor- und zurückschwangen. Emma fragte sich, ob das kalte Wasser Gabriel wohl aufwecken würde, aber im Lederbeutel regte sich nichts. Langsam begann sie sich zu sorgen, ob ihr Freund nicht schlimmer verletzt war als gedacht.

Inzwischen hatte sich Emma den Riesen genau ansehen können. Das Eindrucksvollste an ihm war natürlich vor allem, dass er zwölf Meter groß war. Aber er war nicht nur groß, sondern auch breit. Und dick. So breit und dick, dass die Proportionen nicht ganz stimmten. Sein Gesicht war zu breit, seine Augen zu groß, seine Hände und Finger zu unförmig. Nach Emmas Meinung hätte er größer und gestreckter sein müssen.

Er hatte zotteliges braunes Haar, das aussah, als hätte man es mit einer Art Baumschere gestutzt. Seine Augenbrauen waren ein einziges braunes Dickicht, das über seinen Augen entlangkurvte. Die Gesichtszüge waren so massiv, dass es schon beinahe grotesk war. Insgesamt wirkte der Riese ein bisschen trottelig. Ungeschickterweise hatte Emma, als sie sich unter dem Gesicht des Giganten befand, einmal von unten in seine Nasenlöcher gesehen. Dieses eine Mal hatte ihr völlig gereicht, denn dabei hatte sie bemerkt, wie sich dort etwas bewegt hatte. Sie wusste nicht genau, was es gewesen war, aber es war braun und pelzig gewesen.

Die Kleider des Riesen waren ganz offensichtlich selbst gemacht, und das war verständlich, denn wo wollte ein Riese auch Kleider kaufen? Die Hose, das Hemd und die Lederweste waren aus den verschiedensten hell- bis dunkelbraunen Stücken zusammengestückelt, sodass der riesige Kerl ein bisschen wie ein Dorftrottel wirkte.

Sie waren jetzt etwa zwanzig Minuten unterwegs. Der Riese summte und sang die ganze Zeit vor sich hin. Kate rief immer wieder herüber und fragte, ob alles in Ordnung sei, und Emma berichtete, dass sich Michael wieder erbrochen hatte und es ihnen ansonsten gut ging. Wann immer möglich spähte Emma zu der Ledertasche hinüber, ob sich Gabriel wohl regte (immer noch nicht). Einige Male sah sie in der Ferne andere Gestalten – massive Köpfe und Schultern, die hinter Hügelketten auf und ab wippten. Einmal kauerte sich der Riese hinter einen großen Felsabbruch und verschmolz wieder mühelos mit der Landschaft, um einen anderen Riesen, ein fettes Gebirge aus Armen, Beinen und Wanst vorüberziehen zu lassen, während die Erde unter seinen Tritten bebte.

»Das war ein anderer Riese«, sagte Emma zu Michael, der noch immer in der Riesenfaust feststeckte und nichts sehen konnte. Sein Gesicht war nun wirklich grün. »Unser Riese versteckt sich.«

»Er hat wahrscheinlich keine Lust, von seinem Abendessen etwas abzugeben«, sagte Michael ausdruckslos.

Das stimmt wahrscheinlich, dachte Emma.

»Hast du gewusst, dass es Riesen gibt?«, fragte sie.

So übel ihm auch sein mochte, Michael liebte diese Art von Fragen so sehr, dass er selbst jetzt nicht widerstehen konnte und ernsthaft darauf antwortete.

»Ernsthaft erwogen habe ich die Existenz von Riesen eigentlich nicht, aber angesichts der Tatsache, dass auch Zwerge und Drachen …«

»Schon gut«, meinte Emma, die ihre Frage schon bereute.

Als der dicke Riese (genau genommen der dickere Riese) weitergezogen war, erhob sich derjenige, der die Kinder gefangen hatte, und marschierte weiter. Er hielt auf eine Kette höherer Hügel in der Ferne zu, und dank seiner Schrittlänge dauerte es nicht lange, bis er sie in ein tief eingeschnittenes Tal hinuntertrug, über dem die Hügel aufragten.

»Schaut!«

Das war Kate, die aus der anderen Riesenfaust herüberrief und nach vorn zeigte. Weiter unten im Tal stand ein riesiges, notdürftig zusammengezimmertes Holzhaus. Es sah genauso aus, wie man sich die Behausung eines zwölf Meter großen und nicht besonders um Reinlichkeit und Aussehen besorgten Wesens vorstellen würde. Es mochte etwa doppelt so groß wie das Haus in Cambridge Falls sein, aber anders als dieses war es nicht prächtig und imponierend, sondern wirkte trotz seiner Größe eher wie ein behelfsmäßiger Schuppen. Ein Teil des Dachs war offenbar eingestürzt und die Wände mit Baumstämmen abgestützt. Schmuddelige Segeltuchplanen bedeckten die Fensterhöhlen. Das ganze Haus stand bedenklich schief. Auf dem Dach ragte ein krummer, grauer Steinkamin empor, aus dem dunkler Rauch quoll.

Der Riese blieb stehen und hockte sich hin, sodass er dem Haus den Rücken zukehrte. Er legte die Fäuste auf einen großen Felsblock und beugte den Kopf ganz nahe an die Kinder. Beim Sprechen versuchte er offensichtlich, besonders leise zu sein, aber es dröhnte trotzdem betäubend.

»Hört zu, winzig kleine Leute, keinen Mucks, wenn wir reingehen!«

»Mein Bruder erstickt in deiner blöden, stinkenden Hand!«, brüllte Emma.

Der Riese runzelte die Stirn, als hätte er nichts verstanden, und drehte den Kopf zur Seite, sodass ein Ohr ganz nah an Emma war, worauf sie ausrief: »Mann! Das ist vielleicht eklig!«

Das Ohr des Riesen war nämlich von großen Klumpen aus schwärzlichem Dreck und Ohrenschmalz verstopft. Manche hingen wie riesige, schmutzig-gelbe Tropfsteine von der Decke des Gehörgangs herunter, und ganz hinten war eine so dicke Mauer aus Ohrenschmalz zu sehen, dass sich Emma fragte, ob der Gigant überhaupt etwas hören konnte. Trotzdem wollte sie gerade noch einmal rufen, als sie und Michael in die Höhe gehoben wurden. Sie hingen beide mit dem Kopf nach unten und schrien, während er seinen gewaltigen kleinen Finger ausstreckte – worauf Michaels Beine heftig in der Luft strampelten – und dann damit im Ohr bohrte, was laut quietschte und das Ohrenschmalz noch fester hineinstopfte wie in eine riesige fleischige Donnerbüchse.

Dann setzte er seine Faust zusammen mit den sehr benommenen Kindern zurück auf den Felsen, drehte ihnen wieder das Ohr zu und sagte: »Wie? Versteh nix!«

Emma legte die Hände trichterförmig um den Mund und brüllte: »Mein Bruder kriegt keine Luft!«

»Oh.« Der Riese öffnete die Faust und Michael und Emma purzelten auf den Felsblock. Michael fiel sofort keuchend auf die Knie. Emma sah zu Kate hinüber, aber der Riese hielt sie noch immer in der anderen Faust.

»Wie schon gesagt, kein Wort da drinnen, sonst geht's sofort ab in den Auflauf.«

»Lass auch meine Schwester runter!«, forderte Emma. »Und lass Gabriel frei!«

»Hä?« Er wandte Emma wieder sein Ohr zu.

»Du bist echt nervig! Ich sagte …«, und sie legte wieder die Hände an den Mund und wollte gerade losbrüllen, als es im Haus laut schepperte, als wäre eine Pfanne hinuntergefallen. Dann fluchte jemand.

»Oh nein!«, sagte der Riese und packte Michael, der immer noch ziemlich benommen aussah, um ihn in eine seiner Westentaschen zu schieben. Dann hob er auch Emma auf und steckte sie ungeachtet ihres Protests in eine andere Tasche. Sie landete mit dem Gesicht voran in einem Haufen Dreck, bestehend aus kleinen Zweigen und Steinen, harten Käsebrocken und etwas, das sich ziemlich nach Knochen anfühlte.

Sie hatte sich gerade halbwegs hochgerappelt, als etwas tüchtig ihren Rücken rammte.

»Au!«

»Entschuldige!«

Es war Kate. Die Schwestern fielen sich in der dunklen Tasche in die Arme und Kate fragte besorgt, ob Emma verletzt sei.

»Alles bestens.«

»Und Michael?«

»Dem ist bloß schlecht.«

»Und du sagst, Gabriel ist in der Ledertasche?«

»M-hm. Dieser stinkende Widerling hat ihn k.o. gehauen

und dort hineingesteckt. Ich mache mir langsam Gedanken. Ich glaube nämlich nicht, dass er sich seitdem bewegt hat.«

Kate drückte ihrer Schwester zur Beruhigung die Hand. »Sobald er uns alle absetzt, kann ich die Chronik benutzen. Ist wirklich alles in Ordnung?«

Von oben und durch einen kleinen Riss neben ihren Köpfen schien ein wenig Licht in die Tasche, aber es war trotzdem ziemlich dunkel. Sie versuchten, das Gleichgewicht zu halten, denn der Riese war aufgestanden und losgelaufen – wahrscheinlich zum Haus. Emma merkte, dass Kate sie noch immer nicht aus den Augen ließ.

»Mir geht's gut. Wirklich.« Und um das Thema zu wechseln, sagte sie: »Hier liegen auch Knochen.«

»Ich glaube, die sind von Schafen. Hoffentlich.«

»Oh ja.«

Durch den Riss sahen sie das Haus näher kommen. Als sie auf die Tür zugingen, sagte der Riese leise (leise zumindest für seine Verhältnisse): »Nicht vergessen – still jetzt!«

Dann drückte er die Tür auf und trat in einen großen, verrauchten, dämmerigen Raum. Es roch fettig und säuerlich, nach gärendem Bier und Schweiß. Obwohl keine Scheiben an den Fenstern waren, kam es den Kindern vor, als wäre hier seit Jahren nicht mehr gelüftet worden. Emma und Kate erhaschten einen Blick auf einen riesigen Holztisch mit Stühlen. Darauf stand eine Menge Krüge und Näpfe. Von der Decke hingen verschiedene Arten von Wurzeln und Blättern sowie Trockenfleisch. In einer Ecke war ein großer Abfallhaufen und an einer Wand befand sich ein großer gemauerter Kamin aus grauem Stein, in dem ein Feuer brannte, das den Raum in orangerotes Licht hüllte. Eine Frau (riesengroß natürlich) mit schmutzigem, langem blondem Haar, die ein ausgeblichenes graues Kleid trug, beugte sich über einen eisernen Topf, der auf einem Gitter über dem Feuer stand, und rührte mit einem Holzlöffel, der aussah, als wäre er aus einem ganzen Baumstamm geschnitzt. Die aufgekrempelten Ärmel des Kleides ließen riesige, muskelbepackte Unterarme erkennen.

»Endlich!« Sie spuckte einen großen gelblichen Batzen in den Kochtopf. »Warst den ganzen Morgen weg. Was hast'n mitgebracht?«

»Nix, Sally, 'tschuldige.«

»Nix?!« Die blonde Riesin drehte sich zu ihnen um und Kate und Emma duckten sich unwillkürlich tiefer in die Tasche des Riesen. Die Frau achtete aber nur auf sein Gesicht. Beim Sprechen wedelte sie so mit dem Kochlöffel herum, dass überall Tropfen herumspritzten. »Da treibst du dich den ganzen Morgen draußen herum wie ein Trottel, glotzt wahrscheinlich Wolken und Felsen an, und dann kommst du zurück und sagst mir, du bringst nix für den Eintopf?! Aber was essen willst du schon, oder? Die dumme Sally kann ja auch aus nix einen Eintopf kochen, was? Na, dann gibt's für dich zum Abendessen eben einen großen Topf mit nix, du Depp!«

»Ich hab doch ›'tschuldige‹ gesagt, Sally.«

»'tschuldige?« Sie lachte säuerlich. »Bei mir brauchst du dich nicht entschuldigen, sondern beim Daumen von Big Rog! Zu dem kannst du ›'tschuldige‹ sagen, wenn er dir damit das Auge ausbohrt.«

»Ach, nee, Sally. Dem Daumen sagst du doch nichts, oder?«

»Dem Daumen soll ich nichts sagen? Und ob ich dem Daumen was sage!« Die Riesin war herübergekommen und stand nun direkt vor dem Riesen. Beim Sprechen stieß sie ihn immer wieder mit dem Finger, der ganz in der Nähe von Emma und Kate wie ein Rammbock einschlug. »Gleich wenn er zur Tür hereinkommt, werde ich das dem Daumen erzählen, und dann gibt's Deppenaugensuppe zum Essen! Ja genau! Mjam, mjam!« Sie machte ein paar gewaltige Schmatzgeräusche und rieb sich mit der riesigen Hand über den riesigen Bauch.

»Ich geh in mein Zimmer«, murmelte der Riese und wollte sich umdrehen. Aber die Riesin packte ihn am Arm.

»Du verheimlichst doch nix vor mir, Willy? Nicht vor deiner einzigen Schwester? Nix finden, das würden wir dir – vielleicht – durchgehen lassen, weil du so ein trotteliger, schwachköpfiger Vollidiot mit nichts als Rotz im Hirn bist. Aber etwas vor uns verheimlichen? Das ist böse und richtig schlimm, stimmt's? Dann macht dich der Daumen fertig, ganz bestimmt!«

»Ich verheimliche nix!« Der Riese, der Willy hieß, riss sich los.

Emma blicke Kate an und formte mit den Lippen: »Er will nichts abgeben. Er will uns alleine auffressen.« Und mit ganz großen Augen machte sie drei Ausrufezeichen.

Dann hörte man aus der anderen Tasche einen Aufschrei. Der Riese erstarrte. Die blonde Riesin erstarrte. Emma und Kate erstarrten. Das war ihr Bruder gewesen.

Die blonde Riesin stieß einen Schrei aus und sprang nach vorn. Der Riese wollte weglaufen, aber er war zu langsam. Kate und Emma schrien, aber das Getöse, das die Riesen machten, übertönte ihre Stimmen. Die Riesen schlugen bei ihrem Gerangel gegen Tisch und Wände und stießen Krüge und Töpfe zu Boden. Offensichtlich wollte die blonde Riesin an die Tasche herankommen, was der Riese zu verhindern versuchte.

Emma war sich sicher, dass sie zerquetscht werden würden.

»Tu was!«, schrie sie Kate an.

»Okay! Ich halte die Zeit an …«

»Was willst du?« Emma wusste noch nichts von dieser Möglichkeit.

»Ich halte die Zeit an! Warte …«

Doch bevor es so weit kam, erscholl Triumphgeheul. Die blonde Riesin sprang zurück und der Riese rappelte sich wieder auf. Als Kate und Emma wieder das Gleichgewicht gefunden hatten, drückten sie die Augen an das Loch in der Tasche. Doch anders als sie befürchtet hatten, hielt die Riesin nicht Michael in der Hand, sondern ein dickes, flauschiges und herzzerreißend blökendes Schaf.

»Nix gefunden, was? Wolltest das wohl für dich behalten, oder? Ha!«

»Ah, Sally, das hab ich ganz vergessen. Nicht Big Rog erzählen.«

»Vergessen! Von wegen! Das kenne ich: Du vergisst diese Dinge immer so lange, bis du Hunger kriegst und dir in deinem Zimmer heimlich einen kleinen Happen genehmigst! Und ob ich das Big Rog erzählen werde. Und dann kriegst du's mit den Daumen zu tun, glaub mir! Jetzt aber raus aus meiner Küche, sonst landest du selbst in meinem Kochtopf!«

Emma und Kate waren völlig verwirrt. Der Riese wandte sich ab und ging einen langen (für ihn natürlich kurzen) Flur entlang und dann weiter durch eine Tür, die er hinter sich zuzog und mit einem hölzernen Riegel versperrte.

Sie hörten einen lauten Seufzer und dann das Ächzen von Holz, als sich der Riese auf einen Stuhl setzte. Zwei riesige Finger fassten in die Tasche, angelten Emma und Kate heraus und setzten sie auf dem Tisch ab. Es dauerte kurz, bis sie sich orientiert hatten. Emma sah sich im Zimmer um, während der Riese in seine andere Tasche fasste und Michael herauszog.

Der Raum war sehr viel kleiner, als Emma erwartet hatte, denn obwohl er saß, stieß der Riese mit dem Kopf beinahe an die Decke. An Möbeln gab es einen Tisch und den Stuhl oder Hocker, auf dem der Riese saß – mehr nicht. Durch ein schmales, von einem losen Stück Stoff verdecktes Fenster fiel Licht herein. Eine Ansammlung alter, zerschlissener Felle diente offenbar als Bett. Das Ganze war eigentlich kein richtiges Zimmer, sondern eher ein Wandschrank, und ein schäbiger dazu.

Trotzdem war der Raum vollgestopft mit Dingen: Teetassen, Teekannen, Teller, Fingerhüte, Scheren, Kerzenhalter, bunte Glasscherben in Rot, Grün, Blau und Gelb, Anstecknadeln, rissige Emaille-Arbeiten, etwas, das wie eine Puppe mit abgewetztem Gesicht aussah, Messer in allen Größen, eine Wanduhr ohne Zifferblatt, ein Schustereisen – und alles riesengroß.

Etwas an dem ganzen Sammelsurium war merkwürdig, aber Emma kam nicht darauf, was es genau war.

Kate hatte Michael gleich in die Arme genommen, als er auf den Tisch gesetzt worden war. Er war immer noch grün im Gesicht, und nun außerdem voller Wollflusen.

»Das war knapp«, sagte der Riese. »Warum hast du gekiekt? Was ein Glück, dass ich ein Schaf dabeihatte.«

»Es hat mich gebissen«, antwortete Michael und zeigte auf eine gerötete Stelle an seinem Arm.

»Emma«, sagte Kate, hielt Michaels Hand fest und streckte die andere nach ihrer Schwester aus. »Fass mich an der Hand.«

»Sally erzählt Big Rog jetzt, dass ich das Schaf hatte, und er wird mit dem Daumen hier reinkommen. Warum geht bei mir immer alles schief?«

»Emma!«, zischte Kate.

»Warte mal.« Emma machte sogar noch einen Schritt weg von ihrer Schwester.

Sie wusste, dass Kate sie anfassen wollte, um sie alle von hier wegzubringen. Ohne Gabriel kam das aber überhaupt nicht infrage. Und da war noch etwas. Während sie jahrelang von einem Waisenhaus zum andern weitergereicht wurden, und von einer Gruppe seltsamer Kinder zur nächsten, hatte sie die Fähigkeit entwickelt, augenblicklich zu erkennen, welche Kinder für sie gefährlich waren und welche nicht. Sie hatte sich nie geirrt, und jetzt war sie sich sicher, dass der zwölf Meter große Kerl hier, bei dem jeder einzelne Zahn so groß wie Emmas Kopf war, keine Gefahr für sie bedeutete.

»Und das ist meine eigene Schwester… könnt ihr das glauben? Wenn mein Dad noch da wäre, der würde so was nicht zulassen. Dass sie immer auf mir herumhackt. Und als Dad gestorben ist, sollte doch ich das Haus kriegen! Schaut, wo sie mich hingesteckt haben! In einen Schrank! Das ist nicht richtig, nein, nein, gar nicht richtig!« Der Riese wurde offenbar wehmütig. »Ah, mein Dad, das war ein prima Kerl, mein Dad. Ich heiße nach ihm, wisst ihr. Willy. Den alten Willy haben sie ihn genannt. Ein feiner Kerl. Pfeifen konnte der! Ach…«

»He, du willst uns doch nicht aufessen, oder?«

Der Riese blickte Emma an, bohrte mit dem Finger in seinem Ohr und puhlte noch ein paar kiloschwere graue Dreckbatzen heraus.

»Hä?«

»Emma!« Kate reckte sich wieder nach ihr, aber Emma trat noch weiter zurück.

»Ich sagte: DU WILLST UNS DOCH NICHT AUFESSEN, ODER?«

»Psst!« Ein Regen von Spucke sprühte auf sie herunter. »Nicht so laut! Wenn Sally euch hört, steckt sie euch in den Auflauf, als Abendessen für Big Rog! Natürlich esse ich euch nicht! Wer hat euch bloß auf die Idee gebracht?«

»Du! Du hast gesagt, wir sollen still sein, sonst geht's sofort ab in den Auflauf.«

»Damit hab ich doch Sally gemeint. Euch drei würde ich doch nicht essen!« Er schaffte es sogar, gekränkt auszusehen.

Emma warf einen Blick auf Kate und Michael. Beide starrten an dem Riesen hinauf. Sogar Kate schien sich etwas zu entspannen und reckte sich nicht mehr nach Emmas Hand.

»Wie, sagtest du, heißt du?«, fragte Emma.

»Willy.«

»Hm. Nun, ich bin Dorothy. Das ist meine Schwester Evelina. Und das ist mein Bruder Froschmaul.«

»Schön, euch kennenzulernen.«

»Finden wir auch. Entschuldige kurz … Ich muss mal eben mit ihnen reden.«

Emma ging zu Kate und Michael und kehrte dem Riesen den Rücken zu.

»Warum muss ich ausgerechnet Froschmaul heißen?«, fauchte Michael.

»Darum«, fauchte Emma zurück. »Wir dürfen doch nicht unsere richtigen Namen verraten. Falls der grässliche Magnus nach uns sucht. Kapiert?«

»Ja, aber ihr beide habt normale Namen. Froschmaul …!«

»Michael«, sagte Kate, »lass gut sein.« Sie sah Emma an. »Was hast du vor? Glaubst du wirklich, dass er uns nicht aufessen wird?«

»Dann hätte er es längst getan. Außerdem weiß ich es einfach, okay? Vertraut mir. Und noch etwas: Glaubt ihr nicht, dass es einen Grund hat, dass uns die Chronik hierher gebracht hat? Das müssen wir doch herausfinden, bevor wir von hier verschwinden. Und er kennt sich hier aus. Er kann uns helfen.«

»Solange er uns nicht auffrisst …«, meinte Michael.

»Dich vielleicht schon!«, blaffte Emma. »Was natürlich eine furchtbare Katastrophe wäre …«

»He!«

»Bitte, Kate«, sagte Emma und wandte sich wieder zu ihrer Schwester. »Ich kann es nicht besser erklären. Aber ich weiß einfach, dass wir hier sein sollen. Bitte.«

Kate antwortete nicht sofort. Emma, die genau wusste, dass Kate ihre Geschwister um jeden Preis schützen wollte, überlegte, ob sie sagen sollte, dass es manchmal besser war, etwas zu wagen, um später in Sicherheit zu sein. Aber sie schwieg. Und während sie dastand und wartete, wurde ihr ihre Stellung als Jüngste so klar bewusst wie nie zuvor. Immer musste sie fragen, überzeugen, bitten. Nie durfte sie den Weg bestimmen; das war immer Kate vorbehalten, neuerdings gelegentlich auch Michael. Eigentlich war das ja schon immer so gewesen. Warum störte es sie also plötzlich? Lag es daran, dass sie nun auf der Suche nach ihrem Buch waren, oder gab es einen anderen Grund?

»Schön«, sagte Kate. »Aber bleib in der Nähe. Dann kann ich die Chronik benutzen, falls er irgendwas anstellt.

Emma wandte sich wieder an den Riesen, der sich mit einem Taschentuch von der Größe eines Bettlakens die Nase schnäuzte und dabei ein halbes Dutzend brauner Fledermäuse aufscheuchte, die erst auf dem Tisch herumzappelten und dann etwas benommen davonflatterten. Zuerst musste sie dafür sorgen, dass Gabriel freikam.

»Hör mal, Willy …«

»Hm.« Der Riese hatte offenbar denselben Gedanken, denn er drehte sich zur Seite und kramte in seiner Ledertasche. »Er ist weg.«

»Was? Was sagst du da? Gabriel?«

»Heißt er so? Dein Freund, der meine Hand mit seinem Zahnstocher ermorden wollte? Er hat mir meine beste Tasche versaut. Schau.«

Willy hielt die Tasche hoch, damit die Kinder den langen Schlitz im Boden sehen konnten. Gabriel musste irgendwann wieder zu Bewusstsein gekommen sein und sich den Weg freigeschnitten haben. Als Emma das Loch sah, war sie erleichtert.

»Da ist er wohl entwischt. Jetzt kommt er wahrscheinlich her und will dich töten, weil du uns entführt hast. Aber keine Sorge. Das lassen wir nicht zu.«

»Oh. Danke auch.«

»Gern geschehen. Also, Willy …«

»Psst.« Er drehte den Kopf zur Tür und horchte. Nach einem Augenblick nickte er. »'tschuldige. Dachte, ich höre den Daumen.«

Emma hatte ihn eigentlich fragen wollen, wo sie genau waren, wie das Land hieß und ob er irgendetwas über das Buch Reckoning wusste. Sie hätte natürlich ganz unverfänglich gefragt, etwa: »Aaaaalso … weißt du vielleicht zufällig, wo wir das Reckoning finden können?« Aber dann siegte doch ihre Neugier. »Was soll eigentlich das Ganze mit diesem Daumen?«

»Du meinst Big Rog?«

»Glaube schon.«

»Na, Big Rog ist der Mann von Sally. Und sein Daumen, ja, vor dem fürchtet sich das ganze Land. Siehst du meinen Daumen?« Er hielt seinen rechten Daumen in die Höhe. Er war so groß wie ein Lieferwagen. »Das ist ein anständiger Daumen, gerade die richtige Größe, oder? Für so einen Daumen braucht sich niemand zu schämen. Aber Big Rog, der hat einen Daumen! Wenn er will, hält er ihn hoch und verdeckt die Sonne damit. Er hat damit Flüsse aufgestaut, damit sie rückwärts fließen. Wenn einer so einen Daumen hat, das muss mit dem Schicksal zugehen, mit einem großen S.« Er überlegte und meinte dann: »Und mit einem großen D für Daumen.«

»Dann hat er also einen großen Daumen«, sagte Michael. »Na und?«

»Also, Froschmaul …«

»Ich heiße …«

»Froschmaul«, warf Emma ein. »Erzähl weiter, Willy.«

»Weiß doch jeder, dass bei uns die ganze Kraft im Daumen steckt, oder? Das unterscheidet uns doch von den Tieren: Der Daumen, mit dem wir greifen können!«

»Das, und dass du zwölf Meter groß bist«, sagte Emma.

»Stimmt. Das auch. Aber wie auch immer: Big Rogs Daumen wegen habe ich keine Freunde. Alle haben Angst vor seinem Daumen. Doch damit ist jetzt Schluss!« Er lächelte mit seinen krummen Zähnen. »Wenn alle wissen, dass ich es war, der euch drei gefunden hat! Ach, wenn das mein Dad noch erlebt hätte. Er wäre stolz gewesen, ganz bestimmt. Er hat mir auch von euch erzählt.«

Der Riese beugte sich herunter, drohte mit dem Zeigefinger und sprach mit tiefer, donnernder Stimme, die wohl seinen Vater darstellen sollte: »Hör mir zu, Willy, pass gut auf! Wenn du mal drei winzig kleine Kinder findest, schnapp sie dir sofort und pass auf, dass sie niemand in einen Auflauf steckt! Vergiss nicht die Prophezeiung! Vergiss nicht die Prophezeiung!«

Emma sah, dass ihre Geschwister genau so überrascht waren wie sie selbst. Sie hatten gehofft, dass der Riese ihnen helfen könnte, aber bestimmt nicht damit gerechnet, dass er etwas über die Prophezeiung wusste, zumal er nicht gerade der Hellste zu sein schien.

»Du weißt von der Prophezeiung?«, fragte Michael.

Willy blickte ihn verächtlich an. »Ob ich von der Prophezeiung weiß?! Davon hat mir doch mein Dad – er war wirklich der netteste Riese, hat sogar Möwen auf seinem Kopf nisten lassen, und das lässt längst nicht jeder Riese zu, denn das mit dem Möwendreck kann einem ja auch zu viel werden …«

Er hatte den Faden verloren und versuchte es von Neuem: »Jedenfalls hat mir mein Dad schon von der Prophezeiung erzählt, als ich noch so klein war.« Er hielt die Hand ungefähr drei Meter über den Boden.

»Seht ihr«, meinte Emma zu ihrem Bruder und ihrer Schwester. »Ich hab euch doch gesagt, dass er uns helfen kann!«

Sie wusste, dass Sätze, die mit »Ich hab euch doch gesagt« begannen, bei den Zuhörern meist nicht sehr beliebt waren. Aber manchmal ging es einfach nicht anders.

»Und weißt du auch, wo das letzte Buch ist?«, wandte sich Kate nun an den Riesen.

»Hm?«

»Ich fragte, ob du weißt, wo das letzte Buch ist.«

»Welches Buch?«

»Die letzte der Chroniken vom Anbeginn.«

»Die was vom was?«

»Du weißt schon«, meinte Emma, »die letzte der Chroniken vom Anbeginn! Das Buch Reckoning!«

»Oh.« Der Riese dachte kurz nach, schüttelte dann den Kopf und lächelte treuherzig. »Nee. Nie davon gehört.«

»Warte«, sagte Emma, die langsam ärgerlich wurde und ihre Geschwister ganz bewusst nicht ansah. »Von welcher Prophezeiung redest du?«

Der Riese blickte verwirrt drein. »Die Prophezeiung des dunklen Fremden, die letzten Worte die er sprach, bevor er die Stadt einnahm. ›Drei Kinder werden kommen und sie werden den Tod vom Land nehmen.‹ Und ihr seid seit Tausenden von Jahren die ersten Kinder, überhaupt die ersten Leute, die hierhergekommen sind. Und ihr seid drei. Ihr müsst es sein. Von welcher Prophezeiung redet denn ihr?«

»Ach, diese«, sagte Emma. »Ich habe das gerade verwechselt. Du musst uns noch mal entschuldigen.«

Die Kinder steckten die Köpfe zusammen und redeten so leise (also eigentlich normal), dass der Riese sie nicht hören konnte.

»Denkt ihr auch, was ich denke?«, fragte Emma.

»Den Tod vom Land nehmen«, sagte Michael. »Das muss das Buch des Todes sein, glaubt ihr nicht auch? Komisch, dass es noch eine Prophezeiung über uns geben soll.«

»Ganz egal«, meinte Emma. »Das Buch ist hier. Und die Chronik hat uns an den richtigen Ort gebracht!«

Und weil sie sich doch nicht beherrschen konnte, fügte sie noch an: »Ich hab's euch doch gesagt!«

Kate nickte und lächelte. »Ja, du hattest recht.«

Dass Kate sie angelächelt hatte, machte Emma so froh, dass sie es fast bereute, »Ich hab's euch doch gesagt« gesagt zu haben. Aber dann dachte sie, Kate und Michael sollten sie nicht immer wie ein kleines Kind behandeln und öfter auf sie hören. Dann müsste sie auch nicht so oft »Ich hab's euch doch gesagt« sagen. Und mit diesem Gedanken ging es ihr sofort besser.

Kate sagte: »Aber sind wir uns auch sicher, dass wir das Buch finden wollen? Emma, da ist noch etwas, das du nicht weißt …«

»Ja, ja, dass wir alle sterben, wenn wir die Bücher zusammenbringen! Hat mir Gabriel schon gesagt! Aber das ist doch gar nicht sicher! Dr. Pym hat manchmal mächtige Lügen erzählt, aber vielleicht hat er auch die Wahrheit gesagt, und es gibt einen Teil der Prophezeiung, den keiner kennt, etwa so: ›Bla bla bla, Michael und Kate und Emma werden sterben, es sei denn, sie bla bla bla.‹«

»So wird sie lauten, die Prophezeiung«, murmelte Michael.

»Ich sage ja nur, dass wir nicht wissen, ob uns die Bücher umbringen werden. Aber dass uns der grässliche Magnus umbringen wird, das wissen wir ganz bestimmt! Wir müssen ihn zuerst töten! Und das können wir nur, wenn wir das letzte Buch finden!«

»Das stimmt«, sagte Michael. »Ganz egal, ob Dr. Pym die Wahrheit gesagt hat oder nicht – wenn wir nicht versuchen, das Buch Reckoning zu finden, dann können wir gleich aufgeben.«

»Siehst du?«, sagte Emma und packte Kate am Arm. »Bitte, Kate!«

Kates Blick wanderte von ihrem Bruder zu ihrer Schwester, und als Emma sah, dass ihre Schwester tief Luft holte, seufzte und nickte, da war sie sehr, sehr erleichtert. Bis jetzt war ihr noch gar nicht klar gewesen, wie sehr sie das Buch finden wollte, wie sehr sie das Buch finden musste.

Emma wollte Kate gerade sagen, dass alles gut werden würde und dass Kate und Michael vielleicht mit ihrer Hilfe langsam lernen sollten, ihr etwas mehr zu vertrauen, als sie einen Schrei ausstieß und bewusstlos vornüber auf den Tisch fiel.

Im selben Moment krachte es ohrenbetäubend. Die Tür zu Willys Zimmer wurde aufgestoßen und ein gewaltiger Riese mit schwarzem Bart stürmte herein. Er sah die Kinder auf dem Tisch, schleuderte unter lautem Gebrüll seine riesige Faust in Willys Gesicht und griff sich mit der anderen Hand, die tatsächlich einen Daumen von der Größe einer Lokomotive hatte, die Kinder von Tisch.

»Ich wusste doch, dass es hier drin irgendwie komisch riecht!«, brüllte der Riese. Er hob sie ganz nah an seinen großen, grinsenden Mund, als wolle er sie gleich roh verspeisen, und knurrte: »Oh ja! Für Big Rog gibt's heute ein Festessen!«

KAPITEL 10

Big Rogs Festessen

Die Kinder wurden getrennt voneinander in Holzkäfige gesperrt, die wie riesige Vogelkäfige aussahen, und auf der Wiese vor dem Haus in die Äste eines Baums gehängt. Willy, der eine blutige Nase hatte und dessen Augen nach den Schlägen von Big Rog allmählich zuschwollen, musste für Big Rog ein großes Feuer machen und Töpfe und Pfannen aus der Küche heranschleppen, dazu Teller, Stühle, Hocker und Bierkrüge.

»Und jetzt erzähl es überall herum, Dumpfbacke«, meinte Big Rog zu Willy, als das Feuer prasselte und das Wasser in einem gewaltigen Kessel kochte. »Bei Familie Daumen gibt's heute Abend Kleine-Leute-Auflauf! Ein Leckerbissen, wie man ihn in tausend Jahren nicht gesehen oder gar genossen hat! Aber ihr Bier sollen sie sich gefälligst selber mitbringen. Big Rog betreibt ja keinen Wohltätigkeitsverein! Jetzt mach, dass du loskommst!« Und er stieß Willy mit einem wohlgezielten Tritt ins Tal hinaus.

Kate versuchte, ruhig zu bleiben, obwohl sich ihr Käfig in den heißen Dämpfen, die vom Feuer aufstiegen, langsam zu drehen begann. Sie überlegte. Emma war immer noch bewusstlos; sie hatte sich nicht mehr gerührt, seit sie in Willys Zimmer in Ohnmacht gefallen war. Trotz Kates Fähigkeiten war eine Flucht in eine andere Zeit nicht möglich, weil sie alle drei voneinander getrennt waren. Sie standen für das Abendessen auf der Speisekarte. Das war natürlich übel; gut hingegen war, dass sie noch am Leben waren. Michael hatte immer noch das Buch des Lebens, Gabriel war immer noch frei und konnte ihnen vielleicht zur Flucht verhelfen. Und falls das misslang, so musste man sie vor dem Kochen früher oder später aus den Käfigen holen. Dabei konnte es gut sein, dass sie einander so nahe kamen, dass sie Kates Fähigkeiten als Hüterin des Buches Emerald benutzen und so entkommen konnten.

Ich muss nur ruhig bleiben, dachte Kate. Und ich muss dafür sorgen, dass Michael ruhig bleibt.

»Es ist das Buch Reckoning«, sagte Michael gerade. Er packte die Gitterstäbe seines Käfigs und starrte die reglos daliegende Emma an. »Ich wusste, dass bei dem Ritual des grässlichen Magnus irgendwas passiert ist!«

»Sie wird sich erholen.«

»Woher willst du das wissen?«

»Ich weiß es einfach.«

»Nimm's mir nicht übel, Kate, aber das ist keine besonders sinnvolle Antwort.«

»Wir müssen einfach abwarten. Und sobald Big Rog uns aus den Käfigen holt, werde ich die Chronik benutzen.«

»Aber wir müssen trotzdem noch das Buch Reckoning finden!«

»Ich weiß.«

»Und wer ist dieser ›dunkle Fremde‹, von dem Willy gesprochen hat? Er hat gesagt, ein dunkler Fremder hätte vorhergesagt, dass wir kommen. Aber wer soll das gewesen sein?«

Und so weiter. Sie wusste, dass es eben Michaels Art war, die Dinge immer und immer wieder durchzukauen und von allen Seiten zu beleuchten, aber manchmal war das schon anstrengend. Sie wusste nicht, was mit Emma geschehen war und war sich keineswegs sicher, dass alles gut ausgehen würde. Sie konnte sich auch nicht vorstellen, worum es im Rest der Prophezeiung ging, hatte keine Ahnung, wo das Buch Reckoning verborgen war und wie sie es finden sollten (und ob sie es überhaupt finden konnten). Dennoch rang sie sich zu der Überzeugung durch, dass sie irgendwie überleben würden.

Jetzt brauchten sie Dr. Pym, und Kate ertappte sich bei dem Wunsch, dass Rafe auftauchen würde – auch wenn das bedeutete, dass Michael ihn sah. Sie musste einfach mit jemandem reden.

»Alles wird gut«, sagte sie sich noch einmal und rieb das Medaillon ihrer Mutter mit Daumen und Zeigefinger. »Es wird alles gut werden.«

»Sie kommen«, sagte Michael.

Kate hörte es auch – ein fernes Stampfen, das immer lauter wurde. Der Boden begann zu beben, der Baum schwankte und der Ast, an dem ihre Käfige hingen, erzitterte, sodass sich Kate und Michael an die Gitterstäbe klammern mussten, um nicht das Gleichgewicht zu verlieren. Ob nun zufällig oder absichtlich – die Riesen kamen als Gruppe näher. Sie wirkten wie eine Gebirgskette, der plötzlich Beine gewachsen waren und die nun heranmarschiert kam. Als sie sich näherten, konnte

Kate die verschiedenen Riesen unterscheiden – dicke, große, bärtige, kahle, dazu ein paar Riesenfrauen. Insgesamt mochten es ungefähr fünfzehn gigantische Gestalten sein, die nun in einen langsamen Trab verfielen, wohl aus Aufregung, Neugier und, wie Kate befürchtete, Hunger.

»Das stimmt!«, donnerte Big Rog. »Kommt und seht sie euch an. Kommt und seht, was der Daumen gefunden hat!«

Die Riesen drängten sich um die Käfige, schoben und drängelten und boxten sich gegenseitig, um besser zu sehen. Die Käfige hingen fast genau in Augenhöhe der Riesen, und für einen Moment dachte Kate, sie und ihre Geschwister würden zerquetscht werden, als sich immer mehr Augen und Nasen und Münder unter vielen Aaaaahs und Oooohs an sie heranschoben. Einige der Riesen leckten sich die Lippen. Kate kam sich vor wie in einem Zoo – allerdings wie in einem, in dem die Tiere aufgegessen wurden.

Aus der Nähe waren die Riesen so widerlich, dass es einem den Magen umdrehte. Das lag nicht nur daran, dass sie so schmuddelig und ungepflegt waren, dass in ihrem Haar ganze Familien von Nagetieren hausten, dass sie geradezu unglaubliche Warzen hatten und dass ihr Atem leicht eine Kuh umwehen konnte – es war ihre schiere Größe, die sie so abstoßend machte. Kate konnte tief in die Poren ihrer Haut sehen – dunkle Gruben, in die ihre ganze Hand hineingepasst hätte. Sie sah die gelblich-braunen Beläge auf ihren Zähnen, die moosgrünen Flecken auf ihren Zungen und die gelbe, pilzartige Schmiere in ihren Augenwinkeln. Ob sie selbst aus der Nähe wohl auch so aussah? War jeder so abstoßend?

Die Riesen redeten alle durcheinander:

»Schaut nur! Schaut nur!«

»Winzig kleine Leute, tatsächlich!«

»Wetten, dass sie frittiert besonders gut schmecken?«

»Frittiert schmeckt doch alles gut.«

»Die muss man mit Kartoffeln servieren!«

»Das ja für jeden nur ein winziger Happs ...«

»Dieser hier ist nur Haut und Knochen! Kein bisschen Fleisch dran ...«

»Mein Onkel Nathan hat schon mal kleine Leute gegessen. Schmecken wie Hühnchen, sagt er.«

»So, jetzt mal alle weg da!« Big Rog drängelte sich nach vorn und schob die Riesen von den Käfigen fort. Kate sah, dass Michael eine Hand auf der Tasche mit dem Buch Rubyn liegen hatte und sehr blass war.

»Michael?«

»Alles wird gut, oder? Du sagst doch, alles wird gut?«

Sie nickte entschlossen. »Ja. Alles wird gut.«

Big Rog wandte sich an die versammelten Riesen. Die Sonne würde schon bald hinter dem Hügel untergehen und im Tal wurden die Schatten immer länger. Außer Michaels Notration hatten sie den ganzen Tag nichts gegessen. War es nicht seltsam, Hunger zu haben, wenn man gleich selbst zum Abendessen serviert werden sollte?

»Jetzt hört mal alle her!«, sagte Big Rog. »Sally wird jetzt einen leckeren Auflauf machen, mit Kartoffeln und Zwiebeln und Lauch und Möhren und ...«, er machte eine Pause, um die Spannung zu steigern, »... und mit WINZIG KLEINEN LEUTEN!«

Alle Riesen jubelten.

»Ihr habt gesehen, viel Fleisch haben sie nicht auf den Knochen. Sie sind also eher ein kleiner Leckerbissen als ein

Hauptgericht. Aber jeder von euch kriegt ein Stück vom Kleine-Leute-Auflauf, damit er seinen Enkeln davon erzählen kann. Darauf habt ihr das Wort vom Daumen, und außerdem kocht Sally wieder ihren Schafseintopf, dazu gibt's Spieße, ein paar Schafsknödel und sogar einen Schafspudding zum Nachtisch. Aber jetzt erst mal das Fass aufgemacht, der Daumen ist durstig!«

Unter großem Gejubel und Gebrüll rissen ein paar Riesen den Deckel von einem enormen Fass und tauchten Krüge in das dunkle, schaumige Gebräu. Die Riesen schütteten sich das Bier nur so in den Schlund, ohne dabei darauf zu achten, was ihnen dabei über die Kleider lief.

»Vielleicht sind sie ja bald so betrunken, dass sie vergessen, dass sie uns kochen wollten«, meinte Michael.

»Ja«, sagte Kate. »Vielleicht.«

Die folgende Stunde verging mit Trinken, Singen (vor allem Trinklieder) und einem Tanz, der sehr nach Herumstampfen aussah und den Ast, an dem die Käfige hingen, so sehr in Schwingung versetzte, dass sich Kate und Michael flach auf den Boden legen mussten. Außerdem gab es einen Pupswettbewerb, den ein Riese mit dem passenden Namen Stinke-Bill gewann, obwohl Kate eher auf ein Unentschieden mit einem halben Dutzend anderer Riesen getippt hätte. Dazu kamen viele Keilereien, von denen Big Rog keine ausließ. Er fiel dabei vor allem dadurch auf, dass er seinen Gegnern meist auf den Rücken sprang und ihnen seinen Daumen ins Ohr rammte oder ihnen so lange damit an der Backe riss, bis sie um Gnade winselten.

Kate beobachtete, wie Sally inzwischen die verschiedenen Schafgerichte kochte und in einer großen, runden Form riesigen Lauch mit Möhren, Zwiebeln und Kartoffeln anrichtete.

Das ist für uns, dachte Kate und war insgeheim froh, dass Emma bewusstlos war und von alldem nichts mitbekam.

Sie hörte Willy erst, als er direkt hinter ihnen stand.

»Tut mir wirklich, wirklich leid.«

Der Riese kauerte im Schatten des Baumes, abseits vom Feuer, wo die anderen Riesen tranken und sangen und feierten.

»Kannst du nicht was unternehmen?«, fragte Michael. »Uns hier irgendwie rausholen?«

»Hm, nun«, meinte Willy vorsichtig. »Eigentlich schon, ja, aber das würde den Daumen ziemlich wütend machen.«

»Und was ist mit der Prophezeiung?«, fragte Kate. »Wir sollen doch den Tod vom Land nehmen … Wissen die das nicht auch?«

»Hm, also, das glaube ich nicht. Sind ja schlechte Zeiten. Keiner gibt mehr was auf die alten Geschichten. Die Leute vergessen das alles.«

»Aber du erinnerst dich!«, ließ Michael nicht locker.

»Hm, ja, schon. Aber was nützt es mir, wenn ihr den Tod wegnehmt, und der Daumen hat mich schon umgebracht? Schwer zu entscheiden.«

Sollte Kate ihn einen Feigling nennen, wie das Emma bestimmt getan hätte, wenn sie wach gewesen wäre? Aber das führte doch zu nichts. Sie versuchte es anders.

»Was würde dein Vater sagen, wenn er wüsste, dass du tatenlos zuschaust, wie sie Auflauf aus uns machen?«

»Genau!«, sagte Michael. »Ich wette, er würde sich für dich schämen.«

»Ah, nein«, sagte der Riese und ließ den gewaltigen Kopf hängen. »Meinen Dad darfst du da nicht reinziehen.«

»Du hast aber die Chance«, sagte Kate. »Du könntest etwas tun, auf das er stolz ist.«

»Aber wenn du nichts tust, wird er eher froh sein, dass er schon tot ist und nicht zusehen muss, was für ein Riesenfeigling du bist«, sagte Michael.

Kate fürchtete schon, dass Michael zu weit gegangen war und wollte ihm gerade ein Zeichen geben, weniger dick aufzutragen, als Big Rogs Stimme über die Wiese dröhnte:

»Was soll das heißen, wir dürfen sie nicht essen? Das sind meine Winzlinge! Du kannst froh sein, dass ich dir überhaupt was davon abgebe, du undankbarer Lümmel!«

Kate und Michael drehten sich um. Big Rog, dessen schwarzer Bart vor Bier glänzte, spuckte einem großen, dicken Riesen mit Hängebacken beim Sprechen ins Gesicht und stach ihm mit dem Daumen immer wieder in den Bauch.

»Du willst mir die Feier verderben!«

Der andere Riese hielt beschwörend die Hände in die Höhe. »Das ist doch nur eine alte Geschichte! Ich kenne sie nicht einmal ganz! Ich wollte sie doch bloß erwähnen.«

»Wolltest sie bloß erwähnen!«, feixte Big Rog. »Ich hab jedenfalls nie davon gehört!«

»ABER ES STIMMT!«, rief Kate. »IHR DÜRFT UNS NICHT ESSEN! FRAGT WILLY! ER WEISS BESCHEID! ER SOLL EUCH VON DER PROPHEZEIUNG ERZÄHLEN!«

Als ihn alle Riesen anstarrten, versuchte Willy schnell im Schatten des Baumes zu verschwinden, aber Big Rog packte ihn am Kragen und zerrte ihn ins Helle am Feuer.

»Wovon redet sie da? Was für eine Prophezeiung?«

Willy wedelte mit den Händen vor seinem Gesicht. »Ich weiß nicht! Ich hab keine Ahnung, wovon sie redet!«

»Er lügt!«, brüllten Kate und Michael. »Sag es ihm! Sag ihm, dass dir dein Vater die Geschichte erzählt hat.«

Big Rog lachte. »Ach, so ist das ... noch so eine Geschichte von diesem alten Trottel! Wirklich jammerschade, dass er damals von der Klippe gekippt ist und sich dabei den Schädel eingeschlagen hat. Sonst hätte er uns sicher noch mehr Unsinn erzählt! Ha!«

Kate sah sofort, dass sich etwas an Willy veränderte. Er kniff seine gewaltigen Augen zusammen und straffte die Schultern. Ganz aufrecht stand er jetzt da und wirkte prompt fast einen Meter größer.

»Das waren nicht irgendwelche Geschichten! Mein Dad hat eine Menge Sachen über die alte Welt gewusst. Sachen, die alle vergessen haben. Und wer sagt, dass das Unsinn ist, der lügt!«

Big Rog schnaubte: »Ach, ist das so? Und deswegen soll ich diese Winzlinge auch nicht aufessen?«

»Genau. Richtig.«

Big Rog starrte Willy einen Moment lang an, und Kate befürchtete, dass er ihn auf der Stelle totschlagen würde.

Aber dann wandte sich Big Rog den anderen Riesen zu.

»Also. Hört mal alle her! Jetzt kommt was ganz Besonderes. Während Sally den Schafseintopf kocht und alles für den Auflauf fertig macht, wird uns Willy hier eine Geschichte von seinem guten alten Dad erzählen. Und dass mir keiner dazwischenkichert, denn das ist alles die reine Wahrheit! Jedes einzelne Wort! Und nicht irgendein zusammengereimter Schwachsinn! Ha!«

Willy, der mitten zwischen den kichernden und johlenden Riesen stand, sah zu den Kindern herüber. Kate nickte ihm zu und versuchte, ihm mit den Augen Mut zu machen. Daraufhin wandte sich Willy wieder den betrunkenen Riesen zu und wartete ab, bis sie sich etwas beruhigt hatten.

Michael blickte zu Kate hinüber. »Wenigstens haben wir ein bisschen Zeit gewonnen. Und wir können die ganze Geschichte hören.«

Kate sagte nichts. Sie beobachtete, wie Sally Zwiebeln in den Auflauf schnippelte. Bald würde sie so weit sein.

»Es war nicht immer so wie jetzt.«

Inzwischen war es Nacht geworden und Willy stand vor einem Halbkreis von Riesen im Feuerschein. Zu Kates Überraschung hatten es sich alle Riesen auf Steinen oder auf dem Boden gemütlich gemacht und schenkten Willy nun ihre Aufmerksamkeit. Nur das Gluckern von Bier, wenn einer der Riesen trank, und gelegentliche markerschütternde Rülpser störten die Ruhe.

Emma hatte sich noch immer nicht gerührt.

»Wir haben nicht immer so gelebt wie jetzt. Kaum besser als Tiere. Besoffen. Dreckig. Immer auf der Suche nach etwas zu essen. Riesen waren mal eine angesehene Rasse. Wir haben in der Hohen Stadt gelebt ...«

Willy sagte die Worte »Hohe Stadt« gewissermaßen in Großbuchstaben, bemerkte Kate, und die andern Riesen nickten, als hätten sie alle schon von der Hohen Stadt gehört. Kate fiel auf, dass Willy anders sprach als sonst. Vielleicht erzählte er die Geschichte genau so, wie er sie von seinem Vater gehört hatte, mit den Worten und dem Tonfall seines Vaters.

»Wir alle wissen, wo die Hohe Stadt liegt: im Norden, hinter dem Wald, hinter dem breiten Fluss, den seit tausend Jahren kein Riese mehr überquert hat. Zumindest hat ihn keiner überquert und ist wieder zurückgekehrt. Aber einst haben wir dort gelebt. Es waren goldene Zeiten. Wir Riesen hatten Kultur: Wir machten Musik und liebten Literatur. Wir hatten Schneider, die uns feine Kleidung herstellten, nicht diese zusammengeflickten Lumpen, die wir jetzt tragen. Unsere Schmiede erschufen die besten Werkzeuge und Waffen. Die Geschäfte waren voller Waren. Und es gab die allerbesten Schaf-Plunder der ganzen Welt!«

Die ganze Runde der Riesen seufzte vor Wehmut.

»Und wir hatten auch einen König damals. König Davey der außerordentlich Große. Es heißt, dass er einen Kranz von Wolken wie eine Himmelskrone um den Kopf hatte, wenn er vom Spazierengehen zurückkam. Es war eine goldene Zeit …«

Willy hielt inne, etwas zu dramatisch für Kates Geschmack, aber die Riesen lauschten andächtig. Sie versuchte sich diese Zeit vorzustellen, als die Riesen gebildet waren, feine Kleider und bestes Werkzeug hatten und in einer wunderbaren Stadt lebten. Konnte das sein? Oder war das nur eine Legende, die man sich ausgedacht hatte, um das Selbstbewusstsein zu stärken?

»Aber dann, eines Tages, erhielt der König eine erschreckende Nachricht«, erzählte Willy weiter. »Eine ganze Gemeinschaft von Riesen, die am Rand des Königreichs lebten, war plötzlich zugrunde gegangen. Es hieß, der Himmel sei so voll von kreisenden Bussarden gewesen, dass selbst um die Mittagszeit tiefste Dunkelheit herrschte. König Davey schickte zwei Kundschafter aus, um herauszufinden, was geschehen war, aber sie kehrten nie zurück. Als Nächstes schickte er einen ganzen Trupp Soldaten: zwölf zur Schlacht gerüstete Riesen. Es verging eine Woche. Nur ein Soldat kehrte zurück. Er berichtete dem König, dass der Tod ins Land gekommen sei. Ein Fremder habe ihn mitgebracht. Der Fremde habe ihn am Leben gelassen, damit er dem König eine Botschaft bringen könne.

›Was für eine Botschaft?‹, fragte König Davey.

›Dass der Fremde kommt, um deinen Thron und die Herrschaft über deine Stadt zu übernehmen. Und dass jeder, der sich in zwei Tagen noch innerhalb der Stadtmauern befindet, sterben wird‹, erwiderte der Bote.

Nun, als Erstes schlug König Davey dem Soldaten natürlich den Kopf ab, denn es war ein alter Brauch, den Überbringer von schlechten Nachrichten zu töten.«

Kate war entsetzt, aber die Riesen nickten. Einer von ihnen hob sogar die Hand und fragte: »Hat er ihn aufgegessen?«

Doch die anderen mahnten ihn sofort, still zu sein.

Willy fuhr fort: »Nun lag vor der Stadt ein großes Feld, und genau zwei Tage später sahen die Wachen den Fremden aus der Ferne herankommen. Ein winzig kleiner, dunkler Punkt. König Davey marschierte mit fünfzig riesigen, bis an die Zähne bewaffneten Kriegern hinaus. Es heißt, der Boden hätte noch in tausend Meilen Entfernung gezittert und Städte auf der ganzen Welt seien von riesigen Wellen überspült worden. König Davey führte seine Soldaten vorwärts und wollte den Fremden zerquetschen und seine Knochen in den Staub treten.«

Willy machte wieder eine Kunstpause. Alle Riesen, sogar Big Rog, hingen an seinen Lippen.

»Der Fremde tötete sie. König Davey und alle seine Krieger lagen schneller tot auf dem Feld, als man mit den Augen blinzeln kann. Und das ist die Wahrheit, erzählt von denen, die es von der Stadtmauer aus selbst beobachtet haben. Sie hatten erwartet, dass der Fremde zu Brei zerstampft werden würde, aber stattdessen waren ihr König und alle ihre Soldaten tot und der Fremde kam auf die Stadt zu.

Also sind sie geflohen. Sie verließen ihre Häuser, ließen die Töpfe auf dem Herd stehen, das Schaf erst halb gekocht und die Wäsche halb gewaschen, und als der Fremde die Stadt betrat, schlossen sich hinter ihm die Tore. Seither hat kein Riese mehr die Hohe Stadt betreten. Und in den Jahren, die folgten, sind wir in den jämmerlichen Zustand verfallen, den wir heute sehen. Kaum besser als die Tiere.«

Michael flüsterte: »Und was ist mit der Prophezeiung?«

Doch Willy sprach bereits weiter: »Aber die Riesen, die flohen, hörten die letzten Worte des Fremden. Bevor er die Stadt betrat, sagte er: ›Ich will hier ausharren, bis drei Kinder kommen, die den Tod von diesem Land nehmen.‹«

Willy deutete auf die Käfige.

»Und hier sind sie. Sie sind die ersten Menschen, die hier seit den Zeiten des Fremden vor mehr als zweitausend Jahren aufgetaucht sind. Drei Kinder! Wir dürfen sie nicht aufessen. Das ist unsere letzte Chance, um wieder zu dem zu werden, was wir einst waren.«

Er schwieg und Kate hielt den Atem an. Würde Willys Erzählung ausreichen, um sie zu retten?

»Er muss das Buch des Todes besessen haben«, flüsterte Michael. »Ich meine den Fremden. Anders hätte er die Riesen niemals töten können. Emma hatte recht: Das Buch ist hier.«

Kate wusste nichts dagegen einzuwenden. Aber genau wie Michael zuvor fragte sie sich, wer der Fremde gewesen war. Der grässliche Magnus konnte es nicht sein, denn der suchte ja selbst nach dem Buch Onyx.

»Nun, das ist eine wunderbare alte Geschichte, Willy, mein Junge.« Big Rog stand auf. »Aber wenn du glaubst, dass wir deswegen diese Winzlinge nicht aufessen, dann bist du noch bekloppter, als es dein bekloppter Vater war. Und erinnere mich nachher daran, dass ich dich tüchtig versohle, weil du mir mein Fest versauen wolltest. Nun, Sally, wie steht's mit dem Auflauf?«

»Ihr werdet bald sterben.«

Die Stimme, die das sagte, war bis jetzt noch nicht zu hören gewesen. Sie war zwar nicht laut, aber doch laut genug, dass Big Rog und Willy und ganz besonders auch Kate und Michael, die näher waren und die Stimme gut kannten, sie hörten und sich umdrehten.

Emma stand auf und packte die Gitterstäbe ihres Käfigs.

»Ihr werdet bald sterben«, wiederholte sie.

Emma hörte, dass Kate ihren Namen rief, aber sie sah nicht hinüber. Sie starrte Big Rog an, der an Willy vorbeigegangen war und nun vor Emmas Käfig stand.

»Ach, geht's dir wieder besser? Das ist gut. Denn krank würde ich dich nicht essen wollen. Ich will doch von dir kein Bauchweh kriegen.«

»Heute Nacht wirst du noch nicht sterben«, sagte Emma, als ob der Riese nichts gesagt hätte. »Aber bald.« Dann zeigte sie auf den dicken Riesen mit den Hängebacken, der gerade am Fass stand und seinen Krug auffüllte. »Der dort, der Dicke, der wird heute Nacht sterben.

»Und woher willst du das wissen?«, höhnte Big Rog.

»Ich weiß es einfach. Genau so, wie ich weiß, dass du Willys Dad umgebracht hast.«

Auf der Wiese wurde es unheimlich still. Big Rog beugte sich so weit vor, dass seine knollige Nasenspitze fast die Stäbe von Emmas Käfig berührte.

»Erzähl hier keine Geschichten, die dich noch mehr in Schwierigkeiten bringen, Mädchen. Essen werde ich dich ganz bestimmt. Auf die angenehme Art. In einem Auflauf. Aber wenn du mich ärgerst, könnte ich dich auch roh essen, Stück für Stück.«

Aber Emma konnte beim besten Willen nicht schweigen. Es war, als ob sie auf einem Pfad unterwegs war, der eindeutig und klar vor ihr lag und auf dem es keine andere Richtung als vorwärts gab.

»Du hast dich von hinten an ihn herangeschlichen und ihm mit einem Stein den Schädel eingeschlagen. Dann hast du ihn den Hang hinuntergestoßen und allen erzählt, er sei hingefallen.« Emma sah Sally an, die über der Auflaufform erstarrt war. »Das war deine Idee. Du hast ihn dazu überredet, damit du das schäbige Haus bekommst. Du wusstest, dass dein Dad es Willy vererben wollte.«

Emma merkte, dass Kate und Michael sie anstarrten, aber sie ließ Big Rog nicht aus den Augen.

Und dann tat Big Rog genau das, worauf Emma gehofft hatte.

Er drehte sich um und brüllte die anderen Riesen an.

»Na und? Er war ein alter Nichtsnutz, der zu viel fraß. Und wer hätte mich daran hindern sollen, hä? Ja. So ist es …«

Das war alles, was er sagen konnte, bevor Willy sich auf ihn stürzte. Die anderen Riesen sprangen auf und hatten sogleich einen Ring um die beiden gebildet. Von ihrem Platz oben im Baum hatten die Kinder beste Sicht auf das Geschehen.

Willy hatte seinen Kopf Big Rog direkt in den Bauch gerammt, sodass dieser zusammenklappte. Willy stieß seinen Schwager zu Boden und versetzte ihm Fausthiebe, rechts und links, rechts und links. Es war aber von vornherein klar, dass Willy nicht nur kleiner war, sondern auch kein besonders geschickter Kämpfer. Seine Schläge hatten nicht allzu viel Wirkung. Sobald Big Rog wieder etwas Luft zum Atmen hatte, traf er Willy mit der Faust so hart an der Schläfe, dass dieser zu Boden taumelte.

Big Rog sprang auf die Füße und trat Willy in den Bauch.

»Wenn du das willst, Junge, das kannst du haben! Du kriegst genau das, was auch dein Dad von mir gekriegt hat!«

Er trat ihn wieder und wieder. Big Rogs Gesicht war ganz rot angelaufen. Der gewaltige Riese grinste und aus seinem Mund flog Speichel. Er sah wie ein riesiges, wildes Tier aus. Als Willy keuchend am Boden lag, ging Big Rog zu einem Baum am Rand der Lichtung hinüber, schlang die Arme um den Stamm, rüttelte nach rechts, dann nach links und riss ihn schließlich mit einem gewaltigen Ruck aus der Erde. Willy kam gerade wieder auf die Füße, als ihm Big Rog den Baum über den Schädel zog. Er prügelte weiter mit dem Baum auf Willy ein, während Sally lachend um die Kämpfenden herumlief und ihrem stöhnenden Bruder noch den einen oder anderen zusätzlichen Tritt versetzte.

Emma wurde mit einem Mal von Panik überfallen. Das war nicht richtig! Willy durfte jetzt nicht sterben! So hatte sie es nicht gesehen; sie hätte es sehen müssen, wenn er sterben würde! Oder etwa nicht?

Emmas Käfig wackelte plötzlich. Sie blickte nach oben und konnte für einen Augenblick nicht begreifen, was sie sah. Warum stand Gabriel oben auf ihrem Käfig?

Dann rastete alles in ihrem Kopf wieder ein.

Gabriel war hier, um sie zu retten. Er musste ihnen gefolgt sein, war auf den Baum geklettert und hatte sich von einem höher gelegenen Ast auf Emmas Käfig fallen lassen. Und das war noch nicht alles: Michael und Kate standen schon oben auf dem Ast. Die beiden hatte er schon befreit. Emma hatte sich so auf den Kampf der Riesen konzentriert, dass sie das gar nicht mitbekommen hatte.

Ein, zwei kräftige Hiebe mit dem Messer, dann konnte Gabriel die Klappe im Dach ihres Käfigs aufreißen. Er streckte die Hand herunter und zischte: »Komm! Schnell!«

Emma wusste, dass Kate sie mit der Chronik in Sicherheit bringen würde. Und nun konnte sie nichts mehr aufhalten. Sie kannten den Rest der Prophezeiung und sie wussten über die Hohe Stadt und den Fremden Bescheid. Sie konnten es jetzt alleine schaffen und brauchten Willy nicht mehr.

Sie sah zurück zum Feuer, wo Big Rog weiter auf Willy einschlug.

Dann blickte sie nach oben, wo Michael und Kate auf dem Ast über Gabriel aufgeregt mit den Armen winkten. Sie sagte: »Ich kann Willy nicht im Stich lassen!«

»Wir können ihm nicht helfen«, sagte Gabriel.

Emma wusste das, aber sie war an diesem Kampf schuld, weil sie erzählt hatte, wie Willys Vater gestorben war.

»Ich weiß! Aber ich kann ihn nicht im Stich lassen.«

Gabriels Narbe an der Schläfe pulsierte. Er starrte sie einen Moment lang an, während vom Feuer das Dröhnen der Schläge, Sallys Gelächter und Willys Ächzen herüberdrang.

»Also schön. Aber komm mit mir, für alle Fälle …«

Er sagte nicht, für welchen Fall, aber das wusste Emma auch

so: Falls Big Rog Willy tötete und sie schnell verschwinden mussten. In diesem Augenblick ertönte lautes Gebrüll. Sie drehten sich um und sahen, dass Big Rog den Baum beiseitegeworfen hatte und nun rittlings auf dem stöhnenden Willy saß.

»Also schön, Junge! Wollen doch mal sehen, was passiert, wenn ich den Daumen in dein Auge stecke und dir ein bisschen das Hirn kitzele!«

Er hob die Hand in die Höhe, den riesigen Daumen weit ausgestreckt …

Emma schrie …

Big Rogs Daumen fuhr herunter – und Willy packte ihn. Emma konnte nicht sehen, was dann passierte, weil Big Rogs Körper ihr die Sicht verdeckte, aber sie hörte Big Rog kreischen und sah, wie er versuchte, von Willy wegzukommen. Aber Willy schien ihn nicht loszulassen. Schließlich fiel Big Rog nach hinten. Aus seiner Hand schoss Blut, und Emma sah nur noch einen Stummel dort, wo vorher sein Daumen gewesen war.

»Mein Daumen! Mein schöner Daumen!«

Dann stand Willy auf und spuckte etwas aus. Er bückte sich und hob den Baum auf, den Big Rog weggeworfen hatte.

»Du hast meinen Daumen abgebissen!«

»Stimmt«, sagte Willy. Dann holte er aus. Es machte laut rums und Big Rog stürzte hart zu Boden. Willy blickte zu seiner Schwester Sally, die ins Haus rannte und die Tür zuschlug.

Unter den Riesen war es verblüffend still.

Dann sagte einer: »Er ist tot.«

»Der ist nicht tot.« Willy stieß Big Rog mit dem Fuß an. »Leider.«

»Nein. Jasper ist tot.« Der Riese, der das gesagt hatte, zeigte auf den dicken Riesen mit Backenbart, der ausgestreckt auf dem Boden lag. »Rog hat ihn aus Versehen mit dem Baum getroffen und Jasper ist hingefallen und hat sich den Kopf an einem Stein aufgeschlagen. Das kleine Mädchen hat es gewusst. Sie hat es vorhergesagt.«

Da drehten sich alle Riesen gemeinsam zu den Käfigen um. Emma hatte genau vor Augen, wie die Riesen die Situation sahen: zwei leere Käfige, ein fremder Mensch, der auf dem dritten Käfig stand und ihrem Abendessen gerade dabei half, sich aus dem Staub zu machen. Für einen Augenblick bereute Emma, dass sie nicht geflohen war.

Dann kam Willy ganz ruhig über die Wiese gelaufen und streckte seine Hand aus.

»Nun, kleine Leute, wollt ihr mit mir zur Hohen Stadt gehen?«

Sein Mund war vom abgebissenen Daumen noch ganz blutig, aber Emma fand, dass er edel aussah.

»Ja«, antwortete sie für sie alle. Nun erst ließ sie sich von Gabriel aus dem Käfig ziehen. Willy setzte Michael und Kate auf seine linke Schulter und streckte dann Gabriel und Emma die Hand entgegen.

»Ich bin froh, dass du nicht tot bist«, sagte er zu Gabriel. »Entschuldige, dass ich dir eins auf den Ömmel gegeben habe.«

Gabriel nickte und steckte sein Schwert ein.

Als Gabriel und Emma auf seiner rechten Schulter saßen, drehte sich Willy zu den anderen Riesen um.

»Ich gehe jetzt mit den kleinen Leuten zur Hohen Stadt. Wir sehen nach, ob dieser Fremde immer noch da ist – und ob sich diese Prophezeiung erfüllt. Hat irgendwer was dagegen?«

Keiner sagte etwas.

»Also gut.« Damit stapfte Willy in die Dunkelheit hinaus.

Emma spürte, wie Gabriel den Arm um sie legte, und stieß einen langen, bebenden Seufzer aus.

»Tut mir leid, dass es so lange gedauert hat, bis ich euch gefunden habe«, sagte Gabriel.

»Ist schon gut. Du bist hier.«

»Woher wusstest du, dass der Riese sterben würde?«

»Ich habe gesehen, dass der Tod über ihm hängt. Wie ein Schatten. Genau wie über Big Rog. Gabriel?«

»Ja?«

»Wäre es schlimm, wenn wir darüber jetzt nicht reden?«

Gabriel machte eine beschwichtigende Geste und sie gingen schweigend weiter. Emma hielt den Blick nach vorn gerichtet, weil sie weder Gabriel noch ihren Bruder und ihre Schwester auf der anderen Schulter des Riesen ansehen wollte. Weil sie die Schatten nicht wieder sehen wollte, die trotz der Dunkelheit über jedem von ihnen hingen.

KAPITEL II

Die verlorene Stadt

Willy trug die Kinder durch die Dunkelheit. Dann, nachdem sie schon einige Stunden wie auf gewaltigen Ozeanwellen geritten waren – Kate und Michael auf der einen, Gabriel und Emma auf der anderen Schulter des Riesen –, hielten sie am Ufer eines Flusses an. Jenseits der dunklen Wasserfläche sahen sie weitere Hügel und etwas, das wie ein Wald aussah. Der Fluss mochte vielleicht eine viertel Meile breit sein.

»Seit Tausenden von Jahren hat kein Riese mehr diesen Fluss überquert«, sagte Willy. »Am besten schlagen wir hier unser Lager auf und gehen hinüber, wenn's hell ist. Ihr kleinen Leute könnt sicher etwas Ruhe vertragen. Ich auch. Das zehrt schon ein bisschen, wenn man den größten Riesen des Landes besiegt, das muss ich schon sagen.«

Er setzte sie ab und ging los, um Brennholz zu sammeln. Bald prasselte »ein klitzekleines Feuerchen«. Zumindest nannte Willy es so, auch wenn es den Kindern wie ein gewaltiges Inferno vorkam. Der Riese verteilte Happen von den Schaf-Spießen, die er bei Big Rogs Fest in seine Taschen gesteckt hatte. Als sie den Dreck und die Schafwolle abgekratzt hatten, fanden die Kinder die Spieße erstaunlich lecker.

»Oh ja«, meinte der Riese. »Sally ist zwar ein böses, vatermordendes Aas, aber mit Schafen kennt sie sich aus, das muss man ihr lassen.«

Die Kinder und Gabriel waren zwar erschöpft, aber fast ausgehungert. Während sie aßen, übte Willy mit seinem Schwert. Er war, kurz nachdem sie aufgebrochen waren, noch einmal zurückgekehrt, um die Waffe aus seinem Zimmer zu holen.

»Könnte sein, dass man so etwas braucht«, hatte er gesagt.

Das Schwert war ein furchterregendes Ding, die Klinge allein an die sechs Meter lang, aber es war offensichtlich mit großer Kunstfertigkeit geschmiedet worden.

»Es ist ein Überbleibsel aus der alten Welt. Mein Dad hat es mir gegeben.« Und er fügte unnötigerweise an: »Bevor er ermordet wurde.« Aber es war offensichtlich, dass Willys Dad ihn nie gelehrt hatte, wie man ein Schwert führte, und nun hüpfte der Riese herum, hieb in die Dunkelheit und brüllte dabei »Ahhh-YAAA!« und »HAB DICH!«, als wollte er seine imaginären Gegner nicht verwunden, sondern eher zu Tode erschrecken.

Gabriel berichtete den Kindern inzwischen, wie er sich schon kurz nach seiner Gefangennahme durch Willys Tasche geschnitten hatte und durch das Loch auf den Boden gesprungen war.

»Hast du dann nach deinem Schwert gesucht?«, fragte Emma. Die Waffe lag neben ihm im Gras. »Willy hat das Ding nämlich meilenweit weggeschleudert. Das weiß ich noch.«

»Nein. Als ich entkommen bin, dachte ich nur an das Schwert, und da hatte ich es schon in der Hand. Ganz ähnlich ist es auch in der Festung des grässlichen Magnus zugegangen. Rourke hatte es mir entrissen, aber als ich es brauchte, hatte ich es plötzlich wieder.«

»Du meinst, es ist verzaubert?«, fragte Michael ehrfürchtig und betastete die glatt geschliffenen Knochen am Schwertheft.

Da erzählte Gabriel ihnen, wie Granny Peet ihm das Schwert als Ersatz für sein altes Schwert gegeben hatte, das er im Vulkan verloren hatte, und dass sie ihm gesagt hatte, dass er dieses nicht verlieren würde. »Damals habe ich mir nichts dabei gedacht, aber es steckt mehr Macht in diesem Schwert, als man sieht.«

»Typisch Granny Peet«, meinte Emma anerkennend. »Die ist schwer in Ordnung.«

Gabriel erzählte weiter, er sei den Rest des Tages den riesigen Fußabdrücken gefolgt und kurz nach dem Beginn des Festmahls am Haus des Riesen angelangt.

»Ich bin vielleicht froh, dass du uns eingeholt hast«, meinte Michael. »Obwohl ich mir eigentlich nie wirklich Sorgen gemacht habe. Ich wusste noch ein paar Tricks, die ich ausprobiert hätte.«

»Das ist sehr beruhigend«, antwortete Gabriel.

»Und dir geht's wirklich gut?«, fragte Kate ihre Schwester zum neunten Mal, seit sie Big Rog entkommen waren.

»Na klar. Bestimmt.«

Emma sah Kate bei dieser Antwort nicht an, weil sie wusste, dass sie über ihr, über Michael und über Gabriel wieder die Schatten sehen würde. Nicht so grauenerregend wie über dem übergewichtigen Riesen Jasper, der sich den Kopf aufgeschlagen hatte, oder über Big Rog. Aber die Schatten waren trotzdem da, und sie wusste, dass der Tod auf sie wartete. Sie wusste allerdings nicht, wie viel Zeit ihr noch blieb, um sich und ihre Geschwister zu retten. Ein Tag? Zwei Tage? Viel Zeit war es jedenfalls nicht. Emma spürte ganz tief in ihrem Innern, dass ihre einzige Hoffnung war, das Buch Reckoning zu finden und den grässlichen Magnus zu töten.

»Wie konntest du wissen, dass der Riese sterben würde?«, fragte Michael, während er an einem ungeheuren Brocken Fleisch nagte.

»Ich wusste es einfach«, sagte Emma und hoffte, das Thema damit abzuhaken.

»Aber was ist mit Willys Dad? Woher wusstest du, was Big Rog getan hatte?«

»Das war anders. Das habe ich in meinem Kopf gesehen. Wahrscheinlich bin ich jetzt auch noch durchgeknallt.«

»Seltsam«, sagte Michael. »Aber es scheint mir offensichtlich, dass diese Fähigkeit etwas mit dem Buch Reckoning zu tun hat. Du siehst den Tod von Leuten voraus und bist gleichzeitig die Hüterin des Buchs des Todes. Du musst eine Verbindung zu dem Buch haben. Die logische Erklärung dafür wäre das Verbindungsritual, das der grässliche Magnus vorgenommen hat.«

»Aber mir geht's bestens!«, behauptete Emma. »Wirklich! Alles prima! Besser als normal!«

Das stimmte zwar nicht, aber es beruhigte die anderen.

»Und warum bist du dann in Willys Zimmer in Ohnmacht gefallen?«, fragte Michael.

»In Cambridge Falls«, sagte Kate, »hat mir die Chronik noch Visionen und Träume geschickt, obwohl wir sie verloren hatten. Weil ihre Magie auf mich übergegangen war. Etwas von der Macht des Buchs Reckoning muss schon jetzt in dir sein.«

Emma ließ sich das durch den Kopf gehen. Bei dem Gedanken, dass ein Teil der Magie schon in ihr sein könnte, war ihr nicht ganz wohl.

»Es ist schon merkwürdig«, meinte Michael. »Überlegt mal, was wir alles auf uns nehmen, um dieses Buch zu finden. Dabei wissen wir praktisch nichts darüber.«

»Doch, das tun wir«, sagte Emma. »Es tötet Menschen.«

»Ich meine, zum Beispiel, warum es das Buch Reckoning genannt wird. Das muss doch etwas bedeuten, oder?«

Emma stöhnte, aber Michael war wieder in seiner Lasst-uns-das-mal-überdenken-damit-man-sieht-wie-klug-ich-bin-Stimmung.

»Überlegt mal. Reckoning, das kann auch etwas mit Schuld zu tun haben, oder einer Abrechnung. Vielleicht sollst du urteilen, wer leben darf und wer sterben muss.«

»Solange dabei der grässliche Magnus getötet wird, soll's mir recht sein«, sagte Emma.

Sie sah, dass Michael Kate einen Blick zuwarf, wie ihn Emma nur zu gut kannte. Dieser Blick sollte besagen, dass Emma noch ein kleines Kind war und dass man nicht von ihr erwarten konnte, dass sie die Überlegungen von Erwachsenen ernst nahm. Emma hätte ihre Geschwister am liebsten daran erinnert, dass keiner von ihnen sie vor dem Ende als Auflauf gerettet hatte, sondern dass sie, Emma, es gewesen war, die Willy dazu gebracht hatte, gegen Big Rog zu kämpfen, aber sie war müde, und Michael war ohnehin schon dabei, Pläne zu schmieden.

Er sagte, sie müssten so viel wie möglich in Erfahrung bringen, bevor sie am folgenden Tag die Riesenstadt betraten. Er brachte das Gespräch auf die Geschichte von Willys Dad.

»Wer auch immer dieser dunkle Fremde war, er muss das Buch des Todes gehabt haben. Wie hätte er sonst die Riesen töten können?«

An dieser Stelle mussten sie ihre Diskussion kurz unterbrechen, um Emma, die nur das Ende der Geschichte mitbekommen hatte, auf den neuesten Stand zu bringen.

Dann fuhr Michael fort: »Die Frage ist also, wer ist dieser Fremde? Der grässliche Magnus kann es nicht sein; er sucht immer noch nach dem Buch. Es könnte einer der Wächter sein. Bert dachte, nur wenigen sei die Flucht aus Rhakotis geglückt. Aber er könnte sich natürlich irren. Wenn wir für einen Moment etwas weiter zurückgehen ... «, Michael zog sein Tagebuch heraus und tippte mit dem Stift auf die aufgeschlagene Seite. »Es waren drei Bücher. Sie wurden im Turm der Zauberer in Rhakotis aufbewahrt. Alle verschwanden, als Alexander der Große mit der Hilfe des grässlichen Magnus die Stadt einnahm. Wir wissen, dass Dr. Pym die Chronik zu den Zwergen nach Cambridge Falls brachte. Bert nahm das Buch Rubyn mit in die Antarktis. Das Buch des Todes verschwand einfach. Willy sagt, der Fremde sei vor mehr als zweitausend Jahren erschienen, was nahelegt, dass er das Buch während der Belagerung aus Rhakotis weggebracht hat. Es könnte also einer der Wächter gewesen sein. Oder einer der Zauberer aus Dr. Pyms Rat.«

»Oder jemand völlig anderes«, sagte Gabriel. »Jemand, von dem wir überhaupt noch nicht gehört haben.«

»Genau«, sagte Michael. »Ein Unbekannter. Ein Faktor x.«

Emma sah, dass ihrem Bruder das mit dem Faktor x besonders gefiel. Er wiederholte sogar: »Jep. Ein richtiger Faktor x.«

»Wer immer der Fremde auch ist«, sagte Kate. »Glaubt ihr, dass er noch am Leben ist? Dr. Pym hat immerhin Tausende von Jahren gelebt. Und auch dieser Bert, den ihr getroffen habt, war noch am Leben.«

»Aber das lag am Buch des Lebens«, sagte Michael. »Das Buch Reckoning ist das Buch des Todes.«

»Aber wenn es einer von den Zauberern ist«, meinte Gabriel, dann könnte er ebenso wie Dr. Pym mit dem Buch des Lebens Kontakt gehabt haben. Er könnte all die Zeit in dieser Stadt gewartet haben.«

»Das ist natürlich eine Möglichkeit, Gabriel«, räumte Michael etwas überheblich ein. »Aber woher weiß er dann über uns drei Bescheid? Die Prophezeiung, dass wir die Bücher finden werden, wurde erst tausend Jahre nach dem Fall von Rhakotis ausgesprochen.«

»Wie kannst du dir das bloß alles merken?«, fragte Emma.

Michael hielt sein Tagebuch in die Höhe. »Ich habe einen Zeitstrahl aufgestellt.«

Emma stöhnte. Und für einen Augenblick vergaß sie die drohenden Schatten über ihren Geschwistern und ihrem Freund. Sie vergaß den Teil von ihr, der seit dem Ritual vielleicht fehlte, und auch die Frage, wie das Buch des Todes funktionierte und warum es das Buch Reckoning genannt wurde. Stattdessen gestattete sie sich den Gedanken, was für ein hoffnungsloser Streber Michael doch war. Und schon ging es ihr bedeutend besser.

»Willy«, rief Kate. »Weißt du, ob der Fremde immer noch in der Stadt ist? Ob er noch lebt, meine ich?«

Willy kam ans Feuer und ließ sich dort im Schneidersitz nieder. Er schwitzte und atmete schwer vom Üben mit dem Schwert. Emma dachte, dass er, mochte er auch noch so groß sein, nicht besonders gut in Form war.

»Also, Evelina …«

Gabriel warf Emma einen fragenden Blick zu, und sie flüsterte: »Wir haben ihm falsche Namen gesagt. Das war meine Idee.«

»… das ist eine schwierige Frage, weil seit Tausenden von Jahren niemand mehr in der Stadt gewesen ist. Nur wenige Riesen sind auch nur bis hier gekommen …«

»Aber?« Emma wusste immer, wenn jemand auf ein Aber zusteuerte.

»Es hat Gerüchte gegeben.«

»Was für Gerüchte?«, fragte Michael.

»Gerüchte, dass etwas lebt in der Stadt. Vielleicht der Fremde. Vielleicht etwas, das der Fremde mitgebracht hat. Oder etwas anderes. Dunkle Magie zieht nämlich andere dunkle Wesen an, müsst ihr wissen.«

»Aber es gibt Gerüchte, dass etwas dort lebt«, sagte Kate.

»Gab Gerüchte. In den letzten Jahren kaum noch. Die kurze Antwort ist also: Vielleicht.«

Er schien mit seiner Antwort sehr zufrieden, obwohl er damit eigentlich nur noch mehr Fragen aufgeworfen hatte.

»Wir sollten ein bisschen schlafen«, sagte Gabriel. »Morgen wird ein langer Tag.«

Willy bot an: »Ich werde Wache stehen. Oder sitzen, wenn es euch nichts ausmacht. Meine Beine sind ziemlich müde. Ist eine ziemliche Plackerei mit dem Tod-vom-Land-Nehmen.«

Die Kinder legten sich neben das Feuer. Michael legte den

Kopf auf seine Tasche und Kate schlang die Arme um Emma, ohne diese zu fragen. Gabriel machte es sich etwas abseits bequem, zog sein Schwert und legte es griffbereit neben sich, für alle Fälle. Emma war froh, dass die Unterhaltung beendet war. Sie war erschöpft. Morgen würden sie herausfinden, was sie auch immer erwartete.

Kate wachte auf. Das Feuer war von Feuerwerksgröße auf ein menschliches Maß heruntergebrannt. Am Himmel kündigte sich das Morgengrauen an. Emma und Michael schliefen noch; Emma hatte die Hände zu Fäusten geballt und zuckte und wimmerte ab und zu. Gabriel – den Kate, wie ihr auffiel, noch nie anders als wachsam und kampfbereit gesehen hatte, schlief mit der rechten Hand auf dem Heft seines Schwerts. Sie wusste, dass Gabriel nach Emmas Entführung ohne Pause nach ihr gesucht hatte, und war froh, dass auch er sich einmal etwas Ruhe gönnte. Dass sie Willy schlafen sah, machte sie weniger froh. Der Riese lag auf der Seite und schnarchte laut, während der Speichel, der aus seinem Mundwinkel lief, den Boden aufweichte.

So viel zum Thema Wache, dachte sie sich.

Kate nahm behutsam den Arm von Emma und stand auf. Sie ging aus dem Lichtkreis ins Dunkel der umstehenden Bäume. Nach vielleicht einem Dutzend Schritten blieb sie stehen. Ihre Geschwister und Gabriel konnte sie von hier immer noch neben dem Feuer schlafen sehen.

Sie drehte sich um und spähte ins Dunkel.

»Komm heraus.«

Einen Augenblick lang blieb es still. Dann sagte jemand: »Woher wusstest du es?«

Rafe oder Rafes Geist – sie war sich da immer noch nicht sicher – trat hinter einem Baum hervor. Sein Gesicht lag im Schatten.

»Ich habe es einfach gespürt.«

Das war nicht ganz die Wahrheit. Eigentlich hatte sie nur gehofft, dass er da sein würde, aber sie hatte es so inständig gehofft, dass es sich wie die Wirklichkeit angefühlt hatte.

Kate sagte: »Musst du mir nicht sagen, dass du es wirklich bist?«

Er zuckte die Achseln. »Was hat das für einen Sinn? Würde der grässliche Magnus nicht dasselbe sagen, wenn er sich für mich ausgibt?«

»Ich denke schon.«

Rafe kam näher; nun fiel graues Morgenlicht durch die Bäume auf sein Gesicht.

»Und?«

Kate musterte ihn für einen langen Augenblick. »Du bist es.«

»Bist du sicher?«

Kate wollte schon antworten, als ihr klar wurde, dass sie nicht wirklich sicher war. Sie wusste nur, dass sie es glauben wollte. Und bei diesem Gedanken wusste sie, dass sie verloren war.

Aber sie schob diese Gedanken fort und erzählte, was ihr die ganze Nacht durch den Kopf gegangen war.

»Wir gehen in die alte Stadt der Riesen. Wir glauben, dass jemand das Buch Reckoning aus Rhakotis mitgenommen und dann dort hingebracht hat. Vielleicht ist er noch dort. Wir wissen nicht, was uns erwartet. Und jetzt, da Dr. Pym fort ist, können wir niemanden mehr fragen. Kannst du uns vielleicht helfen?«

Rafe schüttelte den Kopf. »Der grässliche Magnus weiß nicht, wo das Buch des Todes ist. Wenn er es wüsste, dann wäre es leichter zu finden.«

Kate nickte. Eine solche Antwort hatte sie schon fast erwartet.

»Emma kann den Tod von Leuten vorhersehen. Sie sagte, dass dieser eine Riese sterben würde, und so ist es geschehen. Hat das …«

»Es bedeutet, dass die Verbindung funktioniert. Zumindest teilweise. Sie ist mit dem Buch Reckoning verbunden. Und wenn sie ihm näher kommt, wird sie das Buch selbst spüren. Es wird sie rufen.«

Beide schwiegen für eine Weile. Kate hörte den Riesen im Hintergrund schnarchen, das Feuer knisterte und der Fluss plätscherte ganz in der Nähe. Die erste Aufregung, Rafe wieder zu sehen, das jähe Herzklopfen angesichts der Möglichkeit, mit ihm zu sprechen, hatte sich gelegt, und sie konnte den Austausch mit ihm ein wenig genießen. Der Rafe ihrer Erinnerung, der Junge, mit dem sie getanzt hatte, der sie beschützt und in seinen Armen gehalten hatte, war für immer verloren. Sie sprach mit einem Geist. Und irgendwann, sehr bald schon, würde sie auch ihn verlieren.

Sie spürte, dass Rafe wusste, woran sie dachte, ohne ihn darum zu beneiden. Er verstand ihre Zurückhaltung und forderte deshalb nicht mehr, als sie zu geben bereit war. Sie begriff, dass sie sich genau deswegen sicher war, dass er der echte Rafe war.

»Da ist noch etwas. Ich kann es nicht erklären, aber seit wir Emma gerettet haben, ist mir …«

Und zu ihrer Enttäuschung musste sie feststellen, dass sie es nicht wirklich erklären konnte. Wie sollte sie das diffuse Unbehagen beschreiben, das sie befallen hatte? Das Gefühl, dass sich eine unbekannte Gefahr regte?

»Das sind die Bücher«, sagte Rafe leise.

»Was?«

»Das, was du fühlst. Es sind die Bücher.«

»Wovon redest du?«

Rafe zögerte kurz, bevor er antwortete. Aber als er sprach, wusste Kate, dass er auf diese Frage gewartet hatte.

»Du musst wissen, dass die Zauberer – euer Freund Pym mit eingeschlossen – beim Erschaffen dieser Bücher die Magie aus dem innersten Herzen der Welt zogen. Die Bücher sind jedoch gleichzeitig mit allem um uns herum verbunden. Stell sie dir einfach als Zentrum eines großen Netzes vor. Und jedes Mal, wenn du die Chronik benutzt, oder dein Bruder das Buch Rubyn, dann zittert das ganze Netz.«

»Aber was bedeutet das?«

»Du und dein Bruder, ihr denkt, dass das, was ihr tut, keine große Wirkung hat. Das hat es aber. Wenn du die Zeit anhältst oder er jemanden ins Leben zurückholt, dann strahlt diese Macht aus, erzeugt Wellen und bringt alles durcheinander. Das ist es, was ihr fühlt. Und es wird schlimmer werden.«

»Also sollten wir sie nicht mehr benutzen? Das müssen wir aber!«

»Ich sage nur: Die Bänder, die das Universum zusammenhalten, sind nur begrenzt belastungsfähig. Irgendwann werden sie reißen.«

Kate wandte sich ab. Sie wollte nichts mehr davon hören. Sie brauchte die Chronik, um sie alle wieder nach Loris zurückzubringen. Sie musste das Buch benutzen!

»Und da ist noch etwas«, sagte Rafe. »Das Buch Reckoning

ist nicht zufällig hierhergebracht worden. Man hätte es auch an tausend anderen Orten verstecken können, in Drachenhöhlen oder am Grund des Ozeans. Dieser Ort ist etwas Besonderes.«

»Willy hat nichts davon gesagt …«

»Es ist unwahrscheinlich, dass er das weiß. Ich habe das Gefühl, dass das ein Geheimnis ist. Sei vorsichtig.«

Der Himmel wurde langsam heller. In einer anderen Zeit, an einem anderen Ort hätten sie zwei ganz gewöhnliche Teenager sein können, die im Schatten beisammenstanden.

Kate sagte leise: »Ich hatte letzte Nacht einen Traum. Wir waren in der Kirche. In New York. Es schneite.« Sie drehte sich um und sah ihn an. »Rafe, beim nächsten Mal, wenn ich weiß, dass es nicht du bist …«

Sie atmete schwer und ihr Herz pochte heftig. Die Worte blieben ihr im Hals stecken.

Er nickte. »Ich weiß. Ich auch.«

Nach einem kurzen Frühstück mit mehr Schaffleisch überquerte die kleine Gruppe den Fluss. Die Kinder und Gabriel ritten wieder auf Willys Schultern und er watete durch das trübe, braune Wasser. Sie erreichten das andere Ufer und betraten den Wald. Hier war es merkwürdig still, beinahe unheimlich. Obwohl es früh am Morgen war, hörte man keine Vögel singen. Im Geäst huschten auch keine Eichhörnchen umher. Alles war still, und die Kinder, die es bemerkten, verstummten ebenfalls.

Emma war vor Gabriel und Michael aufgewacht und hatte gesehen, dass Kate nicht da war. Sie war liegen geblieben, ohne sich zu rühren, bis sie Kates Schritte hörte.

»Wo warst du?«, hatte sie gefragt.

Kate hatte sich ertappt gefühlt. Emma hatte den Eindruck gehabt, dass ihre Schwester sich eine Lüge zurechtlegte.

»Oh, ich dachte, ich hätte ein Geräusch gehört. Aber da war nichts.«

Emma hatte nicht weiter nachgehakt. Im Morgenlicht war der Schatten, der über ihrer Schwester hing, dunkler denn je gewesen.

Gabriel war von den Stimmen der Schwestern aufgewacht. Zu dritt hatten sie Michael geweckt – und dann hatten sie alle gemeinsam versucht, den Riesen wach zu bekommen. Zuerst hatten sie vergeblich gerufen, ihn gezwickt und in den Bauch getreten. Dann hatte Emma einen brennenden Ast aus dem Feuer gezogen und ihm in die Nase gesteckt.

Der Riese hatte so heftig geniest, dass es sie umwehte, und war aufgesprungen und herumgehüpft, wobei er sich ins Gesicht geschlagen und laut »Oh! Oh! Oh!« gerufen hatte. Kate hatte mit Emma geschimpft und Emma hatte sich beim Riesen entschuldigt. Aber eigentlich, dachte sie, war diese Art des Weckens nur eine kleine Strafe dafür, dass er bei der Wache eingeschlafen war. In manchen Armeen hätte man ihn erschossen.

Der Wald war dicht, aber Willy war so groß, dass die Kinder und Gabriel beim Ritt auf seinen Schultern nicht von Ästen und Dornen gestreift wurden. Willy schien nicht weiter auf die Bäume zu achten, und als Emma zurückblickte, sah sie hinter ihnen eine Spur aus abgerissenen Ästen und zertrampelten Baumschösslingen. Falls ihnen jemand folgen wollte, hätte man es ihm kaum leichter machen können.

Der Morgen war schon fortgeschritten, als sie auf eine Anhöhe kamen und Willy in die Ferne zeigte und rief: »Dort! Dort ist es!«

»Du meinst, hinter diesen Hügeln?«, fragte Michael.

»Das sind keine Hügel, Froschmaul. Das ist die Stadt.«

»Ich heiße …«

»Froschmaul«, sagte Emma automatisch.

Michael murmelte etwas Unverständliches.

Von ihrem Standpunkt aus konnten sie sehen, wo der Wald endete und in eine weite Ebene überging. Jenseits der Ebene lag, was Michael für eine graue Hügelkette gehalten hatte. Jetzt konnte man sehen, dass es sich um eine riesige, grauschwarze Mauer handelte, über der Dächer in den Himmel ragten. Emma sah ein Gebäude, das höher aufragte als die anderen und dessen Dach in der Morgensonne glänzte.

»Wenn mich nur mein Dad jetzt sehen könnte«, murmelte Willy. »Die Hohe Stadt von König Davey. Erstaunlich, was man alles finden kann, wenn man die Nase vor die Tür streckt. Wirklich erstaunlich.«

»Emma«, fragte Kate, die neben ihrer Schwester saß, »fühlst du etwas?«

»Wie meinst du das?«

»Sie meint, ob du das Buch Reckoning fühlst!«, rief Michael von Willys anderer Schulter herüber, wo er mit Gabriel saß. »Wir beide haben unsere Bücher gefühlt, als wir in ihre Nähe gekommen sind. Fast so, als würde einen jemand an der Brust ziehen.«

Emma starrte auf die ferne Stadt und wartete. Sie wagte kaum zu atmen. Aber sie spürte kein Ziehen, nur ein leichtes Unwohlsein, weil sie zu viel Hammelfleisch gegessen hatte und dann stundenlang auf der Schulter eines Riesen geritten war.

»Ich spüre nichts.«

»Das muss aber nicht heißen, dass es nicht da ist!«, rief Michael. »Vielleicht müssen wir nur näher herankommen!«

Emma sagte nichts, und Willy, der es kaum erwarten konnte, die Stadt zu erreichen, trampelte den Hügel hinunter. Bald ließen sie den Wald hinter sich und kamen auf die weite Ebene. Willy ging immer schneller und die Kinder und Gabriel mussten sich gut festhalten. Etwa auf halbem Weg kamen sie an eine Gruppe sehr ungewöhnlich aussehender Bäume und Willy verlangsamte den Schritt. Es schienen nur moosbewachsene Stämme ohne Äste zu sein, die in seltsamen Biegungen und Winkeln aus der Erde ragten. Die Stämme waren von mit Moos und Gras bedeckten, merkwürdig geformten Steinblöcken umgeben.

»Das sind Knochen«, sagte Michael, als sie direkt davor standen. »Die Knochen der getöteten Riesen.«

Es war wirklich ein gewaltiger Friedhof; die vermeintlichen Bäume waren die Rippen der Riesen, die moosbedeckten Steine ihre Schädel, Hände, Knie und Schienbeine. Schweigend gingen Willy, Gabriel und die Kinder an den Riesenskeletten vorbei.

Schließlich sagte Kate: »Es ist wirklich wahr. König Davey und seine Krieger sind dem Fremden entgegengezogen – es ist wirklich so geschehen, wie es erzählt wird.«

Sie kamen an ein Skelett, das etwas abseits der anderen lag. Dieser Riese war im Sterben auf den Rücken gefallen. An seinem Schädel konnte man über den Augenhöhlen noch die Wölbung der moosbedeckten Krone erkennen.

»Das ist er«, sagte Willy, so nah er einem Flüstern kommen konnte. »König Davey. Schaut nur, seine Knochen! Er muss fünfzehn Meter groß gewesen sein! Noch größer als Big Rog!«

Emma war für einen Augenblick verstummt. Sie wollte es nicht aussprechen, aber der Anblick der Knochen der toten Riesen versetzte sie so sehr in Begeisterung, dass ihr fast schwindlig wurde. Wenn das Buch Reckoning das geschafft hatte, dann konnte es auch den grässlichen Magnus töten.

»Auf geht's«, sagte sie. »Worauf warten wir noch! Los!«

»Du meinst ... wir sollen zur Stadt gehen?«

Aus Willys Stimme war plötzlich aller Eifer gewichen, und Emma sah, dass auch Kate fassungslos und ängstlich dreinblickte.

»Natürlich zur Stadt! Wohin sonst?«, sagte sie. Und zu Kate gewandt fügte sie hinzu: »Das Buch Reckoning ist unsere einzige Möglichkeit, den grässlichen Magnus zu töten! Das weißt du!«

Kate nickte.

Mit sichtlichem Widerwillen machte sich Willy auf den Weg zur Stadt, warf ab und zu einen Blick zurück auf die Überreste von König Davey und seinen Soldaten und murmelte Dinge wie: »Ob ich zu Hause den Teekessel vom Feuer genommen habe?« Trotzdem ging er weiter.

Je näher sie der Stadt kamen, desto größer sah sie aus. Ihre Mauern dehnten sich immer weiter bis auf eine Breite von einer halben Meile und hatten eine Höhe von etwa hundert Metern. Selbst Willy wirkte im Vergleich zu diesen gewaltigen Mauern winzig, als er vor dem Stadttor anhielt.

»Mann,«, sagte er und blickte nach oben. »Sie ist wirklich riesig.«

Die Mauern bestanden aus schweren, grauschwarzen Steinblöcken, die mit großer Fertigkeit und Präzision aneinandergefügt waren. Allein die Tatsache, dass sie nach so vielen Jahrhunderten noch standen, zeugte vom Können der Erbauer – wenn auch von einigen Blöcken große Stücke abgeplatzt waren und ein dichtes Netz von Ranken das Ganze überwucherte.

Die hölzernen Torflügel waren ebenso hoch wie die Mauer und erschienen – wohl dank einer besonderen Behandlung – fest und kaum verwittert. Willy legte behutsam eine Hand ans Tor und drückte. Das Tor bewegte sich etwa einen Meter weit und stoppte dann. Er drückte fester, das Tor schwang wieder etwas weiter auf. Schließlich setzte er die Kinder und Gabriel auf dem Boden ab, trat zwei Schritte zurück, um Schwung zu nehmen, und rammte dann seine Schulter gegen das Holz. Die Kinder hörten etwas reißen und auseinanderschnappen. Emma sah, dass sich auf der Innenseite seltsame silbergraue Bänder lösten. Dann schwang das Tor weit auf.

Willy rappelte sich vom Boden auf, hob die Kinder und Gabriel wieder auf seine Schultern und trat durchs Tor. Durch eine Säulenhalle kamen sie auf einen weiten Platz. Vor ihnen führte eine breite, mit Steinplatten gepflasterte Prachtstraße ins Stadtzentrum. Nach jeder Seite zweigten kleinere Straßen ab. Die Gebäude vor ihnen waren unbeschreiblich hoch und massiv. Für die Kinder war das, was sie sahen, nicht leicht zu begreifen. Es kam ihnen beinahe so vor, als wäre die Stadt normal und nur sie selbst seien auf die Größe von Insekten geschrumpft.

Dabei war es gar nicht die schiere Größe der Stadt, die den Kindern das Herz im Hals schlagen ließ. Das Bemerkenswerteste war, dass alles – Straßen, Häuser, Mauern und selbst die gewaltigen Straßenlaternen – von denselben silbrig-grauen Bändern überzogen war, die auch das Tor versperrt hatten. Es sah beinahe wie ein Gewebe aus, oder wie …«

»Das sind Spinnweben!«, sagte Emma.

»Das ist… das ist doch nicht möglich!«, rief Michael. Er hatte fürchterliche Angst vor Spinnen, seit er denken konnte, und schrie sogar, wenn er auf einen der harmlosen Weberknechte stieß, die Emma ihm immer wieder »aus therapeutischen Gründen« ins Bett legte. »Die müssen ja …«

»Riesen sein«, sagte Willy. »Riesenspinnen. Ganz genau.«

»Hast du das gewusst?«, fragte Kate.

»Na, ich wusste natürlich nicht, dass sie die Stadt übernommen haben. Aber damals, zu König Daveys Zeiten, da war alles riesig. Es gab Riesenschafe, Riesenkühe und Riesenhühner. Die königlichen Magier haben dafür gesorgt. Sie haben sozusagen alles in den richtigen Maßstab gebracht. Anders konnte man ja eine Stadt voll großer Leute nicht satt kriegen. Das Problem war, dass mit dem Zauberspruch nicht nur Hühner und Schafe groß wurden.«

»Sondern beispielsweise auch Spinnen«, sagte Emma.

»Die meisten Riesentiere sind ausgestorben oder vor langer Zeit schon aufgegessen worden. Deswegen müssen wir ständig sehen, wo wir etwas zu essen herkriegen. Sieht aber so aus, als ob die Spinnen überlebt haben.«

Einen Augenblick lang starrten alle auf die spinnwebenüberzogene Stadt. Hier und da hatten sich Stränge gelöst und wurden im Wind umhergeweht.

»Aber wo sind sie?«, fragte Emma.

»Außer den baumelnden Netzen regte sich nichts. Es lagen auch keine toten Spinnen herum.

»Vielleicht sind sie ja tot«, sagte Gabriel. »Oder sie haben die Stadt verlassen. Die Netze kommen mir ziemlich alt vor.«

Die Kinder nickten bestätigend. Die Spinnweben waren vertrocknet und ausgefranst wie alte Spitze.

»Und was machen wir jetzt?«, fragte Michael, und es klang, als hätte er nichts dagegen, wenn jemand sagte: »Kehren wir um und vergessen das Ganze.«

»Wir gehen weiter«, antwortete Emma. »Auch wenn riesige, haarige Spinnen nur darauf warten, uns zu verschlingen!«, konnte sie sich nicht verkneifen hinzuzufügen.

Kate sah sie eindringlich an.

Sie einigten sich nach einer kurzen Diskussion, weiter der Prachtstraße zu folgen. Willy hatte sein Schwert gezogen und räumte damit den Weg frei. Allerdings musste er öfter anhalten, um die Spinnweben von der Klinge abzustreifen. Seine Schritte waren leiser als sonst, und Emma sah, dass Spinnweben an den Füßen des Riesen haften blieben, sodass es aussah, als würde er flauschige weiße Schuhe tragen.

Die Kinder starrten immer wieder an den Häusern auf beiden Seiten hinauf. Allmählich erst wurde ihnen die Größe der Stadt bewusst. Wenn sie in die Seitenstraßen blickten, die der vielen grauen Spinnennetze wegen aussahen, als hätte man sie mit Girlanden für eine seltsame Parade geschmückt, dann wirkten etwas weiter entfernte Gebäude wie ferne Bergketten.

Und noch immer waren keine Spinnen zu sehen, weder lebendige noch tote.

»Es ist eigentlich eine schöne Stadt«, meinte Michael, als sie schon ein Weile unterwegs waren und an einem Gelände vorüberkamen, das früher einmal ein von Geschäften und Cafés umstandener Park gewesen sein mochte.

Selbst Willy schien seine Beklemmung überwunden zu haben. Und meinte: »Genau wie Dad immer gesagt hat. Wunderschön.«

Sie erreichten einen riesigen Platz und blieben stehen. Vor ihnen ragte ein gewaltiges Gebäude auf, dessen Turm gut und gern einhundertundfünfzig Meter hoch sein mochte und alles andere in der Stadt überragte. An seiner silbernen Kuppel erkannte Emma das Gebäude, das sie schon vom Wald aus gesehen hatte.

»Das ist König Daveys Palast«, sagte Willy andächtig. »Er hat ihn bauen lassen, weil er sich im alten Palast immer den Kopf an den Türen angeschlagen hat.«

»Wir müssen hineingehen«, sagte Emma.

»Ist es dort drin?«, fragte Kate. »Fühlst du etwas?«

Emma schüttelte den Kopf. »Ich weiß es einfach.«

Willy brauchte keine weitere Aufforderung. Er trabte so schnell über den Platz, dass die Kinder und Gabriel sich gut anklammern mussten. Über ein Dutzend großer Steinstufen erreichte der Riese einen offenen Säulengang und hackte sich mit dem Schwert durch dichtes Spinngewebe, das ein riesiges und reich geschmücktes Portal bedeckte.

Im Innern waren keine Spinnweben und die Gruppe kam durch eine Reihe von Dielen und Warteräumen schnell voran. Es roch muffig. Selbst jetzt am Mittag drang nur fahles Licht durch die von dichtem Spinngewebe verhangenen Fenster, sodass der Palast fast so düster wirkte wie eine Grabkammer. Den Boden bedeckte eine dicke Staubschicht, die Willy beim Gehen aufwirbelte. Nach dem sechsten oder siebten Vorzimmer schob der Riese ein kunstvoll geschmiedetes Doppelportal auf. Vor ihnen lag ein riesiger, runder Saal. Willy blieb augenblicklich stehen.

»König Daveys Thronsaal. Ganz sicher.«

Der Saal lag direkt unter dem Turm, sodass Willy und Gabriel und die Kinder fast einhundertundfünfzig Meter weit in die Höhe sehen konnten. Im herabströmenden Licht wirkte der Saal überraschend kahl und schmucklos, als hätte man alles entfernt, um die Aufmerksamkeit einzig auf das runde Podium in der Mitte zu lenken.

»Dort hat er gesessen und seinem Volk Weisheit gespendet. Aber was ist mit seinem Thron passiert?«

Ein riesiger steinerner Sessel, der offensichtlich auf das Podest gehörte, lag umgestürzt am Boden, als sei er gewaltsam beiseitegestoßen worden.

»Willy«, sagte Kate. »Lass uns runter.«

Der Riese ließ sich vor dem Podium auf die Knie nieder.

Gabriel und die Kinder sprangen herunter. Sie sahen sich im Halbdunkel um.

»Dort ist etwas«, sagte Gabriel. »Ich werde …«

Aber Emma war schon losgesprungen. Die anderen folgten und versammelten sich um den Gegenstand in der Mitte des Podiums. Er lag unter einem Tuch aus schwarzem Leinen, in einem Kreis aus Rosenblüten und zur Hälfte heruntergebrannten Kerzen.

»Sieht fast wie ein Schrein oder so etwas aus«, meinte Michael.

»Jemand ist vor Kurzem hier gewesen«, sagte Gabriel und spähte in die dunklen Ecken des Saals. »Es kann nicht länger als einen Tag her sein.«

Bevor sie noch jemand davon abhalten konnte, bückte sich Emma und griff nach dem Tuch.

Kate sagte: »Emma …«

Als Emma das Tuch zur Seite riss, stockte allen der Atem. Dort lag eine Gestalt, die Hände über der Brust gekreuzt. Sie war tot, kein Zweifel. Aber es war weder ein Skelett noch eine frische Leiche. Es schien etwas dazwischen zu sein, denn es sah aus, als wäre alle Flüssigkeit aus dem Körper herausgesaugt. Die dunkle Haut spannte sich straff über die Knochen. Der Mund war aufgerissen und darin waren kleine, gelblich-schwarze Zähne zu sehen. Der Körper war in verrottete Binden gehüllt.

»Fast wie eine Mumie«, sagte Michael.

»Soll das der Fremde sein?«, fragte Willy. »Er ist so klein.«

»Er hat etwas in der Hand«, bemerkte Emma und zog den Gegenstand vorsichtig zwischen den Fingern der Leiche hervor. Es war ein uraltes, vertrocknetes, mit der Zeit gedunkeltes Stück Pergament. »Es ist eine Botschaft«, sagte sie.

»Du kannst sie bestimmt nicht lesen«, sagte Michael. »Das ist sicher in irgendeiner alten, vergessenen Sprache geschrieben. Gib das lieber mal mir.«

»Nein«, sagte Emma leise. »Ich kann es lesen.«

»Das kann nicht sein«, wandte Michael ein. »Vor zweitausend Jahren oder so gab es die englische Sprache doch noch gar nicht.«

»Was steht da?«, fragte Kate.

»Da steht …« Emmas Stimme hallte durch den Thronsaal. »Da steht: Wenn du das Buch Reckoning haben willst, musst du mich zurückholen.«

Für eine lange Zeit war nichts als Willys lautes Atmen zu hören.

Dann sagte Gabriel: »Das ist eine Falle.«

»Ja«, meinte Kate. »Offensichtlich.«

»Na und?«, fragte Emma, wütend, weil sie sich schon wieder rechtfertigen musste, weil ihr die anderen, besonders Kate, nicht trauten. »Das Buch zu bekommen ist unsere einzige Hoffnung. Und jetzt sind wir schon seit zwei Tagen hier. Wer weiß, was der grässliche Magnus gerade tut. Ich kann mir nicht vorstellen, dass er vorübergehend in Urlaub gefahren ist. Falls etwas passiert, kannst du uns doch hier rausholen! Wir können …«

»Emma hat recht«, sagte Michael und unterbrach sie. »Wir haben keine Wahl.«

Ohne auf Kates Einwilligung zu warten, zog Michael das in rotes Leder eingebundene Buch Rubyn aus seiner Tasche und kniete sich neben der eingehüllten Gestalt auf dem steinernen Podium nieder. Er schlug es an einer scheinbar beliebigen Stelle in der Mitte auf, ergriff die schwarze, verschrumpelte Hand der Gestalt mit seiner Rechten und legte die Linke auf das Buch.

Emma blickte Kate an, aber ihre ältere Schwester schien zumindest fürs Erste einverstanden. Dann schloss Michael die Augen und aus dem Buch schlugen Flammen. Emma stellte fest, dass er sich nun schon zum zweiten Mal bei einer Meinungsverschiedenheit mit Kate auf ihre Seite gestellt hatte. Gestern in Willys Zimmer und nun hier. Sie wusste, dass Michael sie immer noch für ein kleines Kind hielt – sein Seitenblick zu Kate letzte Nacht am Lagerfeuer war ihr nicht entgangen. Aber warum hielt er nun meist zu ihr? Das verwirrte, ärgerte und freute sie, alles zugleich. Aber der Ärger überwog.

Plötzlich stockte Michael der Atem. Er schlug die Augen auf und das Buch fiel ihm aus dem Schoß. Die Flammen erloschen und es wurde dunkler im Saal. Emma stürzte zu ihm.

»Michael?! Was ist? Was ist passiert?«

Er war schweißgebadet, zitterte und rang nach Luft. »Es ist … es ist …«

»Oh nein …«

Emma sah, dass Kate entsetzt auf die Gestalt hinunterstarrte und diese offenbar wiedererkannte. Die ausgetrocknete, fast schwarze Haut der Gestalt wurde zusehends heller und plusterte sich wieder auf. Emma hörte etwas knacken und sah hinunter. Die knochige Hand spannte die Finger, während sich die Bandagen allmählich auflösten.

»Michael!«, schrie Kate panisch. »Du musst es stoppen! Du …«

»Geht nicht! Es ist zu spät!«

Die zerlumpten Bandagen rissen in Stücke und fielen zu Boden, während die Gestalt sich zu rühren begann. Man hörte etwas schnappen und die Kiefer setzten sich in Bewegung.

»Was geschieht da?«, fragte Emma. »Wer …«

Die Gestalt war nun als Frau zu erkennen – eine sehr alte Frau. Sie hustete mehrmals trocken, als müsse sie ihre Kehle von dem Staub und dem eingetrockneten Schleim der Jahrhunderte befreien.

»Wir müssen fort«, sagte Kate. »Nehmt meine Hand!«

»Nein!«, sagte Emma und machte sich los. »Sagt mir, wer es ist!«

Die Gestalt setzte sich langsam auf und riss sich mit der verschrumpelten Klauenhand weitere Binden herunter. Sie mochte jetzt am Leben sein, dachte Emma, aber sie sah trotzdem kaum besser aus als vorher. Ihre Haut war schlaff und fleckig, das Haar strähnig und grau, die Zähne gelb und rissig.

Dann sprach die Frau, und so vertrocknet und zittrig die Stimme auch klang, war sie doch sofort vertraut.

»Ja, sag ihr, wer ich bin, meine Liebe. Es verletzt mich, dass sie ihre alte Freundin nicht erkennt.« Die Gestalt zwinkerte.

Emma blickte in ein Paar violetter Augen und wusste nun auch, wen sie wieder zum Leben erweckt hatten.

»Soll ich es dir sagen?« Die Gräfin stand jetzt vor ihnen. »Ich bin die einzige Person auf der Welt, die weiß, wo das Buch Reckoning versteckt ist. Seit mehr als zweitausend Jahren warte ich schon auf euch. Ich will das zurück, was man mir geraubt hat! Meine Jugend! Meine Schönheit! Das Buch des Lebens verfügt über diese Macht. Wenn ihr mich wieder zu dem macht, was ich einst war, dann werde ich euch nicht nur das Buch Reckoning geben, sondern etwas, was ihr noch mehr begehrt! Unsere gemeinsame Reise ist noch nicht zu Ende. Ihr dachtet, eure Gräfin wäre tot, aber ihr habt euch geirrt. Ich lebe. Ich lebe und ich werde meine Rache bekommen! Ich werde …«

Mehr konnte sie nicht mehr sagen, weil Willy auf sie gestampft war.

KAPITEL 12

Das Nest

Willy drehte den Absatz nach rechts und links, immer wieder hob er den Fuß kurz an und ließ ihn wieder heruntersausen, dass es nur so spritzte. Es war, als wollte er das, was von der Gräfin noch übrig war, zu Pulver zermahlen.

»Das ist dafür, dass du König Davey umgebracht hast.«

Stampf!

»Und das ist dafür, dass du unsere ganze Zivilisation zerstört hast!«

Stampf!

»Und das ist dafür, dass Big Rog mir immer eins übergezogen hat.«

Stampf!

»Und das …«

Die Schreie der Kinder brachten ihn schließlich dazu, damit aufzuhören.

»Was denn?«, fragte er ganz unschuldig. »Ist was?«

»Ob was ist?«, kreischte Emma. »Du hast sie zerstampft!«

»Natürlich habe ich sie zerstampft! Ihr habt doch selbst gesehen, was sie König Davey angetan hat.«

»Aber wir brauchen sie! Und du … du hast sie zerquetscht!«

»Wir brauchen sie nicht«, sagte Michael leise.

»Was sagst du da?« Emma wirbelte herum. »Sie wusste, wo das Buch Reckoning ist! Und jetzt ist sie nur noch Matsche! Wir werden nie …«

»Ich weiß, wo das Buch Reckoning ist. Wenn ich das Buch Rubyn benutze, durchlebe ich das ganze Leben der anderen Person, schon vergessen? Ich weiß, wo sie es versteckt hat.«

Emma starrte ihren Bruder an. Er hatte das Buch des Lebens, das er fallen ließ, als die Gräfin wieder lebendig wurde, wieder aufgehoben und presste es nun gegen seine Brust. Ihm standen Schweißperlen im Gesicht.

»Du weißt wirklich, wo es ist?«, fragte Kate.

Michael nickte. »Und ich weiß, wie es in ihren Besitz gelangt ist, warum sie es hierhergebracht hat und was wir tun müssen, um es zu bekommen.«

»Oh«, meinte Emma. »Dann ist es gut.«

Die Kinder setzten sich auf den Rand des Podiums. Gabriel stellte sich neben sie. Emma konnte es kaum erwarten, dass Michael ihnen erzählte, wo das Buch des Todes war, aber ihr Bruder war immer noch zu erschüttert und musste sich erst einmal beruhigen.

»Lass dir Zeit«, sagte Kate.

»Ja«, meinte Emma, »aber übertreiben brauchst du's auch nicht mit dem Zeitlassen.«

Willy saß hinter ihnen und wischte sich mit einem Taschentuch von der Größe eines Bettlakens die Reste der Gräfin von der Fußsohle. Emma versuchte, nicht hinzusehen. Sie redete sich ein, die Gräfin habe es nicht besser verdient. Aber zertreten zu werden, war nicht gerade die schönste Art, sich aus dem Leben zu verabschieden.

»Nach allem, was in Cambridge Falls passiert ist, wartete die Gräfin ungefähr fünfzehn Jahre lang darauf, Kate zu überraschen, wisst ihr noch? Wir waren bei der Weihnachtsfeier und sie bedrohte Kate mit einem Messer.«

»Genau«, sagte Emma. »Und Kate hat sie in die Vergangenheit mitgenommen und dort abgeschüttelt.«

Kate hatte noch gar nichts gesagt; sie starrte Michael nur entsetzt an, als fürchtete sie sich vor dem, was er sagen könnte. Aber warum, fragte sich Emma. Sie hatte doch nichts Falsches getan.

»Kate ließ die Gräfin auf dem Dach eines Hauses in Rhakotis zurück«, fuhr Michael fort. Er sprach leise, aber im leeren Saal schien seine Stimme laut zu dröhnen. »Das war vor zweieinhalbtausend Jahren. Die Stadt wurde gerade von Alexander dem Großen und dem grässlichen Magnus angegriffen. Drachen verdunkelten den Himmel. Gebäude stürzten ein, weil sich Trolle von unten heraufgruben. Alles schrie. Alles brannte. Die Stadt war verloren. Sie war verloren.«

Emma hörte, dass Willy aufstand und durch den Saal zu der Treppe ging, die in den Turm hinaufführte. Michael hatte das Buch Rubyn wieder in seine Tasche geschoben und hielt die Hände verschränkt, damit sie nicht so zitterten.

»Aber dort oben auf dem Dach erkannte die Gräfin, dass dies nicht ihr Ende war, sondern dass Kate ihr Gelegenheit zur ultimativen Rache gegeben hatte.«

»Oh nein …«, flüsterte Kate.

»Warum ›Oh nein‹?«, fragte Emma.

»Lass deinen Bruder ausreden«, sagte Gabriel leise.

»Tu ich doch!«, fuhr Emma ihn an, murmelte dann aber: »Entschuldige. Erzähl weiter.«

»Nach der Belagerung von Rhakotis«, erklärte Michael, »waren die Bücher über zweitausend Jahre verschollen. Kate hatte die Gräfin genau zu dem Moment gebracht, in dem sie zum letzten Mal am selben Ort vereint waren. Es war genau, was die Gräfin wollte.«

Kate schüttelte den Kopf und murmelte: »Wie konnte ich nur so dumm sein?«

Staub rieselte auf die Kinder herab, als Willy die Stufen hinaufstapfte. Aber sie achteten nicht darauf, sondern lauschten Michaels Schilderung, wie die Gräfin durch die Stadt zum Turm der Magier geeilt war, wie sie ganz oben eine Gruppe winziger Gestalten gesehen und gewusst hatte, dass es die Zauberer waren, die mit all ihrer Macht und all ihren Zauberkünsten versuchten, die Stadt zu verteidigen, wie sie von einer Explosion zurückgeschleudert worden war und wie die Zauberer verschwunden waren, als sich Rauch und Staub verzogen hatten.

»Das war ihre Chance«, erzählte Michael. »Der Turm war nicht mehr bewacht. Sie machte sich unsichtbar und huschte hinein.«

Dann war es ganz einfach gewesen. Die Gräfin war auf zwei Angehörige des Ordens der Wächter gestoßen und ihnen zu einer verborgenen Treppe gefolgt, die tief unter die Erde führte. Ohne es zu wissen, hatten die beiden die Gräfin an Dutzenden von Fallen und geheimen Sperren vorbeigeführt, bis zur Tür einer Gewölbekammer.

»Sie hatte auf das Buch des Lebens gehofft«, erklärte Michael seinen Schwestern, »denn sie wollte wieder jung und schön sein. Als aber die Tür aufging und sie das Buch des Todes sah, wusste sie, dass dies noch besser war. Das Buch Reckoning war dem grässlichen Magnus das Allerwichtigste, um seine Pläne zu verwirklichen. Und zugleich war es das Einzige, das ihn töten konnte.« Michael blickte Kate an. »Sosehr sie dich und uns andere auch hasste – den grässlichen Magnus hasste sie noch mehr. Er hatte ihr ihre Jugend geraubt und sie alt und hässlich gemacht. Das konnte sie ihm nie verzeihen.

»Sie schlitzte beiden Wächtern die Kehlen durch und nahm das Buch an sich.«

Keiner sagte etwas. Es rieselte mehr Staub herunter.

»Und warum tötete sie dann nicht einfach den grässlichen Magnus?«, fragte Gabriel. »Sie hatte doch nun das Buch.«

»Das konnte sie nicht. Sie wollte noch immer zurück ins Leben. Und wenn sie den grässlichen Magnus tötete, hätte er sie nicht finden können, als sie noch ein Teenager in Russland war. Sie durfte die Zukunft nicht verändern. Sie musste das Buch verstecken und hoffen, dass wir herkommen und sie finden. Und das tat sie auch. Sie kam, versteckte es, legte sich hin und starb.«

»Und wo ist das Buch nun?«, fragte Kate.

Michael stand auf und ging in die Mitte des Podiums, wo nur noch ein dunkler, schmieriger Fleck von der Gräfin zeugte. Er zog sein Messer heraus, machte einen feinen, roten Schnitt in seine Handfläche und ließ drei Blutstropfen auf den Stein fallen. Einen Augenblick lang geschah nichts. Dann schien der Stein das Blut aufzusaugen, es schabte und polterte. Dann teilte das Podium sich langsam in zwei Hälften. Gabriel riss

Emma zurück, als zwei Treppen zum Vorschein kamen, die nebeneinander in Spiralen ins Dunkel hinunterführten – eine Treppe für Riesen und eine Treppe für Menschen.

»Sie wusste, dass das Buch Tausende von Jahren versteckt bleiben musste«, sagte Michael. »Aber wo sollte sie es verbergen, damit nicht einmal der grässliche Magnus es finden konnte? Endlich erinnerte sie sich daran, dass der König der Riesen ein großes Geheimnis hütete.«

Emma spähte über die Kante in die Tiefe. Ihr stieg moderige Luft in die Nase, aber sie spürte noch immer nichts. Kein Ziehen in der Brust. Nichts.

»Habe ich euch eigentlich erzählt«, nun lugte auch Michael ins Dunkel hinunter, »was die Elfen in dieses Tal in der Antarktis geführt hat? Dort war ein Portal zwischen der Welt der Lebenden und der Toten. Nun ist es aber so, dass das in der Antarktis nicht das einzige solche Portal ist.«

»Warte mal«, meinte Kate. »Du meinst …«

»Sie hat das Buch in der Welt der Toten versteckt.«

Gabriel machte ein paar Fackeln zurecht, während Michael zwei kleine Taschenlampen aus seiner Tasche zog und Emma eine davon gab. Kate nahm eine Fackel. In diesem Augenblick donnerten über ihnen Schritte auf der Treppe. Durch den aufgewirbelten Staub sahen sie Willy vom Turm heruntersausen und hörten ihn rufen: »Big Rog … Big Rog … Big Rog …«

Er nahm immer zwei oder drei Stufen auf einmal und kam in wenigen Augenblicken keuchend bei ihnen an.

»Big Rog … Sally … und noch zwei! Sie kommen!«

»Dann kommst du besser mit uns«, sagte Kate zu dem Riesen.

Willy reckte sich hoch auf, was ihm nicht leicht fiel, da er noch so keuchte, und legte die Hand auf das Heft seines Schwerts. »Nein. Es ist Zeit, dass ich ihm entgegentrete, ein für alle Mal. Und was könnte ein passenderer Ort dafür sein als der Thronsaal von König Davey?«

»Aber sie sind zu viert!«, sagte Emma.

»Ich werde Big Rog zum Zweikampf fordern«, sagte Willy trotzig. »Das muss er respektieren. Außerdem muss jemand das Podium wieder zurückschieben, damit er euch nicht folgt.«

Emma glaubte nicht, dass sich Big Rog den Traditionen des ehrenvollen Zweikampfs verpflichtet fühlte, denn er folgte ja nicht einmal den einfachsten Grundlagen der Körperhygiene, aber Willy schien entschlossen. Außerdem blieb ihnen nicht viel Zeit. Die Kinder stiegen also mit Gabriel zusammen die Treppe hinab, während Willy das Podium wieder hinter ihnen in seine alte Position zurückschob und so den Treppenabgang verschloss. Sie waren noch nicht weit gekommen, als der letzte Lichtstrahl über ihnen verschwand.

Dann war alles still und dunkel.

»Hier entlang«, sagte Michael.

Der Schacht, in den sie hinabstiegen, war riesengroß, was wenig überraschend war, und er führte tiefer und tiefer in die Erde. Je weiter sie kamen, desto kälter wurde es. Die Luft roch mit jedem Schritt modriger.

»Was ich nicht verstehe«, sagte Emma, »ist, dass die Gräfin das Buch Reckoning nur bekam, weil Kate sie rechtzeitig in die Vergangenheit mitgenommen hat. Wer hatte das Buch denn dann vorher?«

»Wahrscheinlich diese beiden Wächter«, meinte Michael.

»Sie waren gerade auf dem Weg, es zu holen, als die Gräfin sie umbrachte.«

»Es ist passiert, weil durch mich alles verändert wurde«, sagte Kate. »Deshalb ist es auch meine Schuld, dass sie tot sind.«

»Davon konntest du doch gar nichts wissen«, sagte Gabriel.

»Genau«, bekräftigte Emma. »Oder lag etwa eine Gebrauchsanweisung dabei, als du die Chronik bekommen hast?«

Sie gingen weiter. Nach einigen Minuten hörten sie oben einen gedämpften Schrei, dann Poltern und Krachen. Niemand sagte etwas. Sie ahnten, dass in diesem Augenblick Big Rog und seine Gefährten über Willy herfielen, aber sie konnten nichts tun. Sie gingen einfach weiter und die Geräusche wurden leiser.

Endlich endeten die Stufen. Der Schacht öffnete sich und sie blickten hinunter in einen noch gewaltigeren Hohlraum. Michael wollte vorausgehen, aber noch bevor er einen Schritt voran machen konnte, packte ihn Gabriel am Arm.

»Was ist?«, fragte Michael. »Wir sind schon ziemlich nah …«

»Schau.« Gabriel reckte seine Fackel hoch und zeigte ins Dunkel. Emma und Michael richteten ihre Taschenlampen nach vorn.

»Aaahh!« Michael fiel rückwärts auf Emma und riss sie beinahe mit um, aber ausnahmsweise war sie nicht wütend. Direkt vor ihnen und nur knapp über ihren Köpfen spannte sich ein Spinnennetz quer durch den Gang, und eine Spinne, die so groß wie ein Flusspferd war, glotzte sie an. Ihre Beine hatte sie unter dem Körper zusammengerollt, und ihre Augen warfen das Licht ihrer Taschenlampen und Fackeln in alle

Richtungen zurück. Ihre Kieferklauen waren so lang wie Emmas Unterarm.

»Ist sie … ist sie tot?«, fragte Kate.

Das Tier schien sie zwar anzustarren, hatte sich aber noch nicht bewegt.

»Vielleicht«, sagte Gabriel. »Ich bin kein Fachmann für Spinnen. Es scheint sich aber keine von ihnen zu rühren.«

»Von ihnen?!«, platzte es aus Michael heraus. »Was meinst du mit ›von ihnen‹?«

Gabriel zeigte noch einmal nach vorn; Michael und Emma richteten ihre Taschenlampen nach unten und beleuchteten das dicke Spinnennetz, das die ganze Höhle von der Größe eines Stadions unter ihnen ausfüllte. Und selbst jetzt dauerte es, bis Emma begriff, was sie sah. Was die großen, schweren Klumpen, die überall hingen, in Wirklichkeit waren.

Sie hatten die Spinnen gefunden.

Die kleinsten Spinnen waren so groß wie Schweine, die größten so groß wie ein Auto, mit fast kugelrunden Körpern. Wo auch immer Michael und Emma hinleuchteten, sahen sie weitere glitzernde Augenpaare. Es mussten wohl an die fünfzig oder sechzig Spinnen im ganzen Höhlenraum verteilt sein, alle mit gewaltigen, glänzenden Kieferapparaten.

Emma hörte, dass Michael zu hyperventilieren anfing.

»Sie rühren sich wirklich nicht«, sagte Kate. »Vielleicht sind sie tatsächlich tot?«

»Entweder das, oder sie schlafen«, antwortete Gabriel. »Vielleicht sind sie auch in eine Art Winterschlaf verfallen, nachdem sie alles in der Stadt verschlungen haben.«

»Du meinst, sie könnten einfach … aufwachen?«, flüsterte Michael.

»Wir dürfen die Spinnfäden nicht berühren«, sagte Gabriel. »Sobald man ihre Fäden berührt, spüren Spinnen, dass eine Gefahr naht.«

»Oder etwas zu essen«, murmelte Emma.

Michaels Augen schienen doppelt so groß zu sein wie normal und er zitterte am ganzen Körper. »Davon war in der Erinnerung der Gräfin nichts zu sehen.«

»Nein«, meinte Gabriel. »Diese Spinnen sind bestimmt später gekommen. Wo müssen wir hin?«

Als Michael keine Antwort gab, nahm Emma seine Hand, stellte sich vor ihn und zwang ihn, ihr ins Gesicht zu schauen. »Michael, hier können wir nicht bleiben. Wo müssen wir hin?«

Michael holte tief Luft und richtete seine Lampe auf den Boden der Höhle. Der zitternde Strahl beleuchtete die Mündung eines großen Tunnels, der offenbar noch tiefer in das schwarze Gestein führte. »Dorthin«, sagte er.

»Gut«, sagte Emma. »Also los. Ich nehme deine Hand.«

So führten die beiden Gabriel und Kate auf einem holperigen, gewundenen Pfad an der Höhlenwand entlang bis zum Boden der Höhle. Da sie den Netzen ausweichen mussten, kamen sie nur langsam voran, und als Michaels Fuß einmal an einem Strang hängen blieb, tönte er wie eine Klaviersaite. Der ganze Raum schien zu schwingen und die Körper der Riesenspinnen tanzten und zitterten. Die Kinder erstarrten, Gabriel packte sein Schwert noch fester, sie warteten mit aufgerissenen Augen und wagten kaum zu atmen …

Aber das Zittern verklang wieder und die Spinnen rührten sich nicht.

Kurz darauf erreichten sie den Boden. Die Spinnen hingen nun alle über ihnen. Ihre Schatten bebten im Licht der Fackeln, sodass es aussah, als würden sie sich bewegen.

»Schau nicht hin«, flüsterte Emma ihrem Bruder zu.

Michael hielt ihre Hand noch fester und nickte in Richtung der Tunnelöffnung. »Das Portal ist gleich dort am Ende. Nicht mehr weit.«

Im Tunnel waren noch mehr Spinnweben, aber keine Spinnen mehr. Die Kinder und Gabriel bewegten sich trotzdem vorsichtig. Sie hielten sich von den einzelnen Strängen fern, krochen auf Händen und Knien darunter durch oder stiegen darüber hinweg, was nicht so einfach war, da der Boden mit alten Knochen übersät war – Knochen von Schafen, hofften sie. Sie kamen an weiteren Tunnelöffnungen vorbei, die allesamt riesig und von Spinnennetzen bedeckt waren, aber Michael hielt sich weiter geradeaus.

Emma wartete immer noch auf das Ziehen in ihrer Brust, von dem Michael und Kate gesprochen hatten, aber sie spürte nichts.

Ein Stück weiter vorne schwenkte der Tunnel nach links.

Als sie die Biegung erreicht hatten, sagte Michael: »Es ist gleich hier. Aber ich muss euch etwas sagen …«

In diesem Augenblick stoppte Gabriel sie zum zweiten Mal. »Rührt euch nicht.«

Das Ende des Ganges lag vielleicht zwanzig Meter vor ihnen. Emma sah auf, und dann spürte sie auch etwas in ihrer Brust, aber es war nicht das erwartete, vom noch fehlenden Buch Onyx herrührende Ziehen. Es war die reinste Panik. Das Tunnelende vor ihnen war von einem Spinnennetz versperrt, und in seiner Mitte saß die fetteste Spinne, die sie bis jetzt gesehen hatten. Ihr Körper bestand aus drei gewaltigen Segmenten. Die

Beine waren im Netz aufgespannt. Sie hatte nicht nur eines, sondern drei Paar Kieferklauen. Vom Hinterleib ragte der mindestens einen Meter lange Giftstachel in die Höhe.

»Aber genau dort…«, Michaels Stimme schraubte sich hysterisch in die Höhe, »… genau dort liegt die Öffnung des Portals!«

Gabriel grunzte, als wollte er sagen: »Natürlich.«

»Warte mal«, sagte Kate. »Willst du damit sagen, dass wir an diesem… Ding vorbeimüssen, um zum Portal zu kommen?«

»Nicht wir…«, antwortete Michael und wandte sich zu seinen Schwestern um. »Das wollte ich euch doch gerade sagen. Emma, du musst durch das Portal gehen. Alleine.«

»Was?!«, stieß Kate aus. Das Echo ihrer Stimme hallte durch den Tunnel.

Michael fuhr hastig und mit bebender Stimme fort: »Es ist genau, wie Wilamena gesagt hat. Die Lebenden können nicht ins Reich der Toten hinübergehen. Nur die Hüterin des Buches des Todes kann das. Die Gräfin wusste das. So konnte sie das Buch an einem Ort verstecken, an den nur Emma gelangen kann, an dem es vor allen anderen sicher ist!« Er blickte Emma voller Bedauern ins Gesicht. »Es tut mir leid. Ich wollte, es gäbe eine andere Möglichkeit. Dass wir alle zusammen gehen könnten oder dass ich es holen könnte! Das würde ich! Das musst du mir glauben!«

Emma schwieg. Von dem Augenblick an, als Michael gesagt hatte, dass sie alleine ins Reich der Toten gehen müsse, hatte sie ein Gefühl, als habe sie genau dies schon einmal erlebt, als habe sie gewusst, dass es so kommen würde. Sie war nicht einmal besonders erschrocken.

Wenig überraschend war es Kate, die widersprach.

»Nein!«, sagte sie und gab sich nicht einmal Mühe, leise zu sein. »Das ergibt keinen Sinn!«

»Kate?«, sagte Michael mit einem nervösen Blick auf die Spinne. »Könntest du vielleicht leiser reden?«

»Wie soll die Gräfin das Buch im Totenreich versteckt haben, wenn sie es dort gar nicht hinbringen konnte?«, fragte Kate.

Michael klang, als wolle er ihr eigentlich nicht widersprechen. »Sie ist so weit gegangen, wie sie konnte. Als sie den Rand des Portals erreicht hatte, hat sie dann einen Geist aus dem Totenreich herbeigerufen und ihm das Buch gegeben. Dann ist sie zurück in den Thronsaal gegangen und hat sich niedergelegt, um zu sterben.«

»Und warum hat sie das Buch nicht zurückerhalten, als sie tot war?«, fragte Emma.

»Ich weiß nicht«, antwortete Michael etwas ratlos. »Ich habe ja nur ihre Erinnerungen aus der Zeit, als sie am Leben war. Was danach mit ihr geschehen ist, weiß ich nicht.«

»Das ist auch egal«, sagte Kate. Emma sah, dass sie immer entschlossener wirkte. »Wir wissen, dass uns die Gräfin in eine Falle locken wollte, und jetzt ist klar, dass sie uns voneinander trennen will. Das werden wir nicht zulassen. Emma wird nirgendwo alleine hingehen. Wie kannst du das überhaupt vorschlagen?«

»Also wirklich!«, sagte Michael, der nun selbst aufgebracht wurde. »Wie kannst du nur dagegen sein? Ich war schließlich in den Erinnerungen der Gräfin. Ich weiß, was das Buch möglich macht, wenn es der grässliche Magnus erst in Händen hält. Du hast das doch auch gesehen. Das weiß ich. Der grässliche Magnus hat es dir doch selbst gezeigt, damals auf dem

Schiff in Cambridge Falls, als er der Gräfin die Macht genommen hat. Er hat dir eine Welt gezeigt, die in Flammen stand. Da ist es, was er tun wird, wenn das Buch in seinem Besitz ist. Wir müssen ihn stoppen!«

»Aber das …«

»Ich will doch ebenso wenig wie du, dass Emma dorthin geht!«, fuhr Michael fort. »Wie gern würde ich an ihrer Stelle gehen. Aber sie muss es allein tun. Das ist der einzige Weg. Du weißt selbst, was sonst passieren wird!«

Kate gab sich die größte Mühe, nicht die Beherrschung zu verlieren. »Nein. Ich habe Mom versprochen, euch beide zu beschützen. Ich kann sie nicht gehen lassen.«

Da sagte Michael: »Kate, ich fürchte, das hast du nicht zu entscheiden, oder?«

Emma sah, dass Kate den Mund für eine Entgegnung öffnete, aber sie sagte nichts.

Emma war schon vorher aufgefallen, wie viel erwachsener ihr Bruder in den letzten Tagen geworden war, sodass Kate und er nun beinahe auf gleicher Stufe standen. Der Wandel hatte sich allmählich vollzogen, und nun vertrat Michael mit Nachdruck die Meinung, dass Kate die Entscheidungen nicht mehr alleine fällen konnte. Gleichzeitig war Emma klar, dass sie noch nicht zu diesem Klub der Erwachsenen gehörte und nur in diesem besonderen Fall von Michael unterstützt wurde. Er trat an Emmas Seite, während Kate stehen blieb, wo sie war.

Dennoch war es wichtig, dass er glaubte, dass sie es schaffen konnte.

Michael zog seine Zwergenklinge aus dem Gürtel und reichte sie ihr. »Es könnte sein, dass du das brauchst.«

»Danke.« Sie sah ihm direkt in die Augen, als sie das Schwert nahm. Sie wollte ihn wissen lassen, was ihr seine Worte bedeuteten. Auf die Tränen, die ihr in die Augen stiegen, achtete sie nicht.

Er nickte. Und dann wandte sich Emma an ihre Schwester und versuchte, deren Verzweiflung und Angst nicht an sich heranzulassen.

»Es … es tut mir leid. Ich muss es tun.«

»Emma …« Kate streckte die Hand aus. »Es muss doch eine andere Möglichkeit geben. Eine Möglichkeit, dass wir alle zusammen bleiben können. Lass uns noch einmal darüber nachdenken. Bitte.«

Emma schüttelte den Kopf. »Es ist zu spät. Ein Teil vom Buch des Todes ist schon in mir. Ich muss es jetzt zu Ende bringen. Es geht nicht anders.«

Bevor Kate antworten konnte, dröhnte ein Geräusch durch den Tunnel, ein Rufen oder Brüllen. Alle vier drehten sich um.

»Was … was war das?«, fragte Michael.

»Still!«, sagte Gabriel.

Dann hörten sie es, zuerst leise, dann immer lauter – ein Klicken und Schnappen und Zischen, das durch den Tunnel an ihre Ohren drang. Sie blickten auf und sahen, dass die silbergrauen Spinnweben, die längs der Tunneldecke gespannt waren, heftig vibrierten. Die Kinder und Gabriel drehten sich um und folgten den Strängen mit ihren Blicken bis dorthin, wo sie endeten. Sie bewegten sich langsam, als ob sie schon wüssten, welcher Anblick sie erwartete, und diesen möglichst lange hinausschieben wollten. Die Spinne hatte den Kopf gehoben und starrte sie mit riesigen, glitzernden Augen an. Drei Zangenpaare schnappten zusammen.

Gabriel rief: »Lauft!«

Sie jagten zurück zur Haupthöhle, ohne sich noch Mühe zu geben, den Spinnweben auszuweichen. Die alten Stränge, die sie dabei von den Wänden rissen, verfingen sich an ihren Armen und Beinen. Sie rannten auf die Rufe und Schreie, das Klicken und Zischen zu. Von hinten kam die Riesenspinne immer näher. Sie hörten das Trommeln der Beine und das Schnappgeräusch der Kieferzangen. Emma hörte Kate rufen, sie könnte sie mit der Chronik alle in Sicherheit bringen – aber sie verschloss ihre Ohren. Sie wusste, was sie zu tun hatte.

Gabriel drängte sie vorwärts. Mit seinem Schwert bahnte er einen Weg durch die Spinnweben. Vielleicht hatte er Kathys Einwand mit der Chronik nicht gehört.

»Hier entlang!«, brüllte er. »Schnell!«

Er führte sie durch schmalere, gewundene Seitengänge, immer in der Hoffnung, dass die große Spinne ihnen da nicht folgen könnte. Dann traten sie überraschend aus einem Tunnel und standen am Rand der großen unterirdischen Halle. Alle waren über und über mit Spinnfäden verklebt, sodass sie wie Totengeister aussahen, die gerade erst ihren Gräbern entflohen waren. Sie blieben stehen und starrten nach vorn.

In der Mitte der Höhle standen drei völlig in Spinnweben verstrickte Riesen, die wild schreiend um sich schlugen. Willys Schwester Sally fuchtelte mit einer Fackel herum – eigentlich ein ausgerissener Baum, der in Flammen stand – und versuchte vergeblich, Dutzende von Spinnen zu zertreten, die auf ihrem ganzen Körper herumkrabbelten. Die anderen beiden Riesen, ein glupschäugiger mit rot angelaufenem Gesicht und ein plumper Kahlschädel, kannte Kate von Big Rogs Fest. Sie hatten neben brennenden Bäumen auch Keulen dabei und schlugen mit beidem nach den Spinnen, die sie angriffen. Dabei brüllten sie aus voller Kehle.

In diesem Moment klatschte eine gewaltige Spinne direkt auf den kahlen Schädel des einen Riesen. Er schrie: »Mach sie weg! Mach sie weg!«.

Der andere, etwas vertrottelt aussehende Riese holte mit der Keule aus, zerschmetterte die Spinne und schlug gleichzeitig seinen Kumpel k. o. Der Kahlköpfige sank bewusstlos zu Boden und war augenblicklich von Spinnen bedeckt, die ihn in rasender Geschwindigkeit einspannen, während der andere Riese wild auf sie – und den Körper des anderen Riesen – einschlug.

Michael sagte: »Sie verfolgt uns nicht mehr.«

»Was?«, fragte Kate.

»Die große Spinne, sie verfolgt uns nicht mehr.«

Er leuchtete in den Tunnel, und Kate blickte zurück in die Richtung, aus der sie gekommen waren. Der Tunnel war leer.

»Warte …«, sagte Kate völlig entsetzt. »Wo ist Emma? Wo ist sie?«

Emma war nicht mehr bei ihnen.

»Sie muss zurückgeblieben sein«, sagte Gabriel. »Ich habe sie nicht gesehen.«

Bevor Kate noch etwas unternehmen konnte, wurde Michael in die Höhe gehoben. Gabriel hechtete nach seinen Beinen, aber Michael war schon zu hoch und hing in den Vorderbeinen einer riesigen Spinne. Michael schrie, und Kate besann sich gerade auf ihre Fähigkeit, die Zeit anzuhalten, als etwas auf die Spinne niedersauste und sie zu einem großen, nassen Fleck zermatschte. Michael fiel zu Boden. Kate rannte zu ihm; er zitterte vor Angst und Entsetzen.

»Michael!«

»Ich … ich bin …«, war alles, was er herausbrachte.

Jemand sagte: »Alles klar bei euch beiden?«

Willy stand über ihnen, in einer Hand einen brennenden Baum, in der anderen etwas, das wie ein Morgenstern aussah. An seiner Schläfe war etwas Blut, aber ansonsten schien er unverletzt.

»Wo ist denn die Kleinste von euch?«

»Da unten … im Tunnel«, sagte Kate. »Sie …«

Hinter Willy polterte nun ein Dutzend Riesen in die Höhle, alle mit Fackeln und Keulen. Die Höhle erzitterte, als sie vom Eingang heruntersprangen und dabei Spinnen zerquetschten. Sie retteten dabei Sally und den Riesen mit dem roten Gesicht, die inzwischen fast vollständig von einer krabbelnden Masse aus schwarzen Spinnenbeinen und -zangen bedeckt waren. Nun erkannten die Spinnen offenbar die Gefahr und wollten sich aus dem Staub machen. Doch die Riesen setzten ihnen nach und trafen viele – und sich auch gegenseitig – mit mächtigen Keulenhieben.

»Big Rog hält wohl nichts von ehrenhaftem Zweikampf«, sagte Willy. »Sie sind alle vier über mich hergefallen und haben mir eins übergezogen. Und sie müssen gesehen haben, wie ich das Podium bewegt habe, denn als ich wieder zu mir gekommen bin, waren sie schon hier heruntergestiegen. Tut mir leid, das.«

»Aber wer sind all die anderen Riesen?«, fragte Michael.

»Ach ja. Als sich herumgesprochen hat, dass Big Rog mir folgen und den Schädel einschlagen will, haben die anderen wohl so eine Art Erleuchtung gehabt. Wollten, dass es bei uns Riesen wieder mehr wie früher zugeht. Dass wir unsere Würde wiederfinden. Sie haben mich im Thronsaal liegen sehen. Und jetzt werfen wir zuerst einmal die Spinnen aus der Stadt, oder?«

Während er das sagte, schwang er den Morgenstern und erlegte eine Spinne, die über die Höhlenwand fliehen wollte.

Kate wartete nicht länger. Ohne noch etwas zu Michael zu sagen, machte sie kehrt und rannte in den Tunnel zurück, während Willy hinter ihr sagte: »Wo ist Big Rog nur hin? Ich schulde ihm noch eine Beule.«

Mit Michaels Schwert ließ sich das Spinnennetz am Ende der Höhle leicht durchtrennen, aber die Seide verklebte die Klinge, und Emma musste die klebrigen, kratzigen Fäden immer wieder mühsam vom Stahl klauben.

Eigentlich war sie erstaunt, dass sie überhaupt noch am Leben war.

Als sie mit ihren Geschwistern und Gabriel um die Ecke gebogen war, hatte sie sich auf den Boden geworfen, die Lampe ausgeknipst und den Kopf eingezogen. Sie hatte gehört, wie sich die Schritte der anderen entfernten, und alles in ihr hatte geschrien, sie solle aufstehen und weglaufen, aber da war es schon zu spät gewesen. Als die Spinne näher kam, hatte Emma sich zwischen die Steine gepresst, das Gesicht in einer fauligen Wasserlache, und dabei die Augen geschlossen. Es waren einige entsetzliche Momente gewesen, als die Riesenspinne über sie weggerannt war – ihre Beine hatten nur Zentimeter vor ihrem Kopf mit metallischem Klicken auf den Felsen aufgesetzt. Dann hatte Emma den Umriss der Spinne um die Ecke verschwinden sehen, war aufgesprungen und in die andere Richtung weitergerannt.

Jetzt pulte sie Stück für Stück das Spinnennetz weg, bis sie auf einen kleinen, für einen Menschen ausreichenden Durchschlupf stieß. Sie leuchtete mit der Lampe hinein, aber der Strahl drang nicht ins Dunkel. Sie hatte das merkwürdige Gefühl, dass dieser Tunnel für sie bestimmt war. Dass der einzige Grund für seine Existenz war, sie hindurchzulassen. Sie machte einen Schritt vorwärts und augenblicklich stockte ihr der Atem.

Es kam ganz plötzlich: ein Schritt, dann spürte sie es, genau wie Michael es beschrieben hatte – wie ein Haken in ihrer Brust, der sie vorwärtszog. All ihre Zweifel, ob dies der richtige, der einzige Weg war, waren verflogen. Dennoch zögerte sie. Sie spürte, dass sie an einer Schwelle stand, dass sie etwas Unwiderrufliches tat, wenn sie nur einen Schritt weiter ging – dass sie nicht nur ihren Bruder und ihre Schwester, nicht nur die Welt der Lebenden, sondern auf eine Art auch sich selbst zurückließ. Sie spürte, dass sie eine andere sein würde, wenn es ihr gelang, das Buch zu holen und auf die andere Seite zurückzubringen.

Und das ängstigte sie mehr als alles andere.

»Na so was. Sieh an, wen wir hier haben!«

Emma drehte sich um. Hinter ihr stand Big Rog mit einem brennenden Baum in der Hand. Der Stumpf, wo einst sein Daumen gewesen war, war mit einem schmutzigen, blutigen Lappen verbunden. In der anderen Hand hielt er eine eisenbeschlagene Keule. Sein Blick war wild und mordlustig.

»Wusste doch, dass ich dich erwischen würde. Keiner entwischt Big Rog. Und sein Abendessen schon gar nicht. Was gibt's denn so Besonderes hier unten? Wonach sucht ihr denn alle? Gold? Schätze? Was denn?«

»Nichts dergleichen.« Emma wunderte sich selbst, wie ruhig, ja beinahe kalt, sie sprach. »Hier ist ein Portal. Es bringt einen ins Reich der Toten.«

»Wie uninteressant! Du kommst nur noch an einen Ort, und das ist mein Mund! Und dann wollen wir mal sehen, ob du den Tod von jemandem vorhersagen kannst, hä?!«

»Ich brauche deinen Tod nicht vorhersagen.«

»Und warum nicht?«

»Weil du jetzt gleich stirbst.

»Und wer soll mich umbringen? Du vielleicht?«

»Nein.« Emma zeigte über die Schulter des Riesen. »Sie.«

Big Rog drehte sich um. Die Spinne, die sich direkt hinter dem Riesen an der Decke angeklammert hatte, ließ sich genau auf sein Gesicht fallen. Big Rog fiel schreiend nach hinten, ließ Fackel und Keule los und mühte sich vergeblich, die Spinne loszuwerden, die wieder und wieder ihren Giftstachel in seinen Hals stieß. Emma sah, dass die Spinne das Gesicht des Riesen, der mit jeder Sekunde schwächer wurde, mit eisernen Klauen festhielt.

Als Big Rog sich nicht mehr rührte, hob ihn die Spinne vom Boden auf und spann ihn sorgfältig in silbrig-weißes Spinngewebe ein. In wenigen Augenblicken war Big Rog in einen Kokon verschnürt und die Spinne schleppte ihn in einen Seitengang davon.

Emma beobachtete das Ganze, ohne sich zu rühren. Gerade wollte sie sich wieder umdrehen, als sie ihren Namen hörte: »Emma!«

An der Biegung des Tunnels tauchte Kate auf, und gleich

hinter ihr Michael. Ihre Fackel und das Licht seiner Taschenlampe hüpften im Dunkel auf und ab.

»Stopp!«

Aber Emma musste weitergehen, sie musste das Buch finden. Und sie spürte, wie es an ihr zog. Sie wollte Kate und Michael sagen, dass sie sie liebte, dass sie sie wiedersehen würde, aber dazu blieb keine Zeit. Sie drehte sich um, machte drei Schritte nach vorn und blieb stehen. Sie sah zurück. Die Höhle war ebenso verschwunden wie Kate und ihr Bruder. Da war nur noch eine Felswand. Das Portal hatte getan, wozu es erschaffen worden war. Die Hüterin war hindurchgegangen.

»Okay«, sagte Emma leise. Dann wandte sie sich wieder nach vorn, wo sich der Tunnel in der Dunkelheit verlor, und ging weiter, ins Reich der Toten.

KAPITEL 13

Flüchtlinge

»Kommt«, sagte Gabriel und führte sie an den Rand des Thronsaals.

Die Riesen hatten bei ihrem Kampf die dicke Staubschicht aufgewirbelt, aber Gabriel zeigte an einer unzertrampelten Stelle auf eine menschliche Spur.

»Der Sekretär … Seinen Abdruck würde ich überall erkennen.«

Kate sah sich die Spur an und musste an den sabbernden, skrupellosen und äußerst unappetitlichen Diener der Gräfin mit dem strähnigen Haar denken. Das ganze vergangene Jahr hatte sie nach Kräften versucht, ihn zu vergessen, so unangenehm war die Erinnerung an ihn. Jetzt zwang sie sich, an ihn zu denken, auch wenn sie am liebsten wieder in die Höhle hinabgestiegen wäre, vorbei an den Riesen, die gerade die letzten Spinnen unschädlich machten, und weiter in den Tunnel, von dem Emma ins Reich der Toten hinübergegangen war, aber sie wusste, dass dort jetzt nur noch eine massive Felswand zu sehen war.

Emma war fort. Sie hatten sie wieder verloren.

»Er muss es gewesen sein, der um die Leiche der Gräfin die Rosen verstreut und die Kerzen aufgestellt hat«, fuhr Gabriel fort. »Ich glaube, dass er während der letzen achtundvierzig Stunden hier war.«

Willy hatte mehrere Riesen losgeschickt, um die Spinnweben von den Fenstern des Palasts zu reißen. Jetzt strömte Sonnenlicht in den Thronsaal, vertrieb das Dunkel und ließ den Raum in seiner ganzen schlichten Schönheit erstrahlen.

Kate hatte keinen Blick dafür.

»Und wo ist er hingegangen?«, fragte Michael.

»Hier.« Gabriel ging bis ganz an die Wand, wo überraschenderweise eine Tür in Menschengröße zu sehen war. Er drückte die verzierte Messingklinke herunter. Zum Vorschein kam ein Korridor, der weiter in den Palast hineinführte.

»Der Gang ist ganz normal groß«, sagte Michael.

»In vergangenen Zeiten muss der König der Riesen auch Abgesandte der Menschen empfangen haben«, vermutete Gabriel. »Für die musste es auch passende Gemächer geben. Aber schaut her, das ist wichtig: Die Spur beginnt zwar hier an der Tür, aber auf der anderen Seite ist nichts zu sehen. Der Sekretär muss sie als Portal benutzt haben. Ich habe schon immer vermutet, dass er über magische Fähigkeiten verfügt. So konnte er mir all die Jahre immer aus dem Weg gehen.«

»Aufhören!« Kate ertrug es nicht mehr. »Bin ich die Einzige, die hier begreift, was geschehen ist? Wir haben Emma gerettet. Und jetzt haben wir sie wieder verloren. Wir müssen doch etwas unternehmen!«

»Das Portal ist geschlossen«, sagte Michael so ruhig, dass es Kate auf die Palme brachte. »Und selbst wenn es offen wäre, könnten wir nicht hindurchgehen.«

»Aber es gibt doch andere Portale, oder? Wie das in der Antarktis! Irgendwo muss sie doch wieder herauskommen! Wir müssen doch irgendwas tun können!«

»Ich bin deiner Meinung«, sagte Gabriel.

»Wirklich?«

»Deine Schwester ist ins Reich der Toten gegangen. Dorthin können wir ihr nicht folgen. Wie du sagst, ist es unsere einzige Hoffnung, dass wir herausfinden, wo sie wieder herauskommen könnte. Dort müssen wir sein, wenn es so weit ist. Aber keiner von uns kennt sich in solchen Dingen aus. Du musst mithilfe der Chronik nach Loris zurück und den Rat befragen. Dort wirst du Antworten und Ratschläge bekommen.« Er schloss die Tür. »Aber ich werde nicht mitkommen.«

»Was? Warum nicht?«

»Bevor der Riese die Hexe zertrat, sagte sie, sie hätte etwas, das du noch mehr begehrst als das Buch Reckoning. Es könnte das sein, wovon Pym gesprochen hat – die Möglichkeit, euch das Leben zu retten. Das muss ich herausfinden. Der Sekretär wird es wissen.«

Michael nickte. »Wenn das stimmt, dann muss sie das im Reich der Toten erfahren haben – sonst hätte ich es in ihrer Erinnerung gefunden. Aber wie willst du ihn aufspüren?«

Gabriel kniete sich auf den Boden und rieb etwas gelbbraunen Staub vom Schuhabdruck zwischen den Fingern. »Ich kenne diese Farbe. Ich weiß, wo diese Erde herstammt.«

Er stand auf und zog einen goldenen Schlüssel aus der Tasche.

Michael murmelte: »Der ist doch von Dr. Pym …«

»Geht nach Loris«, sagte Gabriel. »Berichtet König Robbie, was geschehen ist. Findet heraus, wo eure Schwester wieder erscheinen wird.« Gabriel steckte den Schlüssel ins Schloss, und der senffarbene Staub rieselte von seinen Händen, während er den Schlüssel erst nach rechts drehte, dann nach links. Dann war ein Knacken zu hören und Gabriel hielt das abgebrochene Ende des Schlüssels in der Hand.

»Er ist zerbrochen!«, rief Michael. »Hast du etwa zu fest gedreht? So etwas sollte man nicht mit Gewalt versuchen.«

»Ich dachte schon, dass so etwas passieren könnte«, meinte Gabriel. »Jetzt wo Pym nicht mehr da ist, wird auch seine Magie immer schwächer.« Er öffnete die Tür. Der Korridor dahinter war nun verschwunden. Kate und ihr Bruder sahen ein Kiefernwäldchen, rochen kühle, saubere Luft aus einem anderen Teil der Welt, und sie hörten einen Motor brummen.

»Dr. Pyms Schlüssel hat uns noch einen letzten Dienst erwiesen«, sagte Gabriel. »Ich komme, sobald ich kann. Jetzt geht.« Damit trat er durch die Tür, zog sie hinter sich zu und war verschwunden.

»Wo war das?«, fragte Michael. »Wo ist er hingegangen?«

»Ich weiß es auch nicht.« Es blieb keine Zeit zum Nachdenken. Immerhin hatten Gabriels Worte Kate etwas beruhigt. Zumindest hatten sie nun einen Plan, eine Richtung, in der es weiterging. »Sagen wir Willy Lebewohl.«

Dem Riesen schien ihr Aufbruch aufrichtig leidzutun, und er nahm ihnen das Versprechen ab, wiederzukommen, damit sie die Stadt dann in ihrer alten Herrlichkeit sehen konnten. »Und dann wird niemand es wagen, euch in einen Auflauf zu stecken! Und wenn doch, dann bekommt er's mit mir zu tun!«

Sie bedankten sich bei ihm. Dann nahm Kate ihren Bruder an der Hand, blickte noch einmal um sich, beschwor die Macht der Chronik herauf und spürte, wie sie den Boden unter den Füßen verlor.

Sie wusste sofort, dass etwas nicht stimmte.

Eine Sekunde später kniete sie in ihrem Zimmer in der rosafarbenen Zitadelle. Der Steinboden war kühl und fest. Michael zog sie am Arm und rief ihren Namen. In ihren Ohren brauste es und sie rang nach Luft.

»Es ist … es ist alles in Ordnung.«

Sie konnte nicht begreifen, was geschehen war. Als sie die Macht der Chronik aufrief, da hatte es sich angefühlt, als ob die Luft selbst entzweiriss. Aber sie hatte weitergemacht. Es wäre ihr auch gar nicht möglich gewesen, an diesem Punkt noch zu stoppen. Und dann war es plötzlich nicht mehr die Luft gewesen, die riss, sondern etwas in ihr.

Genau davor hatte Rafe sie gewarnt, dachte sie. Vor dem Benutzen der Bücher.

»Kate …«

»Mir geht's gut. Wirklich.« Mühsam stand sie auf und sah sich um. Sie hatten die Stadt der Riesen am Nachmittag verlassen, aber hier war es Nacht. Zumindest hatte die Chronik sie dorthin gebracht, wo sie hinwollten. Michaels Umriss zeichnete sich im Dunkeln deutlich vor dem orangeroten Glühen draußen vor dem Fenster ab.

Da begriff sie, dass das Brausen nicht von ihren Ohren kam.

»Hast du …?«

»Ja, das will ich dir schon die ganze Zeit sagen.«

Sie schoben gemeinsam die Läden auf und traten auf den Balkon. In der ganzen Stadt brannten Feuer. Eine riesige

Armada von Schiffen, die weit aufs Meer hinaus reichte, drängte in den Hafen. Dunkle Gestalten jagten in Gruppen die Straßen hinauf. Über der Stadt huschten dunkle Schatten. Die Schreie von Morum Cadi zerrissen die Nachtluft.

Die Insel wurde angegriffen.

Sie mussten König Robbie finden. Dieser Gedanke trieb sie voran. Als sie aber durch die dunklen Flure, Treppenhäuser und gewundenen Gänge rannten und von draußen die Schreie und den Kampfeslärm hörten, begegneten sie keiner Menschenseele. Die rosafarbene Zitadelle war offenbar verlassen.

Aber der Kampf war noch in vollem Gange, das konnten sie hören.

Kate und Michael jagten im Erdgeschoss durch eine Tür und fielen dabei fast übereinander. Sie waren in dem Tunnel, der vom Garten zum äußeren Hof führte, wo sich eine kleine Gruppe von Zwergen verzweifelt gegen eine durch das Tor der Zitadelle brandende Flut von Kreischern und Gnomen warf.

Kate packe Michaels Hand. Sie musste die Chronik benutzen, ihr blieb keine Wahl. Aber wo sollten sie hin? Wo würden sie landen? Plötzlich ängstigte sie die Vorstellung, Magie anzuwenden, mehr als alles andere.

Eine der Gestalten aus dem Hof – es war zu dunkel, um Freund oder Feind zu unterscheiden – löste sich aus dem Kampfgetümmel und kam auf sie zugerannt. Bevor Kate entscheiden konnte, was sie tun sollten, war die Gestalt schon bei ihnen.

»Verdammt – wenn das nicht die Kinder sind!«

Kate und Michael blickten in das rauch-, schweiß- und blutverschmierte Gesicht von Haraald, dem rotbärtigen Zwerg aus

Dr. Pyms Rat. Er war in voller Rüstung und hielt eine Axt in der gepanzerten Hand.

»Was geschieht hier?« Kate war völlig aufgelöst. »Was ...?«

»Keine Zeit! Die Stadt ist verloren! Wir sind die Letzten, die hier noch rauskommen! *Wenn* wir es schaffen! Schnell! Lauft!«

Haraald packte Kate an der Hand, und sie konnte grade noch nach Michael greifen, als sie auch schon fortgerissen wurde. Der Zwerg lief zu ihrem Entsetzen auf die Kämpfenden, die Kreischer und Gnome zu. Doch als sie den Hof erreichten, brüllte er einen Befehl und zog sie nach rechts, während ein halbes Dutzend Zwerge vom Kampf abließen und ihnen folgten. Michael und Kate und die Zwerge liefen seitlich am Hof vorbei, fort von den klirrenden Schwertern und Äxten und den Schreien der Kreischer. Sie kamen an ein kleines, verriegeltes Tor in der Seitenmauer; Haraald riss die Riegel zurück und zog die Tür auf ...

»Wohin gehen wir?«, rief Kate. »Wo bringt ihr uns hin?«

»Zu den Booten! Die Stadt ist verloren, der grässliche Magnus ist schon im Hafen! Wir müssen los! Sofort!«

Er befahl, die Tür hinter ihnen zu verbarrikadieren, und zog Kate hindurch. Michael war nur einen Schritt hinter ihnen ...

Sie kamen auf einen schmalen, steilen Pfad, der von der rosafarbenen Zitadelle und der Stadt wegführte. Haraald zog Kate so schnell, dass sie rennen musste. Sie konnte nicht sehen, wo sie hintrat, und fürchtete zu stürzen, denn sie fühlte, dass neben ihr ein Abgrund war. Und dann verlor sie auch noch Michaels Hand.

»Michael!«

»Alles in Ordnung! Ich bin hier!«

Sie hörte seine Stimme direkt hinter sich. Nun konnte sie auch das Wasser unter ihnen sehen. Es war gar nicht weit entfernt. Kate sah einen hellen Strand und die dunklen Umrisse von Booten, die aufs Ufer gezogen worden waren. Dann sanken ihre Füße in den feinen Kies am Strand. Es knirschte unter ihren Füßen, als sie zum Wasser lief. Dort drehte sich Haraald um. Kate wurde hochgehoben, andere Hände nahmen sie in Empfang und setzten sie im Boot ab. Einen Augenblick später purzelte Michael auf einen Platz neben ihr. Dann legte das Boot auch schon ab und sie hörte Haraald rufen: »Los! Bringt sie zum König! Los! Sie reckte sich hoch und blickte zur rasch kleiner werdenden Küste zurück, wo Haraald den Strand wieder hinaufsprintete und die übrigen Zwerge gegen immer mehr Kreischer und Gnome kämpften. Dann verließ das Boot die Bucht, bog um einen Felssporn, der die Sicht auf das Geschehen versperrte, und entfernte sich rasch über das dunkle Wasser.

Sie waren kaum aus der Bucht gefahren, als die Zwerge schwarze Segel setzten, die sofort eine steife Brise einfingen und das Boot übers Wasser vorantrieben. Die Insel Loris verschwand rasch hinter ihnen, aber Kate konnte am orangeroten Lichtschein noch lange ablesen, wo die Insel lag und dass die Feuer noch brannten.

Sie saß im Bug und lauschte, wie der Kiel glatt durch die Wellen schnitt. Schon bald hatte sie das Gefühl dafür verloren, wie lange sie schon auf dem Wasser waren, aber es mussten einige Stunden sein. Michael war nach hinten gegangen, um mit den Zwergen zu sprechen. Es waren drei Zwerge an Bord, die sich aber nicht vorgestellt hatten.

Nach einer Weile kam Michael zurück, tief gebückt und mit einer Hand am Dollbord, um nicht das Gleichgewicht zu verlieren.

»Sie bringen uns zu König Robbie und den anderen.«

»Den anderen?«, fragte Kate.

»Den anderen, die es noch geschafft haben, aus Loris zu fliehen.«

So wie er das sagte, hatten es manche wohl nicht geschafft. Bei dem Gedanken lief es Kate kalt den Rücken hinunter. Wie hatte das geschehen können? Warum war die Stadt so schnell gefallen? Was hatte das zu bedeuten?

»Viel wollten sie mir nicht sagen«, fuhr Michael fort, »aber ich glaube, dass der Angriff letzte Nacht begonnen hat. Sie sagen, es sei von Anfang an klar gewesen, dass die Stadt nicht zu halten war und dass König Robbie die Evakuierung anordnete und dann so lange kämpfte, bis fast alle in Sicherheit waren.«

»Und was ist mit dem anderen Zwerg, der uns geholfen hat?«

»Haraald?« Michael blickte zurück zur Insel. »Da können wir wohl nur hoffen, dass er auch noch weggekommen ist.«

Sie schwiegen eine Weile. Kate bemerkte, dass Michael sie beobachtete.

Er fragte: »Wie fühlst du dich?«

»Gut.«

»Aber etwas stimmt nicht, oder?«

»Nein, es geht mir gut. Wirklich …«

»Kate.« Michaels Ton ließ sie aufhorchen.

»Okay«, sagte sie schließlich. »Es ist, als könnte ich die Chronik nicht mehr richtig kontrollieren. Und …«

Sie brach ab. Ihr fehlten die Worte, um ihre Gefühle zu beschreiben, aber Michael konnte spüren, wie verstört sie war.

Michael nickte. »Ich habe vorher nichts gesagt, aber als ich die Gräfin mit dem Buch Rubyn zurückholte, hatte ich das Gefühl, dass ich etwas erzwinge. Es war, als würde … als würde etwas zerreißen. Bei Emma habe ich das ähnlich gespürt, nur noch nicht so stark. Aber es wird immer schlimmer.«

»Das liegt an den Büchern.«

»Wie meinst du das?«

Kate überlegte, wie sie erklären sollte, was sie meinte. Und wie sie erklären sollte, woher sie das wusste, ohne zu verraten, dass sie es von Rafe erfahren hatte.

Einen Moment lang dachte sie daran, ihrem Bruder einfach die Wahrheit zu sagen.

Aber dann antwortete sie: »Ich weiß nicht. Dr. Pym hat mir gesagt, dass so etwas passieren könnte.«

»Werden wir sterben?«

»Nein! Natürlich nicht …«

»Kate.«

Es war wieder derselbe ernste Tonfall wie in dem Moment, als er tief unter der Stadt der Riesen ihre Führungsrolle infrage gestellt hatte.

Er braucht mich nicht mehr zu seinem Schutz, er kann sich jetzt selbst schützen, dachte Kate. Der Gedanke machte sie glücklich und traurig zugleich, denn ihr kleiner Bruder war erwachsen geworden, richtig erwachsen. Er war stark und tüchtig.

Ich habe meine Sache gut gemacht, ich habe das Versprechen erfüllt, das ich unserer Mutter vor so vielen Jahren gegeben habe, dachte sie. Und doch war sie traurig, weil Michael sie ab jetzt nicht mehr so sehr brauchte. Es war, als würde ein Teil von ihr abfallen.

»Ich weiß nicht, ob wir sterben werden«, sagte sie leise.

Michael nickte, setzte sich neben sie und nahm ihre Hand. Kate fühlte, dass anstelle von dessen, was geendet hatte, etwas Neues wuchs. Sie brauchte ihn nicht mehr zu beschützen. Von jetzt an beschützten sie sich gegenseitig.

Das Zwergentrio führte das Boot geübt, blieb aber schweigsam. Auf beiden Seiten glitten Inseln vorüber, manche nur als dunkle Masse am Horizont, andere so nah, dass die Kinder an der Küste Einzelheiten erkennen konnten. Eine Insel war in unheimliches grünes Licht getaucht, eine andere folgte ihnen eine Weile wie ein Hund, der einen Fremden von seinem Land verjagt und schließlich abdreht.

Die Zeit verrann und Kate war in Schlaf gesunken. Plötzlich erwachte sie davon, dass die Zwerge leise, aber in barschem Ton Befehle erteilten und weitergaben. Dann machte das Boot eine harte Wende. Kate blickte über den Bug, um zu sehen, wohin sie fuhren, aber das Meer lag weit und leer vor ihnen ausgebreitet. Dann kam einer der Zwerge nach vorn und band einen Olivenzweig an den Bugring.

Kate sah Michael fragend an, aber der zuckte nur mit den Achseln.

Etwas schimmerte in der Luft und die Nacht schien sich wie ein Vorhang vor ihnen zu teilen. Und dann lag dort, wo eben noch offenes Wasser gewesen war, auf einmal eine Insel, direkt vor ihnen. In dem Dämmerlicht war nicht viel zu erkennen, aber Kate hatte den Eindruck, dass sie nicht so malerisch war wie Loris mit seinen Olivenbäumen, Bergen und Steilküsten, sondern eine steil aus dem Wasser ragende, abweisende Felszacke.

Die Zwerge steuerten das Boot in einen großen Naturhafen,

in dem bereits Dutzende von Schiffen vor Anker lagen, vom kleinen Fischerboot bis zu Kriegsschiffen für Hunderte von Soldaten. Nun konnten die Kinder auch Geräusche hören: Rufe, das Hämmern auf Metall und das Plätschern der Wellen gegen Schiffsrümpfe. An den Hängen brannten kleine Feuer und dazwischen schienen Hunderte von Gestalten in Bewegung.

Die Segel wurden eingeholt. Zwei Zwerge griffen zu den Rudern und hielten aufs Ufer zu, während der dritte nach vorn kam und eine am Bug befestigte Taurolle aufnahm.

Er sagte nur: »Wir sind da.«

Das Boot glitt zwischen den vor Anker liegenden Schiffen hindurch, und als sie sich dem Strand näherten, rief jemand aus dem Schatten: »Wer kommt?«

»Aus Loris«, antwortete der Zwerg am Bug und warf das Tau einer Gestalt an Land zu, die es auffing und einholte. »Wir waren mit Haraald zusammen.«

»Wen habt ihr da bei euch?«

Kate sah, dass sich Michael geradesetzte, als hätte er die Stimme erkannt.

»Zwei der Kinder. Wir bringen sie zum König.«

Die Gestalt zog das Boot auf den felsigen Strand, wo es mit einem Knirschen zum Halten kam. Nun erkannten Kate und Michael auch die Person im Dunkeln.

»Hauptmann Anton!«, rief Michael. »Sie leben!«

Es war tatsächlich der dunkelhaarige Elfenhauptmann, und er war nicht nur am Leben, sondern sah trotz allem, was geschehen sein musste, so gepflegt aus wie immer.

»Das bin ich. Wie schön, euch beide in guter Verfassung zu sehen. Die Prinzessin wird darüber natürlich ganz besonders erfreut sein.«

Er half Kate auf den Strand. Michael sprang selbst über die Bordwand, schlug der Länge nach hin. Er rappelte sich aber sofort wieder auf und sagte: »Alles in Ordnung, alles in Ordnung.«

Der Elfenhauptmann wandte sich an den Zwerg im Boot. »Was ist mit Haraald? Der König erwartet schon ungeduldig seine Ankunft.«

»Wir haben ihn kämpfend am Strand zurückgelassen. Er hat uns mit den Kindern losgeschickt. Wirst du sie zum König bringen?«

Hauptmann Anton nickte. Kate verfolgte das Gespräch aufmerksam. Es schien ihr, als sei es von größerer Bedeutung, als es den Anschein haben mochte. Aber sie war sich nicht sicher.

Dann reichte der Elf das Tau wieder dem Zwerg, legte die Hände an den Bug des Bootes und schob es zurück ins Wasser.

»Danke!«, rief Kate.

»Ja. Danke!«, rief auch Michael, aber vom Boot kam keine Antwort; die Zwerge fuhren schon wieder aus dem Hafen.

»Wo fahren sie hin?«, fragte Kate.

»Sie wollen versuchen, Haraald zu finden«, sagte Hauptmann Anton. »Aber sie werden kein Glück haben. Doch jetzt kommt.«

Er führte die Kinder den Strand hinauf, der, wie sie jetzt sahen, ein einziges großes Lager war. Überall an der Küste und hundert Meter ins Land drängten sich Menschen und Zwerge in Gruppen um Feuerstellen. Viele trugen Vorräte von den Booten ans Ufer und weiter ins Inselinnere. Überall waren Verwundete. Wer nicht selbst verletzt war oder Verletzte versorgte, kochte oder aß, der schärfte und polierte Waffe und Rüstung.

»Wo ist eure Schwester?«, fragte Hauptmann Anton.

»Das ist eine lange Geschichte«, antwortete Kate.

»Aber sie ist am Leben? In Sicherheit?«

Kate warf Michael einen Blick zu und fragte sich, wie sie diese Frage beantworten sollte.

»Ja«, meinte sie schließlich, weil sie selbst daran glauben musste. »Das ist sie.«

»Hauptmann«, sagte Michael, und seine Stimme verriet, wie nervös er war. »Ihr habt Prinzessin Wilamena erwähnt. Geht es ihr gut?«

»Es geht ihr gut. Als der Wirbelsturm sie ausspie, war sie von der Gewalt des Finsteren befreit. Wir sahen, dass ihr entkommen konntet, und flohen selbst ebenfalls. Als wir das Tal verlassen hatten, gingen wir durch das Portal, das Pym für unseren Rückzug eröffnet hatte. Sein Tod war ein schwerer Schlag. Weißt du, dass Wallace gefallen ist?«

»Ja«, sagte Michael. »Das weiß ich.«

»Er war unser Freund«, sagte Kate. »Er fehlt uns sehr.«

»Das sind dunkle Zeiten, in denen wir uns treffen«, sagte Hauptmann Anton. »Wir müssen zusammenhalten. Das ist die einzige Hoffnung, die wir haben.«

Kate sah ihren Bruder an und fragte sich, ob er aus den Worten des Elfenhauptmanns eine tiefere Bedeutung gelesen hatte, aber Michael blickte starr geradeaus.

Sie waren vom Strand aus stetig bergauf gegangen und Kate sah, dass sie nun an eine Art Grenze kamen. Weiter oben brannten ebenfalls Feuer, aber es sah so aus, als lagerte unten am Wasser die Armee, während sich hier oben die zivilen Flüchtlinge einrichteten, die Ladenbesitzer, Fischer und Familien, die aus Loris vertrieben worden waren.

An der Schnittstelle der beiden Lager stand ein großes grünes Zelt. Auf beiden Seiten des Eingangs brannten Fackeln. Vor dem Eingang standen mehrere Zwerge Wache. Als die Kinder näher kamen, konnten sie hören, dass im Inneren des Zeltes laut und heftig diskutiert wurde. Dann kamen Personen heraus. Kate und Michael sahen Wilamenas Vater und die silberhaarige Elfe Lady Gwendolyn, die elegant wegstolzierten. Dann kamen Magda von Klappen, Hugo Algernon, Hauptmann Stefano und Meister Chu, der chinesische Zauberer, die untereinander flüsterten und sich gegenseitig anzischten. Zuletzt kamen drei oder vier weitere Zwerge, Menschen und Elfen, die die Geschwister nicht kannten und die sich in verschiedene Teile des Lagers aufmachten.

»Ich würde tippen«, sagte Hauptmann Anton, »dass die Beratung nicht gut verlaufen ist.«

Zum Schluss kam noch eine einzelne Gestalt heraus: König Robbie. Kate war erschrocken, wie blass, alt und erschöpft er in dem flackernden Schein der Fackeln aussah.

Der Zwergenkönig wandte den Kopf zur Seite und bemerkte sichtlich schockiert die Kinder. Doch er fand schnell seine Fassung wieder und wirkte für einen Moment wie früher.

»Na, du lieber Himmel …«

Und dann umarmte er die beiden gleichzeitig und drückte sie gegen die Metallknöpfe seiner Uniformjacke.

»Wir hatten keinerlei Nachricht von euch!« Er hielt Kate und Michael auf Armeslänge von sich und musterte sie, als müsse er sich vergewissern, dass er richtig sah. Dann blickte er an ihnen vorbei ins Dunkel. »Aber wo ist die kleine Emma?«

»Darüber müssen wir mit Euch sprechen«, sagte Kate. »Es geht ihr gut. Glauben wir jedenfalls. Aber …«

»Das könnt ihr mir beim Essen erzählen. Ich habe euch auch viel zu berichten.« Er sah den Elf an. »Danke, Hauptmann.«

»Ich habe sie nur vom Strand heraufgeführt. Haraald und die Zwerge waren es, die sie aus Loris herausgebracht haben.«

»Dann ist auch Haraald sicher zurück?«

Der Hauptmann schüttelte den Kopf.

»Ich verstehe. Trotzdem, danke.«

König Robbie legte er die Arme um die Kinder und führte sie ins Zelt.

Der Zwergenkönig setzte sich mit seinen Gästen ans Ende des langen Tischs in der Mitte des Zelts, an dem viele Stühle standen, die man offenbar energisch zurückgeschoben hatte und wo, wie Kate vermutete, bis eben der Rat getagt hatte.

Das Zelt war groß und einfach eingerichtet. Zur Beleuchtung dienten Kerzen und Laternen. Der Tisch war übersät mit Karten, Dokumenten und benutzten Gläsern. Daneben stand ein kleiner Tisch mit verschiedenen Platten voller Essen, Krügen und Flaschen. König Robbie stellte den Kindern ihr Abendessen zusammen: Fisch, Kartoffeln, Oliven und eine Art Reis. An einer Zeltwand stand ein einfacher Schreibtisch samt Stuhl, an der Rückwand befanden sich eine Rüstung und eine gewaltige Streitaxt, als würden sie auf ihren Meister warten. Ein Ort zum Schlafen war nicht zu sehen, und Kate fragte sich, ob der Zwergenkönig überhaupt vorhatte, sich auszuruhen, oder ob er das Schlafen ganz auf friedlichere Zeiten verschoben hatte.

»Esst. Ihr seht alle beide halb verhungert aus. In Kriegszeiten ist das gefährlich. Du machst weiter und immer weiter und merkst gar nicht, wie erschöpft du bist. Und dann, wenn du deine Kraft am meisten brauchst, hast du keine mehr.« Er nickte zwei Zwergendienern zu, die die übrigen Gläser und Teller abräumten. »Danke, Jungs. Und jetzt seht zu, dass ihr etwas Schlaf bekommt.« Er drehte sich wieder den Kindern zu. »Wir hatten gerade eine Ratsversammlung. Ich mache mir Sorgen, muss ich euch sagen. Ich glaube nicht, dass auch nur einer von uns je angemessen gewürdigt hat, was Pym alles getan hat. Damit meine ich nicht seine Magie, sondern ihn als Person. Zwischen Elfen, Zwergen und Menschen besteht aus historischen Gründen ein großes Misstrauen. Ich will gar nicht sagen, dass die Zwerge daran völlig unschuldig sind, wir tragen da auch unser Teil. Aber Pym hat es geschafft, dass wir alle Zwietracht vergessen und zusammenarbeiten. Nun ist er fort, und ich gebe mir auch die größte Mühe, aber …« Er hob die Schultern und breitete die Arme aus. »Ja, das ist ein schwerer Schlag, dass wir Stanislaus verloren haben, ein schwerer Schlag.«

Kate dachte wieder, dass er sehr alt und müde aussah.

»Aber Euer Majestät«, sagte Michael, »Was ist passiert? Wir sind doch erst vor wenigen Tagen von Loris aufgebrochen. Wie konnte es erobert werden?«

Robbie McLaur lachte kurz und freudlos. »Ah, Junge, ich glaube nicht, dass wir überhaupt eine Chance hatten. Alle unsere natürlichen Verbündeten – damit meine ich Menschen, Zwerge, Elfen, Meerleute, Feen, manche Kobolde und Riesen – sind über Hunderte von Meilen übers Meer verteilt. Manche leben noch weiter entfernt, am anderen Ende der Welt. Wie soll man die dazu bringen, dass sie ihre Heimat verlassen und ihre Truppen nach Loris schicken, damit wir unsere Kräfte bündeln können in der Hoffnung, so vielleicht den grässlichen Magnus zu besiegen? Nun, das ist einfach zu viel verlangt, oder?«

König Robbie schüttelte mutlos den Kopf.

»Und so hat der grässliche Magnus ungefähr so viel Mühe mit der Einnahme der Stadt gehabt, als ob wir sie ihm hübsch eingepackt überreicht hätten. Freude macht es mir keine, dass ich es so vorhergesagt habe, aber so ist es. Als Pym mir das Kommando gab, habe ich deshalb mit als Erstes einen Rückzugsort eingerichtet, falls wir Loris aufgeben müssen. Einen versteckten Ort, an dem wir den Widerstand am Leben erhalten können. Bis jetzt ist uns das gelungen.

Aber wie soll es von hier aus weitergehen? Das ist die Frage.«

Er seufzte wieder und rieb sich das Gesicht. Kate warf heimlich einen Blick auf Michael, der sich offenbar genauso sorgte wie sie.

Der Zwergenkönig winkte mit der Hand. »Aber genug davon. Das Letzte, was ich von euch gehört hatte, waren die Berichte von Prinzessin Wilamena und Hauptmann Anton. Sie sagten, du«, er sah Kate an, »seist in der Festung des grässlichen Magnus erschienen, hättest deinen Bruder und deine Schwester und Gabriel mitgenommen und seist dann wieder verschwunden. Also wo zum Teufel, verzeiht mir meine Ausdrucksweise, seid ihr die letzten Tage gewesen? Wo ist eure Schwester? Wo immer sie ist – ich hoffe, Gabriel ist bei ihr. Sagt mir wenigstens das.«

Und so erzählten ihm Kate und Michael, wie die Chronik sie ins Land der Riesen gebracht hatte, wie sie beinahe in einem Auflauf geendet hätten und wie sie zur alten Stadt mit den Riesenspinnen gekommen waren. Sie berichteten, wie sie die Überreste der Person fanden, die vor langer Zeit in Rhakotis das Buch des Todes gestohlen hatte, und wie sich diese Person als die Gräfin entpuppte …

»Nicht die Hexe aus Cambridge Falls!«, rief König Robbie aus und schlug mit der Faust auf den Tisch. »Dann ist sie jetzt zurückgekehrt, oder?«

»Nein«, sagte Kate. »Nun ja, für etwa eine Sekunde hat Michael sie mit dem Buch Rubyn wieder zum Leben erweckt, aber dann hat ein Riese sie zertreten.«

Robbie McLaur gluckste. »Tatsächlich? Das muss ja ein lohnender Anblick gewesen sein. Habt ihr denn herausfinden können, wo das Buch Reckoning versteckt ist?«

Kate bestätigte dies und erzählte, wie sie in die Höhlen unter der alten Stadt der Riesen hinabgestiegen waren, wie sie dort die schlafenden Spinnen gefunden hatten und wie sie entdeckt hatten, dass sich dort ein Portal ins Totenreich befand, wo die Gräfin das Buch des Todes vor langer Zeit versteckt hatte …

»Was du nicht sagst«, murmelte der Zwergenkönig. »Höllisch klug, das muss man ihr lassen, höllisch klug.«

… dass dann aber die Spinnen aufgewacht waren …

»Nicht möglich!«

Der Zwergenkönig war auf jeden Fall ein überaus dankbares Publikum.

Die Kinder redeten nun beide, um rasch bis zum Ende zu kommen. Sie erzählten, dass nur Emma als Hüterin des Buchs Reckoning ins Totenreich hatte gehen können und dass sich das Portal geschlossen hatte, nachdem sie hindurchgegangen war. Sie gestanden, dass sie jetzt nicht wüssten, wo sie wieder zum Vorschein kommen würde, wann und ob überhaupt.

»Ihr meint doch nicht etwa, dass sie da allein hineingegangen ist?«, rief Robbie McLaur. »Und was ist mit Gabriel?«

»Der ist losgezogen, um den Sekretär zu suchen. Wohin, das wissen wir nicht.«

»Hm. Und das Portal hat sich geschlossen, sagt ihr?«

»Ja. Und deshalb müssen wir die anderen Zugänge zum Reich der Toten finden. Einer ist in der Antarktis, das wissen wir, im Elfenwald. Aber es muss noch mehr geben. Und dann müssen wir herausfinden, zu welchem Portal Emma herauskommen wird.«

Schon wenn sie das alles nur aussprach, keimte in Kate wieder Panik auf. Seit sie die Stadt der Riesen verlassen hatten, war so vieles auf sie eingestürmt, nicht zuletzt die Schmerzen, wenn sie die Chronik benutzte, und die Erkenntnis, dass es Michael mit dem Buch Rubyn genauso erging. All das hatte sie vergessen lassen, wie unsagbar weit Emma von ihnen entfernt war und wie groß die Hindernisse waren, die sie voneinander trennten. Jetzt hatte sie all das wieder klar vor Augen. Sie kam sich klein und schwach vor, ohne jede Hoffnung.

Der Zwergenkönig stand auf, füllte sein Weinglas wieder auf, trank es aus, füllte noch einmal nach und kehrte an den Tisch zurück.

»Also, wir haben so ein Portal im Land der Herzensdame unseres jungen Freundes hier ...«

»Prinzessin Wilamena ist nicht meine Herzensdame!«, sagte Michael hastig. »Ich weiß gar nicht, wie Ihr auf die Idee kommt ...«

»Michael ...«, sagte Kate warnend.

»Und es gibt mindestens ein weiteres, von dem ich weiß: auf einer Insel vor der schottischen Westküste.«

»Das ist alles?«, fragte Michael. »Nur diese beiden?«

»Nun, also«, sagte der König und blickte in sein Glas. »Von einem weiteren weiß ich noch.«

»Dann sind das trotzdem nur drei!«, sagte Michael. »Dann

brauchen wir nur eine Mannschaft an jede dieser Stellen zu schicken. Früher oder später wird Emma irgendwo herauskommen. Sie wird das Buch Onyx haben und wir werden damit den grässlichen Magnus töten und fertig!«

»Zweifellos wird sie das Buch Onyx haben«, sagte Robbie McLaur. »Ihr seid eine außergewöhnliche Familie, und die Kleine ist eine geborene Kämpferin.«

Kate merkte, dass es etwas gab, womit der Zwergenkönig nicht herausrücken wollte.

»Und wo liegt das Problem?«, fragte sie zögernd.

»Das Problem ist …«, Robbie McLaur blickte auf und schien schon um Vergebung zu bitten, während er sprach. »Das Problem ist, dass das letzte Portal zum Totenreich im Garten der rosafarbenen Zitadelle liegt. Und das bedeutet, wenn eure Schwester dort herauskommt, wird sie das Buch des Todes – und sich selbst – direkt in die Hände des grässlichen Magnus geben.«

Kate kam es vor, als hätten die Worte des Zwergenkönigs sie in Stein verwandelt. Sie war unfähig, sich auch nur zu rühren.

Bei Michael musste es ähnlich sein. Doch in diesem Augenblick gellte ein Schrei, etwas Goldenes blitzte auf und herein flog die Elfenprinzessin. Sie warf sich ihm an den Hals und schluchzte »Du lebst! Du lebst! Mein geliebter Hasi!«

Und Michael wehrte sich nicht einmal dagegen.

KAPITEL 14

Der Fährmann

Ungefähr zur gleichen Zeit, als Robbie McLaur Kate und Michael vom Portal im Garten der rosafarbenen Zitadelle erzählte, versuchte sich Emma dazu zu überwinden, einfach hinunterzugehen und sich bei den blöden Geistern einzureihen.

Sie können einem ja eigentlich nicht wehtun, sagte sie sich.

Oder doch? War sie vielleicht ein Geisterexperte? Sie hatte keine Ahnung, was Geister konnten und was nicht. Und waren das überhaupt Geister? Sie sahen eigentlich gar nicht so aus. Eher wie normale Menschen. Sie stellte sich Michael hier unten vor. Der hätte seine Brille ganz hochgeschoben und dann einen langen und stinklangweiligen Sermon über Geister und ihre Gewohnheiten losgelassen, bis ihm irgendjemand (wahrscheinlich sie) eine Kopfnuss verpasste. Aber er war nicht hier. Niemand sonst. Sie war allein.

Zu Anfang, als sie Kate und Michael und Gabriel zurückgelassen hatte und mit Michaels winziger und fast nutzloser

Taschenlampe durch den Tunnel hinter dem Spinnennetz gegangen war, hatte sie voller Energie gesteckt und war von ihrer Bestimmung erfüllt gewesen. Sie würde das Buch des Todes finden, alle retten und dann die große Heldin sein. Aber nachdem sie gefühlt seit Stunden unterwegs war – in Wirklichkeit waren es eher zwanzig Minuten –, war ihr eingefallen, dass sie eigentlich überhaupt nicht wusste, wo sie hingehen sollte. Wie groß war dieses Reich der Toten eigentlich? Wenn dieses Buch nun Tausende von Meilen entfernt war? Wenn sie Jahre brauchte, um es zu finden? War es im Totenreich eigentlich kalt? Hätte sie besser eine Jacke mitgebracht? Und wenn es regnete? Wo würde sie etwas zu essen finden? Und wie sollte sie jemals wieder nach draußen finden?

Während sie all das dachte, hatte sie die Schwärze des Tunnels hinter sich gelassen und war in einen dichten, grauen, nassen Nebel gelangt. Sie hatte gespürt, dass sie nicht mehr auf felsigem Untergrund, sondern auf Erde lief.

Da hatte sie gewusst, dass sie den Übergang geschafft hatte.

Bald hatte sich der Nebel verzogen und sie war an einen mit Baumskeletten bestandenen Hang gekommen. Sie war hangabwärts gelaufen, Haar und Kleidung noch voller Wasserperlen aus dem Nebel. Unten angekommen war sie an eine breite Straße aus fester Erde gelangt, auf der sie der Prozession der Toten begegnet war.

Einen Augenblick lang hatte sie die Wanderer für durchsichtig gehalten, so grau und verschwommen hatten sie ausgesehen. Von ihrem Versteck hinter einem Baum hatte sie dann aber erkannt, dass das nur am Nebel lag und dass die Toten – und das waren sie doch, oder? – ganz und gar nicht transparent waren. Aber waren sie dann fest und greifbar? Emma konnte ihre Füße leise auf dem Boden schlurfen hören – also waren sie es wohl. Aber wie war das möglich? Hatten sie nicht ihre Körper in der Welt der Lebenden zurückgelassen?

Emma kam das vergangene Schuljahr in den Sinn. Sie hatten all diese Wikingergeschichten gelesen – was für eine Schullektüre ziemlich cool gewesen war, weil es da meistens um das Abschlagen von Köpfen und Kämpfe mit Riesen und Trollen ging. Bei den Wikingern war der Himmel ein Ort gewesen, an dem die Toten offenbar die ganze Zeit herumsaßen, aßen und tranken. Das war ohne Körper eigentlich nicht möglich. Vielleicht hatte man ja zwei Körper – einen für die Welt der Lebenden und einen fürs Totenreich. Wie das genau funktionieren sollte, wusste Emma auch nicht, aber sie hatte jetzt wenigstens so etwas wie einen Präzedenzfall.

Die Gestalten gingen alle in die gleiche Richtung. Sie wirkten wie hypnotisiert, fast so, als folgten sie einem unhörbaren Ruf. Keiner redete. Da waren Männer und Frauen, alte und junge. Es gab Kinder, sogar Babys. Die Kleidung der Toten war nicht einheitlich. Es schien, als trage jeder das, was er im Augenblick des Todes getragen hatte. Wenn man also beim Herzinfarkt einen speckigen alten Bademantel anhatte, musste man dann bis ans Ende der Zeit so herumlaufen? Aber selbst das war noch besser, als es den Nackten hier erging. Emma machte sich im Geiste eine Notiz, auf jeden Fall bekleidet zu sterben.

Sie hätte den Wanderern einfach aus dem Weg gehen können, aber sie hatten dieselbe Richtung wie sie. Ihr blieb keine Wahl. Seit sie vom Spinnennetz in das Portal geblickt hatte, war sie vom Buch Reckoning angezogen worden, als wäre ein Haken tief in ihrer Brust.

Da ihr nichts anderes einfiel, trat sie schließlich hinter dem Baum vor und marschierte mit vorgerecktem Kinn, die Hände zu Fäusten geballt, geradewegs den Hang hinunter und reihte sich in die Totenprozession ein.

Nur wenige sahen kurz zu ihr herüber. Die meisten reagierten gar nicht weiter.

Emma hielt sich zunächst bewusst am Straßenrand. Doch schon nach wenigen Augenblicken entspannte sie sich und begann sich umzusehen. Sie ging nun neben einer Frau mit Hosenanzug und Aktenkoffer. Sie sah sehr alt aus, dachte Emma, um die vierzig.

»Hallo.«

Die Frau drehte langsam den Kopf. Ihr Blick wirkte etwas benommen, als wäre sie eben erst aufgewacht.

»Warum geht ihr alle in diese Richtung?«

Die Frau blickte auf die Straße, dann wieder zu Emma. »Ich … ich weiß nicht. Ich … muss einfach.«

»Und woher kommst du?«

»Ich komme aus …« Wieder sah die Frau verwirrt aus. »Ich weiß das nicht. Ich kann mich nicht erinnern.«

»Nun, wie bist du gestorben?« Emma hoffte, dass ihre Frage nicht zu unhöflich war, aber die Frau war ja tot. Da brauchte man nicht drum herumzureden.

»Ich … auch daran kann ich mich nicht erinnern. Aber ich heiße Liz. Das weiß ich.«

Auf dem weiteren Weg fragte Emma noch andere, woher sie kamen und wie sie gestorben waren. Niemand konnte sich daran erinnern. Wie die Frau, mit der sie zuerst gesprochen hatte, hatten sie nur die Erinnerung an ihren Namen behalten; ansonsten war ihre Erinnerung ausgelöscht. Und keiner konnte ihr sagen, warum sie diese Straße entlanggingen. Da die Wanderer ihr aber nicht gefährlich vorkamen, ging sie einfach mit ihnen weiter. Es machte Emma sehr traurig, dass sich die Toten nicht an ihr Leben erinnerten. Wo man gewohnt hatte und welcher Arbeit man nachgegangen war, das war eine Sache. Aber es war einfach entsetzlich, dass sie ihre Familien, ihre Freunde und alle, die sie geliebt hatten, vergessen hatten. Vor dem Sterben hatte Emma nie Angst gehabt. Aber wozu war das ganze Leben eigentlich gut, wenn sie starb und dann Kate und Michael und Gabriel einfach vergaß? Wenn sie all die Erinnerungen verlor, die sie doch ausmachten?

Bald machte die Straße eine Biegung und endete an einem breiten, felsigen Strand, hinter dem sich eine unheimlich glatte, grauschwarze Wasserfläche breitete. Ob es sich um einen Fluss, ein Meer oder den Ozean handelte, war unmöglich auszumachen, da über dem Wasser derselbe Nebel lag wie über dem Land. Eine ganze Flotte kleiner Boote – kaum mehr als Ruderboote, die von Gestalten in dunklen Umhängen und Kapuzen geführt wurden – steuerte auf den Strand zu. Die Boote nahmen die Toten an Bord und fuhren wieder in den Nebel hinaus.

Es ragte auch eine Mole aus Beton ins Wasser hinaus, aber die dunkel verhüllten Bootsleute nutzten sie nicht, sondern fuhren direkt auf den steinigen Strand.

Emma sah den Booten nach und wünschte, dass sich der Nebel lichtete, damit sie übers Wasser sehen konnte. Dort irgendwo war das Buch und rief sie.

Also weiter, dachte sie. Du weißt, dass es sein muss.

Der Strand bestand aus kantigen schwarzen Steinen, und nach der Stille auf der Wanderung kam ihr nun alles laut vor:

das Knirschen und Scharren ihrer Schritte, das Klatschen der Ruder und das Schleifen der Bootskiele auf dem Strand. Bei den Toten gab es kein Schieben oder Drängeln. Wie auf der Wanderung stiegen sie ruhig und gemächlich in die Boote, die Schiffer stießen vom Ufer ab, wendeten ihr Fahrzeug und ruderten in den Nebel davon.

Als wäre es verabredet, ging Emma direkt auf ein Boot zu, dessen Bug am Strand hoch aufragte. Wenn sie sich mehr Zeit genommen hätte, dann wäre ihr vielleicht aufgefallen, dass die Toten dieses Boot mieden. Emma überkam eine seltsame, unerklärliche Angst. Ihr schlug das Herz in der Brust und sie wollte umkehren. Aber wohin sollte sie umkehren? Ihr Weg ging nach vorn. Sie spürte, wie die Wellen um ihre Fesseln schwappten und ihre Schuhe durchnässten. Das Gesicht des Bootsmanns war unter der Kapuze nicht zu erkennen.

»Was ist dort?«, fragte sie. »Wohin fahren diese Boote?«

»Zum Reich der Toten.«

»Ich dachte, dies wäre schon das Reich der Toten.«

»Das hier ist nur der Weg dorthin.«

Emma stutzte. Die Stimme klang seltsam vertraut.

Sie stürzte vor, packte die Kapuze und riss sie zurück.

»Ich wusste es! Ich wusste, dass Sie es sind!«

Sie blickte ins Gesicht des alten Zauberers Stanislaus Pym. Aber er hatte sich verändert. Der abgewetzte alte Tweedanzug und die zerknautschte Krawatte waren verschwunden, ebenso die zerbrochene und wieder geflickte Brille. Er trug nun eine dunkelgraue Robe mit Kapuze. Das ewig zerzauste Haar war gezähmt und länger geworden. Seit seinem Tod war ihm sogar ein ziemlich ansehnlicher Bart gewachsen. So sah er eigentlich viel mehr wie ein Zauberer aus, als er es als Lebender je getan hatte. Sein Gesichtsausdruck war allerdings sehr gefasst, beinahe ausdruckslos.

Und was machte er hier mit diesem Boot?

»Was tun Sie hier mit diesem Boot?«

»Ich bin Fährmann.«

»Hören Sie auf! Ich weiß, was Sie vorhaben. Sie wollen mich wieder reinlegen.«

Er blickte aufrichtig verwirrt drein. »Dich hereinlegen? Ich setze die Toten über …«

»Ich weiß, was Sie vorhaben!« Jetzt schrie Emma. »Sie haben uns angelogen! Sie haben uns verraten! Sie haben geplant, dass wir alle sterben werden!«

Er schüttelte den Kopf. »Es tut mir leid. Haben wir uns gekannt, als ich noch lebte?«

Emma merkte, wie die Wut in ihr aufstieg. Natürlich war es nicht überraschend, dass er genauso wenig Erinnerung an sein Leben hatte wie die anderen Toten, aber irgendwie machte sie das noch wütender. Es war, als hätte er alles, war er ihr angetan hatte, nur vergessen, um sie noch mehr zu verärgern.

»Sie haben getan, als wären Sie unser Freund!« Nun brannten Tränen in ihren Augen. »Mein Freund und der von meinen Geschwistern. Und die ganze Zeit wussten Sie vielleicht schon, dass Sie bald sterben würden. Deswegen war Ihnen das egal. Sie sind ein Lügner! Ich bin froh, dass Sie tot sind!«

Sie musste sich wegdrehen, weil sie weinen musste und nicht wollte, dass er das sah. Der Zauberer sagte zum Glück nichts, auch wenn ihre Schultern bebten. Sie atmete tief durch und versuchte, sich wieder zu fassen. Dann wischte sie sich die Augen und drehte sich wieder um.

»Also schön, wie auch immer, Sie erinnern sich nicht, wer

Sie sind, ist mir auch egal. Aber warum haben Sie hier auf mich gewartet? Ich bin mir sicher, dass Sie gewartet haben. Aber woher wussten Sie, dass ich kommen würde?«

Er zuckte mit den Schultern. »Ich bin einfach gekommen.«

»Und haben auf mich gewartet!«

»Ja.«

»Und wie können Sie auf mich warten, wenn Sie sich nicht an mich erinnern?«

»Ich weiß es nicht.«

Genug. Emma beschloss, einfach und ohne weitere Erklärung wegzugehen. Was oder wer auch immer den Zauberer hergebracht hatte und wie unwissend er sich auch stellte, mit ihm würde sie nicht gehen. Sie würde ein anderes Boot finden. Sie wollte sich gerade umdrehen, als ein Horn laut über den Strand schallte. Sie riss den Kopf herum und sah ein Schiff, ein riesengroßes Frachtschiff aus dem Nebel auftauchen. Es hatte einen Metallrumpf und war vom Rost gestreift wie ein Tiger. Emma hörte die Maschine brummen, die Schraube wühlte das Wasser durch und es roch nach verbranntem Schiffsdiesel. Das Horn ertönte erneut. Offenbar versuchte man, die Fahrt zu verlangsamen, aber Emma sah es gegen die Mole krachen. Die Gestalten an Bord, schwarz gekleidete Männer und Frauen, warfen Taue über Poller und brachten das Schiff längsseits. An der Seite öffnete sich mit metallischem Kreischen eine breite Klappe und krachte als behelfsmäßige Landungsbrücke auf die Mole. Dann strömten die Männer und Frauen an Land. Es waren wilde Gestalten, die im Nebel ihre Peitschen knallen ließen und schreiend über die Mole liefen.

»Was geschieht da?«, rief Emma. »Was haben die vor?«

Der alte Zauberer antwortete nicht. Das war auch nicht nötig, denn es war offensichtlich, was geschah: Die Schiffsbesatzung trieb die Toten zusammen, bugsierte sie auf die Mole und von da weiter auf das Schiff.

Dann trat eine Gestalt aus dem Schiffsrumpf. In all dem Grau von Strand und Wasser und Himmel hob sich die blutrote Robe des Mannes deutlich ab. Emmas Herz setzte einen Schlag aus, denn ebenso waren die Hexer gekleidet gewesen, die sie vor Tagen im Lager des grässlichen Magnus gesehen hatte. Sie hatten einen besonderen Namen gehabt, den Rourke ihr verraten hatte, aber im Augenblick wollte er ihr nicht einfallen.

Dann hallte die Stimme des Mannes über den Strand: »Lasst die anderen! Sucht das Mädchen! Es muss hier sein!«

Emma wusste, dass sie gemeint war.

»Steig ein.«

Emma drehte sich herum. Es war Dr. Pym, der das gesagt hatte. Sie wollte ihm schon sagen, dass sie mit ihm nirgends hinfahren würde und dass sie ihn hasste, aber nun entstand hinter ihr Aufruhr. Man hörte dumpfes Peitschenknallen, das Knirschen von Booten auf den Steinen und einen heiseren Ruf. Emma wusste, dass man sie entdeckt hatte.

Dr. Pym sagte noch einmal: »Steig ins Boot.«

Die Männer und Frauen vom Frachtschiff hatten sie beinahe erreicht. Emma griff ans Dollbord des Ruderboots und zog sich hinauf. Sie nahm sich vor, den Zauberer zu treten, falls er versuchte, sie anzufassen. Dann war sie im Boot und setzte sich auf eine der Bänke.

Die Meute der Männer und Frauen mit den Peitschen war am Ufer stehen geblieben. Sie hechelten wie Hunde, denen bei einer Hetzjagd die Beute durch die Lappen gegangen war. Dabei standen sie nur einen Schritt entfernt und hätten Emma leicht aus dem Boot zerren können. Aber sie blieben einfach stehen und traten nur zur Seite, als die Gestalt mit der roten Robe nach vorn trat. Es war ein Mann, der zwar wie die Hexer des grässlichen Magnus gekleidet war, den Emma aber noch nie gesehen hatte. Er hatte dünnes schwarzes Haar und ein schmales Rattengesicht – und er rang vor Wut die Hände.

»Du kannst sie nicht ewig schützen«, zischte der Mann. »Sie gehört dem Meister.«

Dr. Pym sagte nur: »Sie ist im Boot.«

Der Mann mit dem Rattengesicht sah aus, als würde er vor Wut gleich ausspucken. Doch da sagte eine andere Stimme: »Dann nimm sie.« Die Menge teilte sich ein zweites Mal und gab den Blick frei auf eine Gestalt, die sich auf einen knorrigen Stock aus schwarzem Holz stützte. Emma verschlug es den Atem. Es war der alte Hexer mit der roten Robe, den sie in der Festung des grässlichen Magnus gesehen hatte. Dasselbe strähnige Haar, dieselbe lange, krumme Nase und dasselbe getrübte Auge. Er war dabei gewesen, als der grässliche Magnus versuchte, sie mit dem Buch Reckoning zu verbinden, und Dr. Pym hatte ihn persönlich getötet. Emma erinnerte sich vage daran. Rourke hatte ihr erzählt, er sei früher ein Freund von Dr. Pym gewesen und hätte einst gegen den grässlichen Magnus gekämpft. Aber dann hatte der grässliche Magnus seinen Willen gebrochen, und offenbar musste der Hexer selbst hier noch seinem früheren Feind dienen.

Er sagte: »Wir werden sie am anderen Ufer finden.«

Derweil hob Dr. Pym hinter ihr die Ruder, stemmte die Füße gegen das Stemmbrett und legte vom Ufer ab.

Emma erwartete noch immer, dass sich die Menschenmenge ins Wasser warf, um das Boot aufzuhalten. Doch keiner rührte sich, und Emmas Herzschlag beruhigte sich, je weiter der Zauberer sie vom Ufer wegruderte.

Sie hörte den alten Weißäugigen sagen: »Sammelt so viele von den anderen wie möglich.«

Daraufhin drehten die Männer und Frauen mit den Peitschen sich um und trieben die Toten an Bord des großen Schiffes. Dann verschwand der Strand im Nebel.

Emma sah den Zauberer an. Auf keinen Fall würde sie sich bei ihm bedanken.

»Wohin bringen Sie mich?«

»Das sagte ich bereits, ins Reich der Toten.«

Er erinnert sich wirklich nicht an mich, dachte sie.

Sie starrte ins graue Nichts. Sie spürte, dass das Buch Onyx dort war und sie rief. Und mit jedem Ruderschlag Dr. Pyms kam sie ihm näher.

»Du solltest schlafen«, sagte der Zauberer.

»Ach halt's Maul«, murmelte sie.

Ob es magische Gründe hatte oder ob sie tatsächlich so müde war, dass sie nicht mehr dagegen ankämpfen konnte: Jedenfalls fand Emma eine flache Stelle zwischen den Sitzbänken, rollte sich dort so eng wie möglich zusammen, dachte noch kurz daran, dass sie Michael und Kate und Gabriel vielleicht, aber nur vielleicht, wiedersehen würde – und war auch schon fest eingeschlafen.

KAPITEL 15

Das Geheimnis der Hexe

»Hören Sie zu, bitte …«

»Sie ist tot! Tot! Tot! Tot! Tot!«

»Sie müssen das nicht tun …«

Der Mann rutschte mit seinem Stuhl nach vorn, bäumte sich gegen seine Fesseln auf und versuchte, sich, so gut es ging, zwischen die schwitzende, mit einem Messer herumfuchtelnde Gestalt mit dem wilden Blick und seine Frau zu schieben, die neben ihm an einen Stuhl gefesselt saß. Der Mann war Richard Wibberly. Seine Frau hieß Clare. An diesem Abend hatten die beiden ihre Kinder seit mehr als zehn Jahren nicht mehr gesehen.

»Es macht gar nichts, wenn Sie uns umbringen …«

»Nichts? Es macht nichts?« Der Mann mit dem wilden Blick sprang nach vorn und drückte die Klinge gegen das Gesicht des Gefangenen. »Es macht euch tot, das macht es! Und es tut ihnen weh! Und das genügt!«

Das Messer blitzte auf und eine lange, blutige Spur erschien auf Richards Wange.

Clare schrie und ließ eine ganze Kanonade von Flüchen und Drohungen los.

Der Mann stieß Richard grob zu Boden und ging auf die Frau zu.

Er kam dort aber nie an, denn in diesem Augenblick wurde die Tür eingetreten und ein Mann stürmte herein. Richard und Clare hatten noch nie einen Menschen gesehen, der so groß war. Aus dem Futteral auf dem Rücken des Mannes ragte das Heft eines Schwerts über seine Schulter. Er trug einen alten Mantel, hatte langes schwarzes Haar und eine lange, scheußliche Narbe, die seitlich am Gesicht herablief. Alles an ihm ließ auf Entschlossenheit, Kraft und heftige Gewalttätigkeit schließen.

Die Wut, die er ausstrahlte, schien das ganze Zimmer aufzuladen.

Der Geiselnehmer kreischte auf und wedelte mit dem Messer herum, aber der Eindringling schlug es weg, hob den Mann in die Luft und warf ihn aus dem Fenster. Die Scheibe barst mit lautem Klirren. Danach herrschte für die Dauer eines halben Atemzugs Stille, gefolgt von dem dumpfen Aufprall eines Körpers sechs Meter tiefer auf der Erde und dem feinen Klimpern von Glasscherben.

Der riesige Mann blieb einen Moment lang stehen; dann ließ er die Schultern sinken, sein Körper entspannte sich, als habe er eine schwere Last abgelegt, die er lange, lange Zeit getragen hatte.

Er richtete Richards Stuhl wieder auf, nahm das Messer und schnitt die Fesseln durch.

»Wer sind Sie?«, fragte Richard, rieb sich die Striemen, die der Strick in seine Handgelenke gegraben hatte, und sah zu, wie der Mann auch seiner Frau die Fesseln durchtrennte.

»Ich heiße Gabriel. Ich bin ein Freund Ihrer Kinder.«

Gabriel hatte seit dem Aufbruch aus der Stadt der Riesen nicht einmal drei Stunden gebraucht, um den Sekretär zu finden, aber es war in gewisser Weise der krönende Abschluss einer Jagd von fünfzehn Jahren gewesen.

Als der Sekretär anderthalb Jahrzehnte zuvor nach den Ereignissen von Cambridge Falls verschwunden war, hatte Dr. Pym Gabriel aufgetragen, den Mann ausfindig zu machen. »Er weiß sehr viel. Er ist in die geheimsten Pläne des grässlichen Magnus eingeweiht. Der Feind wird ihn jagen, um ihn für den Verrat der Hexe zu bestrafen. Deshalb müssen wir ihn vorher finden.«

Uns so war Gabriel jahrelang rund um die Welt gereist, war allen Hinweisen, Gerüchten und Andeutungen nachgegangen, die er auftreiben konnte, hatte den Bodensatz der magischen wie auch der nichtmagischen Welt durchwühlt und war immer einen Tag, eine Stunde oder einen Augenblick zu spät gekommen. Bei den Voodoo-Priestern und Blutsaugern von New Orleans war er auf Spuren des Mannes gestoßen, in einem abgelegenen Dorf in den Anden hatte er ihn nur knapp verpasst, und einmal – nur ein einziges Mal – hatte er dem Gejagten von Angesicht zu Angesicht gegenübergestanden: auf einer Straße in Paris, als der Sekretär versuchte, mit den Händen eine Taube zu fangen, vermutlich fürs Mittagessen. Dann hatte sich eine Touristengruppe zwischen sie gedrängt, und als

Gabriel auf die andere Straßenseite kam, war der Mann wie vom Erdboden verschluckt gewesen. Danach hatte Dr. Pym Gabriel angewiesen, die Jagd aufzugeben. Nun waren andere Angelegenheiten wichtiger; der Feind regte sich und die Zeichen standen auf Krieg.

Am Ende hatte sich all die Mühe doch ausgezahlt. Im Lauf seiner Suche war Gabriel auch durch ein Städtchen in einem kleinen Flecken der magischen Welt an der Felsküste der Adria gekommen, wo der Sekretär einige Monate lang in einer verlassenen Farbenfabrik gehaust hatte. Und die senfgelbe Erde in der frischen Spur im Thronsaal des Königs der Riesen hatte Gabriel verraten, wo sich sein Jagdopfer versteckte.

Gabriel war nicht direkt in der Fabrik aufgetaucht. Von früheren vergeblichen Versuchen wusste er, dass der Sekretär mit Schutzzaubern arbeitete, die vor magischen Einbruchsversuchen schützten oder zumindest so rechtzeitig warnten, dass ihm Zeit zur Flucht blieb. Deshalb war Gabriel mithilfe von Dr. Pyms Schlüssel zu einem Flugplatz vor der Stadt gereist. Der alte, runzlige Besitzer, der zugleich der einzige Pilot des Ortes war, kannte Gabriel noch von seinem Besuch fünfzehn Jahre zuvor.

»Ja, die Fabrik gibt es noch. Sie ist immer noch verlassen, soweit ich weiß«, hatte der Pilot gesagt. »Aber seien Sie vorsichtig. In letzter Zeit treiben sich Morum Cadi und Gnome herum. Es braut sich ein Sturm zusammen.«

Die Dämmerung war hereingebrochen, als Gabriel über die schmale Fußgängerbrücke in den Ort gekommen war. Die wenigen Menschen auf den Straßen waren alle in Eile, um vor der Dunkelheit zu Hause zu sein. Wie viele Orte in der magischen Welt schien auch dieser in der Vergangenheit stehen geblieben zu sein und hatte sich seit Gabriels letztem Besuch kaum verändert.

Neu waren die Furcht und die Sorge in den Gesichtern der Passanten. Gabriel hatte seine Kapuze aufgelassen und war über Nebenstraßen zur Fabrik gegangen. Dort hatte er in einem Fenster im Obergeschoss Licht flackern gesehen, war ins Gebäude geschlüpft und hatte seine fünfzehnjährige Jagd gerade noch rechtzeitig zu Ende gebracht.

Die Frau sah ihrer älteren Tochter so ähnlich, dass es Gabriel beinahe vorkam, als sehe er nicht die Mutter der Kinder vor sich, sondern eine ältere Kate. Sie hatte dasselbe dunkelblonde Haar, dieselben haselnussbraunen, goldgesprenkelten Augen. Und auch der Umriss und die Winkel der Gesichtslinien waren genau wie bei ihrer Tochter. Erst bei genauerem Hinsehen entdeckte er Unterschiede: Da waren nicht nur die vom Alter und der Erschöpfung ins Gesicht geschriebenen Falten in den Augenwinkeln der Frau und die etwas ausgehöhlten Wangen. Da war vor allem der direkte, entschlossene Blick der Frau, den Gabriel nicht von Kate, sondern von Emma nur zu gut kannte.

Der Vater ähnelte natürlich am ehesten Michael. Er trug eine ganz ähnliche Brille mit Drahtgestell wie sein Sohn, hatte dasselbe kastanienbraune Haar und, genau wie Emma, dunkle Augen. Aber da war noch mehr: Der Vater wirkte ebenso wie der Sohn auf eine professorenhafte Weise wohlüberlegt und besonnen, als würde er jedem erdenklichen Problem zunächst einmal begegnen, indem er es gründlich durchdachte und, falls möglich, eine Liste aufstellte.

Sowohl der Mann als auch die Frau waren abgemagert und erschöpft, aber außer der Verletzung im Gesicht, die von der

Frau mit Alkohol und Bandagen aus Gabriels Vorrat versorgt wurden, schienen die Eltern der Kinder unverletzt.

Durch das zerbrochene Fenster strömte eine angenehm kühle Brise herein und machte die abgestandene Luft in der Fabrik etwas erträglicher.

Die beiden hatten sich inzwischen mehrfach bei Gabriel bedankt.

»... dass Sie uns gerettet haben«, wie Richard sagte. »Aber auch für das, was Sie für unsere Kinder getan haben. Wir wissen, wer Sie sind. Pym hat uns schon vor Jahren von Ihnen erzählt, nach den Vorfällen in Cambridge Falls. Schon bevor die Kinder geboren wurden.«

»Wie lange sind Sie schon hier?«

»Seit einigen Wochen. Vorher waren wir woanders, ich weiß aber nicht, wo. Es war sehr viel kälter. Dann bekam unser Aufpasser Angst und brachte uns hierher. Er hat uns gerettet, müssen Sie wissen. Zumindest dachten wir das. Wir waren in dieser Villa in New York, wie lange ...?«

»Zehn Jahre«, sagte seine Frau.

»Das stimmt. Zehn Jahre. Seit Rourke uns gefangen nahm. Kennen Sie Rourke?«

»Ja.«

»Vor fünf oder sechs Wochen tauchte er dann plötzlich auf. Cavendish, so hieß er. Kam einfach durch eine massive Wand in unser Zimmer. Wir wussten nicht, wer er war, aber nach zehn Jahren Gefangenschaft wären wir auch einer singenden Maus gefolgt, wenn sie uns einen Weg in die Freiheit versprochen hätte.«

Der Mann sprach schnell, als wäre sein Redefluss zehn Jahre lang aufgestaut worden.

»Er sagte, er könne uns helfen, das Buch Reckoning zu finden, und wolle Pym beweisen, dass er die Seiten gewechselt habe. Er ließ uns eine Botschaft an die Kinder senden, aber ich weiß nicht, ob sie diese bekommen haben …«

»Das haben sie.«

»Aber gleich nachdem er uns hierhergebracht hatte, stellte sich heraus, dass er log und dass wir nur das Gefängnis gewechselt hatten.« Richard blickte seine Frau an. »Es war mein Fehler. Ich hätte ihm niemals trauen dürfen.«

Sie nahm seine Hand. »Wir hatten beide Schuld. Außerdem hatten wir keine Wahl.«

»Er wollte Sie als Geiseln festhalten«, sagte Gabriel. »Im Auftrag der Gräfin. Sie wollte, dass Michael sie mit dem Buch des Lebens wieder jung macht.«

»Warten Sie.« Richard trat vor und war plötzlich ganz ernst. »Michael hat das Buch Rubyn? Was ist mit dem Buch Reckoning? Das haben sie noch nicht, oder?«

»Wo sind die Kinder?«, fragte Clare. »Können Sie uns zu ihnen bringen?«

Gabriel fragte: »Können sie beide laufen?«

Es war still in der Stadt. Die Straßen waren dunkel und verlassen. Gabriel führte das Paar so schnell und leise wie möglich hindurch. Beide waren sehr schwach, und es hatte wenig Sinn, sie zur Eile zu treiben.

Unterwegs schilderte Gabriel ihnen flüsternd, wie Michael zum Hüter des Buches Rubyn geworden war und wie er die Botschaft seines Vaters erhalten hatte. Er berichtete von Emmas Entführung und davon, wie er mit anderen zusammen die

Festung des grässlichen Magnus überfallen hatte, um sie zu befreien. Er erzählte, wie Kate sie schließlich ins Land der Riesen gezaubert hatte und wie er und die Kinder herausgefunden hatten, wo sich das Buch Reckoning befand …

»Warten Sie …« Richard blieb in einer engen Gasse neben einer Reihe von Schaufenstern mit heruntergelassenen Läden stehen. »Sie wissen, wo das Buch Reckoning ist? Aber Sie sagten, Sie hätten es noch nicht.«

»Genau. Wir haben es noch nicht.«

»Und wo ist es?«

Gabriel wollte so schnell wie irgend möglich aus dieser Stadt verschwinden und zurück nach Loris. Jeder Augenblick fern von den Kindern war ihm schwergefallen, und jetzt, da er das Geheimnis der Gräfin aufgedeckt hatte, gab es keinen Grund mehr, länger hierzubleiben.

Aber es gab Dinge, die sich nicht verschweigen ließen.

»Es ist im Reich der Toten.«

Der Mann und die Frau starrten ihn an.

Clares Gesicht erstarrte. »Wo sind unsere Kinder?«

»Michael und Kate habe ich nach Loris geschickt. Der König der Zwerge von Cambridge Falls, Robbie McLaur, ist dort und wird sie beschützen. Dort wollen wir jetzt hin.«

Er wollte weitergehen, aber Clare hielt ihn am Arm fest; sie war erstaunlich kräftig. »Und wo ist Emma?«

Gabriel sah auf die Frau herunter – sie war ein gutes Stück kleiner als er. Obwohl Kate ihr wie aus dem Gesicht geschnitten war, mit ihren Augen, dem Haar und den Proportionen, musste er doch an Emma denken, als er die wilde Entschlossenheit in ihrem Gesicht sah.

»Sie ist im Reich der Toten.«

Es war, als hätte man Clare die Beine weggeschlagen. Gabriel und Richard stürzten zu ihr, aber sie fing sich wieder und hob die Hand zum Zeichen, dass keiner sie anfassen solle.

Mit belegter Stimme sagte sie: »Allein? Sie ist dort allein hingegangen?«

»Nur die Hüterin des Buchs Reckoning konnte in dieses Reich gelangen. Ich konnte sie nicht begleiten.«

Der Mann schüttelte den Kopf. »Wie konnte Pym das nur zulassen?«

»Pym ist tot.«

Nun waren beide Eheleute wie vor den Kopf geschlagen.

»Was?«, sagte Richard. »Wann?«

»Als wir Emma vor dem Feind retteten. Er opferte sich, damit die Kinder und ich fliehen konnten.«

Gabriel wusste, dass die beiden Freunde des Zauberers gewesen waren, ja sie hatten das Leben ihrer eigenen Kinder in seine Hände gelegt. Vor Kurzem hatten sie den Kindern allerdings eine Botschaft zukommen lassen, dass Pym die Bücher nicht vereinigen dürfe. Aber warum? Kannten sie die Prophezeiung, dass die Vereinigung der Bücher, und damit Pyms Plan für die Vernichtung des grässlichen Magnus, zum Tod ihrer Kinder führen würde? Betrachteten sie Pym deswegen nun als Feind?

Doch Gabriel konnte beim besten Willen kein Anzeichen für Freude oder Befriedigung über Pyms Tod in ihren Reaktionen erkennen, ganz im Gegenteil.

»Es tut mir außerordentlich leid, das zu hören«, antwortete Richard schließlich. »Er war … ein Freund von uns. Ich will ganz offen sein: Vor ein paar Monaten hätten wir diese Nachricht vielleicht ganz anders aufgenommen. Wissen Sie, wir haben herausgefunden …«

»... dass die Kinder sterben müssen, wenn die Bücher zusammengebracht werden. Das habe ich auch erst kürzlich erfahren.«

»Dann verstehen Sie auch, dass wir daraufhin alles infrage stellten: Wer Pym war, ob er unsere Kinder einem übergeordneten Wohl opfern wollte – wir wussten es einfach nicht.«

»Aber er hat sich um sie gesorgt«, sagte Clare bestimmt. »So viel wir auch darüber gesprochen haben, am Ende waren wir uns dessen immer sicher. Wir sagten uns, er müsse etwas wissen, wovon wir keine Ahnung haben, eine Möglichkeit, sie zu retten.«

»Nur wollten wir uns nicht darauf verlassen. Deshalb haben wir den Kindern diese Botschaft geschickt. Aber wenn Pym tot ist ...«

Sie unterhielten sich zwar leise, aber ihre Stimmen waren die einzigen Laute hier in den Straßen, und Gabriel fürchtete um ihre Sicherheit; sie mussten fort.

»Sie haben recht«, flüsterte er. »Pym sorgte sich um Ihre Kinder, und er glaubte, dass es einen Weg gibt, wie sie die Bücher benutzen können, ohne sich selbst dabei zu zerstören.«

»Aber wie?«, fragte Richard. »Was hat er ihnen genau gesagt?«

»Sehr wenig. Eigentlich nur, dass er zu der Überzeugung gekommen war, dass die Antwort in der Prophezeiung selbst zu finden sei. Er war der Ansicht, dass die Prophezeiung mehr enthält, als sogar er selbst wusste. Als ich hörte, dass die Gräfin ein Geheimnis hütet, dachte ich, dass sie vielleicht über dieses Wissen verfügt, das wir suchen. Deshalb habe ich den Sekretär verfolgt. Dass ich Sie dabei fand, war pures Glück.«

»Dann hat Pym Ihnen nicht erzählt, wie man den Rest der Prophezeiung in Erfahrung bringen kann?«, fragte Clare.

»Nein.«

Gabriel drehte sich herum und spähte um die Ecke der Gasse, um sicherzugehen, dass ihr Weg immer noch frei war. Deshalb entging ihm der Blick, den der Mann und die Frau wechselten.

»Kommen Sie«, sagte er.

Sie eilten weiter durch die Straßen und blieben wenige Minuten später am Rand eines Platzes mit einem Reiterstandbild in der Mitte stehen. Sowohl der Reiter als auch das Pferd hatten merkwürdig große Köpfe. Der Reiter trug dazu einen riesigen Hut mit Federbusch. Gabriel spähte in die Schatten der verschlossenen Geschäfte und Cafés. Alles war ruhig.

»Ich höre nichts«, sagte Clare.

»Und genau das«, meinte Gabriel, »macht mir Sorgen.«

Er zeigte auf eine Gasse auf der anderen Seite des Platzes.

»Falls etwas passiert, rennen Sie weiter, immer geradeaus, bis sie an eine Brücke kommen. Die überqueren Sie und laufen weiter bergauf, bis Sie zu einem Flugplatz kommen.« Er nannte ihnen den Namen des Piloten. »Sagen Sie ihm, sie seien Freunde von mir und er soll Sie nach San Marco bringen. Dort wird er Ihnen ein Schiff zeigen, das Sie nach Loris bringt.«

»Aber Sie kommen doch auch mit«, sagte die Frau.

»Das habe ich vor«, antwortete Gabriel, »aber warten Sie nicht auf mich.«

Er zog Granny Peets Schwert aus der Scheide und dazu ein langes Messer aus einem Futteral am Gürtel.

»Jetzt!«

Sie waren bis zur Reiterstatue gekommen, als der erste Gnom hinter dem Sockel hervorgesprungen kam. Gabriel blieb in vollem Lauf, schwang aber das Schwert mit solcher

Gewalt, dass die schartige Klinge, die der Gnom zur Abwehr erhoben hatte, diesem heftig ins Gesicht schlug. Mit einem Rückhandstreich der anderen Hand trennte Gabriel der Kreatur den Kopf vom Leib. Dann sah er aus den Seitenstraßen drei weitere Gnome heranstürmen.

»Lauft!«, rief er. »Nicht stehen bleiben!«

Das Paar rannte weiter. Gabriel hörte ihre Schritte in der Gasse hinter sich verhallen, als die ersten beiden Gnome auf ihn trafen. Er hatte oft mit Gnomen gekämpft und kannte ihre Schliche. Sie waren eine magische Kreuzung zwischen Wildschwein und Mensch und hatten sich viel von ihren wilden Anlagen bewahrt. Dazu gehörte, dass sie gerne im Rudel kämpften. Wenn zwei von ihnen von vorne angriffen, wollten sie gewöhnlich von dem dritten ablenken, der sich von hinten anschlich. Gabriel wehrte den ersten Hieb mit dem Schwert ab, duckte sich aber sofort und hörte, wie die Klinge des dritten Gnoms über ihm durch die Luft schnitt. Er wirbelte herum, wobei sein Schwert dem Wesen die Beine durchtrennte. Gabriel wusste, dass nun die anderen beiden Gnome auf ihn losgehen würden. Er sprang aus seiner gebückten Haltung hoch, wobei er mit dem Schwert den Schlag des dritten Gnoms von oben parierte und diesem das lange Messer in die Brust stieß. Er drehte kurz am Griff und stieß die Kreatur dann von sich. Bevor er sich umdrehen konnte, wurde er von einem Keulenschlag des ersten Gnoms, der ihn glücklicherweise nur streifte, zur Seite geschleudert. Ein Volltreffer hätte ihm die Schulter zertrümmert. Er taumelte kurz und fing sich an einer Säule am Sockel des Standbilds. Der nächste Schlag des Gnoms zielte auf seinen Kopf. Aber Gabriel tauchte seitwärts ab und die Keule sprengte nur einen großen Steinbrocken aus der Säule. Gabriel drehte sich weiter seitwärts und wollte mit dem Schwert ausholen. Er sah in Gedanken schon, wie die Klinge nahe der linken Hüfte des Gnoms eintauchte und unter seinem rechten Arm wieder austrat. Im Drehen glitt er aber auf einer rutschigen Stelle des Straßenpflasters aus, fiel auf den Rücken. Der Gnom hob über ihm die Keule, um ihn zu zerschmettern …

Dann blieb alles stehen. Aus der Brust des Gnoms ragte mit einem Mal eine Schwertspitze, die Kreatur kippte nach vorn und brach auf dem Pflaster zusammen. Dahinter stand der Vater der Kinder. Der Gnom, den Gabriel mit dem Messer erwischt hatte, versuchte hinter ihm aufzustehen, aber seine Bewegung wurde abrupt gestoppt, als die Mutter eine Keule auf seinen Kopf niedersausen ließ.

Richard streckte die Hand aus und Gabriel ergriff sie.

»Ich muss sagen«, Gabriel schob sein Schwert wieder in die Scheide und verzog das Gesicht, als der Schmerz aus seiner Schulter ausstrahlte, »dass Sie Anweisungen genauso gut befolgen wie Ihre Kinder.«

»Hören Sie«, sagte Richard. »Wir müssen Ihnen etwas sagen.«

»Nicht jetzt …«

»Die Prophezeiung – wir wissen vielleicht, wo sie zu finden ist.«

Gabriel schwieg für einen Moment und starrte sie nur an.

»Deshalb können wir nicht mit Ihnen nach Loris gehen«, sagte Clare. »Wir würden das sehr gerne … Sie haben keine Ahnung, wie sehr wir unsere Kinder wiedersehen wollen. Aber wenn es stimmt, was Sie sagen, dass der Rest der Prophezeiung der Schlüssel zur Rettung unserer Kinder ist, dann müssen wir … halt, was tun Sie da?«

Gabriel hatte sie beide am Arm genommen und ging mit ihnen rasch auf die Gasse zu.

»Wir haben keine Zeit zu verlieren.«

»Warten Sie …«, sagte Richard. »Meinen Sie …?«

»Ja, ich komme mit Ihnen.«

KAPITEL 16

Die Carriadin

Emma wachte während der Reise einmal auf. Es war dunkel geworden und der Zauberer hatte an einem Eisennagel vorn am Boot eine Lampe aufgehängt. Sie fuhren noch immer mit derselben Geschwindigkeit, und als sich Emma aufrichtete, sah sie in der nebligen Finsternis ringsum andere Lichter, wahrscheinlich von anderen Ruderbooten.

Sie horchte auf die Maschine des Frachtschiffs, hörte aber nichts. Ihr Kopf war noch immer nicht ganz klar, und ihre Glieder waren schwer, als würde sie immer noch schlafen oder träumen. Sie legte sich wieder hin und schlief sofort ein.

Als Emma ein weiteres Mal aufwachte, mussten ihrer Schätzung nach mehrere Stunden vergangen sein. In der Dunkelheit sah Emma Klippen vor ihnen aufragen, eine Felsenküste. Als Nächstes entdeckte sie eine Lücke zwischen den Klippen, eine

Flussmündung, auf die sie zuzusteuern schienen. Sie war angespannt und ängstlich und schwitzte, obwohl es kühl war.

»Was bereitet dir Sorgen?«, fragte der Zauberer.

»Nichts.«

»Ich glaube, du sagst mir nicht die Wahrheit.«

»Schön. Was wissen Sie über das Buch Onyx?«

»Über was?«

»Na großartig! Sie sind mir eine große Hilfe! Rudern Sie einfach weiter.«

Mehr hatte sie eigentlich auch nicht erwartet. Was musste sie auch schon wissen, außer dass sie dem Ziel näher kamen? Und daran war kein Zweifel; das Ziehen in ihrer Brust wurde mit jedem Ruderschlag des Zauberers stärker.

Aber warum war sie dann so unruhig? Emma ließ ihren Gedanken freien Lauf und erinnerte sich an etwas, das Michael am Abend zuvor gesagt hatte, als sie alle gemeinsam um das Feuer saßen. Als sie über das Buch Onyx sprachen, hatte er eher beiläufig erwähnt, warum es auch Reckoning hieß. Reckoning, hatte er gesagt, könne zweierlei sein: etwas, das man jemandem schuldete, oder ein Urteil.

Emma hatte kein Problem mit der Vorstellung, dass das Buch jemanden töten konnte, wenn dieser Jemand der grässliche Magnus war. Aber dass sie über jemanden urteilen sollte, machte ihr schwer zu schaffen. Weswegen und auf welcher Grundlage sollte sie urteilen? Jemanden zu töten, das ging schnell und hatte viel mit Wut zu tun. Aber um über jemanden zu urteilen, musste man eine Menge bedenken, und manches war vielleicht überhaupt nicht klar. Diese Verantwortung wollte sie nicht tragen. So etwas passte viel besser zu Kate. Vielleicht sogar zu Michael.

Andererseits: Wollte sie ihnen nicht ebenbürtig sein?

Das schon, dachte sie, aber doch nicht so. Das musste doch auch irgendwie einfacher gehen.

Doch war das überhaupt der Grund für ihre Unruhe? Während sie dasaß und im Rhythmus des Bootes mitschaukelte, musste sie an ihren Traum aus der ersten Nacht im Land der Riesen denken. Da hatten Tausende von Schattengestalten sie daran gehindert, zum Buch zu kommen. Sie war genau wie jetzt zitternd und schweißgebadet aufgewacht. Aber warum? Was war an dem Buch, das ihr solche Angst einjagte?

»Du solltest versuchen zu schlafen«, sagte der Zauberer.

»Ach sei still«, murmelte sie, legte sich zurück und war sofort wieder fest eingeschlafen.

Sie wachte wieder auf, als jemand die Hand auf ihre Schulter legte. Das Boot lag still und es war hell. Der Zauberer beugte sich über sie. Sie schob seine Hand weg und setzte sich auf.

Das Boot war an einem Holzsteg am Ufer eines braungrünen Flusses festgemacht. In der Nähe lagen andere Boote, aber sie sahen heruntergekommen aus. Ein Trampelpfad führte die Böschung hinauf und in der Ferne waren die Dächer und die grauen Steinmauern von Häusern zu sehen. Es war sehr ruhig, und auch das Licht war seltsam gedämpft. Emma konnte weit und breit niemanden sehen. Der Zauberer stieg aus dem Boot. Sie folgte ihm und rückte dabei vorsichtshalber Michaels Zwergenmesser so zurecht, dass es griffbereit in ihrem Gürtel steckte.

»Was ist das für ein Ort?«

Er zuckte mit den Achseln. »Es ist merkwürdig. Ich bin mir nicht sicher, wo wir sind, und warum. Ich weiß nur, dass ich dich dort hinbringe, wo du hinmusst. Aber wir sind noch nicht am Ziel. Komm, Liebes.«

So vieles an ihm war typisch für Dr. Pym: wie er beim Nachdenken den Kopf etwas zur Seite neigte, wie er sie »Liebes« nannte und dass er keinerlei Veranlassung spürte, ihr irgendetwas zu erklären, sondern einfach voraussetzte, dass sie ihm folgte, was sie natürlich auch tat. Und trotzdem: Ohne seine Erinnerungen war er nicht wirklich Dr. Pym. Das verwirrte sie und machte sie im Umgang mit ihm unsicher.

Emma spürte wieder dem Ziehen des Buches nach. Der Zauberer hatte sie tatsächlich näher zu ihm gebracht. Dann musste sie husten. Ihre Augen und ihre Kehle brannten, und sie erkannte, dass das, was sie für eine tief hängende Wolkendecke gehalten hatte, in Wirklichkeit dichte Rauchschwaden waren.

»Was brennt denn da?«

Der Zauberer wusste es nicht. Er balancierte über den Steg an Land.

»Wohin gehen Sie?«, fragte Emma.

»Du musst hungrig sein. Wir werden dir etwas zu essen besorgen. Dann werde ich dich den Rest des Weges begleiten. Das ist meine Aufgabe.«

Etwas widerwillig folgte Emma ihm an Land und weiter ins Dorf. Es sah so aus, als würde sie eine Weile mit ihm auskommen müssen. Sie hätte es zwar niemals zugegeben, aber eigentlich war sie ganz froh darüber.

»Wo sind die Dorfbewohner denn alle?«, fragte Emma. »Was ist hier passiert?«

Sie gingen durchs Dorf. Es hätte idyllisch aussehen können:

Die Häuser waren aus Stein gemauert und von Gärten umgeben, die Straßen waren von Bäumen gesäumt. Aber die Häuser waren verlassen, die Gärten verdorrt, die Bäume ohne Laub, verbrannt oder mit abgebrochenen Stämmen. Und überall brannten kleine Feuer. Das ganze Dorf sah aus wie ein Kriegsschauplatz oder ein Katastrophengebiet.

»Ich weiß nicht«, sagte der Zauberer. »Etwas Schreckliches muss hier geschehen sein.«

»Das kann man wohl sagen«, meinte Emma.

Dann sagte sie nichts mehr. Aber sie hatte kein gutes Gefühl. Es schien, als ob ihr dieser Weg schon lange vorbestimmt war und sie in eine Falle führte.

Sie kamen an einen Platz mit einer Reihe von Geschäften mit dunklen Schaufenstern.

»Kommen Sie«, sagte sie zu dem Zauberer und übernahm damit das Kommando. Sie führte ihn zu einem kleinen Lebensmittelgeschäft.

Bei ihrem Eintreten ertönte eine Glocke, aber Emma wartete vergeblich auf jemanden, der sie bediente. Da lagen Brotlaibe, die so vertrocknet waren, dass sie vergeblich versuchte, einen davon auf der Theke durchzubrechen. Außerdem fand sie in dem Laden mehrere Sorten Nüsse, etwas Schokolade, die nach Sägemehl schmeckte, dazu saure Äpfel und etwas, das wie verhutzelte Pflaumen aussah. Nichts von alldem war frisch und gut, aber es half Emma, das flaue Gefühl aus ihrem Magen zu vertreiben.

»Ich kapier das nicht«, sagte sie, während sie einen mehligen Apfel kaute. »Hier gibt's Äpfel und Brot und Nüsse, aber wo kommt das ganze Zeug her? Gibt's hier auch Bauernhöfe?«

»Wie hast du dir das Reich der Toten denn vorgestellt? Als kahle Wüste, in der Geister herumschweben und bis in alle Ewigkeit klagen und stöhnen? Das Reich der Toten ist genauso wirklich und vollständig wie die obere Welt auch. Es gibt Wasser, das hast du schon gesehen. Die Luft erfrischt dich mit jedem Atemzug. Das Land ist fruchtbar. Wenn du also hier leben kannst, warum dann nicht auch ein Baum? Oder ...« Dr. Pym blickte abrupt zur Seite. »Wir sollten gehen. Sofort.«

Er war schon auf dem Weg zur Tür. Emma stopfte sich noch ein paar Äpfel in die Taschen und folgte ihm. Wenige Minuten später hatten sie das Dorf hinter sich gelassen und marschierten eine nicht asphaltierte Straße entlang.

Der Zauberer fasste sie am Arm. »Wir müssen fort von der Straße. Welche Richtung sollen wir einschlagen?«

Sie begriff, dass er sie fragte. Sie versuchte, zur Ruhe zu kommen, um das Ziehen des Buches zu spüren. Dann zeigte sie in Richtung eines niedergebrannten Waldes.

Bald waren sie außer Sichtweite der Straße und wenig später hörten sie von dort laute Stimmen und das Stampfen von Schritten. Sie blieben stehen und lauschten, bis die Geräusche verklungen waren.

»Sie suchen nach mir, nicht wahr?«

»Ja.«

»Das ist der grässliche Magnus, oder?«

»Ich weiß nicht, wer das ist. Aber da ist etwas sehr Böses an diesem Ort.«

»Natürlich!« Die Angst gab Emmas Stimme einen aggressiven Unterton. »Es ist ja immerhin das Reich der Toten! Natürlich ist das böse! Sehen Sie sich doch nur um!«

Der Zauberer schüttelte den Kopf. »Das Reich der Toten ist

nicht böse. Es könnte sogar ein Paradies sein. Stell dir das Dorf von vorhin vor, voller Menschen, voller Geräusche. Oder stell dir vor, wie dieser Wald aussähe, wenn er grün wäre.«

»Sie wollen mich wohl auf den Arm nehmen.«

»Du glaubst mir nicht. Aber das Böse derer, die dich jagen, kommt nicht aus dieser Welt. Sie haben es mitgebracht. Dies hier ist nur der Ort, wo die Toten warten.«

»Und worauf warten sie?«

»Darauf, dass sie wiedergeboren werden.« Er redete genauso mechanisch wie im Geschäft, so als hätte er seinen Text auswendig gelernt. »Das Universum ist erschaffen und wieder zerstört worden, immer und immer wieder. Es ist geschehen und wird wieder geschehen. Die Geister der Toten verweilen hier bis zu ihrer Wiedergeburt. Das kann tausend Jahre dauern oder einen Tag. Für die Toten ist das ganz egal. Sie existieren in einer ewigen Gegenwart.«

Emma glaubte, dass sie verstand, was der Zauberer meinte: dass die Toten hier einfach herumlungerten, bis das Universum wieder von vorne anfing. Kaum ertragen konnte sie allerdings die Vorstellung, dass man mit dem Tod alles vergaß, was einem im Leben etwas bedeutet hatte, einschließlich der Menschen, die man geliebt hatte. Es war kein Wunder, dass die Leute auf der Straße wie Zombies herumliefen. Ihnen fehlte alles, was ihnen einmal wichtig gewesen war.

»Aber warum muss man vergessen, wer man war? Das ist doch nicht fair!«

Der Zauberer zuckte wieder mit den Schultern. »So ist das mit dem Tod, mein Kind.«

Emma wandte die vom Rauch tränenden Augen von ihm ab und starrte in den verbrannten Wald.

Der Zauberer mochte vom paradiesischen Totenreich erzählen, so viel er wollte. Für sie war es die Hölle.

Laut sagte sie: »Schauen wir, dass wir das Buch finden, damit ich endlich von hier fortkomme.«

Je weiter sie gingen, desto schwieriger wurde das Atmen. Als sie an einen Fluss kamen, befeuchtete der Zauberer ein Tuch, damit Emma es sich vor den Mund binden konnte. Sie gingen weiter, bis ihre Augen so sehr brannten, dass sie sich mit geschlossenen Augen von Dr. Pym an der Hand führen ließ und er für sie auf Wurzeln und Steine auf dem Weg achtete.

Schließlich blieb er stehen.

»Öffne die Augen.«

Der Wald lag hinter ihnen und Emma ahnte bereits, was sie nun sehen würde.

»Ich bin schon einmal hier gewesen«, sagte sie.

Nun schien der Zauberer doch überrascht. »Wie das?«

»Der grässliche Magnus hat meine Seele aus meinem Körper gerissen und auf die Suche nach dem Buch geschickt. Dabei habe ich Dinge gesehen. Ich habe diesen Ort mit den Feuern gesehen. Ich habe das hier gesehen.«

Sie standen vor einer fast senkrechten Felswand, die Hunderte von Metern vor ihnen aufragte und sich weit oben in Rauchschwaden verlor. In den Fels war eine schmale, gewundene Treppe eingeschlagen. Hoch oben konnte Emma dunkle Punkte erkennen, die sie für Vögel hielt.

»Der grässliche Magnus hat meine Seele ins Reich der Toten geschickt. Wahrscheinlich hätte ich das wissen müssen. Ich habe aber nie darüber nachgedacht.«

In diesem Augenblick gab es hoch über ihnen eine Explosion, gefolgt von einem vielstimmigen Krächzen, und dann wirbelte eine dunkle Wolke auf sie herab. Emma wollte sich schon ducken, aber Dr. Pym packte sie am Arm und mahnte sie schweigend, still zu halten. Der Schwarm schoss zwei Mal über ihre Köpfe hinweg und flog dann wieder in die Felswand hinauf.

Alle, bis auf einen Vogel. Ein riesiges Exemplar – Emmas Gedächtnis lieferte die Bezeichnung Rabe – saß auf der untersten Treppe. Und plötzlich war es überhaupt kein Rabe mehr. Es hatte den Körper eines Menschen mit Armen und Beinen, aber den Kopf eines Raben mit einem großen, glänzend schwarzen Schnabel. Das Wesen trug einen dunklen Umhang mit Kapuze.

Es war ganz bestimmt derselbe, den sie in ihrer Vision gesehen hatte.

»Ein Carriadin«, sagte der Zauberer. »Ein Wesen dieser Welt. Er wird dich den Rest des Weges führen.«

»Was? Sie wollen mich mit dem da alleine lassen?!«

»Meine Aufgabe ist erfüllt. Ich darf nicht weiter gehen. Und er wird dir nichts antun.«

Emma musterte zuerst das Vogelwesen, dann die Felswand. Sie spürte die Nähe des Buches. Der alte Zauberer fiel auf die Knie und legte eine Hand auf ihren Arm.

»Ich kann mich nicht an dich erinnern. Auch nicht an deinen Bruder und deine Schwester. Und auch nicht an mein voriges Leben. Aber wenn ich dir unrecht getan habe in jenem Leben, dann kann ich dich nur um Verzeihung bitten.«

Emma starrte ihn an. Sie wollte ihm nicht verzeihen. Sie war immer noch verletzt und wütend. Aber dann musste sie, ohne es zu wollen, an all das denken, was Dr. Pym für sie und ihre Geschwister getan hatte, als er liebenswürdig, geduldig und verständnisvoll gewesen war. Sie erinnerte sich an die vielen Augenblicke, in denen er ihr wahrhaftig und ehrlich und nicht berechnend oder eigennützig vorgekommen war.

»Vielleicht … vielleicht dachten Sie, dass Sie das Richtige tun oder … oder Sie hatten eine Vorstellung, wie man uns retten könnte. Ich weiß nicht. Jedenfalls waren Sie nicht immer furchtbar.«

»Danke.«

Und bevor sie ihn daran hindern konnte, nahm der Zauberer sie in die Arme. Und bevor sie sich selbst daran hindern konnte, erwiderte sie die Umarmung.

Sie trat zurück und wischte sich die Tränen aus dem Gesicht.

Er sagte: »Lebewohl«, wandte sich um und verschwand zwischen den Bäumen.

Emma sah das Vogelwesen an, und obwohl es den Schnabel nicht öffnete, hörte sie in ihrem Kopf die Worte:

Komm, Emma Wibberly.

Dann begann es, die Treppe hinaufzusteigen, und Emma blieb nichts anderes übrig, als zu folgen.

Der Umhang der Kreatur war am Saum ausgefranst, fast wie die Federn eines sehr alten Vogels, und ihre Füße waren schwarz und voller Schwielen.

Sie stiegen immer weiter, bald nach rechts, dann wieder nach links durch die Felswand. Manche Stufen waren so hoch, dass Emma auf allen vieren hinaufklettern musste. Die ganze

Zeit schwirrten die Raben um sie herum, als wollten sie Emma dazu verleiten, mit ihnen in die Lüfte zu steigen.

Schließlich blieb sie stehen. »Ich muss mich ausruhen.«

Sie setzte sich auf eine Stufe und spähte in die Tiefe, ob sie Dr. Pym entdecken konnte. Aber entweder war sie schon zu hoch oder der Rauch war zu dicht oder die kreisenden Vögel verdeckten die Sicht. Dann blickte sie sich um. Ungefähr eine Meile entfernt stieg hinter einer steilen, felsigen Bergkette eine schwarze Rauchsäule auf, die dichter als alle anderen war. Emma fühlte eine nervöse Spannung in der Brust. Was geschah dort?

Unbewusst schob sie sich ein Stückchen nach vorn, um besser zu sehen; ihr Fuß rutschte ab und es hob ihr den Magen. Sie konnte sich nicht halten, stürzte ...

Eine Hand packte sie an der Schulter und riss sie grob zurück. Sie war zu Tode erschrocken und zitterte. Die Kreatur stand auf der Stufe über ihr.

»Danke ... Dankeschön.«

Wieder hörte sie die Stimme in ihrem Kopf: *Komm.*

Sie kletterten weiter und kamen in die Region, wo der Rauch am dichtesten war. Emma konnte nur noch durch einen Tränenschleier sehen und hustete in einem fort, als sie endlich auf einem kleinen Felsabsatz haltmachten. Vor ihnen öffnete sich eine Höhle in der Felswand. Emma starrte ins Dunkel. Das Buch zerrte an ihr als hätte sie ein zweites Herz in der Brust.

Das Vogelwesen wollte sich abwenden.

»Warte!«

Es starrte sie aus schwarzen Augen an, unmenschlich und unergründlich.

»Das warst du, oder? Oder jemand wie du, dem die Gräfin

das Buch gab. Michael sagte, sie hätte es einem Geist oder so etwas gegeben. Das warst du.«

Der Carriadin gab keine Antwort.

»Und du hast Dr. Pym geschickt, um mich zu holen, nicht wahr? Du hast ihn geschickt, damit er mich hierherbringt. Du bist ... das hier ist deine Welt, du bist für sie verantwortlich, nicht? Und du glaubst, wenn ich das Buch mitnehme, dann kommt hier vielleicht alles wieder in Ordnung.«

Emma hatte keine Ahnung, woher sie das alles wusste, aber ihr war mit einem Mal alles völlig klar. Sie spürte das Wissen in sich förmlich summen, angeregt durch die Nähe des Buches.

Dann hörte sie die Stimme in ihrem Kopf.

Lebe wohl, Emma Wibberly.

Und dann stockte ihr der Atem, denn die Kreatur hob sich in die Luft, behielt die menschliche Form, breitete aber riesige schwarze Flügel aus. Dann schwebte der Carriadin hinunter aus dem Blickfeld.

»Wenn er das kann«, murmelte Emma, »warum hat er mich dann nicht einfach hier hochgeflogen?«

Dann drehte sie sich um und ging allein in die Höhle hinein.

In der Höhle war die Luft sehr viel sauberer und leichter zu atmen. Emmas Augen tränten nicht mehr und auch der Husten ließ nach. Sie hatte Michaels Taschenlampe angeknipst, verspürte leichten Schwindel und eilte fast kopflos voran. Der Höhlengang wand sich immer tiefer ins Gestein. Aber dann stand sie plötzlich an seinem Ende. Und dort, in einer Nische in der Rückwand, lag das Buch.

Für einen Augenblick stand Emma nur da und rang nach Atem. Sie konnte kaum glauben, was sie sah. Sie hatte es wirklich geschafft. Sie war ganz allein ins Reich der Toten gekommen. Dr. Pym zählte sie nicht mit, denn sie hatte ihn nicht um seine Hilfe gebeten. Außerdem hätte ein Affe das Boot genauso gut rudern können.

Sie, Emma Wibberly, hatte es vollbracht. Sie spürte tiefe Befriedigung und Stolz darüber, dass sie, die Jüngste, der alle nur zutrauten, dass sie Leute boxte und vors Schienbein trat, etwas geschafft hatte, was niemand sonst hätte tun können. Und vor ihr lag der eindeutige Beweis, dass sie nun mit einem Schlag auf einer Stufe stand mit ihrem Bruder und ihrer Schwester.

Sie brauchte nur noch die Hand auszustrecken und das Buch an sich zu nehmen.

Trotzdem zögerte sie.

Denn wenn dies das Buch des Todes sein sollte, dachte Emma, dann hätte es ruhig etwas imposanter aussehen können. Gut, der Einband war in dunkles Metall gefasst, aber es war kleiner und dünner als die Bücher Emerald und Rubyn. Es wirkte fast wie ein Tagebuch. Hatte es tatsächlich zweitausend Jahre hier gelegen und all die Zeit über auf sie gewartet?

Ja, dachte Emma, ohne zu wissen, warum. Ja, das hatte es.

»Dann nimm es dir«, machte sie sich selbst Mut. Ihre Stimme kam als Echo zurück und trieb sie an.

Emmas Hand zitterte, als sie in den Lichtkegel der Lampe tauchte und das Buch vom Felssims hob.

Es fühlte sich genauso an wie jedes andere Buch. Die metallbeschlagenen Ecken waren kalt und etwas spitz. Sie fuhr mit den Fingern über den genarbten Lederrücken. Ihr Herz pochte.

Sie legte Michaels Lampe so auf den Sims, dass sie die Höhle beleuchtete, holte tief Luft und schlug das Buch auf.

Es war leer, aber das hatte sie erwartet. Die Chronik der Zeit und das Buch des Lebens waren ebenfalls leer gewesen. Emma spürte, wie ihr trotz der kühlen Höhlenluft der Schweiß ausbrach. Sie wusste, dass sie nicht mehr weitergehen musste. Jetzt hatte sie das Buch. Sie brauchte es nur zu nehmen und dann nach Hause zu gehen. Sie hatte erreicht, weswegen sie hergekommen war.

Behutsam legte sie die flache Hand auf die aufgeschlagene Seite.

Es fühlte sich an, als würde man ihr die Schädeldecke aufreißen.

Sie schrie auf und taumelte rückwärts. Das Buch fiel ihr aus der Hand. Sie stand keuchend da und versuchte zu verarbeiten, was geschehen war. Das Buch lag zugeschlagen am Boden. Lange Zeit wagte sie sich nicht zu rühren.

Sie musste etwas verkehrt gemacht haben. Oder vielleicht war das eine Art Sicherung oder Falle, um Leute abzuschrecken. Sie musste es noch einmal versuchen.

Ihr war kurz, als könnte sie in der Tiefe der Höhle etwas hören. Geflüster, das kreisend näher kam. Doch sie nahm keine Notiz davon.

Emma schnaufte laut durch und griff heftig zitternd nach dem Buch. Dann legte sie die Hand wieder auf die Buchseite.

Es war genau wie zuvor, nur schlimmer, weil sie die Hand weiter auf die Seite presste. In ihrem Kopf lärmten eine Million Stimmen. Sie riefen und schrien verzweifelt, um gehört zu werden. Emma spürte, wie ihr eigenes Ich niedergetrampelt und in Stücke gerissen wurde.

Sie fiel wieder nach hinten. In ihrem Kopf dröhnte es und ihr Herz bebte in ihrer Brust.

Wessen Stimmen waren das? Was wollten sie? Was taten sie in diesem Buch?

Ihr kam etwas in Erinnerung: ihr Traum in der ersten Nacht im Land der Riesen. Da hatten sich Schattengestalten um sie gedrängt, gebettelt und gerufen.

Sie schöpfte tief Atem und versuchte sich zusammenzureißen. Wahrscheinlich brauchte sie nur Hilfe. Sie würde das Buch zurückbringen in die Welt der Lebenden, und dann konnte ihr bestimmt jemand zeigen, wie man die Stimmen zum Verstummen brachte, damit sie mit dem Buch den grässlichen Magnus töten konnte.

Sie blickte auf und erstarrte. Auf der aufgeschlagenen Seite erschienen Worte:

Lass sie frei.

Emma raste die Felsentreppe hinunter, zwei Stufen auf einmal nehmend und ohne recht zu sehen, wohin sie ging. Das Buch hielt sie fest an die Brust gepresst. Sie musste Dr. Pym finden! Oder dieses Vogelwesen. Die mussten doch wissen, wo das Portal zur Welt der Lebenden lag.

Dann kam sie am Fuß der Felswand an.

»Dr. Pym! Dr. Pym!«

Keine Antwort. Ihre Kehle brannte höllisch.

Sie schloss die Augen. Noch immer konnte sie das Flüstern hören, die Stimmen, die an den Rändern ihres Verstandes knabberten.

»Hallo.« Ein Mann, dessen haariger Bauch aus dem schwarzen Lederumhang ragte, trat zwischen den Bäumen hervor. »Wer bist denn du?«

Emma drehte sich um. Sie wollte weglaufen und stieß mit einem anderen Mann zusammen, der sie zu Boden stieß, ihr das Zwergenmesser aus dem Gürtel zog und ihr flink und geübt mit einem Strick die Hände fesselte. Sie wehrte sich nach Kräften, aber er kniete geduldig auf ihr, als hätte er so etwas schon viele Male getan. Dann kehrte der erste Mann mit einer ganzen Kolonne von Frauen und Männern zurück, die alle genau wie Emma an den Handgelenken gefesselt waren. Der größere Mann zog Emma auf die Füße und band sie an den anderen fest.

»Was ist das?«, fragte der Dicke und hob das Buch auf, das Emma hatte fallen lassen. »Ein bisschen leichte Lektüre? Das ist jetzt meins.«

Er stopfte es hinten in seinen Hosenbund.

»Nicht …«, sagte Emma. »Das ist mein …«

Der andere Mann schlug sie heftig auf den Mund.

»Maul halten.« Dann meinte er zu seinem Kumpan: »Wir sind spät dran. Los jetzt.«

Und Emma wurde weggezerrt. In ihrem Mund schmeckte sie Blut.

KAPITEL 17

Das Ding am Strand

Kate wachte auf, blickte verwirrt um sich und versuchte sich zu erinnern, wo sie war.

Sie kniff die Augen kurz zu und versuchte es noch einmal. Sie lag in einem schmalen Baumwollzelt. Durch einen Schlitz am Zelteingang schien die Sonne herein. Sie war in ihren Kleidern eingeschlafen, hatte nicht einmal die Stiefel ausgezogen und spürte, dass sie vor Schweiß und Staub klebte. Michael lag nicht weit entfernt mit dem Rücken zu ihr auf einem anderen Feldbett. Draußen konnte sie Stimmen hören, Schritte und dazu metallisches Hämmern, Klingen und Schaben – und sie roch Frühstücksduft, Eier und Speck und Kaffee und außerdem – sie hätte schwören können – Pfannkuchen, und mit einem Mal merkte sie, was für ein ungeheuer großes Loch sie im Magen verspürte. Sie konnte unmöglich weiterschlafen.

Inzwischen war ihr auch die vorige Nacht wieder eingefallen, das Wiedersehen mit König Robbie und was er ihnen über Emma und das Portal erzählt hatte.

»Hallo?«

Der Ruf kam von draußen. Es war ein Zwerg.

»Ja?«

»Ah, ihr seid wach? Der König hätte euch gerne bei der Ratsversammlung dabei. So schnell ihr könnt. Und ich habe euch etwas zu knabbern mitgebracht. Nichts Besonderes. Nur so ein Dutzend Rühreier, verlorene Eier, Spiegeleier, vier oder fünf Streifen gebratenen Speck, Pfannkuchen, Toast, Marmelade, Johannisbeertörtchen, Heidelbeertörtchen, das kleine Omelett, das ich aufgeschlagen habe … «

Kate weckte Michael auf und erzählte ihm von der Ratsversammlung. Die beiden stopften so viel vom Frühstück wie möglich so schnell wie möglich in sich hinein. Dann folgten sie ihrem Begleiter, einem älteren Zwerg mit einem dünnen grauen Bart und riesigen Segelohren, durchs Lager zum Zelt des Zwergenkönigs.

Jetzt, bei Tageslicht, sah Kate, dass die Insel wie ein riesiges, ausgedehntes und zu den Spitzen hin geneigtes Hufeisen geformt war. Hangabwärts waren die Zelte der verschiedenen Lager, wo Kate Hunderte, wenn nicht Tausende Menschen und Zwerge sehen konnte, die Frühstück machten oder ihre Waffen prüften. Dahinter lagen der Strand und das blaue Wasser des Hafenbeckens, wo sie und Michael in der vorigen Nacht angekommen waren und die kleine Flotte noch immer vor Anker lag.

Direkt voraus und hinter dem grünen Zelt des Zwergenkönigs lag etwas, das man für eine Blumenwiese mit riesengroßen Blüten hätte halten können. Es waren aber Zelte und

Pavillons in leuchtenden Farben – blau und grün, rosa und gelb. Dazwischen liefen Hunderte von Elfen herum. Einige schienen Musik zu machen, und Kate fand, dass in der Melodie das Morgenlicht mitschwang. Auch ein Echo des fernen Meeresrauschens und das Säuseln der Brise meinte sie zu vernehmen. Die Musik beruhigte sie. Einige Elfen polierten Schwerter oder stellten Pfeile her, aber die meisten kämmten nur ihr Haar oder gaben anderen, wie es aussah, Ratschläge fürs Kämmen ihres Haars, zeigten einander Handgriffe zum Frisieren und so weiter.

»Sie bleiben alle für sich«, stellte Michael fest.

»Wie?«

»Die drei Lager. Zwerge, Elfen und Menschen. Jede Gruppe bleibt für sich. Niemand will etwas mit den anderen zu tun haben.«

Er hatte recht. Jeder Lagerbereich war deutlich abgegrenzt, und niemand, weder Menschen, Zwerge oder Elfen, ließ sich in den anderen Bereichen blicken.

Das verheißt nichts Gutes, dachte Kate.

Sie wandte den Blick kurz hangaufwärts zum Lager der Flüchtlinge. Hier hatten sich die aus Loris vertriebenen Familien niedergelassen, Eheleute, alte Menschen, Kinder. Der grässliche Magnus macht Jagd auf uns, dachte sie. Wir tragen die Verantwortung für das, was ihnen geschieht.

Sie näherten sich dem Eingang von Robbie McLaurs Zelt und hörten schon von Weitem laute Stimmen; offenbar redeten – oder riefen – alle durcheinander.

»Wir sind erledigt, sehen wir den Tatsachen ins Auge …«

»Wenn wir Loris nicht aufgegeben hätten, dann …«

»Wir hatten doch gar keine Wahl, und das weißt du auch …«

»Ein Angriff gegen den grässlichen Magnus wäre zu diesem Zeitpunkt reinster Selbstmord …«

»Selbstmord ist es erst, wenn er das Buch Onyx, das Buch Reckoning, in Händen hält …«

»Wenn uns vielleicht ein paar von den Elfen zu Hilfe kämen, die gerade zu Hause ihre Nägel pflegen …«

»Einem Zwerg würden sie niemals folgen. Das sagte ich doch bereits. Vielleicht, wenn ihr euch mal die Ohren putzen würdet. Und die restlichen Körperteile …«

Der alte Zwerg schlug den Eingang zurück und sagte leise: »Viel Glück«, als Kate und Michael hineingingen.

»Oh, mich freut es genauso, dich zu sehen, Mädchen.«

Haraald tätschelte Kate den Rücken, während sie ihn immer noch heftig umarmte.

Haraald war am Leben – das war die erste und beste Neuigkeit, die sie im Zelt erwartet hatte. Kate war sofort zu ihm gelaufen und hatte die Arme um ihn geschlungen. Ihre Freude darüber, dass der rothaarige Zwerg überlebt hatte, überraschte sogar sie selbst, denn eigentlich kannte sie ihn gar nicht so gut. Da es ihr aber vorkam, als würden sie ständig Gefährten verlieren, kehrte für sie mit Haraalds Rückkehr auch die Hoffnung zurück. Das Gesicht des Zwergs war noch immer mit Rauch, Blut und Schmutz verschmiert und seine rechte Hand war frisch bandagiert, aber er stand hier und lebte.

»Wann bist du zurückgekommen?«, fragte Kate und ließ ihn endlich los.

»Kurz vor Sonnenaufgang.« Er hüstelte verlegen. »Hauptmann … äh … Hauptmann … weißt du …«

»Hauptmann Anton ist zurückgefahren und hat ihn gerettet«, erklärte König Robbie. »Er schwamm eine Meile vor der Küste. Dafür sind wir unseren Verbündeten sehr dankbar.« Er nickte in Richtung des Elfenhauptmanns, der flüchtig mit der Hand winkte.

»So sieht's aus«, sagte Haraald. »Ich hätte, falls nötig, natürlich auch herschwimmen können.«

»Ach wirklich?«, meinte der Elfenhauptmann. »Dreißig Meilen durch den offenen Ozean?«

»Du hast mich wohl noch nie schwimmen sehen!«, sagte der Zwerg und brüllte dabei beinahe. »Ich bin da fast wie ein Guppy!«

»Nun«, warf Kate ein. »Danke euch allen. Ihr habt uns das Leben gerettet.«

»Nicht der Rede wert, Mädchen.« Das verwitterte Gesicht des Zwergs ließ fast so etwas wie ein echtes Lächeln erkennen.

Kate und Michael bekamen Stühle gleich rechts neben König Robbie zugewiesen. Die Ratssitzung war in vielerlei Weise eine Wiederholung des Treffens in der rosafarbenen Zitadelle einige Tage zuvor. An der Beratung nahmen wieder die gleichen Personen teil: Magda von Klappen, die strenge österreichische Hexe; Meister Chu, der dicke chinesische Zauberer; Hugo Algernon; Hauptmann Stefano, der kahlköpfige Wachkommandant von Loris; die silberhaarige Lady Gwendolyn, König Bernard, Wilamenas Vater; Haraald und König Robbie. Anders war, dass Dr. Pym nun fehlte, dass mehrere Ratsmitglieder verwundet waren – Hauptmann Stefano hatte eine Bandage um den Kopf und einen Arm in der Schlinge – und dass, gemessen an den finsteren Blicken, die die Runde machten, die üblichen Formen des Anstands keine Beachtung mehr fanden. Kate hatte den Eindruck, dass König Robbie gerade eben verhindern konnte, dass die Ratsteilnehmer einander an die Gurgel gingen.

Nachdem sie sich gesetzt hatten, fuhr König Robbie fort: »Jetzt, da die Kinder hier sind, hoffe ich, dass wir die Diskussion auf etwas gesittetere Weise fortsetzen werden.« Dann wandte er sich an Kate und Michael: »Ich habe dem Rat berichtet, was euch widerfahren ist und wo eure Schwester unterwegs ist, um das Buch Reckoning zu finden, und wo sie wieder auftauchen könnte. Wir haben beraten, was wir unternehmen könnten.«

»Eine gut gefüllte Bar finden und warten, bis das Dach einstürzt«, knurrte Hugo Algernon.

»Dr. Algernon«, fuhr ihn der Zwergenkönig an. »Ich sagte doch: Keine derartigen Bemerkungen mehr!«

»Bevor wir fortfahren, habe ich beunruhigende Nachrichten«, sagte König Bernard. »Ich habe unsere Kolonie in der Antarktis kontaktiert, und sie haben gemeldet, dass sich das Portal ins Reich der Toten unerklärlicherweise geschlossen hat.«

Die Worte trafen Kates Herz wie ein Hammerschlag.

»Ich verstehe«, sagte König Robbie. »Dann bleibt nur noch das Portal auf den Hebriden …«

»Bedauerlicherweise«, sagte Magda von Klappen, »habe ich eben Nachricht erhalten, dass sich auch dieses Portal geschlossen hat.«

Alle schwiegen betroffen. Kate nahm Michaels Hand im selben Augenblick, in dem er die ihre ergreifen wollte.

»Ich verstehe«, sagte der Zwergenkönig. »Und weiß jemand, warum?«

»Die Bücher«, knurrte Hugo Algernon. »Brauchst du eine andere Antwort? Und was bringt das schon? So ist es nun einmal. Jetzt ist nur noch ein Portal übrig. Und eigentlich haben wir das alle kommen sehen, oder etwa nicht?«

»Aber könnte sich dieses letzte Portal …«, Kates Stimme bebte, »… könnte es sich auch noch schließen?«

»Unwahrscheinlich«, sagte Meister Chu in seinem ruhigen Singsang. »Dieses Portal ist der älteste Zugang und außerdem der stärkste. Es ist Teil der Achse, die unsere Welt mit dem Reich der Toten verbindet. Wenn es geschlossen wird, dann bedeutet das wahrscheinlich das Ende des ganzen Universums.«

»Nun«, sagte König Robbie, als niemand sonst etwas sagte. »Das hört sich doch beruhigend an.«

Kate war tatsächlich etwas beruhigt und auch Michael drückte ihre Hand.

»Darf ich eine dumme Frage stellen?«, fragte Haraald.

»Unbedingt«, meinte König Bernard großzügig. »Das ist doch dein gutes Recht als Zwerg.«

Haraalds Gesicht lief so flammend rot an wie sein Haar. Kate dachte schon, er würde auf den Elfenkönig losgehen, aber Robbie McLaur legte ihm die Hand auf den Arm.

»Fahr fort, Haraald.«

»Richtig … also …«, sagte der Zwerg, der sich nur mit Mühe beherrschen konnte. »Es ist nur so … Nehmen wir mal an, Emma kommt mit dem Buch Reckoning durch das Portal. Warum sollte sie den grässlichen Magnus dann nicht auf der Stelle töten? Das Ganze zum Ende bringen. Darum geht es doch, dass wir dieses tolle Buch kriegen und ihn damit töten, oder?«

»Ich finde, das ist eine ausgezeichnete Frage«, sagte Kate und warf dem Elfenkönig einen ernsten Blick zu, wenn auch nur für einen Moment. Denn dann sah er sie mit seinen unvergleichlich blauen Augen so ausdrucksvoll an, dass sie sich bei dem seltsamen Gedanken ertappte, er sei bestimmt ein fabelhafter Tänzer. Und der Elfenkönig nickte sogar fast unmerklich, so als wollte er sagen: »Das bin ich, ich bin tatsächlich ein fabelhafter Tänzer.«

»Leider ist es nicht ganz so einfach.« Magda von Klappen meldete sich mit ihrer strengen, abgehackten Sprechweise von der anderen Tischseite zu Wort. »Diese Bücher sind unbeschreiblich komplexe magische Gegenstände. Es erfordert viel Zeit und Geschick, bis man sie meistert.« Sie wandte sich an Kate und Michael. »Korrigiert mich, falls ich mich irre, aber es dauerte doch eine gewisse Zeit, bis ihr eure Bücher vollständig nutzen konntet, oder?«

»Ja«, sagte Michael. »Das stimmt.«

Auch Kate musste nicken.

»Dann kommt das kleine Ding also mit dem Buch durchs Portal und hat vorher im Reich der Toten wer weiß welche Schrecken durchleben müssen…« Der Zwergenkönig hielt inne und warf Kate und Michael einen entschuldigenden Blick zu und beeilte sich, weiterzusprechen: »Wenn es natürlich auch nichts wirklich, wirklich Schlimmes sein dürfte…«

»Oh, es wird schrecklich sein«, sagte Magda von Klappen. »Verlass dich drauf.«

»Ich wollte sagen, dass sie nicht in der Lage sein wird, seine Macht zu nutzen, um den Feind zu töten. Dazu braucht sie eure Hilfe.«

Robbie McLaur nickte in die Runde der Zauberer.

»Haargenau«, meinte Magda von Klappen.

»Ha!«, bellte Hugo Algernon.

»Möchten Sie etwas sagen, Doktor?«, fragte der Zwerg entnervt.

»Ja, ich möchte etwas sagen. Erstens: Magda von Klappen hier trägt wirklich altertümliche Unterwäsche. Ich weiß das, weil ich sie heute Morgen beim Waschen beobachtet habe.«

»Das ist doch läch...«

»Ich dachte, sie würde ein Laken waschen oder vielleicht ein Tischtuch, aber es war tatsächlich ihre Unterhose. Zweitens: Selbst wenn das Mädchen das Buch Reckoning benutzen könnte, hat hier irgendjemand daran gedacht, dass sie vielleicht gar keine Gelegenheit dazu bekommt?«

Alle waren augenblicklich verstummt, sogar Magda von Klappen. Hugo Algernon blickte triumphierend in die Runde.

»Ja«, sagte Michael leise.

Der ganze Rat blickte sich zu ihm um, sogar Kate, die sich fragte, ob Michael etwas wusste, das er ihr nicht erzählt hatte.

»Was meinst du damit, Junge?«, fragte der Zwergenkönig. »Worauf willst du hinaus?«

»Also«, sagte Michael und rückte seine Brille zurecht. »Ihr müsst euch doch fragen, ob der grässliche Magnus Loris und damit die Kontrolle über das Portal zufällig genau in dem Moment übernommen hat, in dem Emma mit dem Buch Reckoning dort herauskommen wird.«

»Du meinst«, sagte König Robbie, »dass er weiß, dass sie im Reich der Toten ist?«

»Möglicherweise. Wenn ja, dann wird er sie erwarten. Und selbst wenn sie das Buch benutzen könnte, wird er ihr, wie

Dr. Algernon schon sagte, wohl kaum Gelegenheit dazu lassen. Er wird ihr irgendeine Falle stellen.«

»Aber woher soll er das wissen?«, fragte König Bernard. »Glaubst du, dass er hier Spione hat?«

»Schon möglich«, meinte Michael. »Es gibt aber auch noch eine andere Erklärung.«

Hugo Algernon nickte. »Mindestens zwei Leute an diesem Tisch sind keine kompletten Vollidioten. Helles Köpfchen. Genau wie sein Dad. Aber dem hab ich es beigebracht, und deshalb gebührt die meiste Anerkennung mir.«

»Was meinst du damit?«, fragte Kate. »Welche andere Erklärung?«

Michael sah sie an. »Dass der grässliche Magnus alles geplant hat. Unsere Flucht aus der Festung, dass wir die Überreste der Gräfin gefunden und wieder zum Leben erweckt haben, dass wir so erfahren konnten, wo das Buch Reckoning versteckt ist. Überleg mal, wenn er wusste, wo das Buch des Todes war, dann wusste er auch, dass nur die Hüterin des Buchs in das Reich der Toten gehen kann. Also ließ er uns in dem Glauben, dass wir aus eigenem Willen handeln, während er nur darauf zu warten braucht, dass Emma ihm das Buch bringt.«

»Aber wie konnte er so einen Plan in die Tat umsetzen?«, fragte Kate, wobei fast ihre Stimme versagte.

Michael schüttelte den Kopf. »Das habe ich noch nicht herausgefunden. Aber irgendwie muss er uns immer weitergedrängt haben.«

Michael starrte Kate immer noch an.

Für einen Moment dachte sie: Er weiß es. Er weiß, dass Rafe mir erschienen ist.

Aber selbst wenn Michael etwas vermutete, was änderte das?

Er würde sich mindestens in einem Punkt irren: Es war Rafe gewesen, der ihr erschienen war, nicht der grässliche Magnus!

Und doch war da auch eine Stimme in ihrem Hinterkopf, die fragte, welchen Beleg sie eigentlich dafür hatte. Worauf konnte sie verweisen, außer auf ihre eigene Überzeugung, dass es Rafe gewesen war und nicht ihr Feind, der sie in Loris aufgesucht hatte und dann noch einmal im Land der Riesen? Glaubte sie wirklich, dass es Rafe gewesen war? Oder wollte sie es nur glauben? War nicht schon die Tatsache, dass sie ihren Geschwistern nichts davon erzählt hatte, der Beweis, dass sie selbst Zweifel hatte?

Kate merkte, dass ihr Herz immer schneller schlug, und packte die Armlehnen, um nicht zu zittern. Denn wenn der grässliche Magnus sie die ganze Zeit benutzt hatte, dann bedeutete das etwas, das sie niemals für möglich gehalten hatte: dass sie jemand anderen ihren Geschwistern vorgezogen und sie damit alle ins Verderben gestürzt hatte.

Sie spürte, dass Michael sie ansah und in ihrem Gesicht zu lesen versuchte, und als Lady Gwendolyn das Wort ergriff, wandte sich Kate mit unendlicher Erleichterung von ihm ab und blickte über den Tisch zu der Sprecherin hin.

»Wenn wir uns vielleicht praktischen Fragen zuwenden wollen…«, sagte Lady Gwendolyn »Ein Portal zum Garten der Zitadelle können wir nicht eröffnen. Wir alle wissen, dass Schutzzauber das verhindern. Aber was ist mit der Chronik? Ihre Macht könnte jede derartige Verteidigung überwinden. Mit ihrer Hilfe könnte eine Gruppe dort hineingelangen, das Mädchen retten und hierher zurückbringen. Dann könnten wir Emma beibringen, wie man das Buch verwendet.«

»Vielleicht. Nur… es geschieht etwas mit der Chronik.«

Kate hatte schlucken müssen, bevor sie sprach, und ihre Stimme zitterte immer noch. Sie hoffte, dass die anderen – besonders Michael – das als Sorge über die Benutzung der Chronik deuten würden. »Ich kann sie immer weniger gut kontrollieren. Ich wollte doch nach Loris, aber wir sind stattdessen im Land der Riesen gelandet. Und gestern Nacht …« Sie musste an die Schmerzen denken, die sie ertragen musste, als sie die Magie angewendet hatte. »Ich meine … ich werde es natürlich versuchen. Ich glaube nur, wir sollten uns nicht darauf verlassen.«

»Die Bücher wachen auf«, sagte Hugo Algernon und alle Augen wandten sich ihm zu. »Je näher das Auffinden des Buchs Reckoning rückt, desto schwieriger werden sie zu beherrschen sein. Du hast es doch bestimmt auch gemerkt, Junge?«

Er richtete einen geradezu finsteren Blick auf Michael.

Michael nickte. »Ja, das habe ich.«

»Dann stimmt es also! «, brummte Hugo Algernon. Er lehnte sich zurück, verschränkte die Arme und machte ein Gesicht, als habe er soeben etwas bewiesen, was nur er selbst wirklich verstehen konnte.

»Also«, sagte Robbie McLaur. »Hat der grässliche Magnus das Ganze nun geplant oder nicht? Mein Tipp ist, dass er's getan hat, obwohl ich keine Ahnung habe, wie er das hingekriegt hat. Er wartet also auf das Mädchen, oder auch nicht. Mein Tipp ist wieder, dass er's tut. Leider haben wir nicht die Möglichkeit, uns einfach in den Garten zu zaubern. Gut. Aber wir müssen trotzdem dort hinkommen und uns das Mädchen und das verdammte Buch schnappen, bevor er das tut!«

»Da ist auch noch die Sache mit dem Timing«, sagte König Bernard. Der Elf hatte, wie Kate jetzt bemerkte, die längsten

Wimpern, die sie je gesehen hatte. »Wann wird das Mädchen durch das Portal kommen? Heute Nacht? Morgen? Sie könnte jetzt in diesem Moment auftauchen, während wir hier sitzen, den Ausdünstungen von Zwergen schutzlos ausgeliefert …«

»Was soll das?« Haraald wollte aufspringen, aber König Robbies Hand drückte ihn wieder auf seinen Stuhl.

»Und falls jemand vorschlagen möchte, dass sich ein kleiner Trupp zur Rettung des Mädchens in den Garten schleicht, gebe ich zu bedenken, dass dieser Trupp dort so lange unentdeckt bleiben muss, bis das Mädchen auftaucht. Ein Vorhaben mit wenig Aussicht auf Erfolg, wie mir scheint. Ich sehe nur eine Möglichkeit, das Mädchen zu schützen und zu verhindern, dass das Buch dem Feind in die Hände fällt: Loris und die rosafarbene Zitadelle wieder einzunehmen und so lange zu halten, bis sie herauskommt. Aber da wir Loris gerade aufgegeben haben …«

»Unnötigerweise«, murmelte Hauptmann Stefano, der sich zum ersten Mal hören ließ.

»… und unsere Truppen nun schwächer sind als zuvor, erscheint mir das unmöglich. Also: Was sollen wir tun?«

»Ich sagte doch schon«, sagt Hugo Algernon, »dass wir eine gut bestückte Bar aufsuchen sollten. Ich kenne da einige, falls jemand Interesse hat.«

»Alles, was König Bernard sagt, trifft zu«, sagte Robbie McLaur mit wütend funkelnden Augen. »Mit einer Ausnahme: Was die Wiedereroberung von Loris betrifft, hat er nicht recht. Es ist nicht unmöglich. Wir brauchen bloß eine größere Armee, zum Teufel. Und wir haben eine und brauchen eigentlich nur zuzugreifen! Er stieß mit dem Finger in Richtung des Elfenkönigs. »Wie viele Elfenclans leben auf der ganzen Welt verteilt?

Dutzende. Und wie viele von denen, ausgenommen die Elfen, die du selbst mitgebracht hast, haben sich hier blicken lassen? Null! Und bei deinem ganzen Gemurre über die Aufgabe von Loris bist du, Hauptmann, uns noch all die Menschen der magischen Welt schuldig, die durch ihren Eid zur Verteidigung der Insel und der Zitadelle verpflichtet sind. Auch von denen war bislang nichts zu sehen! Also kommt mir nicht mit ›unmöglich‹, denn das ist es nicht.«

»Die anderen Elfenclans werden nicht kommen, um unter dem Kommando eines Zwergs zu kämpfen«, sagte König Bernard gekränkt. »Obwohl ich ihnen versichert habe, dass du für einen Zwerg fast völlig akzeptabel und vergleichsweise reinlich bist.«

»Und ich habe versucht, mit den anderen Niederlassungen Verbindung aufzunehmen«, antwortete Hauptmann Stefano. »Keiner will den ersten Schritt machen. Sie sagen, sie hätten den Eid auf die Stadt Loris geschworen, nicht auf einen Zwergenkönig …«

»Dann trete ich eben zurück!«, schrie Robbie McLaur und schlug auf den Tisch. »Du kannst gern General sein, verdammt noch mal! Oder du! Ist mir doch egal!«

Haraald schüttelte den Kopf. »Euer Majestät, Ihr wisst doch, dass die Zwergenbataillone unter eurem Befehl wohl kaum einem Elfen folgen würden …«

»Und ich«, sagte Hauptmann Stefano matt und hob den verletzten Arm, »bin derzeit wohl kaum in der Lage dazu, den Kampf anzuführen.«

Michael schob den Stuhl zurück und stand auf. Das geschah so abrupt, dass alle verstummten,

»Was ist denn, Junge?«, fragte König Robbie. »Möchtest du etwas sagen?«

»Wie? Oh, nein. Nur…« Michaels Gesicht war rot, aber nicht vor Wut, wie Kate schnell merkte. »Die Prinzessin ist gekommen«, sagte Michael.

Kate und der Rest der Runde wandten sich zum Eingang des Zelts. Dort stand Wilamena; sie trug ein Kleid von der Farbe des Wüstenhimmels. Ihr Haar leuchtete so hell, als wäre es in Sonnenlicht getaucht.

Wahrscheinlich hatte Michael sie alle in Verlegenheit gebracht, denn nun erhoben sich auch Robbie McLaur, Haraald, Meister Chu und sogar Hugo Algernon.

»Willkommen Prinzessin«, sagte König Robbie. »Dort neben Eurem Vater ist ein Stuhl für euch…«

»Sie kann hier sitzen«, sagte Michael und zeigte auf den Stuhl neben sich. »Ich meine, falls sie möchte.«

»Danke«, sagte Wilamena.

Die Zwerge und die beiden Zauberer blieben stehen, während Wilamena um den Tisch herum zu dem Stuhl schwebte, den Michael ihr zurechtgerückt hatte. Als sie Platz genommen und er sie gefragt hatte, ob sie etwas zu trinken wünsche (sie wünschte nichts), blickte Michael auf und sah, dass ihn alle anstarrten. Daraufhin wurde er noch röter. Es war, als hätte er völlig vergessen, dass die anderen alle da waren. Aber dann bemerkte Kate, dass sich die Haltung ihres Bruders veränderte, als hätte er sich selbst gesagt: »Na und?«

Er stand noch etwas aufrechter, und dann sprach er mit fester Stimme: »Ich möchte etwas sagen: Während ihr hier sitzt und streitet, ist meine Schwester allein ins Reich der Toten gegangen, was niemand vor ihr getan hat. Sie riskiert ihr Leben, um uns alle zu retten – nicht nur mich und meine Schwester, sondern uns alle. Und sie ist zwölf Jahre alt. Also, bei allem

Respekt, es wird Zeit, das ihr euch auch wie Erwachsene benehmt.«

Er setzte sich wieder. Kate und die anderen konnten sehen, wie die Elfenprinzessin stolz lächelte und seine Hand ergriff und er diese nicht wegzog, obwohl er noch röter wurde.

König Robbie fasste sich als Erster.

»Nun mal ganz ruhig«, meinte er und konnte sich ein Schmunzeln nicht verkneifen. »Ich glaube, ich weiß, was du sagen willst …«

Aber was das war, sollten sie nicht erfahren, denn in diesem Moment stürzte Hauptmann Anton herein und meldete, die Insel werde angegriffen.

»Wo?«, donnerte König Robbie.

Sie standen vor dem Zelt in der Sonne. Überall wurde geschrien, alles rannte herum, es war ein einziges wildes Durcheinander. König Robbie hielt, genau wie Haraald, eine Axt in der Hand, und Kate sah, dass König Bernard und Lady Gwendolyn schimmernde Schwerter gezogen hatten.

»Am Nordufer. Es scheint ein einzelnes Sturmboot zu sein, vielleicht ein Späher. Sie sind über die Klippen gekommen.«

»Am Nordufer? Verdammt … Prinzessin?«

»Ich habe mein Armband im Zelt liegen lassen.« Dann war Wilamena wie ein goldener Blitz verschwunden.

König Robbie sah Kate und Michael an. »Ihr beide bleibt zurück.« Dann befahl er den anderen, ihm zu folgen, und rannte den Abhang hinauf.

Da die Insel zum Nordende insgesamt leicht anstieg, konnten Kate und Michael sehr gut verfolgen, was sich abspielte.

Etwa eine halbe Meile entfernt strömten dunkle Gestalten über die Kante des Kliffs und stürmten auf die Familien und Kinder aus Loris zu.

Kate und Michael waren nur ein kurzes Stück gerannt, als sie jemand hart am Kragen packte. »Halt. Hiergeblieben. Ihr habt doch gehört, was der König gesagt hat.«

Es war Hugo Algernon.

»Was tun Sie da?«, wollte Kate wissen. »Wir wollen doch nur helfen.«

»Ihr könnt besser helfen, wenn ihr nicht tot seid. Oh, nanu?«

Massen von Menschen kamen auf sie zugelaufen. Sie flohen vor den Angreifern, während von hinten die eigenen Soldaten heranrückten.

»Hier werden wir eingeklemmt«, sagte Hugo Algernon, hob sie beide hoch und bog scharf nach links ab. Sie wurden eine Minute lang heftig durchgeschüttelt und Hugo Algernon schnaufte heftig. Dann hatte er den Rand der Insel erreicht und setzte sie auf einem kleinen Felsriegel ab.

»So«, meinte er. »Hier sollte es sicher sein.«

»Aber wie konnten sie uns finden?«, fragte Michael. »Ich dachte, die Insel wäre unsichtbar.«

»Der grässliche Magnus lässt ein Dutzend Schiffe nach uns Ausschau halten, und wenn man nahe genug ist, ist der Schutzzauber leicht zu entdecken. Jetzt seid ihr beide bitte erst mal brav und wartet hier, dann kaufe ich euch später vielleicht ein Eis. Also: Hiergeblieben! Ich meine das ernst!«

Er drehte sich um und rannte in Richtung der Schlacht, die im Augenblick am oberen Ende der Insel ausgetragen wurde. Von überall waren Angstschreie zu hören. Das Scheppern und

Krachen von Metall und das Kreischen der Morum Cadi tönten über die Insel.

»Das ist nicht in Ordnung«, sagte Michael. »Sie sollten uns mithelfen lassen und ...«

Ein gellender Schrei schnitt ihm das Wort ab – der Schrei eines Kindes. Er und Kate drehten sich um. Dreißig Meter unter ihnen lag der felsige Strand. Dort standen ein Junge und ein Mädchen, sie mochten sieben oder acht Jahre alt sein, als eine Kreatur – Kate sah, dass es ein Gnom war – mit einer schwarzen Keule in der Hand aus dem Wasser stieg und auf die beiden zuging.

»Kate!«

Der Gnom packte den Jungen und hob ihn hoch. Es war niemand in der Nähe, der helfen konnte. Als die Kreatur mit der Keule ausholte, fasste Kate Michael an der Hand, spürte in ihr Inneres und hielt die Zeit an.

»Kate ...«

Michaels Stimme klang eigenartig flach und tonlos, aber sie war das einzige Geräusch auf der Welt. Kate wollte etwas sagen, aber ihr drückte eine gewaltige Last auf die Brust. Es war viel schlimmer als beim letzten Mal, als sie in New York die Zeit angehalten hatte.

»Du hast die Zeit angehalten, oder? Du ... Alles in Ordnung bei dir?«

»Wir ... müssen ... dort hinunter. Ich kann sie ... nicht lange anhalten.«

Ein schmaler Pfad schlängelte sich die Klippen hinunter. Michael ging voran. Kate folgte mit zitternden Beinen. Sie spürte, dass mit jeder Sekunde, die sie die Zeit anhielt, entsetzlicher Schaden entstand, an der Welt und an ihr selbst.

Als sie den Strand erreicht hatten, rannte Michael voraus und riss dem Gnom den Jungen aus der Hand. Er bückte sich auch nach dem Mädchen, konnte aber nicht alle beide tragen.

»Kate, wir müssen … Was hast du vor?«

Kate war an Michael vorbeigeeilt und direkt vor dem Gnom stehen geblieben. Sie war zu schwach, um das Mädchen zu tragen, und wenn sie die Zeit wieder anlaufen ließ, würde der Gnom sie rasch einholen. Entschlossen zog sie dem Gnom ein kurzes, hässliches Schwert aus dem Gürtel.

Sie hörte, wie Michael ihren Namen rief, nahm aber keine Notiz davon. Stattdessen packte sie das Schwert mit beiden Händen – ihr Blick schien sich zu trüben – und hielt die Klinge mit der Spitze zitternd auf den Gnom gerichtet.

»Du musst wegrennen«, rief sie. »Ich halte hier aus, solange ich kann. Hole Hilfe!«

»Kate! Nein!«

Sie ließ die Zeit wieder anlaufen.

Sie hatte gerade »Keine Beweg…« gesagt, als der Gnom auch schon auf sie zusprang, ins eigene Schwert lief und Kate dabei umstieß.

Als Letztes nahm sie noch wahr, dass sie mit dem Hinterkopf auf einen Stein schlug.

KAPITEL 18
Der verlorene Stamm

Der Junge, der sie vom Ort aus mitgenommen hatte, hielt den Lastwagen an und sagte, er könne nicht weiter fahren.

»Okay«, sagte Clare und sprach dabei Arabisch, genau wie der Junge. »Wir steigen aus.« Aus dem Fenster rief sie nach hinten, wo Gabriel und ihr Mann auf der Ladefläche saßen: »Weiter kann er nicht fahren.«

Sie hatten eine vierstündige Fahrt hinter sich, und der Laster, eine aus drei oder vier Wracks zusammengeschusterte Klappermühle, hatte bei jeder Bodenwelle und jedem Schlagloch den Eindruck gemacht, als würde er sich wieder in seine Einzelteile zerlegen. Gabriel war aufrichtig erstaunt, dass sie damit überhaupt so weit gekommen waren. Er nahm seinen Rucksack und sein Schwert, und als er sich über die Seite hinausschwang, neigte sich der ganze Laster bedenklich zur Seite. Als Nächstes kletterte Richard herunter. Er war genau wie Gabriel mit rotbraunem Staub bedeckt, wickelte seinen Schal vom Gesicht, nahm einen Schluck aus seiner Feldflasche, spülte kurz den Mund und spuckte die sandige Brühe aus. Dann meinte er mit einem Lächeln zu seiner Frau und Gabriel:

»So, das war furchtbar.«

Der Junge hatte den Lastwagen gewendet und war schon wieder auf dem Rückweg. Die drei waren allein und blickten sich um. Gabriel war schon weit in der Welt herumgekommen, aber einen solchen Ort hatte auch er noch nicht gesehen. Rings um sie herum ragten schmale Felsspitzen in den Himmel, die sich in beinahe unmöglichen Winkeln bald hierhin, bald dorthin neigten. Richard hatte erklärt, dass dieses Land vor Tausenden von Jahren üppig bewachsen gewesen war und dass die damaligen Flüsse für die eigentümlichen Formen der Berge verantwortlich waren. Nun gab es aber kein Wasser mehr, alles um sie herum war rot und braun verbrannt. Selbst der staubbeladene Himmel wurde von der untergehenden Sonne rot gefärbt, als stünde die Luft selbst in Flammen. Der Motorenlärm des Lasters war verklungen und die Stille vollkommen.

Der ausgefahrene Weg, dem sie bis hier gefolgt waren, schlängelte sich über das Gestein weiter bergan.

»Er sagte, da sei nichts dort oben«, sagte Clare. »Nur noch mehr Berge.«

»Nun«, meinte Richard, »sehen wir's uns an.«

Und das Trio machte sich auf den Weg.

Es war nun fast einen Tag her, dass sie die Kleinstadt an der Adria im Flugzeug von Gabriels Freund verlassen und kreuz und quer übers Mittelmeer geflogen waren. Immer wieder waren sie auf den winzigen Flecken der magischen Welt zwischengelandet, zuerst in Griechenland, zuletzt im Libanon, hatten die Maschine immer wieder vollgetankt und waren zuletzt über die endlosen Wüsten der arabischen Halbinsel geflogen. Der Pilot war am Fuß der Berge an der Südküste in der Nähe eines Dorfs mit Lehm- und Steinhäusern gelandet. Dort hatten sie den Jungen mit dem Lastwagen gefunden.

Gabriels Schulter war von dem Keulenschlag, den er in der Nacht zuvor abbekommen hatte, noch immer steif, und er lockerte etwas den Gurt an seinem Rucksack, in dem er Nahrung und Wasser für sich und das Paar trug. Der Mann und die Frau waren immer noch geschwächt, aber sie waren auch zäh und stiegen klaglos weiter bergan. Gabriel schätzte, dass ihnen bis Sonnenuntergang noch drei Stunden blieben; dann würde es rasch empfindlich kalt werden.

»Es wäre langsam Zeit«, sagte er, während er gleichmäßig und unermüdlich voranschritt und nur ab und zu kurz stehen blieb, um die beiden nicht zu überholen, »dass Sie mir sagen, was wir hier tun und wie sie glauben, dass Sie den Rest der Prophezeiung aufdecken können.«

Auf den verschiedenen Etappen der Reise hatte er sie nicht zu einer Erklärung gedrängt; der Lärm im Flugzeug und das Gerüttel auf dem Lastwagen hatten keine Unterhaltung zugelassen, und während der kurzen Pausen hatte das Paar die Ruhe nötig gehabt.

»Natürlich«, antwortete Richard keuchend. »Aber sagen Sie mir doch, was Sie über die Prophezeiung und den Propheten wissen. Was hat Ihnen Pym erzählt?«

Gabriel räumte ein, dass er im Grunde sehr wenig über die alte Weissagung wusste, die doch sein Leben und das der Kinder so sehr bestimmt hatte – nur, dass die Kinder die Bücher finden und vereinigen würden und dann umkommen mussten.

»Das ist nicht überraschend«, sagte Richard. »Die wenigsten wissen mehr, wenn sie die Prophezeiung überhaupt kennen.«

Das Paar erzählte Gabriel nun, dass Dr. Pym ihnen vor vielen Jahren eröffnet hatte, wozu ihre Kinder bestimmt waren, und dass sie es sich deshalb zur Aufgabe gemacht hatten, alles über die Bücher und ihre Geschichte zu erfahren. Dazu gehörte eben auch die Prophezeiung.

»Natürlich haben auch wir nicht alles herausfinden können«, sagte Richard. »Dass die Kinder sterben sollen, haben wir erst vor wenigen Monaten von Rourke gehört.«

»Aber einiges wissen wir schon«, meinte Clare.

»Genau. Vor mehr als tausend Jahren lebte bei einem Nomadenvolk der Sahara ein berühmter Seher. Er machte Hunderte von Weissagungen: über Kriege, Hungersnöte, Plagen und über alle möglichen anderen Katastrophen, sowohl natürlicher wie auch magischer Natur. All das waren keine vagen und ungenauen Mutmaßungen, die dann für alle möglichen Geschehnisse passten, sondern sehr genaue Vorhersagen. So sollten beispielsweise alle Bewohner ein bestimmtes Dorf an einem bestimmten Tag verlassen, weil ein Angriff von Killerbienen bevorstand.«

»Und er traf ins Schwarze«, sagte Clare. »Immer wieder.«

»Und seine letzte Weissagung«, erklärte Richard, »betraf die Kinder und die Bücher. »Dann verschwand er.«

»Sie meinen, er starb?«

»Nein, er verschwand. Mit seinem ganzen Stamm. Wie ausradiert aus der Wüste. In zeitgenössischen Quellen wird das mehrfach erwähnt. Er war ja eine Berühmtheit; viele bemerkten, dass er nicht mehr da war. Vielleicht war er es einfach leid, dass ihn ständig Leute aufsuchten, damit er ihnen die Zukunft weissagte. Oder ihm drohte Gefahr und er nahm sein Volk mit sich. Niemand weiß das.«

»Aber der Stamm verschwand gar nicht wirklich«, fuhr Clare fort. »Bald gab es Meldungen, man hätte den Stamm im südamerikanischen Regenwald gesehen. Dann in Papua-Neuguinea. In der russischen Steppe. Auf den Färöer-Inseln.«

»Und dies hier ist auch einer dieser Orte?«, fragte Gabriel. »Diese Berge?«

»Ja«, sagte Richard. »In den Aufzeichnungen eines Gewürzhändlers aus dem vierzehnten Jahrhundert haben wir den Hinweis gefunden, dass er unerwartet auf den Stamm gestoßen ist. Das Dorf, in dem wir das Flugzeug verlassen haben, war früher ein Handelsposten. Der Händler ist von dort nach Osten in die Berge gegangen, genau wie wir jetzt, und dann auf den Stamm getroffen.«

»Und Sie hoffen einfach, dass der Stamm noch immer dort ist?«, fragte Gabriel etwas unwirsch und bereute schon halb, dass er sich auf das Urteilsvermögen der beiden verlassen hatte.

»Nein, nein, natürlich nicht«, sagte Clare. »Wir haben das ganz genau untersucht. Haben alle verfügbaren Berichte herangezogen und die Orte verzeichnet, an denen das verschollene Volk gesehen wurde. Dabei sind wir aber auf ein Muster gestoßen. Es stellte sich heraus, dass der Stamm weiterhin ein Nomadenleben führte, dabei aber nicht Hunderte, sondern Tausende von Meilen zurücklegte, und das auf der ganzen Welt. Und er tauchte zu gewissen Zeiten an ganz bestimmten Orten auf – in einem Zyklus von fünfzig Jahren. Wenn man es einmal wusste, dann war es ganz offensichtlich. Pym konnten wir das nicht mehr erzählen, denn wir sind erst kurz vor unserer Gefangennahme dahintergekommen. Aber eigentlich sollte der Stamm jetzt hier sein.«

»Wenn unsere Theorie stimmt«, meinte Richard leise.

Und das war ein großes Wenn, dachte Gabriel.

Er behielt seine Zweifel aber für sich. Und fragte auch nicht nach, wie sie glaubten, dass sich der Rest der Prophezeiung enthüllen würde, wenn sie tatsächlich auf diesen Stamm stoßen sollten. Dachten sie, dass die Prophezeiung in der Dorfbibliothek niedergeschrieben war? Oder dass sie mündlich überliefert wurde? Er stellte diese Frage nicht, weil er die Antwort schon kannte. Das Paar wusste das selbst nicht. Sie waren nur hier, weil sie keinen anderen Anhaltspunkt hatten. Es bestand nur eine schwache Hoffnung, aber es war die einzige, die sie hatten.

»Ich verstehe das nicht«, sagte Clare. »Das kann nicht sein.«

Der Pfad war stetig seitwärts um die Bergflanke angestiegen; sie standen an einem Felsabbruch und sahen nichts als weitere kahle, rotbraune Berge vor sich. Vor ihnen zog sich der Pfad in Kehren wieder abwärts.

»Nach seinen Aufzeichnungen ist der Händler vom Dorf aus dem Weg nach Osten gefolgt«, sagte Clare, »genau wie wir, aber er schreibt, da sei eine Brücke zu einem anderen Berg gewesen, und von dort sei er zu ihrem Dorf gelangt. Aber wo ist diese Brücke? Und wo ist das Dorf?«

Sie klang verzweifelt und verärgert.

»Vielleicht haben wir eine Abzweigung verpasst«, meinte Richard. »Oder wir sind auf dem falschen Weg.«

»Aber es gab keinen anderen Weg nach Osten! Es ist genau, wie der Junge gesagt hat: Hier oben ist nichts.«

Während das Paar weiter diskutierte, betrachtete Gabriel noch einmal den Weg, den sie gekommen waren.

»Die Aufzeichnungen des Händlers sind wohl schon ziemlich alt?«

»Aus dem vierzehnten Jahrhundert«, antwortete Clare. »Aber sie sind unglaublich detailliert. Selbst wenn die Brücke eingestürzt ist, müsste davon noch etwas zu sehen sein.«

»Dann stammen sie doch aus der Zeit vor der Trennung«, fuhr Gabriel fort, bevor sich die magische Welt zurückzog. Was damals sichtbar war, kann also heute verborgen sein.«

Ohne eine Antwort abzuwarten, ging er den Weg zurück. Etwa sechzig Meter vom Felsabbruch entfernt fand er, was er gesucht hatte: ein wässriges Flimmern in der Luft. In der anbrechenden Dämmerung war er einfach daran vorbeigelaufen. Er hörte Richard und Clare hinter sich herankommen.

»Achten Sie auf den Schimmer«, sagte Gabriel, und als er eintrat, spürte er mit einem Prickeln, wie sich die Welt um ihn weitete, und dann war er hindurch. Die Luft roch immer noch gleich, die Sonne stand an derselben Stelle am Himmel, alles war noch gleich und doch gleichzeitig anders, denn er war nun in der magischen Welt.

Er hörte, dass Clare der Atem stockte. Und Richard sagte: »Wow!«

Vor ihnen, keine hundert Meter entfernt, ragte ein Berg auf, der Augenblicke zuvor nicht dort gewesen war. Mit dem Berg, auf dem sie standen, war er über eine lange Hängebrücke aus Hanfseilen verbunden. Darunter gähnte ein tiefer Abgrund.

»Genau so hat es der Händler beschrieben«, rief Richard.

»Das Dorf muss gleich hinter diesem Gipfel liegen.« Er wollte schon losgehen, aber Gabriel hielt ihn an der Schulter fest.

»Was wollen Sie? Wir müssen uns beeilen! Wir ...«

»Wir sind nicht allein«, sagte Gabriel.

Zwischen ihnen und der Brücke lagen vier oder fünf große Felsblöcke, und das Paar verstummte, denn nun traten Schatten hinter den Blöcken hervor und wurden zu Männern in Umhängen, die sich nach Farbe und Schattierung nicht vom Gestein abhoben. Die Männer trugen kurze, geschwungene Bögen und am Gürtel lange Dolche.

»Sie waren die ganze Zeit hier, nicht wahr?«, flüsterte Richard. »Sie waren hier in der magischen Welt und haben uns beobachtet und gewartet, ob wir aus der anderen Welt hereinkommen.«

»Ja.«

»Lasst mich mit ihnen reden«, sagte Clare. »Ich sage ihnen, dass wir ihnen nichts antun wollen.«

»Ich glaube kaum, dass sie deswegen besorgt sind«, meinte Richard.

Ein großer, hagerer Mann mit dichtem schwarzen Bart, dessen Hautfarbe der Farbe des Gesteins glich, trat vor. Er sah Gabriel an und streckte dann die Hand aus. Gabriel zögerte, nahm das Schwert vom Rücken und übergab es dem Mann zusammen mit seinem Messer und dem Rucksack.

Der Mann steckte das Messer in den Gürtel, schwang sich Rucksack und Schwert über die Schulter und gab ihnen ein Zeichen, ihm zu folgen. So gingen sie los, zuerst Gabriel, dann Clare und Richard und zum Schluss die restlichen Männer. So überquerten sie die schwingende Brücke.

Der nächste Gipfel war schmaler als der, den sie hinter sich gelassen hatten, und der hagere Mann führte sie durch einen engen Durchlass, einen kurzen Tunnel, den Gabriel von der anderen Seite nicht gesehen hatte. Kaum eine Minute später traten sie ins Freie und standen vor dem Dorf, das aus etwa dreißig rotbraunen Häusern bestand, die sich gestaffelt in die runde Bergflanke schmiegten. Die Häuser waren aus gestampftem Lehm errichtet. Gabriel, Richard und Clare sahen davor Menschen herumlaufen und hörten das Meckern von Ziegen und das dumpfe Läuten von Glocken.

Als die Gruppe das Dorf erreichte, kamen Frauen und Kinder, die alle in ebensolche langen Umhänge wie die Männer gekleidet waren, aus den Häusern und starrten Gabriel und die Wibberlys mit großen, dunklen Augen an. Gabriel blickte über den schmalen Pfad zwischen den Lehm-und Steinhütten nach vorn und sah, wie am letzten Haus die Decke, die vor der Tür hing, beiseitegeschoben wurde. Ein gebückter alter Mann trat heraus. Gabriel war nicht weiter überrascht, dass der bärtige Anführer vor ihm stehen blieb.

Die Haut des Alten war extrem runzlig und gleichzeitig auch sonderbar glatt, sodass er Gabriel fast wie eine Schildkröte vorkam. Der Alte stützte sich auf einen krummen Stock und ließ den Blick flüchtig über die Ankömmlinge schweifen.

»Sag ihm, wer wir sind«, sagte Richard.

Clare sagte etwas, worauf der alte Mann den Kopf schüttelte.

»Er sagt«, meinte Clare leise, »dass er weiß, wer wir sind.«

Der alte Mann zog die Decke zur Seite und deutete ins Dunkel des Hauses. Richard und Clare wechselten einen Blick und traten ein. Gabriel wollte folgen, aber der Hagere trat ihm in den Weg.

Dann ging der alte Mann ins Haus und ließ die Decke wieder fallen.

Der Alte führte Richard und Clare ins hintere Zimmer und bedeutete ihnen, sich auf den mit Teppichen ausgelegten Boden zu setzen. Er nahm ihnen gegenüber Platz, setzte den kleinen Ölbrenner in Gang, der zwischen ihnen stand, und stellte einen Topf mit Wasser auf. Der Mann hatte ein verwittertes, ledriges Gesicht. Seine dunklen Augen lagen unter schweren Lidern. Beim Hantieren blieben seine Finger immer in Kontakt miteinander, sodass die Hände fast wie Flossen wirkten. Er gab verschiedene Dinge in den Topf – Kräuter, Wurzeln, Pulver – und rührte dann mit einem Stock um.

»Frag ihn«, flüsterte Richard, »was er damit meinte, als er sagte, dass er uns erwartet hat.«

Clare fragte, erhielt Antwort und übersetzte für ihren Mann: »Er sagt, wir müssten die Eltern der Hüter sein. Es sei geweissagt, dass wir kommen würden.«

»Wer ist er?«, fragte Richard. »Ist er … der Prophet?«

Clare übersetzte, und der Alte machte eine abfällige Handbewegung, bevor er antwortete.

»Er sagt, der Prophet sei schon seit tausend Jahren tot. Er sei nur der, der an seiner Stelle sitze.«

»Schau«, meinte Richard und beugte sich vor. »Wir wollen nicht unhöflich sein, aber wir haben nicht viel Zeit. Wir sind doch gekommen, um …«

Aber der Alte sprach schon wieder. Clare hörte zu und übersetzte, noch während er sprach. »Er fragt, ob wir die Prophezeiung über die Kinder und die Bücher hören wollten. Ob das nicht der Grund sei, weswegen wir gekommen sind?«

Clare antwortete selbst.

Der alte Mann schüttelte den Kopf und Clare übersetzte seine Worte: »Er sagt, dass er die Prophezeiung nicht kennt.«

»Aber …«, begann Richard.

»Er sagt«, fuhr Clare fort, »dass wir sie vom Propheten selbst hören müssten.«

»Aber der ist doch tot, sagt er!« Richard brüllte fast. »Das hat er doch eben gesagt!«

Das Wasser im Kessel kochte jetzt, und der alte Mann ging zu einem kleinen Kästchen, das an der Wand stand, löste den Riegel und klappte es auf. Er nahm einen in Tuch gewickelten Gegenstand heraus und schlug es sorgfältig auseinander. Es schien ein etwas trüber, weißlicher, würfelförmiger Kristall zu sein.

Dann redete er schnell. Clare stellte mehrere Fragen, nickte und runzelte die Stirn, je nachdem, ob sie ihn verstand oder nicht.

»Was ist das?«, fragte Richard.

»Er sagt, es ist ein eingefrorener Augenblick.«

Der alte Mann sagte etwas und ließ den Würfel in den brodelnden Topf fallen und rührte.

»Er sagt«, übersetzte Clare, »wenn wir die Prophezeiung hören wollten, dann müssten wir sie vom Propheten selbst hören. Wir müssten in der Zeit zurückreisen.«

»Aber das ist doch nur mit der Chronik möglich«, sagte Richard. »Dr. Pym hat uns gesagt …«

»Er sagt, der Würfel ist ein Teil dieser längst vergangenen Zeit. Wir werden sie in uns aufnehmen. Sie wird ein Teil von uns sein. Wir werden hören und sehen, als wären wir dort.«

Der alte Mann nahm zwei schlanke Gläser und füllte sie mit der dunklen, dampfenden und seltsam sämigen Flüssigkeit auf. Mit zitternden Händen hielt er sie ihnen hin.

»Ich werde es tun«, sagte Richard zu seiner Frau. »Einer von uns genügt.«

Der Alte schien das verstanden zu haben, denn er schnalzte mit der Zunge und schien zu protestieren.

»Er sagt, wir müssen es beide tun«, meinte Clare. »So sei es vorausgesagt und auch vorbereitet. Beide oder keiner. Wir seien auf der Suche nach der Antwort hierhergekommen; dies sei die Antwort. Er will wissen, ob wir dazu bereit sind.«

Es war dunkel geworden und die Temperatur fiel rasch. Gabriel stand noch immer da und starrte die Hütte und den Mann, der sie bewachte, an. Ihm kam es vor, als würde jede Sekunde einzeln verrinnen. Er hatte keine Ahnung, was in Loris geschah oder was Emma im Reich der Toten erlebte. Aber wenn die beiden nicht bald wieder herauskamen, würde er sich mit Gewalt Zutritt verschaffen.

Dann fiel Gabriel etwas Merkwürdiges auf. Die Dorfbewohner – Männer, Frauen und Kinder – bewegten sich auf einem Pfad in Richtung des Berggipfels. Sie waren einzeln oder zu zweit unterwegs, teils auch in ganzen Familien. Sie verschwanden in einem etwa fünfzehn Meter über dem Dorf und nahe des Gipfels in den Fels gehauenen Hohlraum, der so etwas wie ein Tempel sein mochte. Alle trugen sie Bündel in den Händen. Zwei Jungen trieben ein Dutzend meckernder Ziegen den Weg hinauf, die ebenfalls im Tempel verschwanden.

Schneller als erwartet war das ganze Dorf verlassen. Nur Gabriel und der hagere Wächter waren übrig. Dann bewegte sich die Decke vor dem Eingang und der alte Mann kam heraus.

Er sah Gabriel an und sagte auf Englisch: »Du musst sie beschützen, bis sie zurückkehren. Alles hängt davon ab.«

Dann nahm der Bärtige den alten Mann am Arm und führte ihn ebenfalls den Pfad hinauf. Gabriels Rucksack, Messer und Schwert waren am Boden liegen geblieben.

Er trat sofort in das kleine Haus, wobei er sich unter die niedrige Decke ducken musste. Er fand die beiden im Hinterzimmer, wo sie am Boden ausgestreckt lagen, neben sich je ein leeres Glas. Gabriel schnüffelte an einem Glas, konnte den Geruch aber nicht einordnen.

Er eilte hinaus und sah den alten Mann und seinen Begleiter gerade noch im Tempel verschwinden.

»Wartet!«

Gabriel rannte den Berg hinauf. Als er näher kam, sah er, dass der Tempel nur aus einer flachen, aus dem Fels gehauenen Fassade bestand, durch die man in eine kleine Höhle gelangte. Er trat ins Dunkel. Der Höhlenraum war nur ein paar Schritte tief. Er war allein; von den Dorfbewohnern, den Ziegen und dem alten Mann war keine Spur zu sehen.

Sie waren weitergezogen.

Gabriel trat wieder hinaus in die kühle Nachtluft. Gleich fiel ihm ein fernes Flackern ins Auge. Von den Stufen des Tempels konnte er über die Hängebrücke bis zu dem Berg sehen, über den sie am Nachmittag aufgestiegen waren. Dort bewegte sich weit unten langsam eine Reihe Fackeln herauf. Er konnte keine Personen erkennen, aber tief in seinem Unterbewusstsein spürte er, wer die Leute waren. Und er verstand die letzten Worte des alten Mannes.

Der Feind hatte sie gefunden.

KAPITEL 19

Die enthüllte Prophezeiung

Gabriel spähte den Berghang hinunter und entdeckte, was er gesucht hatte: eine Felsnische etwa zehn Meter tiefer am Hang. Er ging zum Haus zurück und trug zuerst die Frau, dann den Mann bis hinauf zur Felskante. Dann band er sie in ein Seil ein und ließ sie nacheinander hinunter. Zuletzt machte er das Seil an einem großen Felsblock fest und kletterte selbst hinunter.

Die Nische war gerade so tief, dass Richard und Clare von oben nicht gesehen werden konnten. Die Frage war, ob sie ohne Seil wieder hinaufklettern konnten, falls er getötet wurde? Denn wenn er das Seil so hängen ließ, war die ganze Mühe mit dem Versteck ohnehin zwecklos. Er überlegte einige Sekunden lang, kletterte dann wieder nach oben und nahm das Seil vom Felsblock ab. Er musste einfach dafür sorgen, dass auch er überlebte.

Bevor er die Eltern der Kinder versteckte, hatte Gabriel sich zunächst vergewissert, dass die Hanfbrücke den einzigen Zugang zum Berggipfel darstellte, und tatsächlich war er nach allen Seiten von gähnenden Abgründen umgeben. Am einfachsten wäre es gewesen, die Brückentaue durchzuschneiden, aber dann hätten er und die Wibberlys festgesessen und hätten nichts tun können, während der Feind früher oder später eine andere Möglichkeit fand, hinüberzugelangen.

Am Ende trennte er die Hälfte der Hanfstränge, die die Brücke trugen, durch, eilte dann zum anderen Gipfel hinüber und ging dort so in Stellung, dass er den Aufstiegspfad gut überblicken konnte. Er zählte achtundzwanzig Fackeln, glaubte aber, dass er dazwischen weitere Gestalten erkennen konnte. Wahrscheinlich waren es um die vierzig Personen, die sich da näherten.

Gabriel hatte im Dorf einen Bogen und ein Dutzend Pfeile gefunden; nun erkundete er noch zwei geeignete Stellen weiter oben, zu denen er sich zurückziehen und von wo er weitere Pfeile abschießen konnte. Dann hockte er sich hin und wartete. Er musste daran denken, wie er während des letzten Jahrzehnts einmal im Jahr das Waisenhaus besucht hatte, in dem die Kinder gerade untergebracht waren. Das erste Mal war fünf Jahre nach dem Abenteuer von Cambridge Falls gewesen. Das Heim war ein prächtiges altes Haus am Ufer des Charles River in Boston. Er hatte damals von der anderen Straßenseite beobachtet, wie Emma, damals noch ein Kleinkind, von ihrer großen Schwester in den Armen gewiegt wurde. Im zweiten Jahr war sie schon auf den eigenen stämmigen Beinchen herumgetorkelt. Und so war es weitergegangen, Jahr um Jahr, Waisenhaus auf Waisenhaus. Er war nie lange geblieben, war nie entdeckt worden. Was ergaben diese zehn Besuche über eine ganze Dekade wohl in der Summe? Eine Stunde? Doch so kurz sie auch waren, gaben sie ihm doch Kraft für die Aufgaben und Herausforderungen der nächsten Monate.

Richard und Clare hatten das nie gehabt. Während all der Jahre ihrer Gefangenschaft hatten sie ihre Kinder nicht ein einziges Mal gesehen, und doch ließen sie noch immer nichts unversucht für die Sicherheit ihrer Kinder, sondern gingen jedes Risiko ein.

Der Alte hätte ihn nicht zu mahnen brauchen, die beiden zu beschützen. Gabriel würde sich für sie genauso einsetzen, wie er es für ihre Kinder tat.

Unten vom Weg erscholl ein Ruf, dann ein Fluch. Als er vorsichtig hinunterspähte, sah er mitten in der Kolonne einen kahlen, hoch über die anderen aufragenden Schädel, auf dem sich das Licht der Fackeln spiegelte.

Er legte einen Pfeil auf die Sehne und machte sich bereit.

Clare schlug die Augen auf und war geblendet. Sie blinzelte und wartete, bis sich die Augen auf das Licht eingestellt hatten. Ihr war, als hörte sie eine Zeltplane im Wind flattern. Sie spürte Richard in ihrer Nähe.

Als sie endlich etwas sehen konnte, verschlug es ihr den Atem. Sie und Richard lagen auf Teppichen in einem seitlich offenen Zelt. Sie befanden sich am Rand einer Oase in einem endlosen Meer weißer Dünen. Weitere Zelte breiteten sich wie Punkte auf der weiten Sandfläche aus. Gestalten in Umhängen liefen herum.

»Richard …«

»Genau wie er gesagt hat«, hauchte ihr Mann fast andächtig. »Wir sind in die Vergangenheit gereist. Wir sind in der Sahara. Damals, als der Nomadenstamm noch hier in der Wüste lebte. Aber ich glaube nicht, dass wir wirklich hier sind … Es ist wohl eher wie eine Erinnerung …«

Er verstummte. Gleich neben ihnen saß ein Mann mit geschlossenen Augen, der sich so still verhielt, als wäre er ein Teil der Landschaft. Er hatte weißes Haar, einen weißen Bart und ein Gesicht, das nur aus Falten zu bestehen schien. Der Mann summte leise.

»Glaubst du, dass er uns hören kann?«, fragte Richard.

»Nein. Wir sind wohl so etwas wie Geister.« Clare kniete sich vor den Mann. »Ich frage mich, ob er …«

Der Mann schlug die Augen auf und Clare fiel erschrocken nach hinten.

»Clare …«

»Alles in Ordnung. Aber schau …«

Die Augen des alten Mannes schienen nur aus Pupillen zu bestehen, aber dann veränderten sie sich allmählich: Die Pupillen schrumpften und die Iris erschien.

Clare folgte dem Blick des Alten. Eine hochgewachsene Gestalt in einem dunklen Umhang mit Kapuze näherte sich dem Zelt. Clare und Richard rückten etwas nach hinten und warteten ab.

Die Gestalt mit der Kapuze kam herein und nahm vor dem Alten Platz.

»Du bist gekommen«, sagte der alte Mann.

Erst später wunderten sich die Wibberlys, dass sie jedes Wort der beiden Männer verstanden, obwohl sie sich in keiner ihnen bekannten Sprache unterhielten.

Die Gestalt fragte: »Du weißt, warum ich hier bin?«

»Ja, aber du musst es aussprechen.«

»Ich möchte etwas über die Bücher erfahren. Wer wird sie finden? Wann wird man sie finden?«

»Ich muss dein Gesicht sehen.«

Der Besucher schlug die Kapuze zurück. Er war ein Mann mittleren Alters mit kurz geschorenem dunklem Haar und strengen Gesichtszügen. Aber Clare musste seine Augen anstarren, die im strahlendsten Smaragdgrün erstrahlten, das sie je gesehen hatte.

Gabriel schaffte es, mit seinen zwölf Pfeilen elf Gnome und Kreischer niederzustrecken. Sein erster Pfeil hatte dem kahlen Riesen gegolten, aber irgendwie war Rourke ausgewichen. Konnte sein Gehör wirklich so scharf sein, dass er das Zischen des Pfeils gehört hatte?

Gabriel verschwendete keine weitere Zeit auf Rourke, sondern legte jede Sekunde einen Pfeil auf die Sehne, spannte und schoss, spannte und schoss, während Rourke unten auf dem Pfad fluchte und auf die Gnome und Morum Cadi einschlug, um die Ordnung aufrechtzuerhalten.

Als der letzte Pfeil von der Sehne geschnellt war, wartete Gabriel nicht ab, was als Nächstes passieren würde. Der Weg, auf dem die Angreifer vorrückten, folgte der Kante des Felsabbruchs bis zur Brücke und war auf fast sechzig Metern Länge nur gut einen halben Meter breit, mit einem dreihundert Meter tiefen Abgrund auf der einen und einem steilen Felshang auf der anderen Seite. Gabriel stellte sich mitten auf den Weg, zog sein Schwert und wartete.

Ein Kreischer erschien als Erster. Gabriel sah seine gelben

Augen im Dunkeln glühen, bevor er seinen fürchterlichen Schrei ausstieß und losstürmte. Gabriel hatte eine Stelle gewählt, an der der Boden nachgab, und sich dort so postiert, dass seine Gegner das nicht oder erst zu spät erkennen konnten. Er blieb ganz ruhig stehen, bis der Morum Cadi nur noch einen Meter entfernt war. Dann sprang er rückwärts. Der heranjagende Kreischer verlor das Gleichgewicht, erhielt von Gabriel noch einen Tritt und stürzte in die Tiefe.

Der nächste Angreifer folgte dem ersten auf dem Fuß, der dritte gleich dahinter und dann noch einer. Gabriel kämpfte mit allem, was ihm an Geschick, Stärke und List zur Verfügung stand: Er blockte, schlug und stieß zu, trat, boxte, schubste, hieb manche Gegner nieder, schleuderte andere über die Kante und wurde währenddessen Schritt für Schritt zurückgedrängt. Mehrmals versuchten ihn die Feinde zu überrennen, aber sie verkeilten sich dabei auf dem schmalen Pfad, klammerten sich dann aneinander fest und stürzten schließlich zu mehreren in den Abgrund.

Als er bei der Hängebrücke anlangte, hatte er die Feinde um weitere dreizehn dezimiert. Dann schwirrte ein Armbrustbolzen aus der Dunkelheit und grub sich in seine linke Schulter – dieselbe, die der Gnom schon vorige Nacht verletzt hatte. Der Aufprall riss Gabriel nach hinten und einen Augenblick später brandeten heftige Schmerzen bis in seine Brust und seinen Hals hinauf. Er riss das Geschoss heraus und rammte es einem anstürmenden Gnom ins Auge, aber dann sah er Rourkes kahlen Schädel um den Felsvorsprung kommen, spürte das Pochen des Gifts in seiner Schulter, drehte sich um und rannte los.

Als er die andere Seite der Brücke erreichte, sah er, dass

nur sechs Verfolger sich an seine Fersen geheftet hatten: vier Kreischer und zwei Gnome. Die übrigen hatte Rourke zurückgehalten.

Ein Gnom hatte ihn beinahe erreicht, als er die Taue durchhackte. Die Gestalten fielen ins Leere; einige klammerten sich noch an die Seile, bis diese zurückschnellten und gegen die Felswand peitschten. Rourkes Lachen hallte über den Abgrund.

»Gut gemacht, Kumpel! Sieht aber so aus, als würdest du jetzt festsitzen! Wie willst du da bloß wegkommen? Aber keine Sorge. Nicht lange, dann kommen wir rüber!«

Aber Gabriel hatte sich schon abgewandt und plante schon die nächste Phase der Flucht.

»Das kann nicht sein.«

Der alte Seher breitete die Hände aus. »Es ist, wie es sein wird. Drei Kinder werden kommen. Sie werden die Bücher finden. Sie sind die Hüter.

»Und was dann?«, meinte der Grünäugige spöttisch. »Sprich! Was geschieht, wenn sie die Bücher finden?«

Der alte Mann schloss wieder die Augen und schüttelte den Kopf. »Von dort ist der Weg noch nicht bestimmt. Wenn die Hüter die Bücher zusammenbringen und nichts weiter tun, dann werden sie und die Bücher zerstört werden.«

»Aber es gibt noch einen anderen Weg«, sagte der Mann und lehnte sich vor. »Eine Möglichkeit, bei der die Bücher nicht zerstört werden. Die Macht darf nicht verloren gehen! Was ist dieser andere Weg?«

Nach einem Augenblick nickte der alte Mann. »Ich sehe

zwei Wege. Auf dem einen bringen die Hüter die Bücher zusammen, und sie und die Bücher werden zerstört. Auf dem anderen wird aus drei eins.«

»Was meinst du damit? Aus drei wird eins?«

»Drei Bücher werden zu einem Buch. Drei Hüter werden zu einem Hüter. Wenn das geschieht, wird die Verbindung endgültig geschlossen.«

Der grünäugige Mann blieb für einen Moment mit gesenktem Kopf sitzen. Dann sah er auf und lächelte. »Ein anderer Hüter. Das ist es, was du meinst. Ein endgültiger Hüter für die endgültige Verbindung. Einer, der die Macht der Bücher beherrschen kann.« Er fasste in seinen Umhang. »Danke, alter Mann.«

Clare sah das Messer und schrie, aber nur Richard hörte sie.

Sie banden leichte, starke Seile an Armbrustbolzen und schossen sie so über den Abgrund, sodass sie auf der anderen Seite in der Erde und zwischen Felsen stecken blieben. Gabriel wollte aus der Deckung springen und die Seile abhacken, aber Rourke war darauf gefasst und ließ ihn mit einem Regen von Pfeilen und Bolzen zurücktreiben.

So blieb Gabriel nur, abzuwarten.

Als schließlich mehr als ein Dutzend dünner Seile über den Abgrund gespannt waren, umfasste ein Morum Cadi das ganze Bündel und hangelte sich kopfüber hängend auf die andere Seite. Dort band er alle Seile an einem Pfosten fest, der die Brücke gehalten hatte. Es waren nur noch Rourke, drei Kreischer und zwei Gnome übrig, aber Gabriels Arm war so gut wie unbrauchbar, und er spürte, wie sich das Gift in seinem Körper ausbreitete. Er wusste, wenn er die Wunde nicht bald richtig versorgte, dann würde das Gift den Weg zu seinem Herzen finden.

Er hatte Glück, weil ein weiterer Kreischer einfach von der Behelfsbrücke herunterfiel. Damit blieben vier. Rourke machte sich als Letzter an die Überquerung, und auf beiden Seiten bogen sich die Pfosten unter seinem Gewicht. Ein Gnom hing noch am Seil, aber zwei Kreischer und ein Gnom waren bereits auf Gabriels Seite. Gabriel rannte mit Gebrüll auf sie zu. Sie kämpften auf abschüssigem Felsgelände, und Gabriel konnte alle drei niederstrecken, aber der letzte Gnom sprang vom Seil und versetzte ihm einen teuflischen Hieb in den Rücken, bevor Gabriel ihn mit einem Tritt vor die Brust in die Tiefe beförderte.

Gabriel keuchte vor Schmerz und stützte sich auf sein Schwert, um nicht umzufallen.

»Aber, aber, Freundchen. Wie unerfreulich, dich in so bedauernswertem Zustand zu sehen.«

Gabriel wandte sich um und sah Rourke über den rauchenden Körper eines Kreischers steigen, während er seine langen, dünnen Messer zog.

»Aber du hast doch immer gewusst, dass es so kommen würde, oder?«

Gabriel sah ihn lange an, reckte sich dann gerade, achtete nicht auf die Schmerzen in Schulter und Rücken und sagte: »Wollen wir jetzt reden oder kämpfen?«

»Clare ...«

Sie war neben dem alten Propheten, der auf den Teppichen verblutete, auf die Knie gefallen.

»Das kann nicht alles sein!«, schrie sie. »Da muss noch etwas anderes sein! Eine Möglichkeit, sie zu retten!«

Gestalten waren angerannt gekommen, als der Seher schrie, aber der Grünäugige war schon verschwunden. Drei Männer hatten den alten Mann niedergelegt. Einer drückte einen zusammengerollten Schal auf die Wunde. Der alte Mann packte den Mann. Richard hörte, wie der Prophet ihm befahl, mit dem Stamm fortzuziehen, und ihn warnte, dass der grünäugige Zauberer wieder zurückkehren würde. Sie müssten fliehen und immerfort auf der Flucht bleiben.

Dann nahm der Seher eine Handvoll Sand, führte sie an die Lippen und schien flüsternd hineinzuatmen. Schließlich streckte er die Hand aus.

»Sie werden kommen. Die Eltern der Hüter. Eines Tages werden sie kommen. Gebt ihnen dies. Hütet es wohl.«

Er öffnete die Hand, und Richard sah, wie der milchig-weiße Würfel in die Hand des anderen Mannes fiel. Dann wurde die Szene vor ihm langsam dunkler.

»Clare …«

Aber Clare beugte sich über den sterbenden Propheten und schluchzte: »Sagen Sie es mir! Sagen Sie, wie man die Kinder retten kann!«

Dann sagte der alte Mann mit schwindender Stimme: »Er hat mich das Ende nicht aussprechen lassen …«

»Sagen Sie es! Wir sind hier! Sagen Sie es!«

»Nach der endgültigen Verbindung …« Die Stimme das Mannes war nur noch ein Flüstern, und Richard sah, dass seine Frau das Ohr ganz dicht an seine Lippen hielt, um die Worte zu erhaschen. Ihre Tränen fielen auf sein Gesicht, ohne dass er sie spürte; und dann, mit einem Mal, bog sich Clare jäh zurück.

Nein!«, rief sie, Dann verschwand die Welt vor ihren Augen.

»Das ist so enttäuschend.«

Sie kämpften an der Steilkante. Gabriel focht mit einer Hand, und Rourke machte es genauso – ob aus Sportsgeist oder um seine Verachtung auszudrücken. Gabriel war mit allen verbliebenen Kräften auf seinen Gegner losgegangen, aber es hatte nichts genützt. Er erinnerte sich an ihren Kampf in der Festung und davor im Vulkan in der Antarktis. Irgendwie schien der riesige Ire noch stärker und schneller zu sein denn je, denn er parierte jeden seiner Schläge mit Leichtigkeit oder wich gewandt aus.

Gabriel führte den nächsten Schlag in einem Bogen, aber Rourke duckte sich und boxte ihn mit dem Messerheft in die verletzte Schulter, sodass Gabriel laut aufschrie.

»Komm schon, Jungchen. Ich hab dich doch kaum angerührt. Jetzt werd bloß nicht weich.«

Gabriel stürzte wieder auf ihn los, doch Rourke kam dem Hieb zuvor und stieß ihm den Ellenbogen ins Gesicht. Gabriel war für einen Augenblick blind und stolperte rückwärts über die Felsen. Er wusste, dass die Kante nicht mehr weit entfernt war, fing sich aber rechtzeitig. Nur einen Schritt hinter ihm gähnte der Abgrund.

Rourke kam langsam näher.

»Wo sind denn nun die Eltern der Kleinen? So schwierig kann's ja nicht sein, sie aufzuscheuchen. Viel Platz zum Verstecken ist hier ja nicht gerade.«

Gabriel griff wieder an, und als Rourke seinem absichtlich

ungeschickten Hieb wieder zuvorkommen wollte, war Gabriel bereit und rammte ihm die Schulter in den Magen. Rourke grunzte, packte Gabriel an den Haaren und schleuderte seinen Kopf gegen einen Felsblock. Dann warf er ihn beiseite, als wäre er eine Katze.

»Du weißt doch, dass das alles völlig zwecklos ist, ja?« Die Kinder sind verloren. Schicksal. Das ist stärker als wir alle.

Gabriel äugte zur Kliffkante hinüber. Er musste den Mann noch näher locken.

Rourke täuschte an, machte eine zweite Finte und holte dann weit aus. Gabriel spürte, wie die Messerspitze über seine Brust und seinen Bauch glitt. Er taumelte nach hinten, riss die Hand vor den aufgeschlitzten Bauch, als müsse er sich zusammenhalten.

Aber er sah, dass er endlich an der Steilkante stand. Er hob zitternd das Schwert, aber Rourke schlug es weg, und es trudelte in die Tiefe. Rourke stieß wieder zu, aber Gabriel warf sich seitwärts, sodass ihm die Klinge nur in die Seite fuhr, ohne ihn zu töten.

Er fiel auf die Knie. Rourke stand über ihm.

»Dein ganzes Leben, Freundchen, das war alles umsonst. Eine einzige große Verschwendung.«

Gabriel spürte, dass er am Genick gepackt und in die Höhe gehoben wurde. Er starrte in die dunklen Gruben, die Rourkes Augen waren. Hatte er recht? Wenn er jetzt starb, wenn die Kinder starben, war dann alles umsonst gewesen?«

»Deine Zeit ist abgelaufen, Kumpel.« Rourke holte mit dem Messer aus.

»Du irrst dich«, presste Gabriel unter dem Griff des Iren heraus.

»Wie bitte?«, fragte Rourke und hielt inne. »Sagtest du etwas?«

Gabriel wusste, dass dieser Mann das niemals begreifen würde, obwohl es ihm selbst in diesem Augenblick so klar war, dass es niemals vergeblich war, wenn man jemanden liebte und sich von dieser Liebe im Leben leiten ließ. Im Gegenteil, es war die einzige Möglichkeit, wirklich zu leben.

»Lächelst du? Du wirst mir doch jetzt nicht bekloppt werden?«

Gabriel wiederholte: »Du irrst dich.«

Rourke fauchte und holte wieder mit dem Messer aus. Da dachte Gabriel an sein Schwert, an Granny Peets Geschenk, und schon lag es nicht mehr am Grund der Schlucht, sondern in seiner Hand, und er stieß es dem Riesen tief in die Brust. Rourke brauchte offenbar einen Augenblick, um zu begreifen, was geschehen war. Dann setzte er Gabriel beinahe vorsichtig auf dem Boden ab. Die Verblüffung wich nicht aus seinem Gesicht, und Gabriel beobachtete die Augen des Mannes, während das Licht in ihnen verlosch.

»So was …«, sagte Rourke.

Dann kippte er nach vorn und blieb liegen.

Mit großer Mühe drehte Gabriel den Körper auf den Rücken, zog ihm das Schwert aus der Brust und stützte sich beim Anstieg zum Gipfel darauf. Einmal verlor er unterwegs das Bewusstsein, aber er schaffte es bis zu der Stelle, wo er das Seil versteckt hatte, schlang es wieder um den Felsen und warf eine Schlinge über die Steilwand, sodass sie vor der Nische baumelte.

Dann rief er: »Ich bin's.«

Einen Augenblick später tauchte der Umriss von Richards Kopf unten in der Dunkelheit auf.

»Gott sei Dank.« Seine Stimme klang sehr dünn in der Weite der Landschaft. »Wir wollten nicht rufen. Wir sind eben erst wieder zu uns gekommen. Was ist passiert?«

»Rourke hat uns gefunden.«

»Rourke …«

»Er ist tot. Haben Sie den Rest der Prophezeiung erfahren?«

»Ja. Ich meine … ich glaube schon. Clare hat es gehört. Sie … hat es mir nur noch nicht sagen können.«

Gabriel hörte Schluchzen aus der Höhle heraufdringen.

»Hören Sie«, sagte Richard. »Wir kommen besser nach oben. Dann können wir darüber reden.«

Gabriel setzte sich an die Felskante und wartete. In seinem Rucksack lagen Verbandszeug und Kräuter, aber er hatte nicht genug Kraft, um sie zu holen. Er würde auf Clare und Richard warten. Er musste an Emma denken. Fünfzehn Jahre lang war er in der Welt herumgereist, und bei jedem einzelnen Schritt war sie dabei gewesen. So wie sie jetzt bei ihm war. Er sah, dass sich das Seil straffte, und hörte, wie die Sohlen der beiden beim Aufstieg an den Felsen schabten. Dann blickte er zu den Sternen auf und dachte, dass sein Herz noch nie so erfüllt gewesen war.

KAPITEL 20

Das Gefängnis

Emma versuchte Schritt zu halten, aber sie hatte mit Abstand die kürzesten Beine von allen und fiel immer wieder zurück. Dann folgten ein jäher Ruck an dem Strick, der ihre Handgelenke fesselte, Flüche, vielleicht auch ein Tritt, und dann wurde sie weitergeschleift. Sie versuchte, ihren Mitgefangenen (drei Männern und einer Frau) etwas zuzuflüstern, um herauszufinden, wo man sie hinbrachte, aber diese starrten sie nur mit ihren leeren Totengesichtern an und antworteten nicht.

Sie sagte sich, sie bräuchte nur freizukommen, sich das Buch zu schnappen und das Portal zurück zur Welt der Lebenden zu finden, dann würde alles in Ordnung kommen. Das war alles, und sie konnte es schaffen!«

Aber selbst wenn sie das alles hinkriegte – und da stand ein großes Wenn davor – dann erfüllte der Gedanke, das Buch zu berühren und all diese Stimmen wieder in ihren zu Kopf lassen, sie mit fürchterlicher, den Atem abschnürender Panik.

Und das Buch hatte zu ihr gesprochen. *Lass sie frei*, hatte es gesagt. Wen sollte sie freilassen? Waren damit die Stimmen gemeint? Das wüsste sie nur zu gern. Aber wie? Und wo sollte sie sie freilassen?

Sie saugte an ihrer Unterlippe, die vom Schlag des Mannes angeschwollen war, und zum hundertsten Mal wünschte sie, dass Gabriel bei ihr wäre. Sie hätte gerne gesehen, was er mit dem Kerl anstellen würde, der sie geschlagen hatte. Umbringen würde er ihn; das würde er tun! Oder, genau genommen, ihn noch einmal umbringen, denn der Typ war ja schon tot. Aber wenn er und der Dicke tot waren – und das mussten sie ja sein, wenn sie hier waren –, wie kam es dann, dass sie nicht so zombiemäßig drauf waren wie die anderen Toten hier? War das, weil sie für den grässlichen Magnus arbeiteten? Arbeiteten sie überhaupt für den grässlichen Magnus? Sie hatten nichts in der Richtung gesagt. Und bis jetzt hatte nichts darauf hingedeutet, dass sie wussten, wer Emma war.

Solange das so blieb, sagte Emma sich, so lange hatte sie auch eine Chance.

Dann sah sie auf und es verschlug ihr den Atem.

Die kleine Gruppe war über den Bergkamm gekommen, den sie schon beim Aufstieg durch die Felswand mit dem Carriadin gesehen hatte. Nun gingen sie in eine weite Ebene hinunter, die bis an ferne Hügel oder Berge reichte. Weit und breit war kein Baum, ja nicht einmal ein Grashalm, zu sehen. Ein stinkender Fluss voller dickem, graugrünem Schlamm wälzte sich träge durch die Ebene. Alles war mit Abfall übersät. Das war allerdings nicht der Grund für Emmas Verblüffung, sondern die riesige Barackenstadt, die direkt vor ihnen lag, und das gewaltige, kreisförmige Gebäude in ihrer Mitte, über dem eine ungeheure schwarze Rauchsäule stand. Es war derselbe Rauch, den sie schon von der Felswand aus hatte in den Himmel steigen sehen.

Emma hatte keinen Zweifel, dass dies ihr Ziel war.

Und es dauerte in der Tat nicht lange, bis Emma und die anderen Gefangenen durch die dunklen, schlammigen Gassen getrieben wurden, die sich zwischen den Baracken durchwanden. Die Wände der Hütten bestanden aus Stöcken und getrocknetem Lehm, und Emma konnte durch Lücken sehen, dass sich im Inneren der Hütten Menschen bewegten. Als ihre Bewacher sie tiefer in den Irrgarten hineinführten, wurde der Himmel immer mehr von vorragenden Dächern verdeckt. Emma hielt sich dicht hinter der Frau, die vor ihr lief, denn sie wollte nicht stürzen und an den Händen durch den Dreck gezerrt werden. Mehrmals sah sie Tiere weghuschen, die sie zuerst für ausgezehrte graue Katzen hielt, aber als sie genauer hinsah, erkannte sie, dass es Ratten waren, riesige Tiere mit großen gebogenen Klauen und nadelspitzen Fangzähnen, die fauchten und spuckten, wenn man ihnen zu nahe kam.

Dann wurde die Gruppe plötzlich mit einem Ruck zum Stehen gebracht. Der Himmel war noch immer vom Flickwerk der Dächer verdeckt, aber sie waren auf einem überdachten Platz, einer Art Forum angelangt. Männer mit finsteren Mienen zerrten Gruppen von Gefesselten herum. An einer Reihe von etwa einem halben Dutzend Tischen saßen Männer, jeder mit Notizblock und Bleistift.

Emmas Bewacher, der größere, der sie geschlagen und ihr Michaels Messer abgenommen hatte, ging wortlos davon. Der andere, der mit dem behaarten Bauch, hatte immer noch das

Buch Reckoning im Hosenbund stecken – sie würde es erst einmal tüchtig abschrubben müssen, wenn sie es wieder hatte. Jetzt führte er Emma und ihre Mitgefangenen an einen Tisch, hinter dem ein kahlköpfiger Mann saß und mit zusammengekniffenen Augen in seinen Notizblock kritzelte.

»Du bist spät dran«, sagte er. »Wie viele sind das?«

»Fünf.«

»Dein Soll sind aber zehn.«

»Die muss man erst einmal finden! Das Land ist leer. Meilenweit keine Seele. Die Toten werden uns bald ausgehen.«

»Ha! Dann sorgt er einfach dafür, dass neue kommen, oder?«

Der Kahle sah auf. Emma spürte seinen Blick über sich wandern. Der Kahlköpfige ließ keine Gemütsregung erkennen, sondern wandte sich wieder seinem Block zu. Emma hatte befürchtet, dass ein Vorgesetzter sie erkennen würde, aber im Augenblick schien alles gut. Sie dachte noch darüber nach, als sie aus dem Augenwinkel eine Gestalt in einer roten Robe herankommen sah. Es war der Mann mit dem Rattengesicht, den sie am Vortag am Strand gesehen hatte. Sie senkte rasch den Kopf und drehte sich weg. Dabei kam ihr wieder in den Sinn, wie Rourke die Zauberer genannt hatte, die dem grässlichen Magnus dienten – Necromati.

»Beeilung!«, blaffte der Mann mit dem Rattengesicht. »Der Meister ist ungeduldig.«

»Jawohl, Sir«, rief der Kahle. »Wir tun, was wir können.«

Emma wagte erst wieder aufzusehen, als der Mann mit der roten Robe weitergegangen war. Sie hatte die Fäuste geballt, um nicht zu zittern.

»Ganz schön was los«, brummte ihr dicker Bewacher.

»Ich schufte schon seit Tagen ohne Pause. Und heute Nacht

sollen alle, die wir noch haben, rausgehen. Oben scheint irgendwas Großes los zu sein. Was ist denn das?« Der Kahle zeigte mit dem Bleistift auf das Buch Reckoning, das dem anderen aus dem Hosenbund ragte.

»Bloß ein Buch. Hab ich dem Mädchen abgenommen.«

»Her damit.«

»Ist aber meins.«

»Nicht mehr. Oder willst du, dass ich hier reinschreibe, dass du dein Soll nicht erfüllt hast?«

Murrend zog Emmas Bewacher das Buch heraus. Emma handelte, ohne lange zu überlegen, denn die Begegnung mit dem Necromati hatte sie zu Tode erschreckt. Sie griff nach dem Buch, dass der Mann dem Kahlköpfigen hinstreckte. Für einen kurzen Moment hielten sie beide es fest. Selbst wenn sie es ihm hätte entreißen können, hatte sie keinen Plan, was sie als Nächstes hätte tun sollen, aber das spielte auch gar keine Rolle. In dem Augenblick, als ihre Hand das Buch berührte, regte sich die Magie in ihr.

Und die umgebende Welt fiel von ihr ab.

In ihrem Geist sah Emma eine alte Frau mit dichtem, grauem Haar, Sommersprossen und wässrig blauen Augen. Sie wurde Nanny Marge genannt und hielt Emmas kleine Hand in ihrer großen schwieligen – nur dass es nicht Emmas Hand war, die sie hielt, sondern die Hand des dicken Bewachers, seine Hand, als er ein Kind war. Und plötzlich wurde Emma überwältigt von der Liebe zu der alten Frau; sie fühlte sich erfüllt …

»Weg da!«

Emma wurde grob an der Schulter angestoßen, verlor das Buch aus den Fingern und fiel auf den Boden. Der Kahle war aufgesprungen, sein Gesicht rot vor Wut. Er riss dem benommenen Bewacher das Buch aus der Hand und stopfte es in seine Manteltasche.

»Sperr sie ein! Sofort! Und behalte diese da im Auge!« Er zeigte auf Emma.

Der Bewacher hieß Harold Barnes. Das wusste Emma nun, und auch, dass er die alte Frau liebte. Der Mann hatte sich wieder gefangen und half Emma nun vom Boden auf. Sie versuchte ihn anzusehen, aber er wich ihrem Blick aus. An dem Strick, mit dem sie zusammengebunden waren, führte er die Gruppe vorbei an dem Mann am Schreibtisch und dann weiter in einen dunklen Durchgang. Emma stolperte vorwärts und versuchte sich einen Reim zu machen auf das, was eben geschehen war. Seit sie in Willys Zimmer im Land der Riesen in Ohnmacht gefallen war, wusste sie, dass sie etwas von der Magie des Buchs Reckoning in sich trug. Aber dies hier war anders. Warum hatte ihr das Buch diese alte Frau gezeigt? Was hatte das zu bedeuten?

Als sie wieder aus dem Tunnel kam, waren alle anderen Gedanken wie weggeblasen.

Auf dem Weg durch die Barackenstadt hatte Emma völlig die Orientierung verloren und war deswegen verblüfft, dass sie nun in der Mitte des gewaltigen kreisförmigen Gebäudes standen, das sie vom Rand der Ebene aus gesehen hatte. Das Ganze wirkte mit der großen Freifläche in der Mitte wie eine Arena. Aber es war nicht für ein Publikum gedacht, jedenfalls nicht für ein freiwilliges, denn das Gebäude bestand aus Hunderten von übereinandergestapelten Holzkäfigen, jeder so groß wie ein Güterwagen. Und in den Käfigen waren Menschen.

Es war ein Gefängnis für die Toten.

Und das war nicht alles. In der Mitte der Freifläche, nicht weit von der Stelle, wo Emma und die anderen aus dem Tunnel gekommen waren, war eine Grube, die etwa fünfzehn Meter breit und sechs Meter tief sein mochte. Ein Feuer konnte Emma dort nicht sehen, aber es stieg schwarzer Rauch auf, als wäre der Boden der Grube mit schwelender Asche bedeckt.

Warum wurden die Toten hier gefangen gehalten? Was geschah hier? Was taten die Lakaien des grässlichen Magnus ihnen an? Der Kahle, bei dem das Buch nun war, hatte gesagt, sie würden alle heute Nacht rausgehen, aber wohin?

Ihr kam in den Sinn, dass Dr. Pym gesagt hatte, es sei etwas sehr Böses an diesem Ort, und es kam ihr vor, als wäre sie bis ins Herz dieses Bösen vorgedrungen, nur um jetzt noch weniger zu verstehen als zuvor.

Aber wollte sie es überhaupt verstehen? Nie in ihrem Leben war sie an einem Ort gewesen, der ihr so hoffnungslos und verdorben vorgekommen war. Sie wollte nur das Buch Onyx wiederhaben und dann verschwinden.

Die Käfige waren über Gerüste verbunden und Harold Barnes trieb sie mit Rufen, Tritten und Schubsen eine Leiter hinauf und weiter bis zu einem Käfig in der zweiten Etage. Er musste eine Weile an dem primitiven Schloss herumhantieren, bis sich die Tür mit einem metallischen Geräusch öffnen ließ. Harold Barnes schnitt die Stricke an ihren Handgelenken durch und stieß sie in den Käfig. Emma stürzte auf die Knie und hörte, wie die Tür hinter ihnen zufiel.

»Warte!« Emma drehte sich um und warf sich gegen die Tür. »Du hast sie gesehen! Nanny Marge! Du hast sie gesehen!«

Der Mann blieb auf der Leiter stehen und blickte sich um. Für einen Augenblick änderte sich sein Gesichtsausdruck.

Emma sah es und wusste, dass er dasselbe wie sie gesehen hatte. Und was noch wichtiger war: Er erinnerte sich daran.

Dann war ein Ruf zu hören. Jemand rief den Mann von unten.

»Nein!«, schrie Emma. »Nicht …«

Aber Harold Barnes war schon eilig die Leiter hinuntergestiegen.

Emma stand da mit den Händen an den Stäben. Okay, dachte sie, denk mal für einen Moment nach. Als sie und Harold Barnes das Buch gleichzeitig berührt hatten, waren sie beide von der Magie durchdrungen worden, und es hatte sich ein Fenster in sein Leben geöffnet. Sie oder das Buch hatten ihm seine Erinnerung zurückgegeben.

Großartig. Und auf welche Weise half ihr das weiter? Sie war noch immer eine Gefangene; das Buch hatte sie auch nicht; und sie wusste noch immer nicht, wie sie in die Welt der Lebenden zurückfinden sollte.

Eins nach dem anderen. Was sie brauchte, war ein Plan. Emma wusste, dass das Planen nicht gerade ihre Stärke war, aber Michael fielen dauernd Pläne ein, also wie schwer konnte es schon sein?

Es wurde langsam Nacht. Emma schätzte, dass mit ihr ungefähr zwanzig Personen in ihrem Käfig waren: die vier, mit denen sie gekommen war, mit eingeschlossen. Es waren Männer und Frauen, Junge und Alte. Sie selbst schien die Jüngste zu sein. Die meisten saßen an die hölzernen Stäbe gelehnt am Boden, und alle hatten den leeren Gesichtsausdruck der Toten.

Boden und Decke des Käfigs waren massiv, doch zwischen den Gitterstäben hindurch konnte Emma in die eine Richtung die Arena mit der rauchenden Grube sehen, in die andere

Richtung hatte sie über die Dächer der Barackenstadt hinweg freien Blick über die Ebene und bis zu den Bergen. Auch in die Nachbarkäfige auf beiden Seiten konnte sie hineinsehen. Einer war voller Menschen, der andere schien leer, bis auf einen Haufen schmutziger Lumpen in der Ecke. Emma ging zu dieser Seite hinüber, setzte sich und lehnte sich an die Gitterstäbe.

Wie wünschte sie sich, dass ihr jemand zur Hilfe kam! Oder jemanden zum Reden. Kate, Michael, Gabriel, ja sogar Dr. Pym! Er sollte hier sein und ihr helfen, anstatt Wassertaxi für tote Leute zu spielen! Mit den toten Mitgefangenen war nichts anzufangen.

Wenn doch nur Gabriel da wäre! Der Gedanke kam ihr immer wieder. Sie wusste wohl, dass nur die Hüterin des Buchs Reckoning ins Reich der Toten eintreten konnte, aber ihr Vertrauen auf ihn und seine Liebe zu ihr waren so stark, dass sie sich noch immer ein wenig an die Hoffnung klammerte, er könnte doch eine Möglichkeit finden, zu ihr zu kommen.

Schluss damit, sagte sie sich. Du bist allein hier und du brauchst einen Plan.

Da hörte sie hinter sich aus dem Käfig, den sie für leer gehalten hatte, eine Stimme:

»Ich habe mich schon gefragt, wie lange es dauern würde, bis sie dich finden.«

Emma schreckte hoch, wirbelte herum und starrte ins Halbdunkel des Nachbarkäfigs hinüber. Der Haufen Lumpen regte sich und schleppte sich ans Licht. Nun erkannte Emma verdrehte und zermalmte Knochen, eingefallene und fleckige Haut, schwarze Fingernägel und schließlich ein Paar blutunterlaufener, violetter Augen, das sie anzwinkerte.

»Aber wo ist das Buch?«, fragte die Gräfin hämisch. »Du

hast es doch gefunden, oder? Als ich das erste Mal hier war, nach meinem ersten Tod, versuchte ich, die Carriadin zu zwingen, es mir zurückzugeben. Aber sie weigerten sich. Nur die Hüterin! Nur die Hüterin! Also wo ist es nun, Kind?«

Emma packte die Gitterstäbe. Sie fürchtete, in Ohnmacht zu fallen.

»Sie haben es mir weggenommen«, hörte sie sich sagen. »Die Männer, die mich hergebracht haben.«

Emma musste den zermalmten Körper anstarren. Sah die Gräfin so aus, weil Willy sie zerstampft hatte? Emma fragte sich, wie jemand lebendig sein konnte, der so aussah. Aber dann fiel ihr ein, dass die Gräfin gar nicht am Leben war.

»Du hast es verloren!« Die Frau packte die Stäbe des Käfigs, als wollte sie sie zerreißen. »Du kannst es doch nicht so einfach verloren haben!«

»Ich konnte doch nichts dafür! Sie ...«

Emma riss sich zusammen. Die Hexe hatte den Kopf fallen lassen, ihre Schultern zitterten und sie wimmerte leise. Sie weinte.

»He«, sagte Emma leise und hockte sich auf den Boden. »Alles in Ordnung?«

Die Gräfin blickte auf; über die tiefen Falten in ihrem Gesicht liefen Tränen. »Hast du überhaupt eine Ahnung, was ich durchgemacht habe? Ich bin vor zweitausend Jahren gestorben. Die Toten merken nichts davon, wie die Zeit vergeht. Ich schon. Ich habe jeden Tag gespürt, den ich warten musste, bis dein Bruder mich wieder zum Leben erweckt. Aber ich habe die Hoffnung nie aufgegeben.

Selbst vor vierzig Jahren, als der grässliche Magnus selbst in dieses Reich hier kam und das alles hier begonnen hat ...«

Sie deutete mit der knorrigen Hand auf das Gefängnis und die Barackenstadt. »Nie habe ich daran gezweifelt, dass ich eines Tages Erfolg haben würde. Und so war es auch. Ich kam zurück …«

»Und dann hat Willy Sie zertreten wie einen Käfer.«

Das bereits deformierte Gesicht der Gräfin verzog sich noch mehr. »Ja. Und ich kam zurück in diese Hölle als das unförmige Wesen, das du vor dir siehst. Die Lakaien des grässlichen Magnus fingen mich sofort ein und brachten mich her. Aber ich klammerte mich immer noch an die Hoffnung. Worauf? Dass du kommen und das Buch holen würdest. Dass du, wenn ich auch den Rest meiner Tage hier an diesem jämmerlichen Ort in meinem jämmerlichen Körper verbringen muss, dass du meine Rache vollstrecken und den grässlichen Magnus vernichten würdest. Aber nun hast du das Buch verloren! Du hast versagt! Völlig versagt! Also, als Antwort auf deine Frage: Nein, nichts ist in Ordnung!« Sie spuckte angewidert auf den Boden.

Emma schwieg für einen Augenblick. Sie wusste nicht, wie es sich anfühlte, wenn man zweitausend Jahre auf etwas wartete und es dann nicht bekam, aber es musste wohl ziemlich schlimm sein.

Nachdem sie den Worten der Gräfin das angemessene Maß an stummer Betrachtung geschenkt hatte – Emma hielt drei Sekunden für ausreichend –, sagte sie: »Aber warum können Sie sich an mich erinnern? Selbst Dr. Pym erkannte mich nicht mehr. Warum können Sie es?«

Die Gräfin starrte sie an. Sie war offenbar noch erschöpft von ihrer Tirade und überlegte, ob sie antworten oder sich einfach in ihre Ecke zurückziehen sollte. Schließlich sagte sie:

»Einst hielt ich das Buch Reckoning in der Hand, Mädchen. Das Buch Onyx! Nicht lange, zugegeben, aber es hat seine Spuren hinterlassen. Der Tod konnte meinen Erinnerungen nichts anhaben. Jetzt lass mich in Frieden.«

Sie machte sich daran, wegzukriechen.

»He! Warten Sie!«

»Es ist vorbei.« Die Hexe klang jetzt nur noch müde, nicht einmal mehr wütend. »Du hast deine einzige Chance verpasst. Deine einzige Chance.«

»Warten Sie! Ich verstehe das alles nicht! Sagen Sie mir, ich verstehe ja, warum Sie sich an mich erinnern. Aber diese Fieslinge, die mich hergebracht haben. Die sind anders als die übrigen Toten hier. Wie kommt es, dass sie sich auch an manches erinnern können?« Emma war sich nicht sicher, warum sie ausgerechnet danach fragte, woran sich Leute erinnern konnten. Aber sie spürte, dass das wichtig war. Es hatte irgendwie mit dem Buch Reckoning zu tun und die Gräfin kannte die Antwort. »Sie reden und benehmen sich wie normale Menschen. Böse Menschen, das schon, aber …«

»Halt's Maul! Hör auf zu reden!« Die Gräfin schüttelte resigniert den Kopf. »Sie sind nichts als Werkzeuge des grässlichen Magnus. Von ihrem früheren Leben wissen sie genauso wenig wie diese Narren hier.« Sie wies mit einer Kinnbewegung auf die Männer und Frauen in Emmas Käfig. »Aber er verfügt über große Macht. Er findet schwache Geister und zwingt ihnen seinen Willen auf. Er zieht sie auf wie Puppen und lässt sie dann loslaufen. Es scheint, dass sie einen Willen haben, aber im Innern sind sie leer.«

Emma dachte an Harold Barnes, an den großen Mann, der sie gefangen genommen hatte, und an den kahlen Mann am

Tisch. Sie handelten zwar entschlossener als die restlichen Toten, aber ihre Augen wirkten trotzdem irgendwie unbestimmt. Die Gräfin hatte recht.

Nur Harold Barnes war anders gewesen, als sie ihm die Erinnerung an seine Nanny Marge zurückgegeben hatte. Sie hatte es ihm angesehen: Er erinnerte sich.

»Und was ist mit den Zauberertypen in den roten Roben?«

»Den Necromati?«

»Ja, ich weiß selber, wie sie heißen«, sagte Emma gereizt und ärgerte sich, dass sie das Wort nicht selbst benutzt hatte. »Was ist mit ihnen?«

»Der Meister teilt mit ihnen etwas von seiner Macht. Aber im Grunde sind sie auch nichts anderes. Seit dem Beginn der Zeit sind nur zwei jemals ins Reich der Toten gekommen und haben ihre Erinnerungen behalten. Ich selbst und der grässliche Magnus.«

»Und was ist das für ein Ort hier? Warum sind diese Leute alle eingesperrt? Das müssen Sie mir sagen!«

Die Gräfin sah Emma an und ein anzügliches, wölfisches Lächeln machte sich auf ihrem Gesicht breit. »Ja, Kindchen, das will ich dir erzählen.« Sie rückte näher an die Stäbe. »Du bist über das große Geheimnis des grässlichen Magnus gestolpert. Seine neue Machtquelle. Und er ist doch stärker geworden, oder etwa nicht? In der oberen Welt?«

»Ja. Rourke hat gesagt, diesen ganzen Krieg hätte er früher nicht führen können. Er wäre stärker denn je.«

»Und hat dir Pym mal verraten, warum der Finstere so lang lebte wie er selbst?«

Emma wusste, dass er es ihnen erzählt hatte, im Elfenwald am anderen Ende der Welt, nachdem sie und Michael aus dem

Vulkan entkommen waren. Aber Emma hatte kaum hingehört; Kate war gerade aus der Vergangenheit zurückgekehrt und gestorben, Gabriel war verletzt gewesen und außerdem: Wer konnte schon auf alles aufpassen, was der Zauberer sagte?«

»Du erinnerst dich nicht, was? Was für eine Verschwendung! Pym tut mir fast leid, dass er sich mit so einem dummen Huhn herumschlagen musste.«

Emma holte schon Luft, um etwas zu erwidern. Irgendeine Bemerkung darüber, wie lustig es doch war, Willy dabei zuzusehen, wie er sie wie eine Ameise zerstampfte. Aber in einem Anfall von Selbstbeherrschung, der jeden erstaunt hätte, der sie kannte, schaffte sie es tatsächlich, den Mund zu halten.

»Weißt du«, begann die Gräfin, »das Universum ist ...«

»... in die Luft geflogen und dann wieder zusammengesetzt worden, und das immer wieder«, sagte Emma. »Den Teil weiß ich noch.«

»Bist du nicht ein helles Köpfchen! Nun, vor langer Zeit hat der grässliche Magnus in diese vorigen Versionen des Universums zurückgegriffen und aus ihnen neun verschiedene Inkarnationen seines Geistes, seines Wesens oder seiner Seele herausgezogen – das passende Wort kannst du dir aussuchen. Diese Inkarnationen hat er über die Zeit verstreut, damit er immer wieder neu geboren werden kann.«

»Das kann er?«, fragte Emma.

»Er hat es getan, Kindchen! Genügt das nicht als Beweis?«

Ein gutes Argument, musste Emma insgeheim zugeben.

»Die Frage ist aber«, die Gräfin kam mit ihren herabhängenden Lippen noch näher, »was in dem Augenblick geschieht, wenn ein grässlicher Magnus stirbt und der nächste geboren wird.«

»Soll ich raten?« fragte Emma. »Dr. Pym stellt auch immer solche Fragen, aber er beantwortet sie dann immer selbst.«

Die Hexe blickte ärgerlich drein. »Eine Transferenz. Der Geist des sterbenden grässlichen Magnus wird auf den Geist des neuen übertragen, mit all seiner Macht und all seinen Erinnerungen. Du hast den Feind kennengelernt, nicht wahr? Und ist er dir wie ein einzelnes Wesen vorgekommen? Eine Person? In Wahrheit sind in ihm die Geister aller voriger Inkarnationen zu einer Patchwork-Seele zusammengestückelt.«

Emma dachte an Rafe, den Jungen, den Kate in der Vergangenheit kennengelernt hatte, der ihr das Leben gerettet hatte und dadurch zum grässlichen Magnus geworden war. Wenn die Gräfin recht hatte, dann hatten sich die Geister und Erinnerungen eines jeden grässlichen Magnus praktisch an seine eigenen angehängt. Kein Wunder, dass Kathy glaubte, dass Rafe noch irgendwo im Innern des grässlichen Magnus lebte. Vielleicht stimmte das sogar.

Die Gräfin fuhr fort. »Und der Geist oder die Seele – pass jetzt gut auf –, das ist der Ort, an dem in jedem von uns die Magie wohnt. Dieser Ort ist reine Magie. Und jedes Mal, wenn der grässliche Magnus einen neuen Geist aufgenommen hat, dann haben seine Macht und seine magischen Fähigkeiten zugenommen.«

Emma schüttelte den Kopf. »Das erklärt aber nicht, warum er jetzt so viel stärker ist. Vor hundert Jahren hätte er schon genauso viel Macht haben müssen. Und Dr. Pym …«

»Dazu komme ich noch. Vor vierzig Jahren haben ihn Dr. Pym und seine Gefährten also überwunden. Ihn getötet. Sie dachten, sie hätten gesiegt. Aber der grässliche Magnus war darauf vorbereitet gewesen und hatte seine Erinnerungen dort verborgen, wo der Tod sie nicht erreichen konnte. Genau wie ich wollte er in die Welt der Lebenden zurückkehren …«

In der Arena gab es einen Tumult. Emma blieb aber, wo sie war, und hörte weiter zu.

»Doch wenn er zurückkam«, erklärte die Gräfin, »dann brauchte er Macht. Macht, um gegen die magische Welt Krieg zu führen, um Pym und seine Verbündeten zu besiegen. Macht, um endlich die Bücher in seine Gewalt zu bekommen. Aber woher sollte er sie nehmen? Besonders jetzt, wo er in dieser Einöde gefangen war? Die Antwort fand sich rings um ihn herum.

Denn nicht nur bei Hexen und Zauberern ist der Geist von Magie durchdrungen – alle Lebewesen besitzen diese Gabe. Und der Finstere überlegte Folgendes: Wenn seine Macht mit jedem zusätzlichen Geist, jeder zusätzlichen Seele seines früheren Ichs zugenommen hatte, würde er dann nicht auch wachsen, wenn er den Geist, die Seelen anderer verzehrte? Sagen wir, von Hunderten! Oder Tausenden! Oder Zehntausenden! Du siehst, als Pym seinen Feind tötete, verbannte er ihn in ein Reich von Geistern, die nur darauf warteten, von ihm verschlungen zu werden.«

»Aber …« Emmas Stimme bebte. »Warum musste er damit warten, bis er hier war? Warum konnte er nicht einfach die Seelen von Leuten verzehren, die noch lebten?«

»Überleg mal, Kind, jedes Mal wenn er einen anderen Geist, eine andere Seele konsumiert, nimmt er damit alle Erinnerungen dieser Person auf. Bei dem Umfang, der ihm vorschwebte, hätten in ihm bald Tausende von Erinnerungen durcheinandergeschrien.«

Emma musste an die lärmenden Stimmen in ihr selbst denken, als sie die Hand auf das Buch gelegt hatte. Leise sagte sie: »Er wäre verrückt geworden.«

»Genau. Aber die Geister im Reich der Toten haben keine Erinnerungen. Sie sind wie leere Gefäße.«

Emma wandte sich um und betrachtete die teilnahmslosen Gestalten im Käfig. Wussten sie, dass sie im Grunde nichts als Nahrung für den grässlichen Magnus waren? Eigentlich hatte sie sich kein schlimmeres Schicksal vorstellen können, als dass einem die Erinnerungen an die Menschen, die man geliebt hatte, genommen wurden, dass man so furchtbar und unrettbar alleine war. Und doch: Dies war noch schlimmer.

»Das Feuer dient ihm als Portal«, sagte die Hexe, »durch das er die Seelen der Toten aufruft.«

»Hm.« Emma dachte daran, wie Rourke sie zum Zelt des grässlichen Magnus gebracht hatte. Der Junge, Rafe, hatte am Feuer gekniet und sie hatte darin Gestalten gesehen. Ob dies die Geister der Toten gewesen waren?

»Ich glaube, für mich hat er auch so ein Portal gemacht. Als er versucht hat, mich mit dem Buch Reckoning zu verbinden, hat er meine Seele aus meinem Körper herausgezogen und durch ein Feuer geschickt. Und zwar hierher.«

»Jahrelang sammelte er die Toten«, fuhr die Gräfin fort, als hätte Emma nichts gesagt. »Er sperrte sie hier in diesem Gefängnis ein. Und seit er wieder in die obere Welt zurückgekehrt ist, hat er mit ihnen seine Macht genährt. Natürlich wird er bald auch noch über die Bücher verfügen. Eine Macht, gegen die sich seine eigene geradezu lächerlich ausnimmt.«

Emma versuchte immer noch, dies alles zu verarbeiten, als die Rufe und Flüche draußen plötzlich sehr laut wurden. Die Gräfin setzte ein schauderhaftes Lächeln auf.

»Aber sieh es dir doch selbst an.«

Emma rannte ans Gitter und sah nach unten. Dort trieben fünf oder sechs Männer – Harold Barnes war offenbar nicht dabei – ungefähr fünfzig Männer, Frauen und Kinder mit Peitschen und Stöcken bis an die Grube und weiter über ihren Rand.

Dann sah Emma drei Necromati in roten Roben aus einem Gang unter den Käfigen kommen. Einer stützte sich auf einen knorrigen Holzstock und Emma erkannte im schwindenden Tageslicht mit Schaudern ein weißes Auge in den Schatten seines Gesichts. Die Gestalten in der Grube waren hinter den schwarzen Rauchschwaden gerade noch auszumachen, und Emma hörte, wie sie husteten und nach Luft rangen. Emma hatte vielleicht eine etwas feierlichere Zeremonie erwartet, doch der alte weißäugige Hexer machte nur ein Zeichen mit seinem Stock, dann schossen Flammen über den Boden der Grube und explodierten. Emma hob den Arm zum Schutz vor die Augen, und als sie wieder hinsah, waren die Flammen schon wieder erloschen und eine große schwarze Wolke hing in der Luft.

Die Grube war leer.

»Sie sind verloren.«

»Nicht verloren«, entgegnete die Hexe. »Sie sind bei ihm. Wie du es bald sein wirst.«

»Sie werden es ihnen verraten, oder? Sie werden ihnen sagen, wer ich bin.«

Die Gräfin setzte wieder ihr gemeines Lächeln auf. »Warum sollte ich das tun? Wenn ich den Necromati sagte, wer du bist, dann würden sie dich über die Ebene zum Portal zur oberen Welt bringen und dich mitsamt dem Buch zu ihrem Meister schicken – wie eine Opfergabe. Ich meine es ernst … Ich möchte auf keinen Fall, dass der grässliche Magnus sein Ziel erreicht. Insofern stehen wir auf derselben Seite. Nein, Kind, ich werde dich nicht verraten.«

Damit kroch sie zurück in den Schatten auf der anderen Seite ihres Käfigs und schwieg.

Emma blieb ganz still stehen. Irgendetwas tat sich in ihrem Kopf. Es dauerte einen Moment, bis sie begriff, was es war. Es war eine neuartige Erfahrung, aber schließlich musste sie sich eingestehen, dass ein Plan Formen annahm, dass sich die Teile langsam zusammenfügten. Es war ein gefährliches Vorhaben, entsetzlich gefährlich, und sie ballte die Fäuste, um einen anderen, weniger gefährlichen Plan heraufzubeschwören. Aber es gab keinen anderen; dies war die einzige Möglichkeit. Wenn es gelang, dann würde der grässliche Magnus es nicht überleben.

Aber sie selbst vielleicht auch nicht, dachte sie.

KAPITEL 21

Urteil

Der Käfig erzitterte von den Schritten auf der Leiter. Dann war der Kopf des Wächters zu sehen. Es war der große Mann, der Emma auf den Mund geschlagen und ihr Michaels Messer weggenommen hatte, das noch immer in seinem Gürtel steckte.

Es war Nacht geworden, aber dank der Fackeln in der Arena, der rötlichen Glut in der Grube, die niemals erlosch, und der zahlreichen Feuer, die überall in der Barackenstadt brannten, konnte Emma recht gut sehen.

Seit dem frühen Abend hatten die Lakaien des grässlichen Magnus mit ihren finsteren Mienen unter Anleitung der Necromati einen Käfig mit Gefangenen nach dem anderen geleert und die Männer, Frauen und Kinder in die Grube getrieben. Emma hatte voller Entsetzen zugesehen. Denn obwohl sie wusste, dass sie bereits tot waren, und obwohl ihr das Vegetieren hier im Reich der Toten wie die Hölle vorkam, wurde ihr übel bei der Vorstellung, dass sie vom grässlichen Magnus verzehrt wurden.

Dazu kam, dass der Feind mit jeder Seele, die in die Grube stieg, stärker wurde, und dann musste sie natürlich an Kate und Michael und Gabriel in der oberen Welt denken, und an das, was ihnen dort bevorstand.

»Was ist denn?«, herrschte der große Wachmann die Gräfin an. Schon seit mehreren Minuten überhäufte sie die Wärter mit Flüchen und Schimpfwörtern. »Bist du bald still? Oder muss ich dich zum Schweigen bringen?«

»Was bist du nur für ein Narr!«, zischte die Gräfin. Sie lag am Boden ihres Käfigs, weil ihre Beine sie nicht trugen. »Weißt du denn nicht, wer dieses Kind ist?«

Das war Emmas Stichwort; sie packte die Gitterstäbe ihres Käfigs und rief: »Still! Sei still!«

»Sie ist die, nach der euer Meister sucht, das lebendige Mädchen. Die Hüterin des Buchs Reckoning. Und ihr habt sie mit den anderen zusammen eingesperrt! Ihr wolltet sie ans Feuer verfüttern! Was glaubt ihr, was euer Meister dazu sagt?«

»Sie lügt! Sie ist eine Lügnerin! Hört nicht auf sie!«

Die Gräfin achtete nicht auf Emma. »Sie hat euch das Buch Reckoning selbst gebracht. Das Buch Onyx war hier und ihr habt das nicht einmal gemerkt! Irgendein Schreiber soll es sich unter den Nagel gerissen haben. Sie hat gelacht darüber, was für unglaubliche Idioten ihr alle seid! Ha!«

»Sei jetzt endlich still!«, flehte Emma. »Bitte! Ich … ich werde … Still jetzt! Du hast es versprochen!«

Der große Mann stieg über das Gerüst, fasste zwischen die Stäbe und packte Emma am Arm. Er drückte ihr zwei Finger auf die Pulsader. Emma wehrte sich und schrie, aber er ließ sie nicht los. Es war, als könnte sie spüren, wie ihr Puls gegen die Fingerspitzen des Mannes pochte. Dann nahm er, ohne sie loszulassen, einen Schlüssel von seinem Gürtel.

»Der grässliche Magnus muss erfahren, was ich für ihn getan habe!«, rief die Gräfin. »Er muss mich belohnen! Er muss mir vergeben!«

Emma sah die Gräfin nicht an, als man sie aus dem Käfig zog und über die Leiter hinuntertrug. Sie kämpfte, boxte, trat und kratzte um sich, aber schon bald waren sie auf dem Boden der Arena, wo ringsum das reinste Chaos herrschte: Wut- und Schmerzensschreie, Rauch, Hitze, Menschen die geschlagen und herumgetrieben wurden. Emma schätzte, dass etwa dreißig Wärter hier waren, dazu fünf Necromati in roten Roben. Der mit dem Rattengesicht und den schwarzen Haaren war auch dabei.

Sie hielt nach Harold Barnes Ausschau, konnte ihn aber nirgends entdecken.

Der große Wärter hielt sie noch immer am Arm gepackt und zerrte sie in Richtung Grube, blieb aber ein paar Meter davor stehen. Dort stand eine einzelne Gestalt in roter Robe und blickte auf den Rauch und die Flammen hinunter. Der große Wärter sagte nichts, aber nach einem Moment drehte sich die Gestalt um, noch immer auf den knorrigen Stock gelehnt. Das einzelne graue Auge musterte sie, aber es war das blinde, weiße Auge, das Emma Angst einjagte. Sie stellte sich vor, dass der Mann damit deutlicher sehen konnte als mit dem gesunden Auge, dass er damit ihre Gedanken lesen und in ihr Herz blicken konnte und ihrem Plan auf die Schliche kam. Trotz der Hitze des Feuers fröstelte sie.

Es wird klappen, sagte sie sich. Es muss klappen.

Wenn nicht, dann hatte sie sich, ihren Bruder, ihre Schwester und alle anderen ins Verderben gestürzt.

Es hatte eine Weile gedauert, bis sie die Gräfin aus ihrer dunklen Ecke gelockt hatte, aber Emma hatte nicht lockergelassen, weil sie von der Hexe noch einiges erfahren musste.

»Jetzt glauben Sie mir doch! Ich habe einen Plan!«

»Ach, du hast einen Plan! Oh, dann sind wir gerettet!«

»Still jetzt! Wollen Sie nun ihre beschissene Rache oder nicht?«

Endlich hatte sich die Gräfin durch den Käfig zu ihr hinübergeschleppt.

»Nun?«

»Zuerst müssen Sie mir sagen, wie ich jemanden töten kann, wenn ich das Buch habe. Ich weiß, dass Sie das wissen, weil Sie diese ganzen Riesen umgebracht haben.«

Die Gräfin kicherte. »Das stimmt. Ich habe diese Trottel abgeschlachtet. Du hättest mal erleben sollen, wie die Erde gebebt hat, als sie stürzten! Wie Bäume, die fallen! He-he-he.«

»Ja, ja, schon gut, also wie haben Sie's angestellt?«

»Weißt du, was Reckoning bedeutet, mein Kind? Die Bedeutung des Wortes?«

Emma öffnete den Mund und wollte antworten – sie wusste es ja, weil Michael es ihr gesagt hatte –, aber die Gräfin war schneller.

»Es bedeutet Schuld. Und da gibt es eine Schuld, die jedes Lebewesen irgendwann begleichen muss. Den Tod. Wenn du die Magie des Buches Reckoning heraufbeschwörst und dabei an eine bestimmte Person denkst, dann treibt das Buch Reckoning diese Schuld ein, die Seele der Person wird von ihrem Körper getrennt und in dieses Reich hier gebracht. Selbst der grässliche Magnus macht da keine Ausnahme.«

»Und was ist mit den Stimmen?«

»Welche Stimmen?«

»Sie wissen schon, die einen anschreien, wenn man das Buch berührt.«

»Ich habe keine Stimmen gehört.«

Emma hatte das Gesicht ihres Gegenübers genau beobachtet. Die Frau schien die Wahrheit zu sagen. War es möglich, dass das Buch der Gräfin zwar gestattete, die Riesen zu töten, andere Dinge aber nur der Hüterin offenbarte?

Ihr Glück.

»Was hast du vor, Mädchen?«

Emma zögerte nur kurz, dann antwortete sie.

»Wenn es stimmt, was Sie sagen, brauche ich, wenn ich den grässlichen Magnus töten will, nur die Magie heraufzubeschwören und an ihn zu denken. Aber zuerst muss ich einen von diesen Necromati dazu bringen, mir das Buch zu geben. Und ich weiß genau, wie ich das anstellen muss!«

Die schreienden Stimmen musste sie dann einfach ertragen. Etwas anderes blieb ihr nicht übrig.

Die Gräfin hatte gehöhnt: »Du überhebliche kleine Närrin. Du kannst die Necromati nicht täuschen. Sie werden dir das Buch nicht einfach geben!«

»Ich will sie gar nicht täuschen. Einer von ihnen wird mir aber helfen.«

Und dann erzählte sie der Hexe von dem alten weißäugigen Hexer, der einst ein Freund und Verbündeter von Dr. Pym gewesen war, und von Harold Barnes, dem sie Erinnerung zurückgegeben hatte. Ganz am Ende hatte die Hexe zu nicken begonnen und gemurmelt: »Ja, das könnte vielleicht klappen …« Sie hatte sogar vorgeschlagen, die Wärter zu rufen, weil das weniger verdächtig sei, als wenn Emma sie selbst herbeirief …

Als der alte Mann den Bericht des Wärters gehört hatte, besprach er sich mit dem Necromati mit dem Rattengesicht, der dann durch die Arena davoneilte. Der Weißäugige trat näher heran, wobei seine Stockspitze im von der Hitze festgebackenen Schlamm knirschte. Emma schätzte, dass er ein Stück größer war als sie, aber er hielt sich so gebückt wie jemand, der sein ganzes Leben über einen Schreibtisch gebeugt verbracht hatte, sodass ihre Augen auf gleicher Höhe waren.

Als sie ihm so gegenüberstand, bemerkte Emma, dass die Insassen eines weiteren Käfigs zur Grube getrieben wurden. Sie ließ gedankenlos den Blick über die Gruppe schweifen. Unter ihnen war auch Wallace, mit leerem, verstörtem Blick. Emma hatte den Zwerg nur ein einziges Mal getroffen, und zwar während der Weihnachtsfeier im großen Haus in Cambridge Falls. Mit Kate und Michael war Wallace besser bekannt gewesen. Er hatte sein Leben dafür eingesetzt, sie zu retten. Und nun wurde er über die Kante in die Grube gestoßen und sie konnte nur ohnmächtig zusehen.

Sie blickte wieder den alten Mann an und mahnte sich, keine Schwäche zu zeigen. Der große Wärter stand ein paar Schritte seitwärts; Emma sprach nur leise.

»Ich weiß, wer Sie sind. Sie waren Dr. Pyms Freund. Sie haben ihm im Kampf gegen den grässlichen Magnus beigestanden. Daran müssen Sie sich erinnern!«

Der alte Mann starrte sie an und meinte: »Deine Worte haben keine Bedeutung für mich.«

Er schwang den Stock und aus der Grube schlugen Flammen in den Himmel. Als Emma wieder hinsehen konnte, war Wallace verschwunden. Ihr war übel; ihr ganzer Plan kam ihr plötzlich kindisch und windig vor.

Im Grunde sollte es so gehen: Emma wusste, dass sie zumindest einen Teil von Harold Barnes' Erinnerungen wieder wachgerufen hatte, als sie beide zugleich das Buch Reckoning berührt hatten. Das hatte ihr zu denken gegeben: Konnte es sein, dass all diese Stimmen, die im Buch schrien, Erinnerungen waren, die man den Toten genommen hatte? Und wenn sie Harold Barnes seine Erinnerung zurückgegeben hatte, konnte sie das nicht noch einmal tun? Sie musste es nur schaffen, dass sie und der alte Hexer das Buch Reckoning zur gleichen Zeit festhielten. Dann würde seine Erinnerung wiederkehren, er würde erkennen, wer er war, und ihr helfen, den grässlichen Magnus zu töten.

Sie ballte wieder ihre Fäuste, um nicht zu zittern.

Der Necromati mit dem Rattengesicht hastete heran. Das Buch presste er an seine Brust, der kahle Schreiber trabte hinterher.

Für Zweifel war nun keine Zeit mehr; der Augenblick war gekommen. Emma machte einen Schritt auf den Hexer zu, um in seiner Nähe zu sein, wenn er das Buch in Empfang nahm.

Da sagte der alte Mann: »Haltet sie fest.«

Kräftige Hände packten ihre Handgelenke und drehten sie ihr auf den Rücken. Panisch schrie sie auf und zappelte und versuchte, sich loszureißen.

Der alte Hexer achtete nicht auf sie, sondern sprach zu den

Necromati und Wärtern, die sich um sie versammelt hatten. »Nach all diesen Jahren wird unser Meister endlich die Bücher besitzen. Aber nur Wesen reinen Geistes können durch das Feuer treten und der Meister möchte Buch und Hüterin unversehrt erhalten. Wir werden zum letzten Portal gehen. Dem Portal in den Bergen jenseits der Ebene.«

Er gab Befehle. Gleich würden sie aufbrechen. Der Rattengesichtige würde hierbleiben und die letzten Toten in die Grube treiben lassen.

Eine Stimme flüsterte Emma ins Ohr: »Hast du Nanny Marge gesehen?«

Sie riss den Kopf herum. Es war Harold Barnes, der ihr die Hände auf den Rücken hielt. Er hatte sich dicht zu ihr gebeugt und blickte sie mit verzweifelter Neugierde an.

»Du hast sie wirklich gesehen? Du hast meine Nanny Marge gesehen?«

Emma überwand die erste Überraschung und nickte, worauf sich der Mann lautlos auf die Lippe biss. Ihm stiegen Tränen in die Augen.

»Bitte«, flüsterte sie. »Sie müssen mich loslassen. Bitte.«

Und für einen Moment schienen nur sie und Harold Barnes in der Arena zu sein. Dann nickte er und öffnete die Hände.

Der alte Mann gab noch immer Befehle, als Emma nach vorn sprang, seine Hand packte und die Finger ausstreckte, um auch das harte Leder des Buches zu berühren …

Die Magie stellte sich sofort ein und erfüllte sie. Sie war vor Erleichterung und Dankbarkeit überwältigt …

Die Arena, das Feuer, die Wärter und die Necromati – alles fiel von ihr ab.

Emma sah ein strahlend blaues Meer, spürte salzige Luft auf

der Haut und sah einen Mann mit gebräuntem Gesicht, kräftigen Händen und einem freundlichen Lächeln. Sie sah ihn in einem Boot. Er lehrte einen Jungen, lehrte ihn, wie man Netze flickt. Der Mann war der Vater des Hexers, ein Fischer, und für den Jungen bedeutete er die ganze Welt. Und als er eines Tages auf See verschwand, spürte auch Emma, welch gewaltige Lücke nun im Leben des Jungen klaffte. Dann sah sie eine junge Frau mit dunklem Haar und dunklen Augen, und sie fühlte die Liebe des alten Mannes, des jungen Mannes, zu ihr. Und dann sah sie einen anderen Jungen, den Sohn des Hexers, der das Haar seiner Mutter und die grauen Augen seines Vaters hatte. Emma spürte, wie die Wunde, die der Tod des Vaters geschlagen hatte, nun langsam zu heilen begann …

Dann wurde Emma vom Necromati mit dem Rattengesicht zurückgestoßen. Sie fiel auf die Seite, nahe an der Kante der Grube. Über der Arena war Stille eingekehrt. Der Kopf des alten Mannes war auf die Brust gekippt. Er stützte sich schwer auf seinen Stock. Emma atmete kaum. Sie beschwor den alten Mann, aufzuschauen. Ein einziger Blick würde ihr verraten, ob er sich erinnerte, wer er war.

Sekunden vergingen. Noch immer rührte sich niemand.

Emma dachte, dass es ihr beim Berühren des Buches in den Erinnerungen des Mannes völlig anders ergangen war, als es Michael beschrieben hatte, wenn er beim Benutzen des Buchs Rubyn das ganze Leben eines Menschen in einem Moment durchlebte. Sie hatte nur Menschen gesehen, die der Hexer geliebt hatte. Genauso war es bei Harold Barnes gewesen. Aber wenn sich der Hexer nur an diese drei Menschen erinnerte, und an sonst nichts in seinem Leben? Ihr Plan musste scheitern! Wie hatte sie nur so dumm sein können! Warum hatte sie sich auch angemaßt, irgendwas zu planen?

Der alte Mann hob den Kopf und in Emma verwandelte sich alles augenblicklich in Asche. Sein Gesicht war genauso leer wie zuvor.

Er sagte: »Bringt einen Tisch. Wir werden die Verbindung hier vornehmen.«

Emma erstarrte. Was hatte das zu bedeuten? Warum sagte er das? Sie lag nur da, voller Anspannung, voller Hoffnung, und sagte sich zugleich, dass es dumm von ihr war, zu hoffen …

»Aber …«, wandte der Rattengesichtige ein, »… der Meister …«

»Hat zu mir gesprochen«, entgegnete der alte Mann. »Er braucht ihre Kraft. Wenn sie mit dem Buch Reckoning verbunden ist, werden wir sie in die Grube werfen, und ihre Seele und die darin enthaltene Magie werden von der seinen verzehrt werden. Ihr Körper wird in den Flammen vergehen. Und nun, bringt einen Tisch.«

So war sie am Ende doch gescheitert. Emma wusste, dass sie aufspringen und sich das Buch Reckoning, das Buch Onyx, schnappen sollte. Dass sie versuchen sollte, es zu benutzen, bevor man sie daran hinderte. Aber sie brachte nicht die nötige Kraft dazu auf – das Scheitern lastete zu schwer auf ihr. Außerdem wäre es ohnehin vergeblich. Ihre Feinde würden sofort über sie herfallen.

Der Mann mit dem Rattengesicht eilte fort. Dann griffen Hände – wieder Harold Barnes' Hände – nach ihr und hoben sie auf. Der alte Mann, der das Buch noch immer festhielt, kam näher. Er machte eine Handbewegung und Harold Barnes trat erleichtert, wie es schien, ein Stück zurück.

Das Gesicht des Hexers war direkt vor ihr. Als er sprach, war es ein Flüstern, das nur sie hören konnte:

»Kind …«

In diesem Augenblick begriff Emma, dass er wusste, wer er war.

Sie war nahe daran einen Freudenschrei auszustoßen, aber der alte Mann hob die Hand und flüsterte: »Still. Man schaut auf uns. Wenn sie Verdacht schöpfen und auch nur ahnen, was du getan hast, bist du verloren.«

Emma warf einen Blick auf die drei anderen Hexer, die in der Nähe standen und sie tatsächlich nicht aus den Augen ließen. Sie mühte sich, ein trotziges Gesicht zu machen, und fragte ihn, obwohl sie vor Erregung kaum sprechen konnte: »Sie … Sie erinnern sich wirklich? Dass sie Dr. Pyms Freund sind und den grässlichen Magnus hassen? Er hat Sie wie einen Sklaven gehalten, wissen Sie!«

Der alte Mann bewegte sich etwas zur Seite, um sie besser abzuschirmen, und gestattete sich ein trauriges Lächeln.

»Ich weiß alles. Pym, unsere Freundschaft, unser Kampf gegen den Finsteren, sogar die Jahre, in denen ich dem Feind zu Willen sein musste. Aber am lebhaftesten erinnere ich mich an meinen Vater, meine Frau und meinen Sohn.«

Vielleicht lag es daran, dass er seine Lieben erwähnt hatte, die ihr noch so frisch in Erinnerung waren, dass sie die anstürmenden Gefühle nicht länger unterdrücken konnte. Zu lange war sie allein, verängstigt und erschöpft gewesen. Endlich hatte sie einen Verbündeten, jemanden, der ihre Last teilte. Sie schluchzte, dass sie am ganzen Körper bebte.

Sie wischte sich die Tränen ab und flüsterte: »Es tut mir leid, ich höre gleich auf. Es ist nur …«

»Hab keine Angst, Kind. Es ist nicht verwunderlich, dass du weinst. Die anderen werden den wahren Grund nicht erkennen. Aber jetzt ist jeder Moment entscheidend.«

Emma holte mehrmals tief Luft und fing sich wieder.

»Gut. Also geben Sie mir das Buch; dann werde ich ihn töten!«

Der alte Mann schüttelte kaum sichtbar den Kopf.

»Der grässliche Magnus ist nicht nur ein Mensch. Wenn du versuchst, ihn zu töten, und scheiterst, dann ist das unser Ende. Du wirst nur eine Chance bekommen und musst über die volle Macht des Buches des Todes verfügen können. Deshalb muss ich die Verbindung vollenden. Dann wird dich das Buch als seine Hüterin anerkennen.«

»Aber die Gräfin hat einen ganzen Pulk Riesen damit getötet und war gar nicht mit dem Buch verbunden! Warum muss ich das sein?«

Es überraschte sie, dass er tatsächlich vorhatte, die Bindung zu vollenden, und nicht nur Zeit gewinnen wollte. Und es überraschte sie, wie sehr ihr die Vorstellung Angst einjagte. Seit Tagen nämlich lief es ihr, wann immer sie an das Buch dachte, eiskalt den Rücken hinunter. Wie es ihre Art war, hatte sie das nach Kräften ignoriert. Doch dann hatte sie das Buch tatsächlich berührt, hatte all die Stimmen gehört, die darin gefangen waren, und ihre Angst hatte sich verhundertfacht. Was hieß es, wenn man mit so einem Ding verbunden war? Was konnte das Buch von ihr fordern? Ihr nehmen? Emma wusste es nicht und sie wollte es auch nicht wissen.

»Die Verbindung ist notwendig, weil es nie zuvor ein Wesen wie den grässlichen Magnus gegeben hat. Er trägt die Seelen seiner früheren Ichs wie einen Panzer. Nur mit der vollen

Macht des Buches kannst du ihn besiegen. Du musst mir vertrauen.«

Emma wusste, dass sie keine Wahl hatte. Sie nickte kurz.

Unvermittelt lehnte sich der alte Mann auf seinen Stock und ihm traten Tränen in die Augen.

»Vergib mir, mein Kind. Es sind meine Erinnerungen. Du hast mir die zurückgegeben, die ich in meinem Leben am meisten geliebt habe, und ich bin außer mir.« Er legte ihr die Hand auf den Arm. »Ich bin dir dankbar, dass du mich für würdig befunden hast.«

Er hielt inne und sah sie an. »Was ist?«

Die scheinbar unverfänglichen Worte des alten Mannes riefen Emma etwas in Erinnerung, was die Gräfin gesagt hatte, nachdem Emma ihr den Plan geschildert hatte. Die Hexe hatte gefragt, ob Emma wisse, dass das Wort ›Reckoning‹ noch eine zweite Bedeutung habe.

»Ja. Es bedeutet auch Urteil.«

»Genau«, hatte die Gräfin geantwortet. »Und es gibt eine Legende, die durch die Jahrhunderte weitergetragen wurde, dass nämlich der Hüter des Buchs Reckoning über die Toten urteilen werde. Aber wie? Wie wäre es, wenn im Buch, wie du offenbar vermutest, ein Überrest der Toten gespeichert ist? Ihre Stimmen, ihre Erinnerungen… Vielleicht ist es deine Aufgabe, die Gerechten von den Ungerechten zu scheiden, die Guten von den Bösen. Ich sage nicht, dass dein Plan scheitern wird. Ich glaube aber, dass es mehr bedeutet, das Buch Reckoning zu meistern, als du dir vorstellen kannst…«

Emma hatte die Bemerkung natürlich weggewischt und sich nur um das gekümmert, was ihr half, den grässlichen Magnus zu töten. Was wusste sie schon, was kümmerte sie schon das

Urteil über die Toten? Und trotzdem hatte der alte Mann ihr dafür gedankt, dass sie ihn für würdig befunden hatte! Aber warum? Sie hatte doch gar nichts getan. Zumindest dachte sie das.

Der alte Hexer redete schon wieder. Seine Stimme war nur ein trockenes Flüstern.

»Vergiss nicht, Kind, alles ist verloren, wenn die anderen ahnen, dass ich zu dir halte. Während der Verbindung muss ich so brutal vorgehen, als wäre ich der Finstere selbst.«

»Aber was meinten Sie damit, dass ich Sie für würdig befunden hätte?«

Sein graues Auge starrte sie forschend an. »Hat Pym dir das nicht gesagt?«

»Mir *was* gesagt? Mir hat er überhaupt nichts gesagt!«

»Kind!« Er packte sie heftig am Arm. »Du musst über sie urteilen! Das ist die Aufgabe des Hüters! Die Verbindung wird dich mit dem Buch vereinen, aber um wirklich seine Macht zu nutzen, musst du über sie alle urteilen! Pym hätte dir das sagen müssen!«

»Das hat er aber nicht! Was haben Sie …«

Weiter kamen sie nicht, denn in diesem Augenblick trug der Mann mit dem Rattengesicht einen Tisch mit kurzen Beinen heran, und der alte Hexer stieß sie grob auf den Boden.

Der Tisch wurde vor ihr hingestellt. Der große Wärter trat hinter sie und packte sie an den Schultern. Nun ging alles schnell, zu schnell. Was meinte er damit, dass sie über alle urteilen musste? Über wen urteilen? Über die Toten? Aber wie? Und warum hatte Dr. Pym ihr das nicht gesagt? Hatte er es gar nicht gewusst? Oder hatte er vorgehabt, es ihr zu sagen, und war dann vorher gestorben?

Der alte Hexer legte das Buch Reckoning aufgeschlagen auf den Tisch. Emma starrte auf die leere Seite und stellte sich vor, dass dort Worte erschienen wie in der Höhle. *Lass sie frei!* Und sie stellte sich vor, dass sie die Millionen lärmender Stimmen hörte.

Du musst über sie urteilen.

Der alte Mann streckte die Hand vor und der große Wärter reichte ihm Michaels Messer.

»Wartet ...«, rief Emma erschrocken. »Was habt ihr damit vor?«

»Die Verbindung herzustellen ist eigentlich ganz einfach«, sagte der Hexer. »Aber es ist schmerzhaft. Wir müssen sicherstellen, dass deine Hand auf der Seite bleibt.«

Auf sein Zeichen packte der große Wärter Emmas Handgelenk und hielt ihre Hand über die Seite. Der alte Hexer reichte dem rattengesichtigen Necromati das Messer, der es lächelnd entgegennahm und an den Tisch trat.

»Wartet!« Emma konnte die Angst kaum noch aushalten. »Bitte ... bitte wartet!«

Sie sah den alten Hexer an, aber sein Gesicht war ohne Ausdruck, eine Maske.

Der Mann mit dem Rattengesicht hob das Messer. »Schrei ruhig«, sagte er höhnisch.

Und bevor Emma schreien konnte, bevor sie noch ein Wort sagen konnte, presste der Wärter ihre Handfläche auf die Buchseite und das Messer stieß herunter, durch ihren Handrücken, und heftete ihn an das Buch.

Emma spürte kaum, wie das Messer eindrang. Das lag zum Teil daran, dass die Klinge so scharf war. Aber der eigentliche Grund war, dass in dem Moment, in dem sie das Buch berührte, die Magie durch sie strömte und Millionen von Stimmen, Millionen von Leben sie zu zerreißen drohten. Sie spürte, wie sie mit jeder Sekunde die Verbindung zu dem verlor, was sie selbst war. Es war, als ob sie an einem Strand stand und der Sand unter ihren Füßen verschwand und nichts als Leere darunter war …

Dann war sie mit einem Mal zurück, kniete im Staub der Arena. Irgendwie hatte sie ihre Hand von der Seite gerissen, aber nur, indem sie an der Klinge hinaufgerutscht war. Sie sah, wie ihr Blut heruntertropfte.

Da schlug der Necromati mit dem Rattengesicht den Messergriff mit einem Faustschlag tiefer in die Tischplatte, sodass der Handschutz aus Metall Emmas Hand auf die Seite presste. Wieder strömte die Magie durch sie hindurch, und mit ihr kamen die Stimmen, die sie überwältigten, sie ertränkten. Sie versuchte, sie zurückzudrängen, zu bekämpfen, aber es überstieg ihre Kräfte. Sie spürte, wie sie zerbrach …

Und dann war sie … wieder … zurück, auf Knien neben der Grube. Aus purem Überlebensinstinkt hatte sie durch heftiges Rütteln am Arm das Messer gelockert und dabei die klaffende Wunde in der Hand noch vergrößert.

Der Necromati mit dem Rattengesicht fluchte und sprang herbei.

Kurz bevor er sie erreichte, blickte Emma auf und suchte Blickkontakt mit dem alten Hexer. Es war ihr egal, ob jemand merkte, dass er ihr half; er musste etwas unternehmen, etwas sagen, damit dies hier aufhörte. Ihr suchender Blick fiel auf

Dr. Pym, der aus einem der Durchgänge trat, mit Gabriel an seiner Seite.

Sie träumte wohl. Das konnte nicht Gabriel sein. Lebende konnten nicht ins Reich der Toten gelangen! Aber er war es! Und das konnte nur eines bedeuten: Er hatte eine Möglichkeit gefunden, hineinzukommen!

War das nicht genau, was sie erhofft, wofür sie gebetet hatte, seit sie an diesem entsetzlichen Ort angekommen war? Er war nicht tot, das wusste sie; er konnte nicht tot sein! Gabriel, ihr Freund und Beschützer, hatte einen Weg ins Reich der Toten gefunden, um ihr in dem Moment zur Seite zu stehen, in dem sie ihn am dringendsten brauchte. Als sie Gabriel sah – während der Rattengesichtige auf das Messerheft hämmerte und ihre Hand wieder auf die Buchseite presste –, wurde Emmas Herz von Liebe erfüllt.

Die Magie setzte wieder ein, und wieder brachen Millionen von Stimmen über sie herein, aber sie hielt sich an ihrer Liebe zu Gabriel fest wie eine Ertrinkende an einem Stück Treibholz. Sie hielt sich daran fest und wusste dabei nur, dass sie es musste, um selbst zu bestehen. Die Welle zog vorüber, und sie war noch immer da, war immer noch sie selbst. Sie dachte an Kate, als hätte ihre Liebe zu Gabriel ganz natürlich zu ihrer Schwester geführt, und von dort aus wanderten ihre Gedanken zu Michael. Sie dachte, wie sehr sie ihn liebte, alles an ihm liebte. Und noch immer heulten die Stimmen, aber nun war der Boden unter ihr fest, sie konnte darauf stehen, sie wusste, wer sie war, und die Liebe, die sie für diese drei empfand, war die Grundlage, der Fels, auf dem ihr Leben stand.

Sie öffnete die Augen und sah das Messer aus ihrem Handrücken ragen. Dunkelrotes Blut lief über die Buchseite auf den

Tisch. Doch die Schmerzen spielten keine Rolle und das Kreischen und Dröhnen der Stimmen berührte sie nicht.

Gabriel und Dr. Pym standen immer noch am Tunnelausgang und kamen nicht näher. Der alte weißäugige Hexer lehnte sich nach vorn und musterte sie eindringlich. Sie nahm über sich Bewegung wahr und sah, dass riesige schwarze Vögel in der Arena landeten.

Nun verstand sie, warum ihr das Buch Nanny Marge gezeigt hatte, warum es ihr den Vater, die Frau und den Sohn des alten Mannes gezeigt hatte und warum Harold Barnes und der alte Hexer für würdig befunden worden waren. Sie verstand, wie sie über all diese im Buch enthaltenen Leben urteilen sollte.

Sie brauchte nur eine Frage zu stellen. Sie brauchte ihr nur in ihren Gedanken Gestalt zu verleihen, dann wurde das Schicksal jedes Lebens von der Antwort getragen.

Und sie dachte wieder an die Botschaft aus dem Buch: *Lass sie frei!*

Sie sah Gabriel an. Er stand mit trübem Blick da und erkannte sie nicht. Da begriff sie die Wahrheit, von der sie nichts wissen wollte. Sie spürte seine Liebe zu ihr, denn sie war im Buch enthalten, zusammen mit all diesen anderen Millionen von Leben, und sie spürte, dass diese Liebe der Eckpfeiler ihres Lebens gewesen war, und mehr als alles andere, mehr als den Tod des grässlichen Magnus wünschte sie sich, dass er sich daran erinnerte.

Geh, dachte sie, und die Erinnerung strömte aus dem Buch und durch sie hindurch. Und sie spürte den Sturm der Stimmen aufbrausen, stärker denn je, denn alle forderten nun, freigelassen zu werden.

Sie hörte den Necromati mit dem Rattengesicht rufen:

»Was geschieht da? Wir müssen sie in die Grube werfen! Sofort!«

Das Messer wurde herausgerissen, aber sie hielt die Hand weiterhin flach auf die Buchseite gepresst. Das Blut klebte zwischen ihrer Hand und der Seite, und selbst als der große Wärter herankam und sie am Handgelenk packte, stellte sie in Gedanken die Frage, und irgendwo tief im Innern des Buches drehte sich ein Schlüssel in einem Schloss.

Die Erinnerungen strömten heraus, aus dem Buch, aus ihr, und obwohl es sich wie eine Ewigkeit anfühlte, dauerte es nur einen Moment, und dann fiel ihre Hand herab, und sie brach auf dem Boden zusammen. Sie spürte, wie der Rattengesichtige sie zur Grube zerrte, aber dann wurde er niedergeschlagen. Es war der alte weißäugige Hexer, der mit dem Mann rang. Sie sah die anderen Necromati fliehen, während die Toten aus ihren Käfigen ausbrachen und viele Wärter gemeinsam mit den Häftlingen in die Arena strömten. Und Emma begriff, dass sie das Buch in ihrer unverletzten Hand barg, während in der anderen, blutenden der Schmerz pochte. Dann war Gabriel da, nahm sie in seine Arme und hob sie hoch wie schon so viele Male zuvor. Emma wollte ihm sagen, dass Liebe das Maß war, nach dem über die Toten geurteilt wurde, dass Reckoning dies bedeutete, aber sie sagte es nicht, weil sie nicht sprechen konnte, weil sie nur Augenblicke zuvor erkannt hatte, dass Gabriel keinen geheimen Weg ins Reich der Toten gefunden hatte. Denn es gab nur einen einzigen Weg hierher, nur einen Weg, auf dem seine Erinnerungen Eingang in das Buch gefunden haben konnten, und sie presste das Gesicht an seine Brust und schluchzte.

KAPITEL 22

Michaels Armee

Kate öffnete die Augen und setzte sich auf. Das waren zwei Fehler auf einmal. Ein stechender Schmerz jagte durch ihren Kopf. Sie stöhnte.

»Ganz ruhig, Mädchen. Ganz ruhig.«

Sie lag wieder auf dem Feldbett in ihrem Zelt. Draußen war es dunkel, aber eine kleine Laterne am Boden spendete trübes gelbes Licht. Auf Michaels Bett war der rundliche Umriss von Hugo Algernon zu erkennen, der vornübergebeugt dasaß und ihr etwas hinhielt.

»Trink das.«

»Was ist das?«

»Whiskey.«

»Was?«

»Nur Spaß. Es ist Wasser. Du hattest Fieber. Trink.«

Das Wasser war kühl und schmeckte wunderbar.

»… und die beiden Kinder vom Strand …«

»Beide wohlauf.« Er kicherte. »Was man von dem aufgespießten Gnom nicht gerade behaupten kann. Das war vielleicht was! Clare hätte es wahrscheinlich genauso gemacht.«

»Clare?«

»Deine Mutter. Die hatte schon immer Temperament.«

Kate nickte. Sagte er das nur, um sie aufzuheitern? Es half jedenfalls.

»Und was ist mit den anderen? Bei dem Angriff?«

»Alles geregelt. Es war nur ein einzelner Angreifer. Was macht deine Birne?«

Kate betastete ihren Hinterkopf. Die Stelle, wo sie auf den Felsen aufgeschlagen war, war noch sehr empfindlich, aber sie wusste, dass sie nicht deswegen das Bewusstsein verloren hatte. »Ist ganz okay.«

»Also«, meinte Hugo Algernon. »Was genau hast du deinem Bruder von dem erzählt, was sich hier abspielt?«

Kate blickte ihn scharf an. Die Lampe am Boden warf Schatten auf sein Gesicht und sie konnte seine Augen nicht erkennen. Woher in aller Welt konnte er wissen, dass ihr Rafe erschienen war?

Als er fortfuhr, merkte sie, dass er etwas anderes meinte.

»Der Junge weiß, dass es dir schwerfällt, die Chronik zu kontrollieren. Du hast es selbst gesagt. Aber hast du ihm auch den Rest erzählt? Wie es sich anfühlt?«

Kate zuckte mit den Achseln. »Ein wenig. Er spürte das ja selbst.«

»Aber doch nicht so wie du.«

Kate schüttelte den Kopf.

Hugo Algernon grunzte. »Es wird noch schlimmer werden. Für euch beide.«

Kate hatte nicht vergessen, was Rafe ihr im Land der Riesen erzählt hatte. Doch sie hatte das Gefühl, sie müsse die Warnung vor dem Schaden, den die Bücher anrichten könnten, noch aus einem anderen Mund hören.

»Warum? Was geschieht denn?«, fragte sie deshalb.

Hugo Algernon zog ein kleines Fläschchen aus der Tasche, entkorkte es und goss sich etwas in einen Becher. Ein beißender, säuerlicher Geruch verbreitete sich im Zelt. Er nahm einen Schluck und verzog das Gesicht.

»Da gibt es einige Dinge, die ihr wissen müsst. Du und dein Bruder. Ich habe mit von Klappen gesprochen und sie ist derselben Meinung.« Kate war überrascht, dass er ohne jeden Seitenhieb von der strengen Hexe sprach. Hugo Algernon nickte. »Ja, ja, ich weiß. Sie ist eine unerträgliche, humorlose Besserwisserin, aber das, was sie kann, macht sie sehr gut.« Er beugte sich vor. »Hat Pym dir mal geraten, die Bücher nur zu verwenden, wenn es sich wirklich nicht vermeiden lässt?«

Kate nickte.

»Und hat er auch gesagt, warum?«

»Eigentlich nicht.«

»Was weißt du über Quantenmechanik?«

»Nichts.«

»Gut. Ist auch ein Haufen Schwachsinn.«

»Was hat das mit …«

»Rein gar nichts. Unterbrich mich nicht. Zuerst musst du wissen, dass das Universum, wenn alles richtig funktioniert, ein vollkommen ausbalanciertes Gebilde ist. Alle Teile passen perfekt zusammen. Aber es ist anfällig. Und als Pym und seine Kumpels die Magie herausgezogen haben, die in die Bücher eingegangen ist, haben sie dieses Gleichgewicht gestört.

So viel zum Anfang.« Er beugte sich näher heran. »Aber hier wird es knifflig. Weil der grässliche Magnus der Feind ist, keine Frage. Wenn er die Bücher kriegt, und ganz besonders das Buch des Todes, dann wird er Chaos und Verwüstung anrichten und wahrscheinlich die ganze Welt zerstören. Das ist schlimm und wir müssen etwas dagegen unternehmen. Aber im Grunde ist er gar nicht die größte Bedrohung.«

»Aber wer dann?«, fragte Kate leise.

Hugo Algernon sah sie an. »Die größte Bedrohung bist du selbst, mein Mädchen. Du und deine Familie. Weißt du, die Magie in den Büchern ist immer noch mit der Magie verbunden, die für das alles hier verantwortlich ist.« Er wies mit der Hand auf die Welt draußen vor dem Zelt. »Aber jedes Mal, wenn du, dein Bruder oder bald auch deine Schwester die Bücher verwenden, kommen die Dinge noch mehr aus dem Gleichgewicht. Du fällst in Ohnmacht, weil du den Schaden spürst, den du anrichtest. Und es wird immer schlimmer. Das Universum gerät aus den Fugen.«

»Dann benutzen wir die Bücher einfach nicht mehr!«

»Dazu ist es zu spät.«

»Aber wir müssen doch etwas tun können!«

Er nickte. »Das können wir. Die Bücher müssen zerstört werden.«

»Und das würde helfen?«

»Ja. Das Problem ist nur, dass die Bücher ziemlich unzerstörbar sind. Das Buch Rubyn hat ja immerhin tausend Jahre lang in einem Lavasee gelegen und dabei nicht einmal eine Schramme abbekommen.«

»Aber es gibt eine Möglichkeit, oder?« Kates Worte waren kaum mehr als ein Flüstern.

Der Mann lehnte sich zurück, goss sich Whiskey nach und trank einen Schluck. »Ja, die gibt es.«

Nun war es Kate, die redete. Ihre Gedanken jagten voran, sie begriff alles, es ergab alles plötzlich einen Sinn: das Gefühl des Zerreißens, wann immer sie die Chronik benutzte, des Zerreißens der Welt und des Zerreißens in ihrem Innern. Und auch die wahre Bedeutung der Prophezeiung erschloss sich ihr nun.

»Wenn die Magie in etwas gebunden wäre, das man zerstören kann – zum Beispiel in einer Person, in mir, Michael oder Emma –, und wenn wir sterben würden, das würde genügen. Dann käme alles wieder in Ordnung.«

Hugo Algernon nickte. »Die Magie der Chronik trägst du schon in dir. Und wenn das Buch des Lebens nicht bereits in deinem Bruder ist, dann wird sie es bald sein. Und dasselbe gilt für das Buch des Todes, sobald deine Schwester es hat.«

»Und wenn wir sterben, dann ist das Universum repariert.« Kate war übel – das enge Zelt, der Whiskeygeruch. Sie wollte eigentlich nur fort, aber sie konnte es nicht, noch nicht. »Und welche Rolle spielt dann überhaupt der grässliche Magnus?«

»Er versucht, die Macht zu kontrollieren, wie ich schon sagte. So als ob man aus einem Atomkraftwerk eine Atombombe machen würde. Und das könnte er, zumindest eine Zeit lang. Selbst wenn er dazu diese Welt zerstören und eine neue erschaffen müsste. Aber früher oder später würde auch diese Welt außer Kontrolle geraten. Und deshalb müssen wir den grässlichen Magnus aufhalten. Aber die Bücher müssen wir auch zerstören.«

»Sie meinen, Sie müssen mich und meinen Bruder und meine Schwester töten«, sagte Kate in kühlem Ton.

»Das habe ich nicht gesagt. Ich habe mich mit von Klappen und Chu darüber unterhalten …«

»Ich muss Michael finden.«

Sie sauste aus dem Zelt, hinaus in die Nachtluft, und blieb stehen.

Sie hörte Hugo Algernon hinter sich aus dem Zelt kommen.

»Ja, ich wollte dir gerade sagen, wie es weitergeht.«

Die Insel war so gut wie verlassen. Die Lagerfeuer brannten nicht mehr. Die Zeltstädte waren verschwunden. Die wenigen verbliebenen Soldaten halfen den Flüchtlingsfamilien beim Beladen der Schiffe. Und Kate erkannte, dass sie die ganze Zeit während ihres Gesprächs mit Hugo Algernon unterbewusst wahrgenommen hatte, wie still es draußen vor dem Zelt war.

»Was ist passiert? Wo sind denn alle hin?«

»Wir verlegen die Familien. Für den Fall, dass das Erkundungsschiff dem Feind unsere Position gemeldet hat. Die Armee ist allerdings nach Loris aufgebrochen. Kurz vor Sonnenuntergang.«

»Aber sie sind zahlenmäßig unterlegen! Das ist Selbstmord! Alle haben das gesagt.«

»Nun ja …« Hugo Algernon kratzte sich am Bart. »Du bist ja eine ganze Weile bewusstlos gewesen. Nach dem Angriff haben sich alle irgendwie zusammengerauft. Die Sache hat diesen Dummköpfen klargemacht, wer eigentlich ihr Feind ist. Und dann hatte König Robbie diese Idee – für einen Zwerg ist er gar nicht mal so beschränkt – und hat einen neuen Oberbefehlshaber ernannt, den alle drei Rassen akzeptieren konnten. Es ist natürlich eher eine Formsache, aber es hatte sich kaum herumgesprochen, als sich auch schon aus der ganzen Welt neue Freiwillige meldeten. Von Klappen und Chu und ich mussten Dutzende Portale ohne Pause am Laufen halten … von Mittag bis Sonnenuntergang hat sich die Armee verdoppelt, dann verdreifacht. Sie haben jetzt eine Chance. Keine große, aber eine Chance.«

Kate drehte sich zu ihm um. »Und wer ist der neue Oberbefehlshaber?«

Hugo Algernon grinste verlegen. »Nun, stell dir vor, es gäbe einen Menschen, der gleichzeitig Zwerg ehrenhalber ist und dazu auch noch der Freund einer Elfenprinzessin. Wenn du kannst, sieh es von der komischen Seite …«

Michael stand an Deck des Schiffes. Es war Neumond, was ihnen half, möglichst lange unentdeckt zu bleiben, auch wenn der Sternenhimmel funkelte. Die Luft war warm und schmeckte salzig. Er hatte das magische Kettenhemd an, das König Robbie ihm gegeben hatte. Es war erstaunlich leicht und geschmeidig. Dazu trug er lederne Kampfkleidung nach Zwergenart – für seinen Geschmack etwas dick und steif. Im Gürtel hatte er ein Schwert und ein Messer von König Robbie. Er starrte auf die Flotte hinaus, die jetzt über die dunkle Wasserfläche kreuzte. Seine Flotte.

Michael wusste, wie albern es war, die Schiffe und Soldaten als »seine« zu betrachten, zumal ihm klar war, dass er nur der Form halber Oberbefehlshaber war, aber er konnte es sich nicht verkneifen.

Da alle Schiffe gleich schnell fuhren, schienen sie sich kaum zu bewegen, aber Michael hörte die Wellen an die Rümpfe schwappen, hörte das Schnalzen von Leinen und das Ächzen der Planken.

Den ganzen Nachmittag über hatte Kate bewusstlos im Zelt gelegen, während er selbst, Hugo Algernon, Magda von Klappen und Wilamena abwechselnd bei ihr wachten und zugleich laufend neue Soldaten eintrafen und ihre Reihen verstärkten. Als Erste waren Kämpfer aus Gabriels Dorf gekommen, zwei Dutzend dunkelhaarige Männer mit ernsten Gesichtern, deren bloßer Anblick Michael Zuversicht gab. Dann kamen Zwerge aus Lappland, denen Eiszapfen an den Bärten hingen und die mit Äxten, so groß wie sie selbst, bewaffnet waren. Und das war nur der Anfang. Es folgten unter anderem Flusselfen aus Thailand, deren Sprache selbst die anderen Elfen nicht verstanden; weitere Elfen aus den Bergen Marokkos in langen, bunten Umhängen; kampferprobte Menschen aus den Badlands …

So viele, dachte Michael. Aber würde die Streitmacht reichen?

Magda von Klappen unterhielt sich auf dem Vorderdeck mit Master Chu. Sie hatte mit Michael bereits dieselbe Unterredung gehabt wie Hugo Algernon mit Kate.

»Aber wir müssen immer noch mit dem grässlichen Magnus fertigwerden«, hatte Michael gesagt. »Und außerdem müssen wir Emma retten.«

»Ja. Wenn er das Buch Onyx in seine Gewalt bekommt, dann sind wir ohnehin alle tot.«

»Aber wenn wir ihn schlagen, dann müssen nur ich und meine Schwestern sterben.«

»Daran arbeiten wir noch«, hatte die Hexe geantwortet.

Michael wunderte sich, wie ruhig er selbst jetzt noch war. Er schien sich in zwei Hälften gespalten zu haben. Da war zum einen der Oberbefehlshaber der Armee Michael Wibberly, der wusste, dass die Welt nur zu retten war, wenn sie den grässlichen Magnus besiegten. Aber dann war da noch der dreizehnjährige Junge Michael Wibberly, der alles tun würde, um seine Schwestern zu retten, und der spürte, dass ihnen Tod und Verderben bereits im Nacken saßen.

Seine Hand ruhte auf dem Buch Rubyn in seiner Tasche und er fragte sich, wie viel von seiner Magie schon auf ihn übergegangen war. Wie viel Zeit blieb ihnen noch?

Mit Mühe lenkte er seine Gedanken zurück in die Gegenwart.

Er spähte zu Hauptmann Anton hinauf, der in den Mastkorb aufgeentert war und trotz der Dunkelheit nach Loris Ausschau hielt. Um Michael herum gingen Menschen und Zwerge schweigend ihre Ausrüstung durch. Neben den üblichen Waffen und anderen Gegenständen hatten sie alle merkwürdige Metallgeräte bekommen, die von den Schmieden der Zwerge entwickelt worden waren. Michael hatte ein solches Gerät untersucht, war aber nicht dahintergekommen, was es war oder wozu es nützte. Auf seine Frage hatte König Robbie nur lächelnd geantwortet: »Dann soll es eine Überraschung bleiben, mein Junge – für dich genauso wie für unseren Feind. Außerdem«, merkte er an, »wissen wir gar nicht, ob es funktioniert.«

»Hasi?«

Wilamena kam auf ihn zu. Sie trug ein mitternachtsfarbenes Kleid mit einem silbernen Gürtel, in dem ein Dolch steckte. Ihr Haar, das im Dunkeln schwach leuchtete, hing in zwei Zöpfen über ihren Rücken.

»Was macht dir Kummer? Machst du dir Sorgen wegen Katherine? Sie wird sich wieder erholen.«

»Ich weiß.«

»Was ist es dann?«

Michael überlegte, ob er ihr berichten sollte, was er von Magda von Klappen erfahren hatte. Was die Bücher in der Welt anrichteten, und dass der Tod der Geschwister offenbar die einzige Möglichkeit war, diesen Schaden zu beheben.

Wusste Wilamena bereits davon?

Nein, dachte Michael, sonst hätte sie bestimmt etwas darüber gesagt. Oder ein Gedicht darüber geschrieben.

Laut sagte er: »Es ist nichts. Ich meine, wir haben einen Plan, weißt du. Wir werden alle unser Bestes geben und …«

Michael spürte, wie sie ihre kühle, weiche Hand in seine legte, ließ das Geschwafel sein und sah ihr in die Augen. Und wie immer war ihm, als würde er dabei in einen privaten magischen Raum hineingezogen, der nur ihnen beiden gehörte.

Er sprach so leise, dass nur sie es hören konnte.

»Ich weiß, dass dies alles nötig ist, dass wir am Portal stehen müssen, wenn Emma hindurchkommt, denn sonst wird der grässliche Magnus das Buch Onyx bekommen und unser Leben wird zu Ende sein. Aber selbst mit all diesen zusätzlichen Soldaten könnten wir trotzdem scheitern und …« Er kam sich mit dem Kettenhemd und dem Schwert wie verkleidet vor. Seine eigenen Kleider wären ihm jetzt lieber gewesen. »Und das wird meine Schuld sein. Unsere Schuld. Meine und die meiner Schwestern. Weil hier alle denken, wir könnten den grässlichen Magnus besiegen. Ich habe Angst davor, dass wir sie alle in den Tod führen.«

Die Elfenprinzessin legte ihm den Finger unters Kinn und hob sein Gesicht an, sodass sie sich wieder in die Augen schauten.

»Wir haben uns diesen Kampf nicht ausgesucht. Aber du

und deine Schwester, ihr habt ihnen die Hoffnung wiedergegeben. Und schon das allein ist magisch.«

»Aber wenn wir verlieren?«

»Dann verlieren wir. Manche Dinge sind es wert, dafür zu sterben. Freundschaft, Treue. Liebe. Und wenn der Kampf für diese Werte der letzte des Elfenvolks sein sollte, dann ist es eben so.«

Michael hielt nur mit größter Mühe die Tränen zurück. »Danke.«

Sie küsste ihn auf die Wange. »Und jetzt schau, was ich dir mitgebracht habe.«

Sie führte in nach Mittschiff zu einem großen, mit einem schwarzen Tuch zugedeckten Gegenstand. Sie zog den Stoff weg, und zuerst konnte sich Michael keinen Reim auf das machen, was er vor sich sah. Es war aus Leder, aber dieses Leder war so weich und geschmeidig, dass er glaubte, Seide zu berühren. Dann begriff er:

»Das ist ein Sattel!«

»In der Tat.«

»Aber wir haben doch gar keine Pferde!«

»Oh, er ist für etwas sehr viel Größeres als ein Pferd.«

»Du meinst doch nicht ...«

»Ich werde es doch niemand anderem überlassen, mein Häschen zu beschützen. Diesmal werden wir zusammen kämpfen.«

Sie küsste ihn noch einmal – dieses Mal nicht auf die Wange –, und die Wärme strömte durch Michaels ganzen Körper. Er fürchtete schon, dass er gleich etwas furchtbar Peinliches sagen würde, als sie ein Geräusch wie vom Schritt einer Katze hörten und herumfuhren.

Hauptmann Anton war aufs Deck herabgesprungen.
»Da kommt etwas«, sagte er.

Mit der Laterne aus dem Zelt machte sich Kate auf den Weg zum Strand, wo sie den Gnom getötet hatte. Die Insel leerte sich und die Familien aus Loris waren nun fast alle auf Boote verladen. Hugo Algernon war bereits verschwunden. Er hatte gesagt, er müsse sich noch um etwas kümmern.

»Ein idiotisches Vorhaben, keine Frage, aber da Pym nicht hier ist, muss ich es wohl tun«, hatte er erklärt. Dann hatte er ihr noch das Versprechen abgenommen, in eines der Flüchtlingsboote zu steigen.

Aber auch Kate hatte zuvor noch etwas zu erledigen.

Nach dem Aufwachen hatte sie bemerkt, dass ihre Jacke nicht mehr da war. Offenbar war sie voller Gnomenblut gewesen und verbrannt worden. Das war nicht weiter schlimm. Aber auch das Medaillon von ihrer Mutter fehlte. Kate nahm an, dass die Kette gerissen war, als der Gnom sich auf sie gestürzt hatte. Deshalb ging sie nun allein und im Dunkeln an den Strand, um das Medaillon zu suchen.

Der Strand war verlassen. Es herrschte Flut und das Wasser stand bereits sehr hoch. Kate suchte sehr sorgfältig. Sie hielt die Laterne tief und fand das Medaillon schließlich nahe an der Wasserlinie zwischen dunklen Steinen. Die Kette war tatsächlich gerissen, aber sowohl der Anhänger als auch die Kette waren noch da, und Kate hielt beide fest in der geballten Faust wie jemand, der sich auf See an ein Stück Treibholz klammert. Schon einmal hatte sie das Medaillon verloren, in New York. Damals hatte Rafe es wiedergefunden und ihr mitsamt der

Kette zurückgegeben. Sie ließ den Anhänger und die Kette in ihre Tasche gleiten.

Sie sagte: »Du bist da, nicht wahr?«

»Ja.«

Sie drehte sich um. Rafe stand direkt hinter ihr. Die Laterne an ihrer Seite beleuchtete nur einen Teil seines Gesichts. Die Augen blieben im Dunkeln.

Sie hoffte, dass er ihr Herz nicht pochen hörte.

»Glaubst du, dass Michael und die anderen eine Chance haben?«

Er zuckte mit den Schultern. »Ich denke, das werden wir sehen.«

»Ich hatte wieder diesen Traum.«

»Welchen Traum?«

»Dass ich in der Kirche war. In New York. Du warst auch da.«

»Hab ich etwas gesagt?«

Sie schüttelte den Kopf. »Nein.«

Manchmal ist ein Traum nichts weiter als ein Traum.«

Kate wünschte, sie hätte mit Michael sprechen können, bevor er mit der Armee aufbrach. Dann hätte sie ihm endlich erzählt, dass Rafe ihr immer wieder erschien und dass sie deshalb gewusst hatte, dass sie zu der Festung kommen und ihn und Emma retten musste. Sie hätte ihn um Verzeihung dafür gebeten, dass sie ihm nichts davon erzählt hatte.

Sie sagte: »Können wir aufhören, uns etwas vorzumachen?«

Einen Augenblick lang geschah nichts. Dann lächelte er.

»Wann hast du es herausgefunden?«

Dieses Lächeln, die Bestätigung, die es enthielt, ließ sie erbeben. Sie schluckte und sagte: »Erst heute. Ich glaube … ich weiß es schon eine ganze Weile, aber ich wollte es nicht wahrhaben.«

Sie blickte auf die Steine vor ihren Füßen. Sie konnte ihn nicht ansehen, denn dann sah sie Rafe. Aber er war nicht Rafe. Rafe war tot und unwiederbringlich verloren. Er war vor hundert Jahren gestorben, in der Nacht, als er sich für sie opferte, damit sie überleben konnte. Das Ding neben ihr war das Monster, das ihn umgebracht hatte. Und das durfte sie nicht vergessen.

»Und warum hast du es getan? Nur um mich zu quälen?«

Er schaffte es sogar, beleidigt zu klingen. »Natürlich nicht!«

»Also schon ganz von Anfang an, im Garten, das warst …«

»Das war ich, ja.«

»Aber warum? Warum bist du mir erschienen? Warum hast du mich getäuscht?«

Es kostete Kate ihren ganzen Willen und all ihre Stärke, um nicht die Fassung zu verlieren.

»Weil ich dich bei der Festung brauchte, dich und deinen Bruder. Emma hatte ich ja bereits. Und wenn es mir gelungen wäre, sie mit dem Buch Reckoning zu verbinden, dann hätte ich die Prophezeiung schon dort erfüllte und mein Ziel erreicht.«

»Aber das hast du nicht! Michael hat ihre Seele zurückgeholt. Und Dr. Pym, er …«

»Opferte sich. Das machte die Sache nur ein bisschen komplizierter. Außerdem hatte ich für den Fall vorgesorgt, dass mein erster Versuch scheitern könnte.«

»Was meinst du damit?« Ohne zu überlegen, blickte sie ihn an und hätte beinahe laut aufgeschrien. Es fühlte sich an, als würde sie entzweigerissen. Sie wollte zu ihm hinlaufen, ihn umarmen. Und gleichzeitig wollte sie ihn töten. Warum musste er nur wie Rafe aussehen? Warum konnte er nicht wie ein Mörder aussehen, wo er doch einer war?

»Es ist schwierig, ich weiß.« Er klang beinahe mitfühlend. »Du wirst dich daran gewöhnen.«

Sie wandte sich ab, verschränkte die Arme vor der Brust und starrte auf die schwarze Wasserfläche hinaus.

»Um deine Frage zu beantworten: Ich habe nicht tausend Jahre gewartet, um es dann auf eine einzige Gelegenheit ankommen zu lassen. Ich wusste, dass es mir möglicherweise nicht gelingen würde, deine Schwester mit dem Buch Reckoning zu verbinden. Aber ich wusste, wenn euch dreien die Flucht gelänge, dann mithilfe der Chronik. Also sorgte ich vor. Als ich dir im Garten von Loris erschien, pflanzte ich deiner Erinnerung das Bild des Landes der Riesen ein. Ich machte das so, dass die Chronik bei eurer Flucht als Erstes auf dieses Bild reagierte. Von da an musste ich praktisch überhaupt nichts mehr tun. Ihr drei fandet die Stadt der Riesen und die Gräfin ohne mein Zutun. Ihr erwecktet sie – wie erwartet – wieder zum Leben und fandet heraus, wo das Buch versteckt ist.«

»Und wie lange weißt du schon, wo es ist?«

Er zuckte mit den Achseln. »Seit tausend Jahren, vielleicht.«

»Ich kann… ich kann einfach nicht glauben, dass du das alles geplant hast!«

»Das war gar nicht so schwer. Und jetzt sind wir beinahe fertig.« Dann sagte er. »Komm zu mir.«

»Nein.«

Sie spürte, dass er näher kam, um ihr ins Ohr zu flüstern.

»Du glaubtest, dass ich Rafe sei, weil du es glauben wolltest.

Ich bin immer noch er. Aber auch so viel mehr. Ich habe auch schon deiner Schwester gesagt, der einzige Kampf, den man nicht gewinnen kann, ist der gegen die eigene Natur. Ich habe ihn aufgegeben. Ich bin jetzt, wozu ich immer bestimmt war. Es wird eine neue Welt entstehen, Kate. Und ich möchte dich dort bei mir haben.«

Kate spürte, wie sich die Magie der Chronik in ihr rührte. Sie konnte sie heraufbeschwören und irgendwohin springen, wo sie nur wollte. Was war schon dabei, wenn sie die Magie nicht mehr so gut im Griff hatte? Was machte es, wenn sie dabei Schmerzen verspürte? Dann wäre sie weit fort von ihm.

Aber sie brachte es nicht übers Herz.

Du bist schwach, sagte sie sich. Du bist schwach und du bist eine Idiotin. Und du hast die beiden Menschen, die du auf der ganzen Welt am meisten liebst, für den verraten, der dich töten will.

»Kate …«

Sie schüttelte den Kopf.

»Dann tut es mir leid. Ehrlich.«

Sie starrte noch immer übers Wasser, und als sie das Brausen und die Schreie hörte, sah sie ihn immer noch nicht an. Sie rannte nur fort.

In kürzester Zeit war sie oben am Kliff angelangt und sah von dort auf den Hafen hinunter und weiter aufs Meer, wo die Familien aus Loris flüchteten – eine Zickzackreihe von Booten, die sich weit übers Wasser zog.

Aus dem Nichts waren zwei Wasserhosen aufgetaucht, riesige trichterförmige Wirbel aus Wind und Wasser, die auf die Reihe der Boote zuraste. Kate sah, wie sich der erste Trichter durch ein Boot mit dreißig Menschen pflügte. Sie hörte, wie Holz splitterte und die Menschen schrien …«

»Hör auf! Hör auf!«

»Du kannst es beenden.« Er stand neben ihr, so ruhig wie zuvor.

Kate sah, wie sich ein Wirbel einem Boot mit Dutzenden von Familien näherte. Selbst aus der Ferne konnte sie die Kinder an Bord erkennen.

»Ja! Also gut! Hör einfach damit auf!«

Sofort legte sich der Wind und die Wirbel sanken in sich zusammen. Kate starrte auf die Bucht und auf die Boote, die den über Bord geschleuderten Menschen zu Hilfe eilten. Das Wasser war übersät mit Holzresten, mit dem Gepäck der Flüchtenden und mit Menschen. Während sie sprach, wandte sie den Blick nicht von ihnen ab.

»Aber … wie soll ich zu dir kommen? Ich kann die Chronik nicht mehr kontrollieren! Sie …«

»Psst. Ist schon in Ordnung. Da kann ich helfen.«

Sie spürte ein Prickeln, als er sie an der Schläfe berührte, genau wie im Garten von Loris vor wenigen Tagen. Er sagte: »Es ist beinahe geschafft. Jetzt. Komm zu mir.«

KAPITEL 23

Nebel und Eis

Es war Nebel. Das war es, was der Elfenhauptmann gesehen hatte – ein graue Masse in der Ferne, wo die Insel Loris hätte sein müssen. Und der Nebel näherte sich ihnen in einer geradezu unnatürlichen Geschwindigkeit. Bald konnte Michael ihn selbst sehen, denn nach und nach verschwanden die Sterne am Nachthimmel. König Robbie gab einen Befehl, und die Soldaten machten sich bereit, während ein Zwerg mit einer abgeschirmten Laterne den anderen Schiffen ein Stakkato von Signalen übermittelte.

»Er will uns voneinander trennen«, erklärte der Zwergenkönig.

»Was können wir dagegen tun?«, fragte Michael.

»Meister Chu?«

»Sind schon dabei«, antwortete der Zauberer. »Wir überlegen uns etwas.«

Das sollte beruhigend klingen, aber soweit Michael sehen

konnte, tat Meister Chu überhaupt nichts, sondern stand nur da und fuhr sich mit der Hand durch seinen Bart.

Schon bald wehten die ersten Nebelschwaden wie lange graue Schlangen aus kalter, feuchter Luft über den Bug des Schiffes. Es war, als segelte man in einen Traum, und Michael sah besorgt zu, wie ein Schiff nach dem anderen verschwand. Das Schiff, auf dem er sich befand, schnitt aber weiterhin stetig durchs Wasser, vorwärtsgetrieben von dem verzauberten Wind, den Magda von Klappen und Meister Chu herbeigerufen hatten. Ab und zu war ein ferner, gedämpfter Ruf oder ein Läuten zu hören. Ansonsten herrschte Stille. Michael spürte, wie Wilamena seine Hand ergriff.

Sie fuhren weiter. Im Nebel verloren sie jedes Zeitgefühl.

Dann meldete der faltige Zwerg am Steuer: »Wir dürften jetzt weniger als tausend Meter von Loris entfernt sein, darauf wette ich meinen Bart.«

König Robbie murmelte etwas, vielleicht einen Fluch, dann fragte er: »Meister Chu?«

»Gleich so weit.«

Michael kam es zwar so vor, als würde Meister Chu weiterhin nur lächeln und seinen Bart zwirbeln, und er wollte schon fragen, warum sie nicht einfach anhielten und warteten, bis sie den Nebel losgeworden waren, als Hauptmann Anton vor Michael und die Elfenprinzessin trat; er hatte einen Pfeil auf seine Bogensehne gelegt.

»Was ist?«, fragte König Robbie und hatte kaum ausgesprochen, als der Elfenhauptmann den Pfeil ins fahle Dunkel hinaufschnellen ließ – und sofort den nächsten aufgelegt hatte.

Ein Schwarm schwarzer Gestalten stieß heulend aus dem Nebel herab. König Robbie schrie: »In Deckung!« Er machte einen Satz und warf Michael aufs Deck. Michael bekam erst einmal keine Luft, aber er konnte sehen, wie die Wesen über das Schiff herfielen, mit ihren Klauen auf Zwerge, Elfen und Menschen einhieben und dann wieder nach oben im Nebel verschwanden.

»Bogenschützen!«, donnerte König Robbie, der nun die Axt in seiner Rechten hatte. »Achtet auf den Hauptmann! Folgt seinem Beispiel!«

Überall herrschte nun hektisches Treiben. Schilde wurden aufgepflanzt, Schwerter und Speere wurden in Bereitschaft gehalten. Die ganze Mannschaft suchte den Nebel nach Anzeichen für den nächsten Angriff ab.

»Dort!«

Der Elfenhauptmann schoss seinen Pfeil in den Nebel, Michael hörte ein fernes, gedämpftes Geräusch, und sofort folgte dem ersten ein zischender Hagel von Pfeilen nach, während die Kreaturen wieder herabstießen. Drei von ihnen stürzten aufs Deck, andere klatschten tot oder verwundet ins Wasser. Einige schafften es jedoch durch den Pfeilregen, und überall wurden Zwerge und Menschen niedergestreckt oder ins Meer gestoßen. Eines der Wesen, dem ein Pfeil aus der Brust ragte, flatterte direkt vor Michael auf den Deckplanken herum. Es war so groß wie ein Geier, mit Fledermausflügeln und Klauen, die so lang wie Michaels Hände waren, und einem Körper aus ledriger Haut und Knochen.

König Robbie schwang die Axt und der Kopf der Kreatur schnellte vom Körper weg. Der Zwergenkönig hievte den Kadaver über Bord.

»Prinzessin«, sagte König Robbie, »Eure Hilfe wäre sehr willkommen.«

Wilamena holte das goldene Armband aus ihrer Tasche und sah Michael an. »Hol den Sattel.« Dann drehte sie sich um, sprang über die Reling und verschwand im vom Nebel bedeckten Wasser. Michael rannte zum Sattel und schwang ihn sich über die Schulter. Er wog so gut wie nichts. König Robbie rief: »Da kommen sie wieder!« Aber als Michael aufblickte und die dunklen Umrisse auf sie zurasen sah, brach eine goldene Explosion durch die Wasserfläche, ein großer, züngelnder Feuerstrahl, und sofort fielen vier der Dämonenvögel brennend ins Wasser, während der Drache schon den nächsten packte und in der Luft zerriss.

»Ha!«, rief König Robbie. »Gut gemacht!«

Der Drache schwebte neben dem Schiff, und wie immer, wenn er dem Drachen gegenüberstand, hämmerte ein wilder Wagemut in Michaels Brust, das Gefühl, auf gefährliche und verzweifelte Weise am Leben zu sein.

»Bist du bereit, Häschen?«

»Ja! Wie soll ich …«

»Wirf mir den Sattel über. Ich weiß, was zu tun ist.«

Michael gehorchte und beobachtete, wie der Sattel selbst den richtigen Platz auf dem Rücken des Drachen fand und sich die Riemen selbst um seinen Leib schnallten.

»Du musst springen. Wenn ich mich am Schiff festhalte, kentert es.«

Ohne zu zögern, stieg Michael auf die Reling. Der Bug schnitt noch immer schnell durchs Wasser und der Drachen flog nebenher. Durch seinen Flügelschlag tauchte sein Körper auf und nieder, auf und nieder.

»He!«, rief König Robbie, als er Michael sah. »Was machst du da?«

Michael sprang. Er landete schräg auf dem Sattel und griff vergeblich nach den Schuppen am Hals des Drachen. Einen Moment lang fürchtete er, ins Meer zu stürzen, aber dann schien ihn der Sattel zu packen und an die richtige Stelle zu ziehen, während sich Riemen um seine Beine schlangen.

»Keine Angst, Häschen. Wenn du erst auf meinem Rücken sitzt, kannst du nicht mehr herunterfallen!«

Dann hörte Michael, wie Meister Chu in die Hände klatschte … einmal, dann ein zweites Mal.

Ein gewaltiger Wind fegte über die See und das Schiff neigte sich bedenklich zur Seite. Prompt lichtete sich der Nebel. Es wurde still.

Die Insel Loris war keine sechshundert Meter mehr entfernt und die Stadt und der Hafen waren von Hunderten von Feuern erleuchtet. Aber zwischen ihnen und der Insel lag eine undurchdringliche Masse von Schiffen. Die feindliche Flotte war mindestens doppelt so groß wie ihre eigene, und Michael sah, dass die gegnerischen Schiffe allesamt größer und höher waren als ihre eigenen. Die feindlichen Mannschaften strotzten vor Gnomen und Kreischern, vor Trollen und wer wusste, was sonst noch. Und der Himmel über ihnen war voller Dämonenvögel. Der Feind hatte sie erwartet.

Und wie auf ein Zeichen stießen nun alle Kreischer auf den Schiffen einen ohrenbetäubenden Schrei aus.

»Öffne die Augen.«

Kate spürte Finger an ihren Schläfen. Und es war nicht das Prickeln geisterhafter Finger, sondern der massierende Druck lebendiger Hände. Sie blickte in ein Paar grüner Augen. Er beugte sich über sie; sie lag auf dem Boden, mit einem Kissen im Nacken.

»Wie fühlst du dich?«

»Gut.«

Rafe wich zurück, als sie sich aufsetzte.

Sie waren in der rosafarbenen Zitadelle. Kate wusste es, obwohl sie nie in diesem Raum gewesen war. Er hatte einen Steinboden, es gab einen langen Holztisch und an den Wänden Gemälde und Karten. An verschiedenen Stellen leuchteten Kerzen. Weitere brannten in schmiedeeisernen Leuchtern, die von der Decke hingen. Mit Vorhängen versehene Durchgänge führten auf einen Balkon, hinter dem sie den Schein von Feuern sehen konnte. In der Luft lag der Geruch von Rauch, verbranntem Metall und Teer. Auch das Kreischen von Morum Cadi war zu hören, aber es schien weit entfernt.

Die fleckige Hose, das zerschlissene Hemd und das Jackett – Rafes Kleider, in denen er ihr bisher erschienen war –, waren verschwunden. Er trug eine lange schwarze Robe, aber er war es, dasselbe dunkle Haar, dieselbe etwas krumme Nase, dieselben Augen.

Sie versuchte, ihn nicht ständig anzuschauen, und zwang sich, aufzustehen und ihren Arm aus seinem Griff zu lösen.

»Hat dir jemand gesagt, was die Bücher anrichten?«

»Ja. Sie reißen die Welt entzwei; und das kann nur verhindert werden, wenn Michael, Emma und ich sterben.«

»Dann hast du ja Glück, denn ich bin die einzige Person, die daran etwas ändern kann.«

Sie sah ihn an, weil sie es nicht verhindern konnte.

»Ich lüge dich nicht an«, sagte er. »Warum sollte ich das? Ich habe dich ja schon hier.«

»Du weißt, wie man uns retten kann? Wie?«

Er lächelte. »Nur Geduld.«

Kate wartete ab. Ihr Blick fiel auf ein Schwert auf dem Tisch. Es war fast einen Meter lang, steckte in einem abgewetzten Futteral und hatte ein Heft aus Knochen. Sie hatte es schon einmal gesehen, konnte sich aber nicht darauf besinnen, wo.

Er hob es vom Tisch. »Dieses Schwert gehörte deinem Freund. Gabriel. Er hat Rourke damit getötet – ein schwerer Schlag, muss ich zugeben. Rourke war mir treu ergeben. Wenn ich das Buch des Lebens habe, bringe ich ihn vielleicht zurück.«

»Wo ist Gabriel jetzt?«

»Tot.«

Er warf das Schwert achtlos auf den Tisch zurück. Kate wusste, dass er die Wahrheit sagte. Sie hatte Mühe, sich ihr Entsetzen nicht anmerken zu lassen.

»Warum bin ich hier?«

»Komm her.« Er nahm ihre Hand und führte sie auf den Balkon zu.

»Emma …«

Er schüttelte den Kopf. »Alles zu seiner Zeit. Ich werde es erfahren, wenn sie auf dem Weg ist.« Er zog sie sanft weiter und sie traten durch die Vorhänge auf den Balkon. Schon seinen Arm nur zu berühren ließ sie am ganzen Körper erschauern, wie es auf der Straße in New York vor hundert Jahren auch gewesen war. Obwohl sie sich selbst dafür hasste, versuchte sie nicht, ihm ihre Hand zu entziehen.

Aber es ist nicht er, sagte sie sich. Das ist nicht Rafe.

Er blieb mit ihr an der Brüstung stehen, von wo sie die Stadt, den Hafen und das dahinter liegende Meer überblicken konnten.

Als Kate vor wenigen Tagen in Loris angekommen war, hatte sie bewundert, wie ruhig, friedlich und schön es hier war: hübsche Reihenhäuser und schmale, mit Steinen gepflasterte Straßen, Olivenhaine und Zitronenbäume. Selbst bei Nacht schien der weiße Stein, aus dem die Stadt erbaut war, alles milde erglühen zu lassen. Was sie nun sah, war hingegen ein höllisches Zerrbild dieser Stadt. Überall trieben sich Gnome und Kreischer und andere Kreaturen herum, die Kate noch gar nicht kannte. Hinter der Stadtmauer waren riesige Kriegsmaschinen und große Kessel mit siedendem Pech und Öl in Stellung gebracht worden. Das ohrenbetäubende Schreien und Rufen und das anhaltende und bedrohliche Pochen der Trommeln, das aus der Stadt heraufdrang, zerrte an ihren Nerven und erschütterte das letzte bisschen Mut, das sie sich bewahrt hatte.

Und das war noch nicht das Schlimmste!

Gleich außerhalb des schützenden Hafenbeckens sah sie zwei Flotten, die eine riesig, die andere sehr viel kleiner. Und dieser kleineren Flotte gehörten Michael und König Robbie und alle ihre Freunde an.

Es war völlig ausgeschlossen, dass sie siegten; sie waren verloren.

»Bitte …«

»Nein, diesmal nicht.«

»Aber …«

»Sie haben es in der Hand. Wenn sie kapitulieren, werde ich ihnen nichts antun. Sie haben die Wahl.

»Aber sie werden nicht kapitulieren! König Robbie und die anderen werden sich niemals ergeben, das weiß du doch.«

Da sagte er ruhig: »Dann werden sie sterben.«

Obwohl sich Michael während der ersten Minuten immer wieder sagte, dass der Sattel ihn sicher auf dem Rücken des Drachen festhielt und keine Gefahr bestand, dass er herunterfiel, war er vollauf damit beschäftigt, nicht den Halt zu verlieren und sich nach Möglichkeit nicht zu übergeben. Unter ihnen waren die Flotten inzwischen aufeinandergetroffen. Überall tobten wütende Kämpfe.

Es waren noch einige Stunden bis zum Sonnenaufgang, aber Michael konnte dank der Feuerpfeile und dem Schein der fernen Lichter von Loris genügend sehen. Und trotz der Höhe und des sausenden Windes konnte er das Schwirren der Pfeile hören und das dumpfe Aufschlagen der Speere, wenn sie Holz trafen. Die feindlichen Schiffe warfen Ketten mit Enterhaken aus, um König Robbies Schiffe so nah heranzuziehen, dass die Gnome und Kreischer hinüberstürmen konnten.

Michael nahm von alldem nur Momentaufnahmen wahr, denn Wilamena wirbelte und jagte und tauchte durch die fliegenden Kreaturen des Feindes. Michael kam es vor, als sei Wilamena in Drachengestalt eine andere. Seit er wusste, wer sie war, hatte er eigentlich immer etwas von ihr im Drachen erkannt; jetzt schien sie ihm allerdings immer mehr Drache zu sein und immer weniger Elfenprinzessin.

Diese neue Bösartigkeit bewirkte, dass der Himmel nach kurzer Zeit gesäubert war. Trotzdem konnte Michael sehen, dass sie zahlenmäßig immer noch weit unterlegen waren. Die Schlacht spielte sich knapp außerhalb der schützenden Molen des Hafens ab. Wie wollten es König Robbie und die anderen jemals an Land schaffen?

»Zurück zum Schiff!«, rief Michael. »Wir müssen mit König Robbie sprechen.«

Zu seinem Entsetzen schlug Wilamena einen Salto rückwärts und tauchte senkrecht in die Tiefe.

Das Schiff des Zwergenkönigs war inzwischen von einem sehr viel größeren feindlichen Schiff in die Enge getrieben worden. Horden von Kreischern und Gnomen versuchten gerade, es über Planken zu entern, während König Robbies Leute ihr Bestes gaben, um die Angreifer zurückzuschlagen.

»Wir müssen ihnen helfen!«, rief Michael.

Der Drachen fauchte: »Wie lange kannst du die Luft anhalten?«

»Wie?«

Michael konnte gerade noch seine Brille festhalten und tief Luft holen, als der Drache neben dem feindlichen Schiff ins Wasser tauchte. Um sie herum war es dunkel und das Wasser war sehr kalt, aber Michael spürte, dass sich der Drache schlängelte wie ein riesiger Fisch. Sein Schwanz schlug hinter ihnen hin und her, und dann schien er etwas zu packen. Einen Augenblick später erstrahlte alles in blendendem Licht. Als Michael hinzusehen wagte, sah er, wie der Drache einen scharfen Feuerstrahl auf den hölzernen Rumpf des Schiffes richtete. Das Wasser um ihn herum wurde mit einem Mal heiß; dann verlosch das Feuer, und der Drache riss mit den Klauen die verkohlten Planken aus. Das Loch im Rumpf wurde größer und größer, bis Michael auf den Rücken des Drachen trommeln musste zum Zeichen, dass ihm die Luft ausging. Aber der Drache riss weiter Planken aus und machte das Loch noch größer. Erst als Michael den Punkt erreicht hatte, an dem es wirklich nicht mehr ging, ließ der Drache ab und schoss zur Wasseroberfläche hinauf.

Die Luft war das Beste, was Michael je geatmet hatte.

»Vergib mir, Häschen. Ich musste dafür sorgen, dass das Loch groß genug ist.«

»Und …?«

»Schau selbst.«

Michael setzte die tropfende Brille gerade noch rechtzeitig auf, um das große Schiff im Meer verschwinden zu sehen. Die Gnome und Kreischer, die ins Wasser sprangen, waren leichte Beute für Robbie McLaurs Bogenschützen.

Okay, dachte er. Das war Nummer eins. Bleiben noch fünfzig.

Dann schwamm der Drache zum Schiff. König Robbie erwartete sie schon an der Reling.

»Gut gemacht, Prinzessin! Wir stehen schon wieder in Eurer Schuld!«

»Aber wie sollen wir an den Schiffen vorbeikommen?«, rief Michael und blickte auf die immer noch gewaltige Flotte.

Der Zwergenkönig lächelte, und Michael begriff, dass er das Ganze auf seine Art genoss.

»Wir mussten nur nahe genug an den Hafen herankommen. Du weiß doch – die Überraschung …« Er hob seinen Schild und ein Armbrustbolzen schlug darin ein. »… und es ist einfach so, dass Zwerge besser kämpfen, wenn sie etwas Festes unter den Füßen haben.« Er drehte sich in die Richtung, in der Magda von Klappen und Meister Chu standen, und rief: »Seid ihr bereit?«

»Alles bereit!«, bellte Magda von Klappen. »Obwohl es ziemlich kompliziert ist und …«

»Also! Los geht's!« Und Michael sah, dass der Zwerg einem Trompeter ein Zeichen gab. Über dem Schlachtenlärm ertönten vier kurze Trompetenstöße, gefolgt von Rufen und emsigem

Treiben auf allen Schiffen. Offenbar hantierten die Menschen- und Zwergensoldaten an ihren Stiefeln.

»Was geschieht da?«, fragte Michael. »Was tun sie?«

Noch während er das sagte, wurde es empfindlich kalt, und der Drache sagte: »Schau dir das Wasser an.«

Michael sah nach unten. Das Meer verwandelte sich mit rasender Geschwindigkeit in eine harte, weiße Eisfläche und alle Schiffe saßen augenblicklich fest. Dann wurden hölzerne Rampen mit Eisenpfosten aus den Schiffen geschoben, die sich im Eis verkrallten und die Schiffe aufrecht hielten. Im nächsten Augenblick rannten Zwerge und Menschen über die Rampen herunter, Michael erwartete, dass sie ausglitten, sobald sie die Eisfläche erreichten. Aber sie bewegten sich alle sicher auf dem glatten Untergrund. Und nun sah er auch, dass jeder Metallspangen mit scharfen Zacken an seine Stiefelsohlen geschnallt hatte und so auf dem Eis besten Halt fand. So geschah es auf allen Schiffen; überall strömten die Besatzungen aufs Eis. Deshalb also hatten die Schmiede der Zwerge so fleißig gearbeitet.

Bei den Elfen konnte Michael allerdings keine Eisenkrallen erkennen und er vermutete schon, dass sie diese wegen ihres Aussehens nicht mochten. Aber dann bemerkte er, dass die Elfen auch ohne solche Spangen leichtfüßig und sicher übers Eis flitzten. Den feindlichen Schiffen erging es weniger gut. Die meisten waren auf die Seite gekippt, sodass viele Gnome und Kreischer innen festsaßen. Diejenigen, die herauskriechen konnten, rutschten auf dem Eis aus und fielen ständig hin, sodass die trittsicheren Zwerge, Elfen und Menschen leichtes Spiel mit ihnen hatten.

In einem Augenblick hatte sich das Blatt zu ihren Gunsten gewendet.

Es ertönte ein neues Hornsignal und Michael hörte die donnernde Stimme des Zwergenkönigs:

»Auf zur Stadtmauer! Zur Stadtmauer!«

»Wollen wir ihnen helfen?«, schnurrte der Drache.

»Klar«, antwortete Michael. In ihm keimte neue Zuversicht.

Der Drache drang auf die nun völlig chaotische feindliche Armee ein und verstreute sie noch mehr, während König Robbie und seine Angreifer auf die Hafenmolen zustürmten.

Vor ihnen, hinter dem Strand und dem Hafen, ragten die Mauern von Loris in die Höhe. Michael sah, dass die Mauern und Wälle vor Feinden nur so starrten. Als Michaels Streitmacht in den Hafen strömte, wurde sie von einem Pfeilhagel empfangen. Wilamena stieg höher, und Michael konnte hören, wie die Stahlspitzen der feindlichen Pfeile an ihrem Schuppenpanzer abprallten.

Der Drache blieb knapp außer Reichweite der Geschosse, und Michael musste mit pochendem Herzen von oben mit ansehen, wie sich die Armee – seine Armee – vor den Mauern der Stadt sammelte. König Robbie würde sie in Gruppen einteilen, aber die Eisenkrallen, die ihnen auf dem Eis einen Vorteil verschafft hatten, würden sie nun eher behindern …

»Wir müssen etwas tun«, rief Michael. »Wir müssen …«

»Wir haben jetzt selbst ein Problem, Häschen.«

Michael, der dem Blick des Drachen folgte, sah etwas aus der Zitadelle aufsteigen. Sein Herz setzte für einen Moment aus. Dann hob sich eine zweite Gestalt in die Luft. Und eine dritte.

»Oh nein!«, hauchte Michael.

Nun kreisten drei Drachen am Himmel, stießen Feuer aus und jagten dann direkt auf sie zu.

Als sich das Eis im Hafen ausgebreitet hatte und die Zwerge, Elfen und Menschen auf die Stadt zugerannt waren, hatte Kate einen Funken Hoffnung verspürt. Das Gold, das in der Ferne aufblitzte, musste Wilamena sein.

Aber als sie Rafe ansah, lächelte er, und ihr wurde klar, wie groß die Armee war, die noch hinter der Stadtmauer lag. Dann stiegen direkt unterhalb von ihnen drei Drachen in die Lüfte. Verzweifelt sah Kate Rafe an.

»Warum hast du mich hergebracht? Nur damit ich sehe, wie meine Freunde sterben? Um zuzusehen, wie du sie ermordest?« Kate wirbelte herum, Tränen der Wut und der Angst in den Augen.

Blitzschnell lag seine Hand um ihren Hals, und er beugte sich vor und zischte: »Ich habe dich hergebracht, weil ich dich brauche. Verstehst du das nicht? Ich brauche dich, um ein Mensch bleiben zu können. Ich sagte dir, dass ich mich kenne, und so ist es auch. Ohne dich bin ich doch nur das Monster! Nur das!«

Er zeigte mit dem Arm auf die Schlacht, und Kate begriff, dass es nicht Wut war, die ihn antrieb, sondern Verzweiflung. Offenbar tobte auch in seinem Inneren eine Schlacht. »Aber das ist nicht die Welt, die ich haben will! Du hast geglaubt, dass ich in deinem Feind immer noch am Leben bin. Dann glaube jetzt an mich. All dies wird vorübergehen. Und dann werden wir zusammen sein!«

»Du verdienst es zu sterben!«

Die Worte waren aus ihr gesprungen und sie waren beide verblüfft. Seine Hand entspannte sich. Kate unterdrückte ihr Schluchzen, aber sie ließ ihn nicht aus den Augen.

»Henrietta Burke sagte mir, ich solle dich lieben. Sie sagte, das wäre am Ende das Entscheidende. Aber sie brauchte mir das nicht zu sagen. Ich liebte dich doch schon! Und ich dachte all die Zeit, dass Rafe noch irgendwo dort drin sei, dass er herauskäme, wenn ich nur fest an ihn glaube.«

»Und was denkst du jetzt?« Seine Stimme klang mit einem Mal schauerlich kalt.

»Ich weiß nicht, ob du noch Rafe bist oder nicht, ob er in dir ist oder nicht. Aber das ist auch völlig gleichgültig: Du musst sterben.«

Er zog sie näher an sich, sodass sie seinen Atem auf ihrem Gesicht spüren konnte. »Und wirst du es sein, die mich tötet, Kate? Könntest du das?«

Kate starrte ihn an und stellte sich dieselbe Frage.

Dann, plötzlich, schrie er auf und fiel auf die Knie.

Unwillkürlich ließ sich Kate neben ihm nieder.

Er ächzte: »Wie …?«

Kate konnte nicht anders und fragte: »Was ist passiert?«

»Sie … hat ihnen … ihre Erinnerungen zurückgegeben.«

»Was?«

»Deine Schwester … ich kann es nicht aushalten …«

Er stieß einen weiteren Schmerzensschrei aus, und dann strömte mit einem Mal Licht aus ihm heraus. Kate fiel nach hinten und kniff die Augen zusammen. Das Licht schien zu flirren, und es stieg in gewaltiger Stärke von ihm auf, immer höher, bis es in die Nacht entschwand.

Kate konnte nur fassungslos zusehen; dies war etwas, das Emma getan hatte.

Sie hörte ein lautes Krachen und blickte hinaus. Ein großer Teil der Stadtmauer war eingestürzt, und es schien ihr, als hätten die Horden der Kreischer, Gnome und Trolle einen Teil ihrer Macht oder Kraft verloren. Sie wirkten plötzlich planlos und verloren.

Kate warf noch einen Blick auf Rafe. Noch immer strömte Licht aus ihm. Seine Augen waren fest geschlossen. Sie drehte sich um und rannte los.

Emma war unterwegs.

KAPITEL 24

Der Sturz

Das Gefängnis wurde abgerissen, die Käfige zerschlagen und in die Grube geworfen. Dort prasselte jetzt ein riesiges Feuer. Die Flammen schlugen hoch in den Himmel. Als die Gefangenen plötzlich über die wackligen Gerüste herunterdrängten, hatte eine Weile lang ein fürchterliches Durcheinander geherrscht. Inzwischen war die Arena wieder fast leer und es ging ruhiger zu.

Während der beängstigenden Augenblicke, als sich all die befreiten Männer, Frauen und Kinder auf dem Platz gedrängt hatten, war Emma Gabriel nicht von der Seite gewichen, hatte mit ihrer heilen Hand seine Pranke festgehalten und die verletzte Hand über dem Herzen an die Brust gedrückt, um den pochenden Schmerz besser ertragen zu können. Gabriel hatte gleich als Erstes ihre Wunden verbunden. Er hatte vor ihr gekniet und ihr einen Stoffstreifen straff und in mehreren Lagen um die Hand gewickelt. Es blutete nur noch wenig, obwohl sich auf der Vorder- und Rückseite des Verbandes bald wieder dunkelrote Ringe abgezeichnet hatten.

Doch Emma achtete kaum auf das Blut und spürte das Pochen nun kaum noch. Ihre Gedanken kreisten um die Frage, wie sie Gabriel retten würde, wie sie diesen schrecklichen Fehler ungeschehen machen wollte. Denn dass er hier war, konnte nur ein Irrtum sein. Und wenn sie gerade nicht über Gabriel nachdachte, dann galt ihre ganze Aufmerksamkeit der Masse der befreiten Toten.

Seit ihrer Ankunft hatte sie sich schon beinahe an die ausdruckslosen Gesichter gewöhnt, an die Leere in den Augen der Menschen, an ihre Teilnahmslosigkeit und ihr Schweigen. Am stärksten hatte sie sich wohl an die Stille gewöhnt, die unter ihnen geherrscht hatte. Und deshalb war ihr fast schwindlig geworden, als die Toten alle gleichzeitig wieder zu reden angefangen hatten, einander riefen, weinten, ja, sogar lachten.

Und das war erst der Anfang gewesen.

Emma hatte ein Kind gesehen, das die Arme nach einer Frau ausstreckte, die es in den Arm nahm.

Sie hatte beobachtet, wie sich zwei alte Männer umarmten und schluchzten.

Menschen hatten in Gruppen zusammengestanden und alle hatten gleichzeitig geredet. Sie mussten verarbeiten, was geschehen war. Jeder wollte seine Geschichte loswerden.

Überall hatten sich Männer und Freuen, Junge und Alte getröstet – mit Berührungen oder Worten.

Nach allem, was Emma mitbekam, war es für die meisten, als ob sie aus langem Schlaf aufgewacht waren. Immer wieder hörte sie sagen: »Es war wie im Traum…« Überraschenderweise schimpfte niemand darüber, dass sie tot waren, und es dauerte nicht lange, da hörte sie Leute sagen, sie wollten losziehen und ihre Lieben suchen gehen. Sie hielten es offenbar für möglich, sie in dieser weiten Welt der Toten tatsächlich zu finden. Vielleicht gab es ja so etwas wie eine magnetische Anziehung, die sie zueinander finden ließ. Noch vor wenigen Tagen hätte sie einer solchen Vorstellung rein gar nichts abgewinnen können, aber jetzt dachte sie einfach nur: Warum nicht?

Die Menge war dann allmählich aus dem abgerissenen Gefängnis hinausgeströmt und in der Nacht verschwunden.

Emma musste sich immer wieder ins Gedächtnis rufen, dass dies gerade überall geschah, dass Millionen erwachten, eine ganze Welt.

Nein, verbesserte sie sich, nicht die ganze Welt hier unten.

Einige standen noch in der Arena und starrten mit den vertrauten, leeren Mienen der Toten auf den Boden. Manche von ihnen hatten dem grässlichen Magnus gedient, wie der schwarzhaarige Necromati mit dem Rattengesicht, der am Rand der Grube stand und stumpfsinnig ins Feuer starrte. Fast fühlte sich Emma dazu herausgefordert, hinzugehen und ihn hineinzustoßen. Aber sie beherrschte sich. Das hatte sie nicht nötig, obwohl er es wirklich, wirklich verdient hatte. Auch Wärter standen noch herum – Harold Barnes war natürlich nicht dabei; längst war er mit den Worten »Sie wird sich schreckliche Sorgen um mich machen« losgezogen, um seine Nanny Marge zu finden.

Und dann waren da noch die ehemaligen Häftlinge, deren Erinnerung nicht zurückgekehrt war. Emma hatte großes Mitleid mit ihnen. Aber so war es nun einmal. Sie hatte geurteilt, wie es das Buch verlangte, und dieses Urteil galt. Das Buch Reckoning gehörte nun ihr.

Sie hielt es zwischen Ellenbogen und Brust geklemmt, während bei jedem Herzschlag der Schmerz in ihrer Hand pochte.

Dr. Pym hatte ihr versichert, dass die Toten, die man ins Feuer geschickt hatte und die vom grässlichen Magnus verzehrt worden waren, bereits ins Reich der Toten zurückkehrten.

»Als ihre Erinnerung zurückkehrte«, hatte er gesagt, »konnte der grässliche Magnus sie nicht mehr festhalten. Sie werden hierher zurückkehren, und dank deiner werden die meisten wieder wissen, wer sie sind. Ich vermute, dass er auch diejenigen freigelassen hat, die ihre Erinnerung nicht zurückerhalten haben. In seiner Lage konnte er sicherlich keine Auswahl treffen. Du hast ihm einen schweren Schlag zugefügt.«

Zum Beweis deutete er auf die ziellos herumwandernden Hexer in ihren roten Roben und die ehemaligen Wärter.

»Ihr Meister hat sie im Stich gelassen. Ihnen ist nichts geblieben – keine Erinnerung an sich selbst, keine Verbindung zu seiner Macht. Sie sind verloren.«

Emma hatte nur schweigend genickt. Ihr Verstand hatte schon das nächste Ziel angepeilt und nachgedacht, geplant und alles verworfen, was nicht diesem einen Vorhaben diente: Wie konnte sie Gabriel retten?

Als während der ersten Minuten nach seiner Ankunft die Gefangenen aus den Käfigen ausbrachen und Emma in Gabriels Armen lag und begriff, was seine Anwesenheit in dieser Welt bedeutete, da hatte sie so heftig geschluchzt, dass sie nicht viel um sich herum wahrnehmen konnte. Er hatte sie festgehalten, sie beruhigt wie ein kleines Kind und schließlich ihre Arme von seinem Hals genommen und gesagt:

»Ich muss deine Wunde verbinden.«

Sein Hals, seine Brust und seine Arme waren völlig mit Blut verschmiert, aber er kniete sich neben sie, ohne sich darum zu kümmern, riss einen langen Streifen von seinem Umhang und wickelte ihn um ihre Hand. Und mit einer Ruhe, als wäre dies ein ganz alltägliches Zusammentreffen der beiden, erzählte er ihr, dass er ihre Eltern gefunden hatte, dass sie gemeinsam nach der Prophezeiung gesucht hatten in der Hoffnung, mit ihrer Hilfe sie und ihre Geschwister zu retten. Wegen der Rufe der Befreiten und dem Krach, den sie beim Zertrümmern ihrer Käfige machten, war es in der Arena sehr laut gewesen. Dennoch hatte Emma jedes Wort verstanden, da ihr seine Stimme Halt gab, so wie seine Liebe ihr bei der Vollendung der Verbindung Halt gegeben hatte. Langsam hatte ihr Schluchzen nachgelassen.

Sie hatte ihm sogar ein paar Fragen gestellt: über ihre Eltern, wie sie aussahen, was sie gesagt und ob sie über sie, Emma, gesprochen hatten. Sie hatte sich auch nach Kate und Michael erkundigt, aber da hatte er keine Auskunft geben können, weil er die beiden nicht mehr gesehen hatte, seit er sie nach Loris geschickt hatte.

Wie er gestorben war, fragte sie ihn nicht, und er sprach auch nicht von sich aus darüber.

Und die ganze Zeit über raste ihr Verstand schon voraus.

Dr. Pym stand am Rand der Arena und unterhielt sich mit dem alten weißäugigen Hexer und einem der Carriadin. Möglicherweise war es derjenige, der Emma durch die Steilwand geführt hatte, aber sie konnte diese Wesen nicht auseinanderhalten. Die anderen Carriadin, es mochte ein Dutzend sein, zerstörten das Gefängnis, indem sie systematisch eine Ebene nach der anderen abrissen.

Emma hatte den Zauberer gefragt, wie es kam, dass er und Gabriel genau zu dem Zeitpunkt im Gefängnis aufgetaucht waren. Der Zauberer sagte, er habe den Drang verspürt, Emma zum Buch Onyx zu führen, und deshalb auch Gabriel hergebracht. Genauer hatte er es auch nicht erklären können und nur in Richtung der Carriadin genickt und gemeint: »Ich vermute, dass sie etwas damit zu tun hatten. Dies ist immerhin ihre Welt und sie wollen sie in Ordnung halten.«

Nun kam Dr. Pym auf sie zu und sagte, dass sie aufbrechen sollten.

»Wir müssen dich wieder in die obere Welt zurückbringen, und das Portal liegt ein ganzes Stück entfernt.«

»M-hm«, sagte Emma und drückte Gabriels Hand fester denn je. »Ich habe nachgedacht. Sobald ich den grässlichen Magnus getötet habe, sorge ich dafür, dass Michael dich mit dem Buch des Lebens wieder zurückholt. Und Sie auch«, sagte sie zu Dr. Pym, »obwohl ich mir nicht ganz sicher bin, ob sie noch einen Körper haben. Daran müssen wir noch arbeiten.«

Als sie das gesagt hatte, nickte sie ein paar mal, so als wäre Gabriels Rückkehr ins Leben schon beschlossene Sache, und übersah dabei den Blick, den Gabriel und der Zauberer austauschten.

Dann kam der alte grauhaarige Hexer mit dem weißen Auge heran, der sich schwer auf seinen Stock stützte. Er kam Emma nun noch erschöpfter und irgendwie auch älter vor.

»Das mit deiner Hand tut mir leid.«

»Das braucht Ihnen nicht leidzutun. Es musste ja sein.«

»Trotzdem.« Er berührte die verletzte Hand. »Vergib mir. Und danke.«

Emma umarmte ihn heftig und ließ ihn wieder los.

Das letzte Ereignis vor ihrem Aufbruch von diesem Ort war, dass einer der Carriadin bei ihnen landete. Er war von einem Käfig weiter oben halb heruntergeflogen, halb gelaufen und hielt die Gräfin in den Armen. Die Hexe wandte ihnen das Gesicht zu, und Emma sah sofort, dass sie ihre Erinnerung verloren hatte.

»Was ist mit ihr geschehen?«

»Als du dich mit dem Buch verbunden hast«, sagte Dr. Pym, »ist ihr die Magie genommen worden. Mir passierte dasselbe, als Michael Hüter des Buchs Rubyn wurde. Das Buch des Lebens hatte mich Tausende von Jahren am Leben erhalten, aber als er sein Hüter wurde, hätte ich bis zu meinem Tod nur noch die mir zugemessene Zeit leben können, auch wenn ich nicht getötet worden wäre.«

Die Augen der Gräfin waren fahl und trübe, und Emma blickte hinterher, als das Vogelwesen sie aus der Arena trug. Emma hasste die Gräfin vom Grunde ihres Herzens und daran würde sich auch nichts mehr ändern. Sie hatte ihr und ihren Geschwistern einfach zu viel angetan. Zum Schluss hatte ihr die Frau aber doch geholfen und auch das würde Emma nicht vergessen.

»Nun«, meinte Dr. Pym. »Es ist Zeit.«

Emma hörte hinter sich Schritte. Dann griffen ihr raue Hände unter die Arme. Sie wurde hochgehoben und von Gabriels Hand losgerissen. In wenigen Augenblicken war sie schon hoch im Nachthimmel und konnte auf das Gefängnis und das große Feuer herunterblicken. Unwillkürlich rief sie »Juuu-huuu!« und blickte zu dem Carriadin auf, der sie trug.

»Halt! Was soll …«

Sie hörte die Stimme in ihrem Kopf:

Sei ruhig, Emma Wibberly. Du bist in Sicherheit.

Sie wurde tatsächlich ruhiger und sah hinunter, während der Wind in ihre Augen peitschte. Dabei entdeckte sie noch zwei dunkle Umrisse, die sich mit ihren riesigen Flügeln vor dem Feuer abzeichneten, und sie wusste, dass auch Gabriel und Dr. Pym durch die Luft getragen wurden, ohne dass sie die beiden sehen konnte.

Der Carriadin ließ die Stadt mit ihrem Gefängnis hinter sich und glitt über die weite, dunkle Ebene in Richtung der Berge am Horizont. Es war kalt, aber die Luft war klar, was Emma nach dem beißenden Rauch und dem Gestank im Gefängnis guttat. Emma musste an ihren Ritt auf Wilamenas Rücken denken, als sich diese in einen Drachen verwandelt hatte, und deshalb kam ihr das Auf und Ab bei jedem Flügelschlag sehr vertraut vor. Diesmal allerdings baumelten ihre Beine im Nichts, sodass sich bei ihr Begeisterung und Schrecken in etwa die Waage hielten.

Bald hoben sich die Berge aus der Ebene. Emma betrachtete die dicht gedrängten Bergspitzen und einen langen, silbern glänzenden Fluss, der sich zwischen ihnen hindurchwand. Dann kippte der Carriadin jäh zur Seite und schraubte sich im Sturzflug hinab. Emma presste das Buch Reckoning an ihre Brust, während der Wind um sie brauste und die scharfen Bergzacken auf sie zujagten. Sie hatte das Gefühl, dass sie viel zu schnell waren und niemals rechtzeitig würden bremsen können. Doch im allerletzten Moment stellte der Carriadin die Flügel an, stand kurz in der Luft und setzte Emma nach zwei weiteren Flügelschlägen sanft auf die Erde.

Ihr Herz schlug ihr im Hals, und es dauerte eine Weile, bis sie dem Boden unter ihren Füßen wirklich vertrauen konnte.

Sie stand auf einem Felssporn am Fluss, der direkt vor ihr in die Tiefe stürzte. Die Luft war vom Brausen des Wasserfalls erfüllt, aber Emma hörte kraftvolles Rauschen von Federn hinter sich, wandte sich um und konnte gerade noch sehen, wie sich der Carriadin wieder in den Himmel hob. Sie dachte daran, ihm ein Dankeschön nachzurufen, aber da war die Kreatur schon in der Nacht verschwunden.

Emma wagte sich vorsichtig bis an die Stelle vor, wo der Fluss über die Kante schoss. Dort stand sie, ließ sich vom aufsprühenden Nebel einhüllen und spähte hinunter, wo der Fluss in Dunst und Dunkelheit verschwand. Der einzige Wasserfall, den sie bis jetzt kannte, war in Cambridge Falls, und sie hatte ihn immer für riesig gehalten. Dieser Wasserfall hier musste mindestens doppelt so groß sein, und sie bezweifelte, dass man selbst am Tag bis auf seinen Grund sehen konnte. Aber warum war sie hier? Wo war das Portal?

Sie hörte wieder das Rauschen von Flügeln, drehte sich um und sah Gabriel mit sicherem Schritt auf der Felstafel aufsetzen, ohne dass sein Carriadin landete. Das Vogelwesen zog über Emmas Kopf sofort wieder davon. Obwohl sie Gabriel erst vor wenigen Minuten verlassen hatte, rannte sie zu ihm hin und drückte ihn an sich. Auch er legte die Arme um sie.

»Alles wird gut!«, sagte sie. »Ich sorge dafür, dass alles gut wird.«

Sie ließ ihn los und rieb sich die Augen trocken, als der Zauberer ebenfalls landete. Auch sein Carriadin hob sich gleich wieder in die Lüfte.

»Nun«, meinte Dr. Pym und lächelte ganz wie früher. »Da sind wir.«

»Wo sind wir?«, fragte Emma. »Wo ist das Portal?«

Das letzte Portal, durch das sie gegangen war, war ein Tunnel hinter einem Spinnennetz gewesen. Etwas in der Art war hier offensichtlich nicht zu sehen.

Trotzdem überraschte sie der Zauberer, als er sagte: »Auf der anderen Seite des Wasserfalls. Etwa auf halbem Weg nach unten.«

»Was? Wie soll ich denn da hinkommen? Da müssen Sie diese Vogeldinger wieder zurückrufen!«

»Keine Angst. Ich habe einen Plan. Aber da wir drei nun alleine sind, muss ich wissen, wie genau du den Toten ihre Erinnerung zurückgegeben hast.«

Emma antwortete nicht gleich. Sie wusste, dass sie es hatte tun müssen. Und sie wusste auch, dass sie die richtige Entscheidung getroffen hatte. Aber es fiel ihr immer noch schwer, darüber zu sprechen.

»Das Wort Reckoning hat zwei Bedeutungen.« Sie versuchte gar nicht erst, den Wasserfall zu übertönen, denn sie spürte, dass Gabriel und der Zauberer sie auch so verstanden. »Die eine, das ist etwas, das man jemandem schuldet. So wie der Tod, den jeder von uns schuldet. Auf diese Weise tötet das Buch die Leute. Die andere Bedeutung ist ein »Urteil«. Wenn Leute gestorben sind, dann sind ihre Erinnerungen im Buch aufbewahrt worden. Und dort haben sie darauf gewartet, dass jemand über sie urteilt. Auf mich. Das haben Sie wahrscheinlich gewusst, oder?«

Der Zauberer nickte.

»Sie hätten es mir erzählen können.«

»Törichterweise dachte ich, dass das noch Zeit hätte. Was dann nicht mehr der Fall war. Es tut mir leid.«

»Ist schon gut.«

Sie konnte ihm nicht mehr böse sein. Jetzt nicht mehr. Außerdem hatte sie es selbst herausgefunden, nicht wahr? Und zwar fast ohne fremde Hilfe. Je mehr sie darüber nachdachte, desto mehr empfand Emma einen gewissen Stolz auf das, was sie geleistet hatte. Es war noch einmal ein anderer Stolz als der, den sie in der Höhle empfunden hatte, als sie das Buch gefunden hatte. Da hatte sie etwas Schwieriges, Gefährliches tun müssen und sich dabei als mutig und stark erwiesen. Um aber zu vollbringen, was das Buch Reckoning von ihr verlangte, hatte sie die Verantwortung für die Entscheidung übernehmen müssen, wessen Erinnerungen wiederhergestellt wurden und wem sie verweigert wurden.

Noch jetzt konnte Emma das Gewicht dieser Entscheidung auf ihren Schultern spüren, und sie fragte sich halb unbewusst, ob es Kate wohl während der vergangenen zehn Jahre genauso ergangen war, als sie wusste, dass sie die Verantwortung für sie und Michael trug.

»Aber wie soll man über jeden Einzelnen urteilen, der jemals gelebt hat? Das sind so viele, und jeder ist anders. Und warum ausgerechnet ich? Es hat sich irgendwie nicht richtig angefühlt. Aber dann habe ich Gabriel gesehen, und dadurch habe ich mich plötzlich gut und stark gefühlt, und es war auf einmal so klar, dass das das Beste an mir ist, dass ich ihn liebe und dass ich Michael und Kate liebe, ja sogar Sie, obwohl sie uns eigentlich angelogen haben. Und das war dann die Frage, die ich das Buch habe stellen lassen: ›Hast du in deinem Leben jemals jemanden geliebt?‹«

Sie hatte sich gefürchtet, es könnte lächerlich klingen, wenn man diese Frage laut aussprach, die ihr, der Zwölfjährigen, eingefallen war als Maßstab für das Schicksal all derer, die jemals gelebt hatten. Aber so war es nicht. Es klang genau richtig.

»Hast du in deinem Leben jemals jemanden geliebt?«

Es spielt keine Rolle, ob man auch selbst geliebt worden war oder ob die Liebe nachgelassen hatte und versiegt war. Hatte man jemals Liebe gespendet? War die Antwort Ja, dann erhielt man die Erinnerung zurück. Wenn nicht, wenn man nur sich selbst geliebt hatte oder wenn man nur Geld, Macht und andere Dinge geliebt hatte, dann musste man so leer bleiben, wie man es auch im Leben gewesen war.

Emma wusste, dass sie richtig entschieden hatte, denn das Buch hatte ihr Hinweise gegeben, zum Beispiel als sie und Harold Barnes es gleichzeitig berührten und sie seine Nanny Marge sah. Oder als sie den Vater, die Frau und den Sohn des alten Hexers sah. Das ist es, was zählt, hatte das Buch ihr gesagt, darauf musst du achten. Ud dann hatte sie endlich darauf gehört.

Lass sie frei, hatte das Buch gesagt. Und das hatte sie getan.

»Als ich hier angekommen bin, da dachte ich, das ist die reinste Hölle hier. Sie hatten mir ja gesagt, es könnte auch ein Paradies sein. Und es stellt sich heraus, dass wir beide recht hatten. Es kann beides sein. Es kommt darauf an, wer man ist. Es sollte im Reich der Toten ja nicht so sein, dass man nur herumsitzt und wartet wie eine Topfpflanze; es sollte eine Rolle spielen, wie man sein Leben gelebt hat. Wer nur für sich selbst gelebt hat, für den darf hier ruhig die Hölle sein. Aber wer sich selbst so weit vergessen hat, dass er eine andere Person liebte, der sollte sich auch daran erinnern können.«

»Es gibt nur den Himmel und die Hölle, die wir uns selbst erschaffen.« Die Augen des Zauberers glänzten. Ob das der

Dunst des Wasserfalls oder Tränen waren, konnte Emma nicht sagen. »Emma Wibberly, alle Hoffnung, die ich in dich gesetzt habe, hast du übertroffen und all mein Vertrauen auf deine Weisheit und deinen Mut eingelöst. Mit einem Streich hast du eine neue Grundlage für das Leben und den Tod geschaffen. Und diese Grundlage ist die Liebe. Ich bin noch nie so stolz gewesen.«

Er legte ihr seine Hand auf die Schulter. Die Hand bebte vor Rührung. Emma spürte, wie die Rührung auf sie übersprang, und dann konnte sie die Tränen nicht mehr zurückhalten.

»Aber jetzt musst du in die obere Welt zurückkehren. Ich weiß nicht, was dort geschieht, aber der grässliche Magnus weiß ganz bestimmt, dass du das Buch hast. Jetzt zählt jeder Moment.«

Emma fasste das Buch Reckoning noch fester, schniefte zweimal kurz und fasste sich wieder. »Genau … und wie gesagt, sobald der grässliche Magnus tot ist, sage ich Michael, dass er euch zurückholen soll …«

»Mich wirst du nicht zurückbringen können«, sagte der Zauberer.

»Aber vielleicht gibt es doch eine Möglichkeit!«

»Ich habe Tausende von Jahren gelebt und bin nur zu einem Zweck am Leben geblieben: um den Fehler, dass ich bei der Erschaffung der Bücher geholfen habe, wiedergutzumachen. Um sie endlich zerstört zu sehen …«

»Wie? Wovon reden Sie da?«

»Die Bücher müssen zerstört werden.« Der Zauberer sah auf sie herunter. »Nur so kann alles zum Ende kommen.«

»Aber … wir brauchen doch die Bücher, um den grässlichen Magnus zu töten!«

»Ja. Aber wenn der Feind besiegt ist, müssen die Bücher zerstört werden! Ihre bloße Existenz stört das Gleichgewicht, von dem wir alle abhängen. Die Bindungen, die unser Universum zusammenhalten, werden zerrissen. Wenn wir es nicht schaffen, die Bücher zu zerstören, dann bedeutet das für alles das Ende.«

Emma entspannte sich wieder. Einen Moment lang hatte sie befürchtet, der Zauberer sei verrückt geworden – sie durften die Bücher doch nicht zerstören! Aber solange sie den grässlichen Magnus töten konnte und Michael Gabriel wieder zum Leben erweckte, war es ihr egal, was dann mit den Büchern geschah. Eigentlich wollte sie dem Zauberer auch noch sagen, dass er bescheuert war und dass auch er sich von Michael zurückholen lassen sollte, aber irgendwie konnte sie ihn auch verstehen. Er hatte seine Aufgabe erfüllt.

»Das Ende ist nicht mehr fern«, sagte der Zauberer. »Und bald werde ich Ruhe finden. Aber wegen eurer Taten werde ich mich dabei immer an dich, deinen Bruder und deine Schwester erinnern.«

Dann bückte er sich zu ihr herunter. Emma wusste, dass dies das letzte Mal sein würde, und umarmte ihn mit aller Macht.

Der Zauberer ließ sie los und trat zurück. Gabriel ging vor ihr auf die Knie.

»Du musst deine Eltern finden«, sagte er. »Sie kennen das Ende der Prophezeiung, das Geheimnis, wie du und deine Geschwister überleben können. Sie konnten es mir nicht sagen, aber wir hatten vor, nach Loris zu gehen. Dort sollten sie jetzt sein.«

Emma nickte. »Und wir sehen uns bald, oder?«

Gabriel nahm ihre unverletzte Hand und öffnete den Mund, aber sie ahnte, was er sagen wollte, und kam ihm zuvor.

»Nein! Sag mir nicht, dass du auch hierbleibst! Ich finde raus, was meine Eltern wissen, und dann töte ich den grässlichen Magnus, und dann holt Michael dich zurück! Er kriegt das schon hin! Kate hat er auch zurückgeholt! Sogar die blöde Gräfin hat er zurückgeholt! Er kriegt das hin!«

Gabriel ließ sie ausreden. Dann sagte er: »Leben und Tod haben aus gutem Grund ihre Ordnung. Wir haben nach unseren Bedürfnissen und Wünschen in sie eingegriffen und das Universum musste den Preis dafür bezahlen. Der Schaden muss aber nun ein Ende haben.«

»Dann holen wir nur noch dich zurück und danach ist Schluss! Danach zerstören wir die Bücher!«

Gabriel schüttelte den Kopf. »Dazu ist es zu spät.«

»Aber …«

»Hör mir zu. Alles, was ich getan habe, seit ich dich traf, würde ich wieder tun. Ich bereue nichts. Aber wenn du mich von deinem Bruder wieder zurückholen lässt, dann wird alles, jedes Opfer, das ich gebracht habe, bedeutungslos sein. Dein Schicksal ist es, wieder Ordnung und Frieden herzustellen. Du musst mich hierlassen.«

Emma drückte Gabriels Hand, so fest sie konnte. Er irrte sich; sie wusste, dass er sich irrte. Sie musste ihn nur davon überzeugen!

Er hob ihr Kinn, sodass er ihr direkt in die tränennassen Augen sah.

»Vergiss nicht: So groß die Entfernung zwischen uns auch ist – du wirst immer bei mir sein.«

Sie begann heftig zu schluchzen und schlang die Arme um seinen Hals. Er irrte sich! Er irrte sich! Sie wusste das! Doch noch während sie so dachte, meldete sich in ihr eine Stimme, die noch wenige Tage zuvor gar nicht existiert hatte, und sagte ihr, dass er recht hatte, dass das Universum so eingerichtet war, dass Menschen starben, dass man sie verlieren musste. Heute musste sie Dr. Pym und Gabriel Lebewohl sagen. Und eines Tages, vielleicht in vielen Jahren, würde sie Kate und Michael verlieren, oder ihre Geschwister mussten von ihr Abschied nehmen.

Der Tod war die Schuld, die alle begleichen mussten.

Aber die Liebe, die man schenkte, die blieb einem. Die durfte man behalten.

Es mochte ihr das Herz brechen, aber sie spürte, dass ihre Liebe zu Gabriel wie eine Flamme in ihr brannte.

»Sie muss jetzt gehen«, sagte Dr. Pym. »Sofort.«

Emma hielt ihn noch immer um den Hals gefasst und flüsterte unter Schluchzen: »Ich liebe dich.«

Und er flüsterte zurück: »Und ich dich auch.«

Dann nahm Dr. Pym sie an der Hand und führte sie bis an den Rand der Felstafel. Sie fuhr sich mit dem Arm übers Gesicht, um die Tränen abzuwischen. Über die Berge ging ihr Blick weit ins offene Land. Gabriel trat an ihre andere Seite. Sie holte mehrere Male tief Luft. Sie blickte ihn nicht an. Es genügte, wenn sie wusste, dass er da war.

»Also … wie kommen wir nun zu diesem Portal? Können Sie mich hinfliegen oder so was?«

»Nicht direkt …«, sagte der Zauberer. »Halte das Buch gut fest.«

»Was …?«

»Es tut mir leid.«

Und dann stieß er sie von der Klippe.

KAPITEL 25

Das Schwert

Die drei Drachen, die über die Dächer der Stadt auf sie zuschossen, waren alle schwarz. Zwei hatten etwa Wilamenas Größe, der dritte war anderthalbmal so groß.

»Ich werde dich unten bei König Robbie absetzen.«

»Nein!«

»Es ist zu gefährlich.«

»Da unten ist es genauso gefährlich! Ich bleibe bei dir!«

»Also gut, Häschen.«

Wilamena nahm schon Fahrt auf und hielt direkt auf die drei Drachen zu.

Michael rief gegen den brausenden Wind: »Bist du dir sicher, dass das der beste Schlachtplan ist?«

Aber der goldene Drache fauchte nur und schlug noch kräftiger mit den Flügeln. Als sie über die Mauer flogen, konnte Michael sehen, dass König Robbie mit seiner Armee aus Elfen, Menschen und Zwergen bereits mit der Belagerung der

Stadt begannen. König Robbie hatte bereits besondere Dächer zum Schutz der Kämpfer vor Pfeilen, Speeren und heruntergegossenem heißem Pech aufrichten lassen, während die letzten Soldaten das Land erreichten und hinter ihnen das Eis brach.

Dann trafen sie mit den drei Drachen zusammen. Wilamena begrüßte sie mit einem Feuerstrahl, und das Trio wich auseinander, während die Flammen an ihren Flügelspitzen leckten.

»Warum haben sie nicht versucht, uns zu verbrennen?«

»Deinetwegen. Du bist zu wertvoll. Das ist aber unser einziger Vorteil.«

Plötzlich stieß Wilamena einen Schmerzensschrei aus und bog scharf zur Seite. Einer der kleineren Drachen hatte ihr nach einer raschen Rolle die Krallen in den Bauch gerammt. Wilamena versuchte, sich loszureißen, während der Drache mit den Fängen nach ihr schnappte und sie ebenso heftig zurückbiss. Michael hatte aus Verzweiflung sein Schwert gezogen, aber er konnte rein gar nichts tun. Dann hörte er hinter ihnen einen Schrei, riss den Kopf herum und sah den zweiten Drachen direkt auf sie zukommen.

»Wilamena!«

Er wusste nicht, ob sie ihn über dem Kreischen und Fauchen überhaupt gehört hatte, aber der goldene Drache riss sich los und tauchte in die Tiefe. Über der Stadtmauer drehte er ein und schlug heftig mit dem Flügeln, aber die anderen beiden hatten bereits die Verfolgung aufgenommen

»Wo ist der dritte Drache?«

Wilamena gab keine Antwort.

In wenigen Sekunden waren sie über den Klippen, weit von der Stadt entfernt. Alles war merkwürdig still und dunkel.

Wilamena sank tiefer und flog bald kaum einen Meter über der Wasseroberfläche, sodass Michael die Gischt, die von den Felsen spritzte, kühl und nass im Gesicht spürte.

»Dort«, fauchte Wilamena.

Vor ihnen machte die Steilküste eine Biegung, mit einem natürlichen Felsentor im Gestein.

»Ich verstehe nicht … Was machst du …«

Aber Wilamena war schon durch das Tor hindurchgeflogen und folgte der Kurve der Küste. Von dem Moment an, als sie außer Sicht der anderen Drachen war, arbeitete sie sich in entgegengesetzter Richtung rasch wieder in die Höhe hinauf. Michael konnte sehen, dass auch die beiden anderen Drachen auf das Felsentor zuflogen, dann war der erste hindurch, und Wilamena und er schossen senkrecht herunter. Diesmal hielt er die Brille fest und holte tief Luft, ohne dass sie etwas sagen musste. Sie rammte den zweiten Drachen von oben, und schon waren sie unter Wasser, krachten gegen den Felsgrund. Der donnernden Luftblasen wegen, die um sie herum aufstiegen, konnten sie nichts sehen. Michaels Lungen begannen zu schmerzen. Da hörte er auch schon ein fürchterliches Reißen und Wilamena schoss wieder nach oben. Michael pumpte sich die Lungen voll und sah, wie Wilamena ein Paar riesiger fledermausartiger Flügel zur Seite schleuderte.

Dann fiel der erste Drache über sie her. Diesmal war es Michael, der erstaunlicherweise etwas ausrichten konnte.

Er hatte das Schwert noch immer in der Hand, drehte sich um und hielt es weiter ausgestreckt, sodass sich der andere Drache dank seiner Geschwindigkeit beim Aufprall und dank der Schärfe des Zwergenstahls selbst daran aufspießte.

Für Michael fühlte es sich an, als wäre ihm der Arm ausgerissen worden. Er schrie auf und ließ das Schwert los, das im Drachen stecken blieb. Mit seinen fünfundsiebzig Zentimetern Länge konnte es den Drachen nicht töten, aber das Untier ließ kreischend von ihnen ab.

Nun frischte der Wind auf und über ihnen ballten sich Wolken zusammen. Ein Blitz fuhr über den Himmel, und Michael glaubte, hoch oben in der Steilwand einen Hohlraum zu erkennen.

»Schau!«

Wilamena schraubte sich in die Höhe, und einen Augenblick später jagten sie mit hoher Geschwindigkeit in eine tiefe Höhle, die sich von der Seite ins Innere der Insel zog.

»Weißt du, wo das hinführt?«, fragte Michael.

»Nein.«

Michael sagte nichts mehr, aber er sah, dass der andere Drache ihnen in die Höhle folgte.

»Aber es muss doch jemanden geben! Jemanden, der uns hinbringen kann!«

»Sie haben's wohl nicht richtig verstanden«, sagte der Bootseigentümer, dessen Gesicht wie eine Papiertüte aussah, die im Regen gelegen hatte. »Loris ist vom grässlichen Magnus eingenommen worden. Wissen Sie, wer das ist? Der Schlimmste von den Schlimmen. Monster. Trolle. Fiese Typen aller Art. Die ganze Insel ist voll von ihnen.«

»Es ist noch viel schlimmer«, meinte ein Seemann vom Nebentisch. »Ich habe mit Giuseppe gesprochen. Er hat eine Flotte in Richtung Loris fahren sehen. Kriegsschiffe und so weiter. Wird mächtig was los sein dort. Würde ich mich schön raushalten.«

»Genau«, sagte der Erste. »Wir warten ab, bis wieder Ruhe ist.«

»Aber begreifen Sie denn nicht? Wir müssen jetzt dort hin!« Clare war außer sich. »Unsere Kinder sind dort.«

Aber die Männer in der Schenke hatten nichts mehr zu sagen und wandten sich ab.

Richard und Clare gingen hinaus an die frische Luft. Sie waren wütend und verzweifelt. Vielleicht eine Stunde zuvor waren sie hier auf der Insel San Marco am Rand des Archipels angekommen. Gabriels Freund, der alte Pilot, hatte sie hergeflogen. Er hätte sie auch noch näher hinbringen können, aber auf Loris konnte er nirgends landen. Deshalb brauchten die beiden ein Boot. Der Pilot hatte ihnen noch den Weg zur Schenke gezeigt, in der sich die Bootskapitäne trafen, und sich dann auf den Rückweg gemacht, um zu versuchen, Gabriels Leichnam in dem Ort auf der arabischen Halbinsel zu bergen. Für Richard und Clare war es unmöglich gewesen, Gabriels Körper über die Seile zu bringen, die Rourke über dem Abgrund gespannt hatte. Es war ihnen auch so schon kaum gelungen, die Schlucht zu überwinden. Die Entscheidung, Gabriels Leichnam zurückzulassen, hatte ihnen beinahe das Herz zerrissen, erst recht, nachdem er sich für sie geopfert hatte. Später würde hoffentlich Zeit sein, darüber nachzudenken und den Verlust zu betrauern.

»Was machen wir jetzt?«, fragte Richard, als sie vor der Kneipe standen.

»Bist du dir sicher, das die Kinder dort sind?«, fragte Clare.

»Das müssen sie«, sagte Richard. »Dort ist doch das Portal.«

»Vielleicht könnten wir ja ein Boot stehlen.«

Sie hörten hinter sich ein Geräusch. Die Bedienung aus der Schenke war ihnen nach draußen gefolgt. Sie war eine Frau von etwa fünfzig mit rundlichen Schultern.

»Sie sagen, ihre Kinder sind in Gefahr? Und deswegen wollen Sie nach Loris?«

»Ja«, sagte Clare. »Können Sie uns vielleicht helfen?«

»Zwei andere Typen wollten auch nach Loris. Keiner wollte sie hinfahren, und sie haben schließlich ein Boot gekauft. Vielleicht sind sie noch da.« Sie blickte zum Hafen. »An dem Steg da drüben. Vierter Liegeplatz. Da sind sie noch. Aber seien Sie vorsichtig. Die sind mir ein bisschen merkwürdig vorgekommen.«

Richard und Clare bedankten sich und liefen zum Ufer hinunter. Das Boot war gerade abfahrbereit, als sie dort ankamen. Es war klein, nicht mehr als sechs Meter lang, und hatte einen klapperigen Motor, und zwei sehr alte Männer stritten gerade miteinander, wie dieser zu starten sei.

»Du hast doch gesagt, dass du weißt, wie das geht. Die Schlacht ist sonst vorbei, bis wir dort hinkommen.«

»Wenn das der Fall sein sollte, dann werde ich dir eins mit der Keule überziehen, das verspreche ich dir.«

»Ich lege mich jetzt schlafen. Weck mich, wenn der Motor läuft oder das Ende der Welt gekommen ist, je nachdem, was zuerst passiert.«

»Entschuldigen Sie«, sagte Clare. »Fahren Sie nach Loris?«

Die beiden Männer stutzten und blickten sich zu dem Paar um. Bei Tag hätte Richard die beiden ungefähr auf hundert geschätzt. Und sie hatten etwas an sich, das ihn sofort eines vermuten ließ: Zauberer.«

Keiner der beiden Alten antwortete. Sie starrten die Wibberlys weiter nur an.

»Leider können wir Ihnen nichts dafür bezahlen«, sagte Richard. »Wenigstens im Augenblick nicht. Aber wir müssen unbedingt dort hinkommen. Und wir wissen, das dort eine Schlacht tobt.«

Der eine Alte stieß den anderen an. »Denkst du, was ich denke?«

»Dass ich ein schneidiger Hund bin?«

»Nein.«

»Dass sie genauso aussieht wie du weißt schon wer?«

»Jepp.«

»Wie aus dem Gesicht geschnitten.«

Da begriff Richard, dass sie seine Frau meinten.

Der Motor setzte sich von alleine in Gang. Die beiden Männer stießen Freudenrufe aus.

»Ah«, schrie der eine. »Steigen Sie ein! Steigen Sie ein! Stehen Sie nicht so herum! Die Schlacht wartet nicht auf uns!«

»Das stimmt!«, rief der andere, während die Wibberlys die Leiter herunterstiegen. »Es sei denn, Sie haben vor, einen Laden aufzumachen, einen Ich-stehe-auf-dem-Steg-herum-während-wir-die-Welt-retten-Laden.«

»Darf ich mich vorstellen«, sagte der Erste der beiden, als sie das Boot losgemacht hatten und aus dem Hafen preschten. »Mein Name ist Beetles, das ist mein Butler Jake …«

»Du blutest.«

»Mir geht's bestens.«

»Das stimmt nicht. Du blutest.«

Der zweite Drache war tot. Wilamena hatte sich an die Höhlendecke geklammert und ihm aufgelauert, und als er genau unter ihr war, hatte sie sich auf ihn fallen lassen, genau wie sie es beim anderen Drachen gemacht hatte. Dieser Drache war aber darauf vorbereitet gewesen. Der Kampf war erbittert und in der dunklen Höhle schwer zu verfolgen gewesen. Nur die Feuerstöße der Drachen hatten ab und zu etwas Licht gespendet.

Michael war sich überflüssig vorgekommen, dann mehr als überflüssig, als Belastung, denn zu seinem Schutz musste Wilamena sich im Kampf mehr Blößen geben, als das sonst nötig gewesen wäre. So hatte er schließlich sein Messer gezogen und die Riemen durchgeschnitten, die ihn am Sattel hielten. Er war heruntergesprungen, dann abgerutscht und mehrmals an der Höhlenwand abgeprallt, und es war nur seiner Zwergenrüstung zu verdanken, dass er sich dabei nicht alle Knochen gebrochen hatte.

Unten angekommen hatte er sich ächzend auf den Rücken gedreht, gesehen, dass ein riesiger Schatten auf ihn herunterstürzte, und sich gerade noch rechtzeitig zur Seite rollen können, als der Körper auch schon neben ihm auf den Fels schlug. Alles war im Dunkeln so schnell gegangen, dass er nicht gesehen hatte, welcher der beiden Drachen es war. Dann hatte er schwarze Schuppen gesehen. Er hatte abgewartet, aber der Drache hatte sich nicht mehr gerührt.

»Wilamena?«

Eine schrecklich lange Pause. Dann die Antwort: »Ja, Häschen. Ich lebe noch.«

Sie war die Höhlenwand heruntergeklettert, und er hatte gesehen, dass sie auf einer Seite hinkte. Dann hatte sie hinuntergleiten wollen, und er hatte erkannt, dass auch ein Flügel verletzt war. Sie war unsanft neben ihm gelandet. Aus der Nähe hatte er im Schein ihrer goldenen Schuppen die Wunden gesehen, die sich kreuz und quer über ihren Leib zogen.

»Komm. Wir fliegen zurück zur Stadt.«

Zuerst glaubte Michael nicht, dass sie fliegen könnte, aber dann schlug sie mit dem linken Flügel stärker und fand ins Gleichgewicht.

Als sie dem Höhleneingang näher kamen, hörten sie lauten Donner und sahen Blitze.

»Du hättest nicht einfach so abspringen dürfen«, sagte Wilamena.

»Du hast Verletzungen riskiert, um mich zu schützen. Das konnte ich nicht zulassen.«

Sie sagte nichts, aber er hörte sie schnurren.

Sie kamen aus dem Höhlenportal geflogen, als sich der größte der schwarzen Drachen von oben auf sie stürzte. Es blitzte gerade, als er niederstieß – Michael sah ihn und schrie. Wilamena wich aus, aber der Drache brachte ihr mit einer Klaue eine weitere Risswunde in der Flanke bei, die tiefste bis jetzt. Der Drache tauchte zunächst einmal weit in die Tiefe; Wilamena konnte sich fangen und schleppte sich weiter in Richtung Stadt. Sie kamen nur langsam vorwärts und flogen verzweifelt im Zickzack. Bald sah Michael den Drachen über ihnen kreisen.

»Er greift nicht an!«

»Er weiß, dass ich so gut wie tot bin. Er weidet sich an meinem Anblick und kostet seinen Sieg aus.«

Plötzlich fühlte Michael einen brennenden Schmerz. Aus einer Wunde, die einer der beiden anderen Drachen geschlagen hatte, blubberte Blut und verbrannte sein Bein. Er griff in seine Tasche, holte das Buch Rubyn heraus, schmiegte sich mit dem ganzen Körper flach auf die warme Haut des Drachens und legte die andere Hand auf die Wunde. Das Blut verbrannte ihm die Hand. Magda von Klappen hatte ihm geraten, das Buch nicht mehr zu benutzen, denn je mehr Magie auf ihn überging, desto näher kam er selbst dem Tod. Er schob diesen Gedanken aber beiseite und beschwor die Zauberkräfte herauf.

Zum zweiten Mal nahm er nun Teil am Leben der Elfenprinzessin, an ihrer Freude in der lebendigen Welt, an der Weise, wie sie das Flüstern des Mondlichts auf der Haut spüren konnte. Er erfuhr auch, dass sie sich schon zu oft in den Drachen verwandelt hatte, dass Pym sie, als er das Armband umarbeitete, davor warnte, dass sie sich bald nicht mehr zurückverwandeln könnte, und dass sie dieses Risiko Michael zuliebe eingegangen war.

Dann schrie er laut auf, denn er spürte genau wie Kate, als sie die Chronik benutzt hatte, dass in ihm etwas zerriss, und er sank auf Wilamenas Rücken zusammen.

»Häschen!«

Michael keuchte. Er war nicht in der Lage zu antworten. Aber er dachte an Kate, die auf dem Strand zusammengebrochen war, nachdem sie das Buch der Zeit benutzt hatte. Und er sagte sich, dass, gleichgültig welchen Schaden er sich selbst oder der Welt zugefügt haben mochte, er keine andere Wahl gehabt hatte. Schließlich war Willamena verwundet gewesen.

Dann ertönte hinter ihnen ein Schrei und der große Drache griff an.

»Durchhalten, Häschen.«

Der goldene Drache ging in einen steilen Sturzflug auf die Insel zu, aber Michael bemerkte trotz seiner Schmerzen und Verwirrung, dass er noch immer nicht gleichmäßig flog, sondern scheinbar unkontrolliert hin und her schwankte. Michael sah den Boden auf sie zurasen; er versuchte noch, sich am Sattel festzuklammern, als der Drache schon mit dem Kopf voraus auf dem Strand aufschlug und Michael in hohem Bogen davonflog. Glücklicherweise waren sie im Sand gelandet. Als sich Michael endlich aufgerappelt hatte und wieder sehen konnte, brach ihm das, was er sah, fast das Herz.

Der schwarze Drache stand triumphierend über Wilamena und brüllte siegestrunken, während sie unterwürfig vor ihm kauerte. Sie war voller Blut und Sand und versuchte ihre verwundete Seite zu schützen. Ihr linker Flügel hing zerknüllt herab. Michael verstand das nicht. Warum hatte das Buch des Lebens nicht funktioniert?«

Der schwarze Drache warf den Kopf zurück und stieß eine gewaltige Flamme aus, aber Wilamena sprang hoch und ließ ihre Kiefer um seinen Hals zuschnappen. Der Feuerstrahl brach ab. Der schwarze Drache war größer und stärker und wehrte sich, er hieb mit den Klauen nach Wilamenas Brust und Flanken, und Michael sah, wie sich mit einem goldenen Schimmern Schuppen aus ihrem Panzer lösten, aber sie ließ nicht los, ruckte mit ihrem Kopf nach links und rechts, und dann riss sie dem anderen Drachen den Kopf ab. Der schwarze Drache blieb noch für einen Moment stehen; aus seinem Hals schoss dunkles Blut und Feuer. Dann stürzte er in den Sand.

Der goldene Drache stieß ein wildes Gebrüll aus und spie sein Feuer weit, weit in den Nachthimmel hinauf. Es war, als hätte man Dinosaurier kämpfen sehen, Wesen aus einer wilden, fernen Zeit, und Wilamena war eine von ihnen.

Mit einem leichten Humpeln kam sie heran.

»Du hast ihn getäuscht. Er sollte glauben, dass du noch verletzt bist.«

»Und du hast das Buch Rubyn benutzt, obwohl du das nicht solltest. Ich habe es gespürt.«

»Ist alles in Ordnung.« In Wirklichkeit kam es ihm vor, als wäre etwas in ihm unwiderruflich zerbrochen. Mit zitternden Händen zog er das Buch des Lebens aus seiner Tasche und blätterte es durch.

»Es ist jetzt nur noch ein Buch. Seine ganze Magie ist in mir.«

Michael hatte ganz ohne Ausdruck gesprochen. Er wusste und wusste zugleich nicht, was es bedeutete. Er ließ das Buch fallen und stürzte zu Boden.

»Du hast mich gerettet und dich selbst dem Untergang geweiht.

»Ich würde es wieder tun«, sagte Michael.

Der Drache sprang auf, packte ihn – wie eine Katzenmutter ihre Jungen – am Kragen seines Uniformrocks und hob ihn auf seinen Rücken.

»Komm.«

In kaum einer Minute waren sie über der Stadt. Michael sah, dass mehrere große Löcher in die Mauern gesprengt worden waren. Ihre Armee rückte in hartem Kampf langsam voran. Der goldene Drache landete am Strand, wo man eine Art Befehlsstand eingerichtet hatte. Als Michael vom Rücken des Drachen sprang, kam König Robbie angelaufen und fiel ihm in die Arme.

»Du lebst! Als ich die drei Würmer gesehen habe – nichts für ungut, Prinzessin –, da habe ich mir ziemliche Sorgen gemacht. Oh, wir haben ein paar saubere Löcher in die Stadtmauer gesprengt! Ha! Die Mistkerle hatte ja keine Ahnung, dass ich sie schon vor unserem Abzug unterminiert hatte. Sie scheinen den Mut verloren zu haben. Bald werden wir ihre Linien durchbrechen und die Zitadelle erstürmen. Sieht tatsächlich aus, als würden wir es schaffen!«

Michael sah Wilamena an. »Nimm das Armband ab.«

»Was?«

»Nimm das Armband ab.«

»Sei nicht dumm. Ihr braucht mich doch.«

»Ich weiß, was es dir antut. Nicht mehr lange und du kannst dich nicht mehr zurückverwandeln. Nimm es ab.«

Michael wartete. Er war sich nicht ganz sicher, was geschehen würde.

Dann, nach einem langen, langen Augenblick, bog der Drache seinen Hals nach unten und ließ die Spange aufschnappen. Die mächtigen Flügel verschwanden und die muskulösen Beine verwandelten sich in schlanke, schöne Gliedmaßen. Die blutroten Augen nahmen wieder das wunderbare Blau an, das Michael nie vergessen konnte.

Noch bevor Michael um Hilfe gerufen hatte, trat ein Elfenpaar neben ihn. Michael übergab die Prinzessin den beiden.

»Sie ist verwundet. Sie braucht einen Arzt.«

Als man sie weggebracht hatte, hob er das Armband auf, das jetzt ebenfalls wieder auf Menschengröße geschrumpft war, und legte es auf einen Stein. Dann drehte er sich zu König Robbie um; es kostete ihn Mühe, auf den Beinen zu bleiben und seine Stimme zu kontrollieren. »Kann ich mal Eure Axt haben, Majestät?«

Der Zwerg reichte sie ihm; Michael ließ sie fallen.

»Ich kann dir eine leichtere …«

Aber Michael hob die Axt mit beiden Händen so hoch er konnte, ließ sie heruntersausen und schlug das Armband in zwei Hälften.

»Hoffentlich weißt du, was du tust«, sagte der Zwergenkönig. »Ist ziemlich praktisch, wenn man einen Drachen bei der Hand hat …«

»Ich weiß …«, sagte Michael und wollte König Robbie die Axt zurückgeben, aber er ließ sie fallen und stolperte dem Zwerg in die Arme.

»Langsam, Junge. Was ist los? Bist du verwundet?«

Bevor Michael antworten konnte, erhob sich ein Geräusch, dem alle am Strand lauschten. Dann sahen sie, dass das dunkle Wasser der Bucht zu brodeln und zu kochen begann, und dann erhob sich etwas Gewaltiges aus dem Meer.

»Was … was ist das?«, stotterte Michael.

»Ich weiß es nicht«, sagte Robbie McLaur, »aber irgendwas sagt mir, dass es jetzt ganz praktisch wäre, wenn wir einen Drachen hätten.«

Als Kate durch die rosafarbenen Zitadelle lief, hatte sie an jeder Biegung damit gerechnet, dass der grässliche Magnus sie dort schon erwartete. Aber das war nicht geschehen.

Was hatte Emma getan? War sie verletzt? War sie wirklich unterwegs? Obwohl Kate so viele Fragen durch den Kopf gingen, hatte sie genügend Geistesgegenwart besessen, um den durch die Gänge trampelnden Gnomen und Kreischern aus dem Weg zu gehen.

Wie immer in der rosafarbenen Zitadelle hatte Kate nicht genau gewusst, wohin sie ging, und war eher nach Gefühl in die Richtung gelaufen, die sie für die richtige hielt. Unvermittelt war sie durch ein Tor in den Garten geschossen und durchs Geäst gebrochen, als ein Blitz den Himmel zerriss.

Geblendet war sie weitergestolpert und auf die Lichtung gekommen, vor ihr waren der Baum und der Teich.

Sie blieb stehen.

Die Hälfte der Äste war heruntergebrochen und lag auf der Lichtung verstreut. Der Boden war von trockenem Laub bedeckt, das ihr beim Gehen über die Fesseln strich. Auch auf dem Teich schwammen Blätter. Es hatte wieder geblitzt, gefolgt von mächtigen Donnerschlägen.

Eigentlich hatte ihr niemand gesagt, dass sie hierherkommen sollte; sie hatte es einfach gewusst. Aber wo war das Portal? Woher würde Emma kommen? Sie rief ihren Namen, immer wieder und sogar, als der Sturm ihre Rufe verschluckte. Irgendwann blickte sie zurück in die Richtung, aus der sie gekommen war, in den dunklen Garten. Während sie fast erwartete, dass Rafe dort aus dem Halbdunkel treten würde, hörte sie es hinter sich im Teich glucksen. Dann ertönte ein Schnauben. Kate drehte sich um und sah ihre Schwester, die völlig durchnässt und zitternd aus dem Teich auftauchte. Kate war, als würde etwas in ihr aufspringen, sie rannte hin, zog Emma heraus und drückte sie schluchzend an sich.

»Emma! Emma! Ich fürchtete schon, wir hätten dich verloren! Ich wusste nicht …«

Emma spuckte Wasser aus und fiel auf die Knie.

»Alles in Ordnung? Emma?«

»Ich fasse es nicht … Er hat mich wirklich runtergestoßen!«

»Wer hat dich gestoßen? Und was ist mit deiner Hand passiert? Oh, Emma!«

Emma schüttelte den Kopf. »Ist egal. Ich … mir geht's gut.«

Kate starrte sie an. Vielleicht lag es ja daran, dass sie klatschnass war, aber Emma hatte noch nie so klein und dünn und müde ausgesehen. Sie wirkte, als hätte sie tagelang weder gegessen noch geschlafen.

Emma hob den Kopf und sah ihr in die Augen. »Gabriel ist tot.«

»Ich weiß. Das tut mir so leid. Aber woher weißt du das?«

»Ist egal.« Emma stand langsam auf. Sie wankte noch und hielt sich an Kates Arm fest.

»Warte … Du musst mir erzählen, was geschehen ist. Du hast etwas getan, nicht wahr? Ra… der grässliche Magnus … Etwas ist mit ihm passiert. Es war, als würde Licht aus ihm ausströmen.«

»Ich habe den Toten ihre Erinnerung wieder zurückgegeben. Er konnte sie nicht festhalten.« Und dann sagte Emma. »Ich habe das Buch.«

Und dann sah Kate, dass Emma mit der verbundenen Hand ein kleines, schwarzes Buch an ihre Brust drückte.

»Gut.«

Beide drehten sich um, als sich eine Gestalt aus dem Schatten löste.

Rafe sagte: »Dann können wir es ja zu Ende bringen.

Robbie McLaur rief Befehle und dreißig Bogenschützen kamen von der Stadtmauer herübergelaufen, gingen am Strand in Position und schossen ihre Pfeile auf das Ungeheuer ab.

Es hatte einen riesigen, runden Rücken, der mit Seepocken, Tang und schwarzem Schlick bedeckt war. Michael sah zappelnde Fische, die das Ungeheuer beim Auftauchen aus dem Wasser gehoben hatte. Ein Dutzend langer Arme ringelte sich in der Luft. Noch immer hob es sich weiter aus dem Meer, und Michael sah ein Paar glühender Augen, jedes so groß wie er selbst, und dann kam auch sein riesiges Maul zum Vorschein, mit Reihen von Zähnen, die bis tief in den Schlund reichten.

»Es ist ein Krake.«

Michael wandte sich um. Wilamenas Vater, der Elfenkönig, stand neben ihm.

»Aber er kann nicht bis hier kommen, oder?«, fragte Michael. »Er kann doch nicht an Land.«

Als Antwort kam das Untier auf Beinen, so dick wie Baumstämme, näher und ringelte seine Tentakel um Soldaten, schleuderte sie in sein Maul, schlug sie gegen Felsen oder warf sie weit aufs Meer hinaus.

Michael duckte sich, als ein Arm auf ihn zuschwang, und spürte, wie er mit lautem Wusch über ihn wegfuhr. Doch seine Erleichterung war nur kurz, denn der Tentakel kam wieder zurück, und bevor Michael abermals ausweichen konnte, wurde er in die Luft gehoben, seine Arme wurden an seinen Körper gepresst. Mit einem Mal schwebte er hoch über dem Strand. Er zappelte und versuchte, an sein Messer zu gelangen. Aber der Tentakel hielt ihn fest und transportierte ihn in Richtung des offenen, mit rasiermesserscharfen Zähnen bewaffneten Schlunds. Michael öffnete schon seinen Mund, um zu schreien, als er auf seiner rechten Seite etwas schimmern sah, das im dichten Regen fast nicht zu sehen war. Er hörte ein gewaltiges nasses Klatschen und wurde aus etwa zehn Meter Höhe fallen gelassen. Er kam auf etwas auf, das weder Wasser noch Strand war.

»Alles in Ordnung, Froschmaul?«

Michael starrte direkt ins Gesicht von Willy dem Riesen. Willy hatte ihn in der Luft aufgefangen.

»Wie … wie bist du hergekommen?«

»Durch das Portal natürlich, wie sonst?«

Er deutete mit dem Daumen, und Michael sah, dass gleich hinter der Hafeneinfahrt ein Portal erschaffen worden war. Das war der Schimmer, den er gesehen hatte. Und nun stieg dort ein Riese nach dem anderen heraus. Die Neuankömmlinge trugen Rüstungen und waren mit Keulen und Morgensternen bewaffnet. Jetzt schlugen sie alle gemeinsam auf den Kraken ein, der laut kreischte und versuchte, wieder ins Wasser zurückzukriechen.

»Euer Freund, der Haarige mit den schlechten Manieren, hat gesagt, dass ihr Hilfe braucht.«

»Wer?«

»Was glaubst du wohl?«, bellte eine raue Stimme, und nun sah Michael, dass sich Hugo Algernon an die Schulter des Riesen klammerte. »Ich hatte doch eure Geschichte gehört und mir gedacht, es wäre nicht schlecht, ein paar von diesen wandelnden Kolossen als Verstärkung zu haben! Magda von Strudelhirn hat behauptet, ich würde kein genügend großes Portal hinkriegen! Sieht aus, als hätte ich wieder mal recht gehabt! Wie gewöhnlich …«

Und dann purzelte er herunter, aber Willy fing ihn auf und

setzte Michael und den bewusstlosen Hugo Algernon neben dem wie versteinert dreinblickenden Robbie McLaur und dem Elfenkönig am Strand ab.

»Hat ihn total fertiggemacht, uns hierherzubringen«, sagte Willy. Dann bemerkte er, dass der Elfenkönig und König Robbie zu ihm hinaufstarrten. »Tagchen. Seid ihr alle Freunde von den winzig kleinen Kindern?«

Die beiden nickten und schwiegen.

»Also gut, wir machen erst mal das mit der Nacktschnecke, und dann helfen wir euch mit dem ganzen Schlacht-Dings. Felsen werfen wir besonders gern.«

»Felsen werfen«!, meinte König Robbie etwas heiser. »Das wäre jetzt sehr gut.«

Dann beugte sich der Riese zu Michael hinunter und versuchte, leise zu sprechen, aber seine Stimme donnerte trotzdem. »Siehst du die Rüstung? Ist von König Davey. Habe sie aufpolieren lassen. Passt doch gut, oder?«

Michael kam die Rüstung eigentlich mehrere Nummern zu groß vor, aber er sagte: »Sieht großartig aus.«

»Danke. Okay, jetzt muss ich aber das dicke Glubsche-Dings kloppen.«

Und er watete durch den Hafen, wobei mit jedem Schritt Unmengen von Wasser aufspritzten. König Robbie legte Michael die Hand auf die Schulter.

»Junge, du hast echt ein Händchen bei der Wahl deiner Freunde, das muss man dir lassen.«

Bevor Michael antworten konnte, hörte er Stimmen, die seinen Namen riefen. Er drehte sich um und sah zwei Menschen über den Strand auf sich zurennen. Als sie näher kamen, erkannte er, dass es ein Mann und eine Frau waren.

Dann sah er ihre Gesichter und spürte, dass sich in seiner Brust etwas löste.

Und er schaute noch immer, als Pfeile schwirrten und beide Gestalten zur Seite gerissen wurden und auf die Steine fielen. Selbst von dort, wo er stand, konnte Michael die gefiederten Schäfte sehen, die aus ihren Körpern ragten.

»Gratuliere!«

Rafe kam auf Kate und Emma zu. Er hielt ein langes, blankes Schwert, Gabriels Schwert, locker in der Hand. Es regnete in Strömen. Über ihnen bogen sich die Äste des Baumes ächzend im Wind. Es war ein Sturm, bei dem sich die Bolzen und Nägel, die die Welt zusammenhielten, zu lockern schienen.

»Du hast den Toten ihre Erinnerung zurückgegeben. Ich hätte nie gedacht, dass du das schaffst.«

»Emma«, sagte Kate. »Nimm meine Hand.«

»Nein.« Emma hielt das Buch Reckoning an ihre Brust gepresst. Alles brodelte in ihr – Wut, Schmerz und die Erinnerung an Gabriel. Und hier war der Grund für all das Leiden, dass sie hatte ertragen müssen; jetzt würde er ihr dafür bezahlen. »Nicht, bevor ich ihn getötet habe.«

Rafe lächelte und stieß das Schwert in den nassen Boden. »Du kannst mich nicht töten. Wenn du es tust, dann seid ihr – du, dein Bruder und deine Schwester – ebenfalls verloren.«

Damit brachte er Emma aus dem Konzept, aber sie blaffte zurück: »Wovon redest du?«

»Frag deine Schwester.«

»Es liegt an den Büchern«, sagte Kate. »Sie reißen die Welt entzwei. Sie müssen zerstört werden …«

»Das weiß ich! Dr. Pym hat's mir gesagt!«

»Und das kann nur geschehen«, sagte Kate, »wenn ihre Magie ganz in uns ist und wir sterben.«

»Und das bedeutet«, fuhr der Junge fort, »wenn ihr mich tötet, dann werden all die Leute, die ihr für eure Freunde haltet, auf euch losgehen. Sie werden es nicht gern tun, und sie werden sich dafür hassen, aber was ist schon das Leben von drei Kindern gegen die ganze Welt?«

Emma konnte kaum sprechen. »Das … das ist nicht richtig!«

Rafe lachte bitter. »Und was ändert das? Es wird geschehen. Aber ich kann euch retten. Dich und deinen Bruder und deine Schwester. Die Magie, die in euch steckt, ist euer Todesurteil. Aber ich kann es verhindern.« Er zuckte mit den Achseln. »Oder du kannst mich töten.«

Emma begriff, dass sich alles auf diesen einen Augenblick zugespitzt hatte. Ihr Leben und das von Kate und Michael hing davon ab, was sie jetzt tat.

Sie hörte die Äste des Baumes über sich ächzen und knarren. Der Regen prasselte auf ihre Wangen. Für einen Moment wünschte sie sich nichts sehnlicher, als dass ihre Eltern mit der Antwort erschienen, die sie auf magische Weise rettete. Hatten sie nicht deswegen nach dem Ende der Prophezeiung gesucht? War nicht Gabriel deswegen gestorben? Warum waren sie nicht da, wenn es darauf ankam?

Aber dieser Gedanke dauerte nur eine Sekunde. Vielleicht waren ihre Eltern aufgehalten worden, waren gefangen oder getötet – sie waren ja immerhin zehn Jahre lang fort gewesen. Und zehn Jahre lang hatten sie und Kate und Michael auf sich selbst aufgepasst. Warum sollte es ausgerechnet jetzt anders sein?

»Emma«, sagte Kate, »Komm, wir gehen. Bitte. Wir werden eine Lösung finden.«

Emma wusste, dass sich ihre Schwester, wenn das möglich gewesen wäre, gerne und freiwillig geopfert hätte, um ihr und Michael das Leben zu retten, aber das kam nicht infrage.

Der Junge beobachtete sie und wartete ab.

Sie sagte: »Wie?«

»Emma! Nicht! Du weißt nicht, was er tun wird!«

Emma riss den Kopf herum. »Es ist keine Zeit mehr! Du kannst es nicht sehen, aber ich! Über dir!«

»Was meinst du? Was hängt über mir?«

»Der Tod«, sagte Rafe. »Durch das Buch Reckoning kann sie ihn sehen.«

Und so war es: Von dem Augenblick, als Emma aus dem Teich gestiegen war, hatte sie den Schatten über ihrer Schwester gesehen, einen Schatten, der dunkler war als die Nacht und so nah, dass er sie fast berührte.

»Es tut mir leid, Kate. Ich darf dich und Michael nicht verlieren. Ich werde das nicht zulassen.« Sie sagte zu dem Jungen: »Sag mir, wie.«

Er lächelte. »Bitte. Du weißt, wie.«

Und Emma begriff, dass er recht hatte.

»Du wirst unsere Seelen aufnehmen. So wie du die Seelen der Toten aufgenommen hast. Das wird dir die Macht geben.«

»Das ist das Ende der Prophezeiung. Drei werden eins. Drei Bücher in einem. Drei Hüter in einem. Wenn die Macht der Bücher in mir vereint ist, wird die Bindung vollständig vollzogen sein. Die Magie wird auf mich übergehen. Ich bin der letzte Hüter. «

»Und was ist mit uns? Was geschieht mit unseren Seelen?«

»Ich werde sie freilassen, wenn die Verbindung vollständig vollzogen ist. So wie ich die Seelen der Toten freigelassen habe, als du ihnen ihre Erinnerung zurückgegeben hast. Glaubst du, ich möchte euer Gequassel bis in alle Ewigkeit in meinem Kopf haben?«

Emma zögerte. Sie spürte, dass der Junge ungeduldig wurde.

»Du verheimlichst uns etwas. Da ist noch etwas …«

Er winkte verärgert mit der Hand. »Da ist vieles, was ich dir nicht erzähle. Du weißt, was du wissen musst. Was ist deine Antwort? Tötest du mich und besiegelst damit dein Schicksal und das deiner Geschwister? Oder rettest du deine Familie?«

»Emma, bitte! Tu das nicht!«

Kate kam näher und schirmte Emma für einen Moment vor dem Blick des Jungen ab.

Emma sah ihre Schwester an, beschwor sie mit all der in ihrem ganzen Leben angesammelten Liebe und Dankbarkeit und sandte ihr die Botschaft, dass nun sie, Emma, an der Reihe war, ihre Geschwister zu beschützen.

»Vertrau mir!«, formte sie mit den Lippen.

Der Regen peitschte nieder, der Wind heulte.

Kate nickte kaum merklich.

Emma blickte an ihrer Schwester vorbei. Sie sagte nur: »Tu es.«

Michaels Vater war von zwei Pfeilen getroffen worden, seine Mutter von einem. Der Elfenkönig trug seine Mutter und König Robbie seinen Vater. Obwohl Richard fast doppelt so groß war wie der Zwerg, war König Robbie keine Anstrengung anzumerken. Sie rannten über den Strand zu einem der befestigten Unterstände. Michael rannte hinterher, während um sie herum Pfeile von den Felsen abprallten.

Michael zitterte. Es war, als hätte er alles verloren, was er eben zuvor noch gewesen war: Hüter des Buchs Rubyn, Oberbefehlshaber der Armee, Anführer von Drachen und Riesen. Mit einem Mal war er nur noch ein zitternder, verängstigter Junge.

Als er den Unterstand erreichte, lagen seine Eltern bereits auf Feldbetten; die Augen seines Vaters waren geschlossen, er atmete flach und schnell. Ein kahler alter Mann beugte sich über ihn, während ein anderer ebenso kahler alter Mann den Pfeil untersuchte, der seiner Mutter aus der Seite ragte.

Seine Mutter streckte die Hand nach Michael aus und sagte seinen Namen.

»Michael …«

Es war so eine simple Sache, den eigenen Namen aus dem Mund seiner Mutter zu hören. Aber es war die Antwort auf all die so lange unerwiderten Herzenssehnsüchte Michaels.

Der Unterstand war zur Hafenseite offen. Laternen am Dachbalken spendeten Licht. Die anderen Verwundeten wurden auf etwa zwei Dutzend Feldbetten verteilt. Von der offenen Seite wurde der Regen hereingetrieben, Schlachtlärm erfüllte die Luft und über ihnen tobte das Gewitter.

Michael fiel zwischen den Betten seiner Eltern auf die Knie und packte die ausgestreckte Hand seiner Mutter.

»Ich kann dich heilen!« Er schluchzte und seine Stimme bebte. »Ich kann …«

Er suchte nach dem Buch, und dann fiel ihm ein, dass er es gar nicht mehr hatte, dass er es gar nicht mehr brauchte. Die Magie war in ihm. Die alten Männer murmelten, während sie die Pfeile, die seinen Eltern aus dem Körper ragten, abbrachen. Ihre Hände bewegten sich verblüffend geschwind und geübt, als sie die Pfeilspitzen herauszogen und die Wunden verbanden.

»Warte«, sagte seine Mutter und ächzte vor Schmerz, »… da ist etwas, das du wissen musst …«

Sein Vater stöhnte. Er hatte die Augen noch immer geschlossen und zuckte zusammen, als der alte Mann den zweiten Pfeil entfernte.

»Michael.« Seine Mutter drückte seine Hand und er blickte sie wieder an. »Er darf nicht sterben.«

»Das wird er nicht! Das werde ich nicht zulassen! Ich kann euch heilen!«

»Nein! Ich meine den grässlichen Magnus. Er darf nicht sterben.«

»Aber … das verstehe ich nicht! Wovon redest du?«

Ihre Stimme wurde immer schwächer. »Erst wenn die … Bindung ganz … vollzogen ist …«

Sie schloss die Augen, und bevor Michael rufen oder etwas tun konnte, beugte sich der alte Mann über sie und sagte: »Ich habe dafür gesorgt, dass sie schläft. Sie braucht jetzt Ruhe.«

»Ich kann sie heilen!«, platzte es aus Michael heraus. »Ich kann sie alle beide heilen!«

»Das ist nicht nötig«, sagte der alte Mann. »Sie werden beide überleben.«

»Nein!« Er gab nicht nach. Er konnte das tun. Er würde es tun! Plötzlich glaubte er, dass er das Buch des Lebens nur aus diesem einen Grund gefunden hatte, um dieses eine zu vollbringen. »Ich werde sie heilen.«

Als er dann aber die Hand seines Vaters ergriff und die

Magie heraufbeschwor, spürte er, dass etwas in ihm vorging. Es war fast, als würde ihn eine unsichtbare Kraft von allen Seiten zusammenpressen, fester, immer fester, und er rang nach Luft und schrie, als etwas Wesentliches, von dessen Existenz er überhaupt nichts gewusst hatte, von ihm genommen wurde.

»Was zum …«, hörte er König Robbie sagen.

Und Michael sah auf und sah vor sich etwas in der Luft schimmern, aber dann stieg es in die Höhe und verschwand durch das Dach des Unterstandes.

»Beetles …«, sagte der alte Mann neben Michaels Mutter. »War das …?«

»Ja«, erwiderte der andere Mann. »Das war seine Seele.«

Und bevor Michael fragen konnte, was das bedeutete, bemerkte er etwas anderes.

»Die Magie«, sagte er, während er noch immer die Hände seiner Eltern festhielt. »Sie ist fort.«

Emma stand da, hielt das Buch Reckoning fest und starrte den Jungen an, der zum Himmel aufblickte und die Arme ausbreitete, als wolle er den Sturm anflehen. Emma hatte beobachtet, wie Kate auf dem nassen Laubhaufen zusammenbrach und etwas Schimmerndes von ihr auf den Jungen überging. Emma wusste, wie es sich anfühlte, wenn einem die Seele genommen wurde, und sie hätte alles getan, um Kate diese Schmerzen zu ersparen. Aber das war nicht möglich. Und dann sah sie, wie etwas Schimmerndes, das Michaels Seele sein musste, über der Lichtung herunterschwebte.

Um den Jungen spielte nun etwas wie ein Glühen, als würde die magische Energie, die er aufgenommen hatte, an den Rändern seines Körpers pulsieren. Sie stellte sich hinter dem Gesicht des Jungen einen starrenden Totenschädel vor und fragte sich, ob das Buch Reckoning sie das erkennen ließ oder ob sie es sich nur vorstellte.

»Leben und Zeit«, sagte er, als Michaels Seele in ihm verschwand und der Lichtschein um ihn noch heller wurde. »Und jetzt der Tod. Die Verbindung ist beinahe vollständig.«

»Nein«, sagte Emma, schlug das Buch auf, sodass Regentropfen auf die Seiten prasselten. »Das ist sie erst, wenn du stirbst.«

Er kam näher, und Emma hatte das vertraute Gefühl, dass sich die Luft um sie verdichtete.

Sie fuhr mit bebender Stimme, aber entschlossen fort: »Und weil die Bücher der Zeit und des Lebens in dir sind, werden sie auch zerstört werden. Kates und Michaels Seelen werden in ihre Körper zurückkehren und alles wird vorüber sein.«

»Und was ist mit dir?«, fragte der Junge. »Die Macht des Buchs Reckoning wird immer noch in dir sein. Deine Freunde, alle, denen du vertraust, werden Jagd auf dich machen.«

»Vielleicht«, sagte Emma, »aber das ist mein Problem.«

Denn wer wusste schon, ob nicht Hugo Algernon oder sonst irgendeine Hexe oder irgendein Zauberer einen Weg fanden, das Buch Reckoning zu zerstören, ohne sie zu töten? Vielleicht trafen ja ihre Eltern doch noch ein und brachten das Geheimnis mit, mit dem sich alles lösen ließ.

Aber es spielte keine Rolle. Entscheidend war der Augenblick, in dem der grässliche Magnus tot war, die Bücher der Zeit und des Lebens zerstört waren und Kate und Michael gerettet. Sie konnten dann ihr Leben leben. Zusammen mit Mutter und Vater. Und falls sich doch keine Möglichkeit fand, das Buch Reckoning zu zerstören, ohne dass sie dabei starb, dann blieb

Emma noch immer die Gewissheit, dass in der nächsten Welt Gabriel auf sie wartete.

Sie legte die Hand auf das Buch Onyx. Die Kraft strömte durch sie und sie sah sein Gesicht, sah, dass er begriff, und sie stellte sich vor, dass sie um ihn herum die schimmernden Geister jedes grässlichen Magnus sehen konnte.

Als sie mit ihren Gedanken nach ihm griff, kamen ihr die Worte des weißäugigen Hexers in den Sinn: »Er trägt die Seelen seiner früheren Ichs wie einen Panzer.«

Mit einem Mal konnte Emma wie nie zuvor sehen. Anstelle des Jungen sah sie eine pulsierend, glühende Masse. Es waren die Seelen seiner früheren Ichs, eines dem anderen aufgepflanzt. Sie spürte die verschiedenen Stimmen, die Ichs jedes einzelnen grässlichen Magnus. Sie spürte auch die Seelen von Michael und Kate, die von dieser entsetzlichen, wuchernden Masse aufgesaugt worden waren.

Sie spürte, wie die Luft, die sie umgab, immer fester wurde und versuchte, die Seele aus ihr herauszupressen, wie es vor Tagen in der Festung geschehen war. Ihr wurde die Zeit knapp.

Sie heftete ihre Gedanken auf eines der früheren Ichs und trennte es von den anderen ab. Es war, als versuchte man, Pech zu zerreißen; die Seele wehrte sich dagegen, losgelöst zu werden. Und als sie sie abgetrennt hatte, ging das Leben eines grässlichen Magnus durch sie und das Buch hindurch, der vor Hunderten von Jahren gelebt hatte. Da waren keine Erinnerungen an die Liebe. Es war ein leeres, kaltes, hungriges Ding. Emma hielt die Seele für einen Moment in ihren Gedanken fest, dann warf sie sie ins Reich der Toten.

Rasch fuhr sie fort, spürte kaum den äußeren Druck, während sie eine Seele eines grässlichen Magnus nach der eines anderen grässlichen Magnus aus der Masse löste. Manche wehrten sich heftiger als andere, aber keiner von ihnen hatte eine einzige Erinnerung an die Liebe. Und Emma konnte wie von Weitem hören, dass der Junge schrie, sie möge aufhören, dass er schwor, sie zu töten, aber sie achtete nicht auf ihn. Sie hielt jede Seele für einen Augenblick in ihren Gedanken und warf sie dann ins Reich der Toten. Und die Magie erfüllte sie und pulsierte in ihr. Emma begriff, wie verängstigt sie all diese Zeit gewesen war und dass da gar nichts war, wovor sie sich zu fürchten brauchte, dass man nur die Liebe in der Hand hatte, die man schenkte oder verweigerte, dass es nur darauf ankam. Sie beobachtete, wie sich ein schimmernder Kern nach dem anderen in die Nacht erhob, bis am Ende nur noch Rafes Seele und eine weitere übrig waren, die sich wie eine Spinne festkrallte, und sie wusste, dass dies der erste grässliche Magnus war, der alles begonnen hatte. Sie heftete ihre Gedanken daran, aber als sie es tat, stieg die Magie auf, stärker denn je, und etwas in Emma zerriss.

Kate lag bewegungslos da. Der Klang von Emmas Stimme hatte sie geweckt. Sie wusste, dass man ihr die Seele genommen hatte und dass sie auch nicht mehr über das Buch der Zeit verfügte. Sie wusste das, weil sie sich noch nie so leer und verlassen gefühlt hatte. Schließlich hatte sie all ihre verbliebene Kraft zusammengenommen und die Augen geöffnet. Da hatte sie gesehen, wie Emma ihre Hand auf das Buch legte und der grässliche Magnus auf die Knie fiel.

Und dann hatte Emma aufgeschrien und war zusammengebrochen.

Für einen langen Augenblick geschah nichts. Dann sah Kate, wie der Junge, ihr Feind – sein Gesicht konnte sie nicht sehen –, sich langsam aufrappelte und zu Emma hinüberging. Er bewegte sich etwas steif, als habe er Schmerzen. Emma war vornüber auf das Buch gefallen. Er rollte sie zur Seite und hob das Buch auf.

Dann ging er auf die Knie und hielt die Hand über ihren Körper. Er flüsterte etwas und dann sah Kate etwas Schimmerndes aus ihrer Schwester aufsteigen und auf ihn übergehen.

Bevor sie es wusste, war sie auf den Beinen, packte das in den Boden gerammte Schwert und rannte auf die dunkle Gestalt zu, die sich über ihre Schwester beugte. Anders als bei dem Gnom am Strand zitterte ihre Hand nicht. Sie zögerte keinen Moment. Das Rauschen des Regens dämpfte ihre Schritte, aber vielleicht spürte der Junge trotzdem, dass sie sich näherte, denn er erhob sich und drehte sich in dem Augenblick zu ihr um, als sie ihn erreichte. Es war gerade noch Zeit, dass er die Hand heben konnte, dass sie ihm in die Augen blickte und ihn sagen hörte …

»Kate …«

… und dann stieß sie ihm das Schwert in die Brust.

KAPITEL 26

Das Versprechen

Michael stand auf der Mole und winkte dem Schiff zu, das die letzten Truppen der erweiterten Armee mit sich nahm, in diesem Falle einen Clan stämmiger bayerischer Höhlenzwerge, denen, wie Michael beobachtet hatte, teilweise tatsächlich Büsche aus den Bärten wuchsen.

Nun, das war's also, dachte er. So viel zum Thema Militärkarriere.

Es hatte nicht lange gedauert, die Armee aufzulösen. Es war erst einen Tag her, dass die Schlacht zu Ende gegangen war. Die Streitkräfte des grässlichen Magnus hatten sich zerstreut und waren vernichtet worden. Und schon am nächsten Tag waren die verschiedenen Gruppen und Clans und Rassen abgezogen. Nun trafen bereits die ersten vertriebenen Bewohner von Loris ein. Boote voller Heimkehrer manövrierten um die beiden Riesen herum, die bis zur Hüfte im Wasser standen und die gesunkenen Schiffe aus dem Hafenbecken räumten.

Hinter Michael waren König Robbies Zwerge emsig am Werk, um die aus der Stadtmauer gesprengten Lücken wieder aufzufüllen. Die Zwerge stellten ihre Arbeitskraft und Sachkenntnis als Maurer völlig unentgeltlich zur Verfügung, was Michael sehr großzügig fand, obwohl er König Robbie im Vertrauen abgeraten hatte, ihre hohe Handwerkskunst gratis zu überlassen, da die Leute sie dann nicht mehr richtig schätzen würden.

»Nun, Junge«, hatte der Zwergenkönig geantwortet. »Für dies eine Mal lassen wir's so durchgehen.«

Na gut, dachte Michael, ich hatte ihn ja gewarnt. Michael wusste auch, dass Prinzessin Wilamena inzwischen wieder völlig genesen war und für ihr persönliches »Verschönerungsprogramm« in der zerstörten Stadt unterwegs war, das im Grunde darin bestand, dass sie herumlief und Leute anlächelte.

Es war angenehm warm und Michael holte einmal tief Luft. Dankenswerterweise hatte eine Brise die riesigen schwarzen Rauchwolken, die beim aus Gesundheitsgründen offenbar nötigen Verbrennen der Leichen der getöteten Gnome und Trolle entstanden waren, aufs Meer hinausgeweht.

Ein neuer Tag. Und die Leute nahmen ihr Leben wieder auf.

Es war gut, dachte Michael, dass nur wenige von ihnen die Wahrheit kannten.

Michael hörte seinen Namen rufen, wandte sich um und sah, wer über die Mole zu ihm kam. Noch immer überlief ihn jedes Mal ein Schauer, wenn er seinen Vater oder seine Mutter sah. Beide hatten sich von ihren Verletzungen gut erholt. Die beiden alten Zauberer Jake und Beetles hatten sich als außerordentlich kundige Heiler erwiesen, obwohl sie die meiste Zeit damit zubrachten, sich gegenseitig zu beleidigen.

Aber Michael zwickte sich nicht, weil seine Eltern so rasch und wundersam genesen waren, sondern weil er einfach noch immer nicht recht glauben konnte, dass sie nun hier bei ihm waren, dass dies die Wirklichkeit war und nicht nur ein Traum.

»Sie ist wach«, sagte sein Vater. »Emma ist aufgewacht.«

Emma war in einem hellen Zimmer aufgewacht, in einem Bett mit kühlen, sauberen Laken. Ihr erster Gedanke war, dass sie am Leben war. Das wusste sie, weil sich ihr ganzer Körper wie eine einzige, riesige, schmerzende Prellung anfühlte.

Das war das Erste. Als Zweites hatte sie bemerkt, dass jemand auf dem Stuhl neben ihrem Bett schlief. Fast hätte sie Kates Namen gerufen, aber sie sah, dass es gar nicht ihre Schwester war. Es sei denn, sie war plötzlich um fünfundzwanzig Jahre gealtert.

Daraus ergab sich die dritte Erkenntnis, wer die Frau auf dem Stuhl sein musste.

Dann hatte ihre Mutter die Augen aufgeschlagen.

Ihre ganze Kindheit über hatte Emma genau wie ihre Geschwister sich vorgestellt, wie das Wiedersehen mit ihren Eltern wohl sein würde. Da sie keinerlei Erinnerung an ihre Eltern hatte, waren sie immer als beliebige, liebende Gestalten aufgetreten. Emma hatte sich allerdings vorgestellt, was sie sagen würden. Welche Geschenke sie mitbrachten. Wie sie ihnen das Versprechen abringen würde, einen Hund zu bekommen. Es gab eine Million verschiedener Versionen, aber fast immer war Kuchen dabei, Tränen und Berge von Geschenken.

Am Ende war es aber so, dass sie und ihre Mutter einfach

aufeinander zustürzten und schluchzten. Und dann hatte ihre Mutter gerufen: »Richard!«, und ihr Vater war vom Balkon hereingerannt und hatte sie alle beide umarmt. Nach einigen Augenblicken folgten die zu erwartenden Ausrufe und Fragen: »Bist du es wirklich?« und »Wir hatten uns solche Sorgen gemacht!« und »Geht es dir wirklich gut?« und so weiter. Ihre Mutter erklärte, dass zwei alte Zauberer namens Jake und Beatles oder Stones oder so ähnlich ihre Handverletzung geheilt hatten. Jetzt waren auf Handrücken und Handfläche nur noch blasse, zueinander passende Narben zu sehen. Und dann hatte ihr Vater sie geküsst und war hinausgeeilt, um Michael zu suchen.

So war sie noch einmal für kurze Zeit mit ihrer Mutter, die sie weiterhin abwechselnd umarmte und wieder von sich weghielt, um sie zu betrachten – war Emma schließlich bewusst geworden –, allein. Sie spürte, dass die Magie des Buches Reckoning fort war. In gewisser Weise hatte sie es schon beim Aufwachen gewusst, aber durch die Begegnung mit ihrer Mutter und ihrem Vater war diese Erkenntnis in ihrem Bewusstsein weit nach hinten geschoben worden. Nur eines ergab dabei keinen Sinn. Aber bevor sie genau benennen konnte, was das war, kam ihr Vater mit Michael zurück.

Emma saß nur da, ließ sich von ihrer Mutter die Hand halten. Sie hätte beinahe laut losgelacht, weil sich ihr Vater und ihr Bruder so ähnlich sahen.

»Michael«, rief sie und schlang ihm die Arme um den Hals. »Schau! Da sind …« Obwohl sie es nicht fertigbrachte, »Mom und Dad« zu sagen, verstand er, was sie meinte.

»Aber wo ist Kate?«, fragte sie. »Warum ist sie nicht hier?«

Emma sah, dass Michael ihrer Mutter einen Blick zuwarf, und sie schüttelte den Kopf.

»Leg dich mal lieber wieder hin«, sagte Michael. »Dann erzähle ich dir die ganze Geschichte.«

Michael begann mit dem Moment, als ihre Eltern am Strand auftauchten und gleich von Pfeilen getroffen wurden. Wie sie zum Feldlazarett gebracht worden waren und er dorthin gefolgt war. Gerade habe er sie mit dem Buch des Lebens heilen wollen, als seine Seele und die Magie von ihm genommen wurden.

»Ich weiß«, sagte Emma. »Ich meine, ich weiß, warum.«

»Wirklich? Das ist großartig. Das hatte ich gehofft.«

»Aber erzähle du zuerst.«

So fuhr er fort und erzählte, wie er dort im Lazarett war, beide Eltern bewusstlos, und wie König Robbie, König Bernard und alle anderen wild durcheinandergerufen und gestritten hatten, was zu tun sei. Und dann sei seine Seele zu ihm zurückgekehrt.

»Es war, als wäre ich im Innern völlig leer und kalt. Ich habe mich noch nie so elend gefühlt. Und dann, ich weiß nicht wie, bin ich irgendwie mit Licht aufgefüllt worden.«

»Ja«, sagte Emma. »Das Gefühl kenne ich.«

Und dann hatte es von der Stadtmauer her einen lauten Schrei gegeben, und König Robbie hatte gerufen, dass sich der Feind aus dem Staub machte, alle Gnome und Trolle waren geflohen, und die Morum Cadi hatten sich, wo sie standen, einfach aufgelöst, als wären sie von der Kraft abgeschnitten, die sie am Laufen hielt. Und Michael sagte, er hätte gleich gewusst, dass Emma zurückgekehrt war. Michael hatte ihre Eltern bei Jake und Beetles gelassen und König Robbie gesagt, er müsse zur Zitadelle gehen. Der Zwergenkönig hätte nach Wachen gerufen und dann seien sie mit der ganzen Armee durch das Loch in der Stadtmauer geströmt. Die Armee des grässlichen Magnus hätte sich vor ihnen in Luft aufgelöst, und Haraald und Hauptmann Anton seien auch dabei gewesen, als sie vom Hafen bis ganz hinauf zur Zitadelle liefen und erst im Garten haltgemacht hätten.

»Und dort haben wir dich gefunden. Du hast bewusstlos am Boden gelegen.«

»Kannst du uns erzählen, was passiert ist, Liebes?«, fragte Clare. »Oder hast du Hunger? Möchtest du erst einmal etwas essen?«

»Ist schon okay. Aber hat Kate euch nicht schon alles erzählt?«

»Wir würden es gerne von dir hören«, sagte Richard.

»Schön«, sagte Emma, obwohl sie sich nun wünschte, sie hätte nach einem Cheeseburger gefragt, denn sie hatte wirklich Hunger. »Ich kann das bestimmt ganz gut erzählen und das langweilige Zeug weglassen. Aber seit wann seid ihr denn hier?«

»Das ist eine lange Geschichte«, sagte ihre Mutter. »Gabriel hat uns gefunden. Er hat uns gesagt, wo du bist. Aber er … das wird sehr schwer für dich sein, mein Kind …«

»Er ist tot«, sagte Emma leise. »Ich weiß.«

»Er starb, als er uns verteidigte«, sagte ihr Vater, »während wir dem Ende der Prophezeiung nachjagten.«

»Und das haben wir hierhergebracht«, sagte Clare. »Pym dachte, es sei das Geheimnis, wie euer Leben zu retten sei.«

»Aber wir haben es geschafft! Und zwar alleine! Wir haben den grässlichen Magnus getötet!« Emma versuchte sich noch einmal genau in Erinnerung zu rufen, was im Garten geschehen war. »Ich meine – es ist doch vorbei, oder? Das Buch Reckoning ist nicht mehr in mir! Ist das Buch des Lebens noch in dir?«

Michael schüttelte den Kopf. »Nein.«

»Es ist einfach unglaublich, was ihr alles getan habt, kein Zweifel«, sagte ihr Vater. »Aber wir sind immer noch dabei, alles zusammenzufügen. Deswegen müssen wir deinen Teil der Geschichte hören. Ganz von Anfang an.«

Emma gab nach. Sie wollte nicht streiten, eigentlich wollte sie niemals im ganzen Leben mehr streiten. Und so begann sie zu erzählen, wie sie mit dem Buch Reckoning aus dem Reich der Toten zurückgekehrt war …

»Wie war es dort?«, fragte Michael. »Im Reich der Toten?«

Emma wollte antworten, wollte ihm von den Wanderern erzählen, von Dr. Pym, von den Carriadin und der Höhle in der Felswand, davon, wie der grässliche Magnus die Seelen der Toten verzehrt hatte und natürlich auch von Gabriel. Aber sie konnte es nicht. Sie war noch nicht so weit.

»Ist schon gut«, sagte ihre Mutter. »Erzähle nur das, was du erzählen kannst.«

Und so berichtete sie, wie sie Kate im Garten vorgefunden hatte und wie der Junge, der grässliche Magnus, zu ihnen gekommen war und ihnen angeboten hatte, ihnen im Austausch gegen ihre Seelen das Leben zu retten, und wie sie eingewilligt hatte. Aber als er Kates und Michaels Seelen aufgesogen hatte …

»So hat es sich angefühlt«, sagte Michael. »Genau so war's.«

… da hatte sie versucht, ihn mit dem Buch Reckoning zu töten. Wahrscheinlich war sie deswegen so etwas wie eine

Lügnerin, aber wirklich böse Leute durfte man doch anlügen, oder? Jedenfalls hatte sie die Seelen seiner Vorgänger einen nach dem anderen herausgelöst und ins Reich der Toten zurückgeschickt, und dann ...

»Dann was?«, warf Michael ein.

»Ich weiß nicht. Es ist alles schwarz geworden. Aber ich muss ihn getötet haben. Ich meine, immerhin haben wir die Schlacht gewonnen. Und jetzt ist alles bestens!«

»Nicht ganz«, sagte ihre Mutter. »Weißt du, die Bücher ...«

»Haben die Welt zerrissen! Aber wir haben sie zerstört! Ich habe sie zerstört! Sie waren in ihm, und ich ...«

Emma verstummte. Plötzlich war ihr aufgegangen, warum es gar keinen Sinn ergab, dass die Magie des Buches Reckoning fort war. Es war klar, dass Michael das Buch Rubyn nicht mehr hatte, denn es war zusammen mit dem Buch Emerald auf den grässlichen Magnus übergegangen, aber das Buch des Todes war eigentlich bei ihr geblieben. Was war also geschehen? Wo war die Magie hingelangt?

»Darum geht es«, sagte ihr Vater. »Was auch immer die Bücher getan haben, es scheint, dass alles noch schlimmer geworden ist. Ich erzähle dir das wirklich nicht gern, nach allem, was du getan hast, aber Hugo Algernon, Magda von Klappen und die anderen Zauberer versichern uns, dass es so ist.«

»Und man kann es auch sehen«, sagte Michael leise. »Unten am Wasser sind schon den ganzen Morgen über tote Fische angespült worden. Dutzende. Die Leute glauben, das wäre wegen der Schlacht, aber Dr. Algernon sagt, daran seien die Bücher schuld.«

»Aber ich habe doch den grässlichen Magnus getötet!«, schrie Emma und klammerte sich an die Vorstellung, dass damit alles hätte gut werden müssen, obwohl es nicht erklärte, was mit dem Buch Reckoning geschehen war. »Ich weiß es! Ich habe ihn getötet!«

»Nun«, sagte Richard langsam. »Wir sind uns nicht völlig sicher, ob er wirklich tot ist.«

»Wovon redet ihr da?«

»Er ist fort«, sagte Michael. »Verschwunden.«

Plötzlich hatte Emma ein schreckliches, furchtbares Gefühl. Sie sprang auf. »Wo ist Kate? Ich will sie sofort sehen. Wo ist sie?«

»Emma.« Ihre Mutter nahm ihre Hand. »Als Michael dich im Garten fand, warst du allein. Kate und der grässliche Magnus sind beide verschwunden.«

Kate kniete neben dem Bach und kippte den Eimer zur Seite, bis er vollgelaufen war. Das Murmeln des Wassers war das einzige Geräusch am ganzen Berghang. Dann beugte sie sich hinunter und trank, Schluck für Schluck, vom wunderbar sauberen Wasser. Dann stand sie auf und blickte über die Berge. Die Sonne ging unter. Bald würde es dunkel sein, und kalt; sie würde ein Feuer machen. Tagsüber hatte sie das nicht gewagt aus Angst, jemand könnte den Rauch entdecken.

Kate suchte den Himmel ab, aber es waren keine Vögel zu sehen.

Als sie den Pfad entlangging, fragte sie sich noch einmal, warum sie ausgerechnet diesen Ort gewählt hatte. Es war ja kaum Zeit für eine bewusste Entscheidung gewesen. Alles war so schnell gegangen. Immer wieder lief in ihren Gedanken die Szene ab …

Sie war mit dem Schwert in der Hand nach vorne gestürmt. Als Rafe sich umdrehte, war die Spitze des Schwerts schon an seiner Brust und ihr Schwung so groß und die Klinge so scharf, dass sie fast ohne Widerstand eindrang. Er taumelte zurück und brach am Baum zusammen.

Ihre ganze Wut war wie weggeblasen. Sie schrie seinen Namen, das Schwert fiel ihr aus der Hand, sie rannte zu ihm und presste schluchzend die Hand auf seine Wunde …

Und sie hatte einen Schimmer von ihm aufsteigen sehen, der auf sie überging, sie erfüllte und wärmte, und sie wusste, dass es ihre Seele war, die zurückkehrte, weil Rafe im Sterben lag. Sie sah noch zwei Schimmer aus ihm aufsteigen, einer schwebte zu Emma, und der andere, Michaels Seele, erhob sich aus dem Garten und verschwand im Dunkeln.

»Bitte«, hatte sie gefleht. »Bitte stirb nicht.«

Und dann hatte sie noch eine schimmernde Form gesehen, die zu kämpfen schien, als würde sie aus dem Körper gerissen. Da war etwas an ihr, eine Bösartigkeit, die Kate zurückschrecken ließ, aber dann stieg die Form in die Höhe und war verschwunden.

Kate hatte noch immer ins Dunkel gestarrt, als eine Hand sie berührte und Rafes Stimme zu hören war:

»Kate …«

Er hatte sich aufgesetzt, war langsam aufgestanden und sie ebenfalls. Sie war zu verblüfft, um etwas zu sagen. Sie standen da, sie sah ihn an, er sah sie an. Der Regen durchnässte sie, und sie hatte mit jeder Faser ihrer Existenz gewusst, dass er es war, nur er, und dann war er gekommen und hatte sie geküsst.

»Hundert Jahre«, sagte er. »Hundert Jahre habe ich auf diesen Kuss gewartet.

»… Rafe … wie …«

»Deine Schwester hat die Seelen aller meiner Vorgänger als grässlicher Magnus von mir abgetrennt. Alle bis auf den Ersten. Er wollte nicht loslassen. Bis du mir durchs Herz gestoßen hast. Ich hätte sterben sollen, aber das Buch des Lebens ließ es nicht zu. Es hatte sich mit meiner Seele verbunden. Aber die Seele des ersten grässlichen Magnus schaffte es nicht. Auch sie wurde ins Reich der Toten gezogen. Es ist vorbei.«

Dann hatte er in die Ferne geschaut, als könne er über den Garten und die Zitadelle hinaussehen. »Deine Eltern sind gekommen. Sie sind bei Michael im Hafen.«

»Geht es ihnen gut?«

»Ja.«

»Was ist?« Sein Gesicht hatte verraten, dass da etwas war.

»Deine Eltern haben etwas entdeckt und es deinem Bruder erzählt. Ich habe es erfahren, als ich seine Seele aufnahm. Andernfalls hätte ich es nicht gewusst. Aber es ergibt einen Sinn.«

»Sag es mir.«

»Nicht jetzt.« Er hatte die Augen geschlossen. »Es ist erstaunlich, die Macht und die Magie, ihre Reichweite, ihre Tiefe. Und es ist alles in mir. Sogar dies«, und er hatte das kleine schwarze Buch hochgehalten, »ist jetzt nur noch ein Buch.«

Und er hatte gesagt: »Deine Freunde sind nah. Ich muss fort.«

»Aber es ist vorbei!«

Die anderen werden mir nicht vertrauen. Sie …«

Er hatte es nicht ausgesprochen, aber sie hatte gewusst, was er meinte: Sie liebten ihn nicht.

»Ich komme mit dir.«

»Nein.«

»Doch. Ich komme mit dir.«

»Kate …«

Sie hatte einen Blick auf Emma geworfen, die noch immer bewusstlos am Boden lag. »Ist alles in Ordnung mit ihr?«

»Ja. Und mit deinem Bruder auch. Er und die anderen müssen jeden Moment hier sein.«

Sie trat an ihn heran. »Ich habe an dich geglaubt, als es niemand sonst tat. Du schuldest mir das.«

Er hatte sie für einen langen Augenblick angestarrt, während der Regen immer noch in dichten Schleiern fiel. Dann hatte er genickt und sie an der Hand genommen.

»Denk an einen sicheren Ort.«

Und dann war der Boden unter ihren Füßen verschwunden.

Sie sah Rafe vor der Hütte auf einer Bank sitzen und ins Tal hinausblicken. Er hatte sich abgetragene Sachen aus der Hütte angezogen. Als sie näher kam, stand er auf, nahm ihr den Eimer ab und stellte ihn auf die Erde.

»Es ist wirklich schön hier. Ich bin froh, dass du diesen Ort ausgesucht hast.«

Dann nahm er sie an der Hand und zog sie neben sich auf die Bank.

Als er ihr gesagt hatte, sie solle an einen sicheren Ort denken, wusste sie, dass er an ein Versteck dachte, wo man sie nicht fand, und als Erstes war ihr Gabriels Hütte in der Nähe von Cambridge Falls in den Sinn gekommen. Vielleicht war Gabriels Schwert schuld, das auf der Lichtung unter dem Baum lag, aber was auch der Grund war, die Hütte erwies sich als ausgezeichnete Wahl. Sie lag einsam am Berghang und niemand würde sie stören. Zumindest hoffte Kate das. Es waren genügend Vorräte da, sodass Kate vermutete, dass die Hütte jetzt von Menschen aus Gabriels Dorf benutzt wurde. Aber bis jetzt hatte sich niemand blicken lassen.

Sie waren am frühen Morgen angekommen – in einem Augenblick im dunklen, sturmumtosten Garten auf Loris, im nächsten schon hier. Die Sonne war gerade über den Bergen aufgegangen, die Luft kühl und still und feucht vom Morgendunst. Die Anspannung der vergangenen Tage hatte sich gelöst und Kate war schluchzend an seine Brust gesunken. Er hatte sie in die Hütte mehr getragen als geführt, und sie hatten zusammen auf dem Bett gelegen, wo sie Jahre zuvor mit Emma und Michael geschlafen hatte. Als sie weinte, hatte er sie festgehalten. Keiner hatte etwas gesagt, es hatte genügt, einfach nur dazuliegen, bis ihre Tränen längst versiegt waren.

Erst um Mittag hatten Hunger und Durst sie herausgetrieben. Sie fanden etwas zu essen und Kate machte ihren ersten Ausflug zum Bach. Als sie allein war, hatte sie über ihren Bruder und ihre Schwester nachgedacht und über ihre Eltern. Ob es ihnen gut ging? Rafe hatte ihr das versichert, dass es so war. Ob sie sich nicht Sorgen um sie machten? Ja, das taten sie bestimmt.

Sie hatten beide nicht von der Zukunft gesprochen, so als würde es diese dann nicht geben, sondern auf ewig nur diese Gegenwart. Sie waren den Tag über im Wald herumgewandert, immer in der Nähe der Hütte. Kate hatte sich vorgestellt, dass sie wie ein ganz normales Paar aussahen. Es gab Augenblicke wie jetzt, als sie neben ihm saß und seine Hand warm und fest in der ihren lag, da glaubte sie fast selbst, dass es so war.

Nur die Vögel konnte sie nicht vergessen.

Es war auf ihrem Spaziergang gewesen. Sie waren schon auf dem Rückweg, als sie ein Brausen hörte, das immer lauter wurde. Sie waren auf einer Lichtung auf einen großen Felsblock gestiegen und hatten über die Bäume geblickt, als sich ein dunkler Schleier über den Himmel zog. Der Schwarm zog über sie hinweg, so dicht, dass er die Sonne verdunkelte. Rings um sie herum waren weitere Vögel von den Bäumen aufgestiegen.

Mehr als eine Stunde hatte es gedauert, bis der Schwarm vorübergezogen war, aber das war erst der Anfang gewesen. Den ganzen Nachmittag über hatten sie Bären, Hirsche, Füchse und Waschbären im Wald in dieselbe Richtung ziehen sehen wie die Vögel, als seien sie vor etwas gewarnt worden.

Kate wusste, was das zu bedeuten hatte. Sie wusste, dass Rafe es auch wusste, aber sie sprachen nicht darüber.

Wir sind jetzt zusammen, sagte sie sich, und das ist das Einzige, was zählt.

Die Sonne war untergegangen, es war rasch kalt geworden und sie und Rafe waren von der Bank aufgestanden und in die Hütte gegangen. Rafe machte Feuer, und dann kochten sie aus den Möhren, Zwiebeln und dem Pökelfleisch, das sie im Anbau gefunden hatten, mit gehacktem Ingwer und Petersilie aus Krügen vom Küchenregal gemeinsam einen Eintopf. Während der Topf summte, bat Rafe sie, zu erzählen, wie sie, Michael und Emma damals nach Cambridge Falls gekommen waren. Sie erzählte von der Fahrt von Baltimore mit dem Zug, von der Ankunft beim Haus, wie sie das Buch der Zeit gefunden hatte und von der Gräfin gefangen genommen wurde, von ihrer Flucht und den Wölfen und davon, wie Gabriel sie gerettet und im Regen hierhergebracht hatte …

Sie hielt inne und sah ihn an.

»Du musst das doch alles längst wissen.«

»Ich höre es aber gerne aus deinem Mund.«

Zum Essen setzten sie sich an den Herd und rückten etwas ab, als es ihnen dort zu heiß wurde. Als die Geschichte zu Ende war, schwieg sie für einen Augenblick und sah ihn an, während auf seinem Gesicht Licht und Schatten spielten.

»Darf ich dich etwas fragen?«

»Natürlich.«

»Wie war es?«

Sie erklärte nicht, was sie meinte, aber er verstand es.

»Es war, als würde ich ganz tief in mich hineingedrückt. Als würde ich die Welt mit fremden Augen sehen.«

»Als wärst du eine Puppe?«

Er schüttelte den Kopf. »Nein. Oder zum Teil, ja. Aber ich war auch der grässliche Magnus. Es ist wichtig, dass du das weißt. Diese anderen Stimmen in meinem Kopf haben mich gedrängt, Dinge zu tun, mich vorangetrieben, aber sie haben Gefühle in mir angesprochen, die schon immer da waren: Wut, Bitterkeit, Machthunger und Rachlust. Das war alles schon vorher in mir.«

Kate sah lange auf den Boden, und als sie den Blick hob, glänzten ihre Augen im Feuerschein. »Aber auch Liebe. Auch sie war in dir.«

Er nickte. »Ja. Sie auch.«

Er stellte seine Schale auf den Herd und beugte sich zu ihr. »Ich kann nicht mehr lange bleiben.«

Sie schüttelte den Kopf, nicht um zu widersprechen, sondern weil sie das nicht hören wollte. Es fühlte sich an, als ob er, wenn er über die Zukunft sprach, eine Übereinkunft gebrochen hatte.

Er ergriff ihre Hand. »Du weißt, was die Bücher anrichten. Dass die Magie anstatt in dir und deinen Geschwistern nun in mir steckt, ändert nichts daran, was mit der Welt geschieht. Du hast die Vögel und die anderen Tiere gesehen. Auch sie spüren es. Alles löst sich auf.«

»Hugo Algernon sagte, es gäbe vielleicht eine Möglichkeit …«

»Es gibt keine. Du erinnerst dich, dass ich sagte, deine Eltern hätten das Ende der Prophezeiung gefunden?«

Kate blickte auf; sie konnte nicht anders.

»Ich habe es dir im Garten gesagt. Ich habe davon erfahren, als ich Michaels Seele in mich aufgenommen habe. Die Prophezeiung besagt, dass drei zu einem werden. Drei Bücher in einem, drei Hüter in einem. Und sie besagt, dass der letzte Hüter sterben muss, um die Welt zu retten. Sonst …«

»Sonst was?!«, rief Kate wütend. »Das Ende der Welt? Das glaube ich einfach nicht! Und es ist mir auch egal! Es ist nicht fair! Nicht nach alldem!« Sie stand auf und schleuderte ihre Schale durch die Hütte. »Es ist mir egal! Ich kann nicht … ich kann nicht …«

Aber sie brachte nicht einmal ihren Satz zu Ende, fiel wieder auf die Bank zurück und schluchzte.

Sie ließ sich von ihm halten, lange Zeit. Den ganzen Tag über hatte sie versucht, nicht an die Macht der Bücher zu denken, die in ihm war und zu der auch die Macht des Buchs Onyx gehörte. Hieß das, dass er nur seinen eigenen Tod zu wünschen brauchte, einfach nur daran zu denken brauchte, und dann geschah es? Sie hasste diese Vorstellung.

»Kate …«

Sie setzte sich gerade und sah ihm ins Gesicht. Er blickte sie eindringlich an.

»Verstehst du, was Emma im Reich der Toten getan hat?«

»Sie … sie hat den Toten ihre Erinnerung zurückgegeben.«

»Aber verstehst du auch, was das bedeutet? Nun, wenn jemand stirbt, dann nimmt er alle Liebe mit sich, die er in seinem Leben empfunden hat. Auf ewig. Das ist eine wunderbare Sache.«

»Warum sagst du mir das?«

»Weil es wichtig ist, dass du das weißt. Was ist mit deinem Medaillon passiert?«

Es dauerte einen Moment, bis sie seinen Gedankensprung verarbeitet hatte. »Die Kette ist gerissen.«

»Zeig sie mir.«

Sie zog die Stücke aus ihrer Tasche; Rafe drückte die Kette zwischen seinen Fingern, und als er sie wieder öffnete, war die Kette wieder ganz. Er legte sie ihr um den Hals und sie spürte wieder das vertraute Gewicht auf ihrer Brust.

»Tu etwas für mich«, sagte er.

»Alles, was du willst.«

»Dieses Medaillon hat dich immer an deine Mutter erinnert, und an das Versprechen, das du ihr gegeben hast.«

»Ja.«

»Und du hast dein Versprechen gehalten. Dein Bruder und deine Schwester sind jetzt bei deinen Eltern sicher aufgehoben. Also kannst du, wenn du es trägst, ab jetzt an mich denken.«

Kate drehte sich weg. Ihr liefen Tränen über die Wangen, tropften ihr in den Schoß.

Er nahm ihre Hand. »Versprich es mir.«

Sie nickte und sagte leise: »Ja, ich verspreche es.« Dann drückte sie seine Hand, so fest sie nur konnte, und blickte ihn durch Tränenschleier an. »Kann ich denn gar nichts tun? Es muss doch etwas geben!«

»Ja, es gibt etwas«, sagte er. »Du kannst leben.«

Da sich den ganzen Tag über nicht eine Wolke am Himmel gezeigt hatte, kam der Sturm sehr überraschend. Der Regen peitschte gegen die Wände der Hütte, die Fenster und Türen rüttelten, und im Kamin pfiff der Wind und verteilte Asche übers ganze Zimmer. Kate glaubte, dass es derselbe Sturm war, der in der Nacht zuvor über Loris getobt hatte und dass er ihnen von dort gefolgt war.

Sie hatte sich vorgenommen, nicht einzuschlafen, sondern so lange wach zu bleiben wie möglich und nicht einen einzigen gemeinsamen Augenblick zu vergeuden. Später fragte sie sich, ob Rafe dafür gesorgt hatte, dass sie einschlief, oder ob die Anstrengungen und Belastungen der vorigen Tage sie schließlich eingeholt hatten. Vage erinnerte sie sich, dass sie ins Bett getragen worden war.

Als sie aufwachte, hatte der Sturm sich verzogen und alles war ruhig und friedlich. Sie warf einen Blick auf Rafe, der neben ihr lag. Dann stand sie auf und ging nach draußen. Im Vorbeigehen sah sie aus dem Augenwinkel kurz zu dem kleinen schwarzen Lederbuch auf dem Tisch hinüber.

Sie setzte sich auf die Bank. Es war noch kühl, und sie schloss die Augen, lauschte auf die Vögel, die am ganzen Berghang mit ihrem Gesang den Morgen begrüßten.

Am Ende war es seine Entscheidung gewesen; er hatte über die Macht verfügt und sie dafür verwendet, sie alle zu retten, auch sie selbst. Das wollte sie niemals vergessen.

Im Innern fühlte sie sich aber in einer Weise ausgehöhlt, wie sie es nie für möglich gehalten hätte.

So war sie nicht überrascht, als sie nach einiger Zeit Geräusche vernahm und Michael und Emma aus dem Wald kommen sah. Sie blieb, wo sie war, und wollte warten, bis sie an der Hütte anlangten, um sie dann nach innen zu führen und ihnen zu zeigen, wo Rafes Leiche lag.

KAPITEL 27
Lebe wohl, auf Wiedersehen

Kate ließ Rafe in der Nähe der Hütte beerdigen, in Sichtweite der Bank, auf der sie am letzten Tag gesessen hatten und zusahen, wie die Sonne hinter den Bergen verschwand.

Und als Granny Peet seinen Leichnam in Gabriels Dorf für die Bestattung vorbereitete, ihm Hände und Gesicht wusch, das Haar kämmte und Segenssprüche flüsterte, blieb sie die ganze Zeit bei ihm. Granny Peet hatte natürlich gespürt, dass sie und Rafe in der Hütte waren. Am Ende war Kate sehr froh, dass sie nicht alleine war, und Emma, Michael und ihre Eltern wechselten sich ab, um ihr bei der nächtlichen Totenwache beizustehen. Am Morgen trugen sie Rafe mit der Hilfe von Robbie McLaur und seinen Zwergen den Berg hinauf, wo das Grab schon ausgehoben war. Anwesend waren nur Kate und ihre Familie, Granny Peet, Hugo Algernon, König Robbie und seine Zwerge und außerdem Prinzessin Wilamena, die sich beinahe schlicht in schwarze Seide gehüllt hatte.

Als er im Sarg lag, legte ihm Kate das Buch Reckoning unter seinen gefalteten Händen auf die Brust. Sie trat zurück, als man den Deckel schloss und die Nägel einschlug. Ihre Mutter und Emma standen an ihrer Seite, als der Sarg in die Erde gelassen wurde.

Sie verbrachten die Nacht noch einmal in Gabriels Dorf, aßen gemeinsam im Hauptgebäude, wo Michael vielen Männern zunickte, die Seite an Seite mit ihnen in der Schlacht gekämpft hatten, und sie schliefen – Kate lag wach – in einer Hütte, die man der Familie überlassen hatte. Niemand erwähnte es direkt, aber es kam Kate merkwürdig vor, und Michael und Emma musste es ähnlich gehen, dass sie die Nacht unter einem Dach verbrachten mit zwei Erwachsenen, die sie kaum kannten, obwohl sie ihre Mutter und ihr Vater waren. Ihre Mutter schien es aber selbst zu spüren, denn beim Gutenachtkuss flüsterte sie:

»Es tut mir leid, dass es so ist. Aber es wird bald besser werden.«

»Was denn?«, fragte Kate.

»Alles.«

Am nächsten Tag brach Hugo Algernon auf und ebenso Wilamena, die aber versprach, so bald wie möglich zurückzukehren. Also waren es nur noch Kate, ihre Familie, Granny Peet und König Robbie, der seine beste Rüstung angelegt hatte, nebst einigen Zwergen, die zusammen den Berg hinaufstiegen, um Gabriel in der Grabstelle zu beerdigen, die man neben Rafes letztem Ruheplatz ausgehoben hatte.

Gabriels Leichnam war aus dem Dorf auf der arabischen Halbinsel hergebracht worden und Emma legte das im Garten von Loris aufgefundene Schwert neben ihm in den Sarg.

Als man den Sarg in die Erde gesenkt hatte, wurde Emma von Granny Peet gefragt, ob sie noch etwas sagen wolle.

»Nein«, antwortete Emma. »Das hab ich ihm schon gesagt.«

Dann schaufelte König Robbie persönlich das Grab zu und es war getan.

Die Eltern, Granny Peet und der Zwergenkönig waren schon gegangen. Kate stand mit ihren Geschwistern an den beiden frischen Gräbern, und obwohl keiner etwas sagte, dachte Kate – und stellte sich vor, dass Michael und Emma dasselbe dachten: dass Gabriel und Rafe beide für sie gestorben waren und dass so etwas nicht zu vergelten war.

Am Nachmittag verabschiedeten sie sich von Granny Peet, dankten ihr für alles und folgten dann Robbie McLaur über die Berge zum großen Haus in Cambridge Falls, wo sie auf das Buch der Zeit gestoßen waren und Dr. Pym kennengelernt hatten. Es war vielleicht etwas seltsam, an diesen Ort zurückzukehren, aber keiner von ihnen, weder die Kinder noch ihre Eltern, fühlten sich in der Lage, gleich wieder in die wirkliche Welt zurückzukehren.

Als das Haus in Sicht kam, sagte der Zwerg Lebewohl, umarmte jedes Kind und küsste es auf beide Wangen und versicherte ihnen, sie seien in seinem Königreich allezeit willkommen und sollten ihn besuchen, wann immer sie wollten oder noch öfter. Er schüttelte die Hand ihres Vaters, verbeugte sich vor ihrer Mutter und marschierte dann in den Wald, wo ihn die einbrechende Dunkelheit rasch verschluckte.

Kate, Emma, Michael und ihre Eltern gingen weiter zum Haus, wo der alte Hausmeister Abraham und Miss Sallow, die

Köchin, schon auf den Eingangsstufen auf sie warteten. Nachdem sie von Abraham alle ausgiebig umarmt und mit Freuderufen überschüttet und von Miss Sallow (die sich die Augen mit der Schürze reiben musste, weil »der verdammte Ofen so rußt«, obwohl hier draußen weit und breit kein Ofen stand) mit einem knappen Nicken begrüßt worden waren, wurden die Kinder und ihre Eltern nach drinnen geführt, wo sie ein reiches, warmes Abendessen erwartete.

Es war das erste Mal, dass sie wirklich unter sich waren und sich wie eine Familie fühlten. Damit war es auch ein Ausblick auf die Zukunft. Die Eltern redeten während der ganzen Mahlzeit, als müssten sie Augenblicke der Stille überbrücken, aber den Kindern fiel ihre Befangenheit kaum auf. Da sie nun in dieses Haus zurückgekehrt waren und sich an Miss Sallows Köstlichkeiten satt aßen, fiel ihnen mit einem Mal auf, wie unbeschreiblich müde sie waren. Sie schafften es kaum noch zu kauen und wurden bald nach oben in ihr altes Zimmer geführt, das Abraham schon vor Stunden für sie bereit gemacht hatte und wo sie fast im Stehen einschliefen.

Am Ende blieben sie mehr als zwei volle Wochen im Haus, aßen, ruhten sich aus und gewöhnten sich daran, wieder eine Familie zu sein. Anfangs war es seltsam für Kate, dass sie nicht mehr für die Sicherheit und das Wohlergehen ihrer Geschwister verantwortlich war. Sie konnte allerdings nicht leugnen, dass sie sich von Tag zu Tag leichter fühlte, als hätte sie noch ein bisschen von der Last abgesetzt, die sie zehn Jahre lang getragen hatte. Sie ahnte allerdings schon jetzt, dass sie diese Last eines Tages vermissen und wieder herbeisehnen würde.

Ansonsten waren diese ersten Tage für alle nicht einfach.

Denn sosehr sich die Kinder gewünscht hatten, ihre Eltern wieder bei sich zu haben, und sosehr Richard und Clare ihre Kinder gefehlt hatten, konnte doch niemand so tun, als hätte es diese zehn Jahre der Trennung nicht gegeben. Sie mussten sich erst kennenlernen, und das brauchte seine Zeit.

Bei den Mahlzeiten war es am einfachsten. Kate fand, dass Miss Sallows köstliches und nahrhaftes Essen zumindest einen Anteil daran hatte, und hegte fast den Verdacht, dass beim Kochen auch ein wenig Hexerei im Spiel war. Aber sie konnten ja nicht immer nur essen, und so war es nach all den Jahren mit der Vorfreude auf das Familienleben nicht einfach, wenn nicht alles gleich klappte wie am Schnürchen.

»Das wird schon«, meinte Clare zu Kate. Es war keine Überraschung, dass die beiden als Erste zusammenfanden und gemeinsam im Wald um das Haus spazieren gingen. »Dein Vater und ich haben volles Verständnis für euch. Das braucht einfach alles seine Zeit.«

Auf einem dieser Spaziergänge verriet Clare ihrer Tochter, dass sie und Richard nicht zum ersten Mal in Cambridge Falls waren. Sie hatten den Ort schon einmal besucht.

»Es war gleich nach eurem Abenteuer hier, aber noch vor eurer Geburt. Stanislaus hatte uns gesagt, wer ihr sein würdet und was zu tun euch vorbestimmt war. Stell dir nur vor, du hast noch gar keine Kinder, und dann erfährst du, dass es drei sein werden und dass sich diese alte Prophezeiung um sie dreht. Wir haben Dr. Pym überredet, uns hierherzubringen. Und da haben wir all die Kinder gesehen, die ihr gerettet hattet. Wir waren so stolz auf euch, und dabei wart ihr ja noch nicht einmal geboren. Von diesem Tag an wussten Richard und ich, dass wir darauf vertrauen mussten, dass ihr einmal stark sein würdet, dass ihr zusammensteht und dass ihr überleben würdet – ganz egal, was für ein Leben euch bestimmt war. Und so ist es auch gekommen.«

Bei einer ähnlichen Gelegenheit deutete Clare auf das Medaillon, das Kate trug und das sie ihr in jener Nacht gegeben hatte, als sie getrennt worden waren.

»Du hast es all die Zeit bei dir gehabt.«

»Ja.«

»Was bin ich froh! Ich habe mir immer vorgestellt, dass du es tragen würdest.«

»Und ich werde es weiterhin tragen«, sagte Kate und nahm es in die Hand. Ihr war, als schlage ihr Herz nicht in ihrer Brust, sondern in dem kleinen goldenen Kästchen.

Und falls ihre Mutter spürte, dass Kate ihr etwas verheimlichte, dann ließ sie sich nichts anmerken.

Bald schon kamen sich auch Michael und sein Vater näher. Es begann damit, dass sich Michael dafür entschuldigte, dass er das Buch »Alles über Zwerge« verloren hatte, und sein Vater sagte, das sei nicht weiter schlimm; er habe sogar gehört, dass G. G. Greenleaf eine neue Ausgabe herausgebracht habe und König Robbie ihm ein Exemplar schicken wolle, das sie dann gemeinsam lesen könnten. Von da an schienen sie sich über Zwerge zu unterhalten, wann immer Kate sie sah. Sie wurden sehr schnell vertraut im Umgang miteinander, und ihr Gefühl, Seelenverwandte zu sein, wurde nur noch stärker. Nur einmal hörte Kate, wie Michael seinem Vater widersprach und meinte: »In Wirklichkeit sind Elfen überhaupt nicht albern. Das ist eine sehr kleinkarierte Ansicht.«

Mitte der zweiten Woche sah Kate ihren Bruder aber mit geröteten Augen ins Haus laufen.

Sie fragte, ob etwas passiert sei.

»Oh«, sagte Michael, zog ein Taschentuch heraus und schnäuzte sich laut die Nase, während er etwas von Sommerallergien faselte (obwohl inzwischen schon fast Herbst war). »Wilamena war gerade da. Sie konnte aber nicht bleiben. Ihre Leute suchen ein neues Zuhause. Jetzt, wo das Buch des Lebens nicht mehr da ist, ist ihr Tal in der Antarktis zugefroren, und weil das Portal zum Reich der Toten auch geschlossen ist, gibt es keinen Grund mehr, dort zu bleiben. Sie werden vielleicht ins magische Viertel von Paris ziehen, aber da soll es ziemlich teuer sein.«

»Hm.«

»Und nach einer längeren Unterhaltung haben wir beschlossen, nur noch gute Freunde zu sein. Ich werde ja wahrscheinlich bald eine Menge zu tun haben in der Schule. Und nun ist es auch noch so, dass sie als Nachfolgerin ihres Vaters den Thron besteigen muss. Er will sich zurückziehen, weil der Stress schlecht für sein Haar ist. Wir haben das natürlich einvernehmlich entschieden.«

»Das ist vielleicht das Beste«, sagte Kate. Sie drückte ihn fest an sich, und er ließ es geschehen, während er etwas darüber murmelte, dass Kriegsromanzen doch meist nur Strohfeuer waren.

Emma tat sich am schwersten mit ihren Eltern. Nach diesem ersten Morgen nach der Schlacht, als Emma ihre Mutter gesehen und weinend umarmt hatte, zog sie sich zurück. Es war fast, dachte Kate, als wäre Emma nicht davon überzeugt, dass ihre Eltern ihnen dauerhaft erhalten bleiben würden – als befürchtete sie, dass sie und Kate und Michael eines Tages aufwachen und bemerken würden, dass ihre Eltern verschwunden waren und die drei wieder ins nächste Waisenhaus mussten. Sie vermied es sogar, sie Mom und Dad zu nennen, und nannte sie, wenn sie mit Kate und Michael alleine war, nur »Er« und »Sie«.

Ihre Mutter sagte, sie und Richard hätten dafür vollstes Verständnis. »Das braucht einfach seine Zeit, das ist alles. Wir müssen ihr nur beweisen, dass wir bei ihr bleiben werden.«

Mehr Gedanken machten sie sich darüber, ob da vielleicht noch etwas anderes war, das Emma belastete – all das Schreckliche, das sie erlebt hatte und über das sie nicht reden wollte.

»Sie muss es ja nicht uns erzählen«, sagte Richard. »Es könnte genauso gut du oder Michael sein. Aber es täte ihr gut, darüber zu reden.«

Aber Kate, die ihre Schwester kannte, wollte auf keinen Fall irgendwelchen Druck auf sie ausüben.

»Sie hat eine Menge durchgemacht. Sie hat ihren besten Freund verloren. Sie wird das alles erzählen, wenn sie so weit ist.«

In Wahrheit machte sich auch Kate Sorgen. Tag für Tag wartete sie darauf, dass Emma zu ihr kam und ihr erzählte, was geschehen war. Aber jeden Abend, wenn sie zu Bett gingen, kehrte ihr Emma den Rücken zu und rollte sich zusammen, als würde sie sich in ihren Kummer einschließen.

Als sie sich einige Tage nach Wilamenas Besuch zum Abendessen setzten, legte ihre Mutter Messer und Gabel beiseite, fasste Richard an der Hand und sagte: »Es ist wunderschön gewesen hier. Abraham und Miss Sallow waren so nett …«

»Abraham schon.«

Clare warf ihrem Mann einen Blick zu und fuhr fort. »Aber wir haben uns darüber unterhalten und denken, es wird Zeit für uns, nach Hause zu gehen.«

»Nach Hause?«, fragte Emma. »Wohin nach Hause?«

»Nach Hause«, sagte ihr Vater. »Unser Zuhause. Euer Zuhause.«

Kate fragte sich, was ihre Eltern wohl erwartet hatten. Jedenfalls nicht völlige Stille. Aber es war ja tatsächlich so, dass weder Emma noch Michael je das Gefühl gehabt hatten, ein Zuhause zu haben – sie waren damals ja noch viel zu klein gewesen. Die einzigen Orte, an die sie sich erinnerten, waren die Waisenhäuser, von denen sie über Jahre immer ans nächste abgeschoben worden waren. Und dass nun mit einem Mal ein Zuhause auf sie wartete, in das sie bald zurückkehren würden, war für ihre Vorstellungskraft einfach zu viel.

»Okay«, sagte Kate für sie alle.

»Ja«, meinte Michael.

Emma sagte nichts. Am nächsten Morgen weckte sie Kate und sagte, sie wolle noch einmal zu Gabriels Hütte gehen, nur sie drei, und sich verabschieden.

Auf ihre Frage sagte Abraham, dass er den Weg kenne und ihnen eine Kartenskizze zeichnen würde, und das war ein Glück, denn keines der Kinder hatte auf den Weg geachtet, als sie mit König Robbie hergekommen waren. Abraham sagte auch, wenn sie gleich nach dem Frühstück aufbrächen, dann könnten sie vor Einbruch der Dunkelheit wieder zurück sein. Miss Sallow erbot sich, ihnen etwas Essen für unterwegs einzupacken, aber so kurzfristig könne sie unmöglich Gänseleberpastete oder Trüffelgalettes zubereiten und die Hoheiten könnten ihr genauso gut den Kopf abhacken und mit Feuerwerk darauf schießen und damit fertig.

»Sie werden bestimmt das Richtige machen«, meinte Kate beruhigend.

»Seid ihr sicher, dass das in Ordnung ist? Ich meine, ist das auch nicht gefährlich?«, fragte ihre Mutter, als Kate ihr sagte, was sie vorhatten. Aber sie verbesserte sich sofort. »Was sage ich denn da? Nach allem, was ihr erlebt habt, könnt ihr ja wohl alleine im Wald spazieren gehen. Ich bin wohl etwas zu beschützerisch, jetzt, wo wir euch wiederhaben.«

»Es wird alles gut gehen«, sagte Kate.

Am nächsten Tag gab es zum Frühstück verlorene Eier, Pfannkuchen mit Zitronenpudding, gebratenen Speck, der so dick wie ein Würstchen war, und gebutterte Kartoffeln. Dann musste Michael gemeinsam mit Abraham noch mehrmals die Karte überprüfen und die Vollständigkeit seiner Ausrüstung doppelt und dreifach kontrollieren. Endlich konnten sie aufbrechen.

Es war ein kühler Herbstmorgen, die Luft war klar und die Nadeln der Bäume und der Boden noch feucht vom Sprühregen der Nacht, und Kate wusste, kaum dass sie unterwegs waren, dass es eine gute Idee gewesen war, dass es wichtig und notwendig war, dass nur sie drei den Ort besuchten, an dem alles begonnen hatte. Außerdem war es einfach schön, durch den Wald zu wandern; ob das nun Magie war oder nicht – Kate spürte, dass etwas mit ihr geschah, und mit ihren Geschwistern ebenso.

Sie liefen schweigend und hörten nichts als das Gezwitscher der Vögel, das Scharren der Krallen der Eichhörnchen im Geäst und ihre dumpfen Schritte auf dem weichen Waldboden. Michael zeichnete sorgfältig Korrekturen in die Karte des Hausmeisters, damit er ihn bei der Rückkehr auf seine Fehler hinweisen konnte. »Er wird das zu schätzen wissen«, versicherte er seinen Schwestern. Nach einer Stunde blieben sie an einem Felsabbruch stehen, von dem man die Berge überblicken konnte. Ihnen war heiß geworden und sie stopften die Pullover in ihre Rucksäcke. Dann setzten sie sich in die Sonne, tranken Wasser und aßen Äpfel.

Und dann begann Emma, ihre Geschichte zu erzählen.

Sie fing einfach an, ohne Einleitung oder Vorwarnung, und beschrieb, wie es gewesen war, im Reich der Toten anzukommen, wie sie stundenlang, wenigstens war es ihr so vorgekommen, durch den Nebel gelaufen und dann auf die Wanderer gestoßen war. Sie erzählte, wie sie Dr. Pym getroffen hatte, der sich aber nicht an sie erinnerte, wie sie erst über das Meer fuhren und dann durchs verbrannte, verwüstete Land gingen. Sie erzählte von den Carriadin, die das Buch Tausende von Jahren gehütet hatten, und wie die Stimmen der Toten sie überwältigten, als sie das Buch zum ersten Mal berührte. Sie erzählte, wie sie eine Gefangene gewesen war und erfuhr, dass der grässliche Magnus die Seelen der Toten verzehrte, wie der Necromati ihre Hand mit Michaels Messer auf das Buch geheftet hatte, um ihren Geist mit der Magie zu verbinden …

Kate und Michael bemerkten beide, wie Emma unbewusst die Narbe in ihrer Handfläche massierte, während sie das erzählte.

Emma erzählte weiter, wie Gabriel aufgetaucht war und sie

gerettet hatte, wie sie den Toten mit der Frage, die sie ihnen stellte, ihre Erinnerung zurückgegeben hatte und wie die Toten von nun an bis ans Ende der Zeit anhand dieser Frage beurteilt würden. Sie erzählte, wie sie mit Gabriel und Dr. Pym zum letzten Portal gekommen war und beide entschieden, im Reich der Toten zu bleiben, anstatt sich von Michael wieder zurückholen zu lassen. Sie berichtete, wie sie Gabriel Lebewohl gesagt hatte, dort oben auf der Felstafel, und er ihr versprochen hatte, sie nie zu vergessen.

»Jedenfalls«, sagte sie, nachdem sie kurz geschwiegen hatte, »ist es so gewesen. Und jetzt ist er weg.«

Als Kate nach der Hand ihrer Schwester griff, zog Emma diese nicht weg.

Dann fragte Michael: »Dann erinnern sich die Toten an uns? Dr. Pym und Wallace und Gabriel?«

»Ja«, sagte Emma.

Kates Herz zog sich in ihrer Brust zusammen und sie fasste das Medaillon an. Sie sah, dass Emma zu ihr aufblickte.

»Ich kann damit leben.« Dann sagte sie: »Wir alle, oder?«

Und Emma drückte ihrer Schwester die Hand und sagte: »Ja, wir alle.«

Und dann setzten sie ihre Rucksäcke wieder auf und wanderten weiter. Die Sonne hatte ihren höchsten Punkt noch nicht erreicht, als der Pfad eine Biegung machte und sie vor sich in der Bergflanke Gabriels Hütte sahen. Sie setzten sich zum Essen auf die kleine Bank neben der Eingangstür, und obwohl es zweifellos vorzüglich schmeckte, was ihnen Miss Sallow eingepackt hatte, konnte sich hinterher keiner von ihnen genau erinnern, was es eigentlich gewesen war. Dann gingen sie zu den beiden Markierungen hinüber. Der Boden war dort schon wieder festgetreten und voller Tierspuren, aber er sah etwas anders aus als der Rest des Berghangs. Und genau so sollte es auch sein, fanden die Kinder.

Kate und Michael ließen Emma allein, damit sie sich von Gabriel verabschieden konnte, und packten inzwischen ihre Rucksäcke. Nach ein paar Minuten kam Emma zurück und wischte sich die Augen.

Kate wusste, dass nun sie an der Reihe war, und ging zu den Gräbern hinüber. Sie starrte auf das Fleckchen Erde hinunter, unter dem Rafes Leichnam lag, während sie mit den Fingern das Medaillon rieb. Sie überlegte, was sie sagen sollte, aber das Passende wollte ihr nicht einfallen. Schließlich kniete sie sich hin, legte die Hand auf die feuchte Erde, flüsterte »Ich liebe dich« und ging weg.

Michael und Emma hatten ihre Rucksäcke schon aufgesetzt. Michael sah sie fragend an, und sie nickte, weil sie noch nicht sprechen wollte.

»Wir sollten besser losgehen«, sagte Emma. »Mom und Dad werden sich Sorgen machen, wenn wir nicht zurück sind, bevor es dunkel wird.«

Kate und ihr Bruder erstarrten und sahen sie an. Emma lächelte verlegen.

»Ich weiß. Ziemlich komisch, sie so zu nennen. Und komisch, dass es Leute gibt, die sich Sorgen um einen machen. Aber eigentlich ist es gut so.«

Sie schwieg, aber Kate und Michael warteten ab, denn sie wussten, dass sie noch nicht ausgeredet hatte.

Schließlich sagte sie: »Ich dachte, wenn ich den Toten ihre Erinnerung zurückgebe, dann wird alles besser. Aber eigentlich ändert sich überhaupt nichts. Jedenfalls nicht, solange man lebt. Die Leute, die man liebt, sterben trotzdem. Und man verliert sie trotzdem.«

Kate beobachtete Emma ganz genau, und sie sah Eigenschaften an ihrer Schwester, die sie kannte: Mut, Draufgängertum, Leichtsinn. Aber da war auch diese neue Person, zu der sie heranwuchs, die alles durcharbeitete, was sie fühlte, Stück für Stück.

»Dann habe ich gemerkt, vielleicht ist das ja okay so. Vielleicht ist es sogar okay, wenn man jemanden liebt, obwohl man weiß, dass es irgendwann zu Ende sein wird, dass man entweder selbst stirbt oder der andere oder dass man wegzieht und den anderen nie wieder sehen wird, weil genau das bedeutet, am Leben zu sein. Darum geht es im Leben. Dass man jemanden liebt.«

Und dann sah sie auf zu ihrem Bruder und ihrer Schwester, mit großen Augen voller Tränen. »Findet ihr nicht auch?«

Und Kate nahm ihre Hand und sagte: »Ja, das finde ich auch.«

John Stephens

ist als Drehbuchautor und Produzent bekannt geworden. Er wirkte nach seinem Studium an so erfolgreichen Fernsehserien wie »Gossip Girl« oder »Gilmore Girls« mit. Erst Philip Pullmans Trilogie »Der Goldene Kompass« brachte ihn schließlich auf die Idee, selbst etwas in diesem Genre zu schreiben. Seine Trilogie der »Chroniken vom Anbeginn« wurde weltweit noch vor Erscheinen bereits in 32 Länder verkauft.

Von John Stephens außerdem bei Goldmann erschienen:

Das Buch Emerald. Die Chroniken vom Anbeginn 1
Das Buch Rubyn. Die Chroniken vom Anbeginn 2

GOLDMANN
Lesen erleben